MENTES
PELIGROSAS

STRANGER THINGS

MENTES PELIGROSAS

GWENDA BOND

Traducción de
Manu Viciano

FANTASCY

Papel certificado por el Forest Stewardship Council®

Agradecimientos al consultor creativo Paul Dichter

Título original: *Stranger Things. Suspicious Minds*
Primera edición: marzo de 2019

Printed in Spain – Impreso en España

ISBN: 978-84-01-02297-5
Depósito legal: B-2.265-2019

Compuesto en Pleca Digital, S.L.U.

Impreso en Rodesa
Villatuerta (Navarra)

L022975

Penguin
Random House
Grupo Editorial

*Dedicado a todas las madres feroces e
inspiradoras, en particular a la mía*

Prólogo

JULIO DE 1969
Laboratorio Nacional de Hawkins
Hawkins, Indiana

El hombre, que conducía un inmaculado automóvil negro por una carretera llana del estado de Indiana, redujo la velocidad al aproximarse a la puerta de una valla metálica con un letrero que rezaba: ZONA RESTRINGIDA. El guardia apostado allí miró un instante a través de la ventanilla, comprobó la matrícula del coche y le indicó por gestos que siguiera adelante.

Era evidente que en el laboratorio esperaban su llegada. Quizá incluso hubieran seguido las instrucciones y las especificaciones que les había enviado antes de partir sobre cómo debían preparar sus nuevos dominios.

Cuando llegó a la siguiente garita de guardia, bajó la ventanilla para entregar su identificación al soldado que realizaba las funciones de oficial de seguridad. Este examinó la autorización mientras evitaba mirar al hombre a los ojos. La gente acostumbraba a hacerlo.

Él, en cambio, dedicaba toda su atención a las personas que acababa de conocer, por lo menos al principio. Era una evaluación rauda como el rayo, en la que los catalogaba por completo: sexo, altura, peso, etnia. Y a partir de esos datos estimaba su inteligencia y, lo más importante de todo, su potencial. Casi todo el mundo resultaba menos interesante después de esa evaluación. Pero él nunca se rendía. Observar y valorar era una segunda naturaleza, un elemento crucial de su trabajo. Casi nunca encontraba a nadie con algo que le interesara, pero quienes lo tenían... En fin, por esas personas estaba allí.

El soldado fue fácil de juzgar: varón, metro setenta y poco, ochenta kilos, blanco, inteligencia media, potencial... alcanzado en el asiento de una garita, comprobando identificaciones con una pistola en la cadera que, seguramente, jamás había disparado.

—Bienvenido, señor Martin Brenner —dijo por fin el soldado alternando una mirada de ojos entornados entre el hombre y la tarjeta de plástico.

Era curioso que el carnet incluyera parte de la información que Brenner habría buscado si estuviera mirándose a sí mismo: varón, metro ochenta y cinco, ochenta y ocho kilos, blanco. Pero había otra parte que no figuraba en la tarjeta: coeficiente intelectual de genio, potencial... ilimitado.

—Nos avisaron de que vendría —añadió el soldado.

—Es «doctor Brenner» —lo corrigió él, pero en tono amable.

Aquellos ojos que seguían sin centrarse del todo en Brenner se entornaron aún más, pero se desviaron un instante al asiento trasero, donde la sujeto Ocho, de cinco años, dormía acurrucada contra la puerta. Tenía las manos cerradas en puños bajo su pequeño mentón. Brenner había decidido encargarse en persona de transportarla a las nuevas instalaciones.

—Sí, doctor Brenner —dijo el guardia—. ¿Quién es la niña?, ¿su hija?

El escepticismo del hombre se hizo patente. La piel de Ocho era de un intenso color marrón, en contraste con el tono pálido y lechoso de Brenner, quien podría haberle explicado al guardia que ese hecho no tenía la menor trascendencia. Pero no era asunto de aquel soldado, que, además, tampoco se equivocaba. Brenner no era padre de nadie. Figura paterna, en cambio, sí.

Pero hasta ahí llegaba.

—Seguro que ya están esperándome dentro. —Brenner volvió a estudiar al hombre. Un soldado que había vuelto a casa tras una guerra, una guerra que ya habían ganado. Al contrario que Vietnam. Al contrario que la silenciosa escalada bélica con los soviéticos. Ya se había desatado una guerra por el futuro, pero ese hombre no lo sabía. Brenner mantuvo su tono amistoso—. Yo no haría ninguna pregunta cuando lleguen los otros sujetos. Confidencialidad.

La mandíbula del guardia se tensó, pero no puso objeciones. Sus ojos se desviaron un instante hacia el inmenso complejo de varias plantas al que se dirigía Brenner.

—Sí, están esperándolo dentro. Aparque donde quiera.

Otra cosa que no hacía falta que dijera. Brenner pisó el acelerador.

La construcción y el mantenimiento general de aquellas instalaciones los pagaba una aburrida rama de la burocracia federal, pero su adecuación a las especificaciones de Brenner la financiaban unos departamentos gubernamentales más herméticos. Al fin y al cabo, si la investigación iba a ser de alto secreto, no podía publicitarse. La Agencia comprendía que la grandeza no siempre podía seguir los protocolos operativos habituales. Quizá los laboratorios rusos sí que estaban reconocidos por su gobierno, pero este se encontraba dispuesto a reprimir cualquier voz que se alzara en protesta. En algún lugar, en aquel mismo momento, los científicos de los comunistas estaban llevando a cabo el mismo tipo de experimentos para los que se había construido aquel complejo marrón de cinco plantas con niveles subterráneos. Brenner recordaba este hecho a sus patronos siempre que lo olvidaban, o cuando hacían demasiadas preguntas. Su trabajo seguía siendo de máxima prioridad.

Ocho siguió durmiendo mientras Brenner salía del coche y daba la vuelta hasta la portezuela trasera. La abrió despacio y luego sostuvo la espalda de la niña para que no cayera al suelo del aparcamiento. La había sedado para el viaje, por seguridad. Era un recurso demasiado valioso para confiárselo a otros. Hasta la fecha, las capacidades de los demás sujetos habían resultado... decepcionantes.

—Ocho. —Se acuclilló junto al asiento y le sacudió levemente el hombro.

La niña movió la cabeza pero no abrió los ojos.

—Kali —musitó.

Era su verdadero nombre, que la chiquilla se empecinaba en utilizar. Por lo general, Brenner no se lo permitía, pero aquel era un día especial.

—Kali, despierta —dijo—. Estás en casa.

La niña parpadeó y en sus ojos se iluminó una chispa. Lo había malinterpretado.

—En tu nueva casa —añadió Brenner.

La chispa se apagó.

—Te gustará estar aquí. —La ayudó a incorporarse y la colocó mirando hacia fuera. Extendió la mano—. Ahora papá necesita que entres ahí como una chica mayor, y luego podrás volver a dormirte.

Por fin, la niña extendió el brazo y le cogió la mano.

Mientras caminaban hacia la puerta principal, Brenner compuso la sonrisa más agradable de su arsenal. Esperaba que lo recibiera el administrador en funciones, pero en vez de eso encontró que lo esperaba una larga hilera de hombres y una mujer, todos con batas de laboratorio. Supuso que debían de ser los empleados profesionales de su grupo y todos ellos irradiaban un nerviosismo que rayaba en la náusea.

Un hombre moreno con líneas de expresión en la cara —demasiado tiempo al aire libre— dio un paso adelante y le tendió la mano. Miró a Ocho y luego otra vez al doctor Brenner. Tenía manchadas las gafas con montura.

—Doctor Brenner, soy el doctor Richard Moses, investigador principal en funciones. Estamos muy emocionados de tener aquí a alguien de su categoría. Queríamos que conociera a todo el equipo cuanto antes. Y esta debe de ser...

—Soy Kali —dijo la niña con adormilado esfuerzo.

—Una jovencita muy somnolienta a quien le gustaría ver su nueva habitación. —El doctor Brenner evitó estrechar la mano extendida del hombre—. Si no recuerdo mal, solicité una que estuviera apartada. Y luego me gustaría conocer a los sujetos a quienes han reclutado.

Brenner localizó las puertas de apariencia más sólida y segura que salían del vestíbulo y echó a andar hacia ellas con Ocho cogida de la mano. El silencio lo siguió durante un largo momento. Su sonrisa se volvió casi real antes de desaparecer.

El doctor Moses y sus gafas manchadas corretearon tras él hasta alcanzarlo, seguidos del resto del apurado y ruidoso equipo. Moses lo adelantó casi a la carrera para pulsar un intercomunicador y pronunciar su apellido.

Se alzó un inquieto rumor de conversación entre el resto de los doctores y técnicos de laboratorio que iban tras ellos.

—Los sujetos aún no están preparados, por supuesto —dijo el doctor Moses mientras se abría la puerta doble. No dejaba de mirar a Kali, que estaba cada vez más despierta y observaba su entorno. No había tiempo que perder antes de instalarla.

Había dos soldados armados en posición de firmes justo al otro lado de las puertas, lo cual era un indicador optimista de que, por lo menos, la seguridad no estaba por debajo de lo esperado. Estos comprobaron el distintivo del doctor Moses, que les indicó mediante un gesto que no debían hacer lo mismo con el doctor Brenner.

—Aún no tiene su identificación —les explicó.

Los hombres hicieron ademán de desafiar al doctor Moses, lo que elevó otro poco el nivel de aprobación de Brenner.

—La tendré la próxima vez que pase por aquí —aseguró—. Y les entregaremos copias de los papeles de la sujeto. —Hizo un discreto gesto con la cabeza en dirección a Ocho.

Uno de los soldados inclinó la cabeza y todo el grupo pasó entre ellos.

—Especifiqué que deseaba conocer a los nuevos sujetos en cuanto llegara —dijo el doctor Brenner—. En consecuencia, no debería sorprenderlos mi petición.

—Creíamos que solo querría observarlos —repuso el doctor Moses—. ¿Quiere que establezcamos algunos parámetros? ¿Que los preparemos para su visita? Podría afectar al trabajo que estamos haciendo con ellos. Algunos se vuelven paranoicos con las drogas psicodélicas.

El doctor Brenner levantó la mano que tenía libre.

—No. Si lo hubiera querido así, lo habría dicho en su momento. A ver, ¿adónde vamos?

Del techo del largo pasillo pendían unas lámparas que emitían el pálido brillo que solía iluminar los descubrimientos científicos en aquel mundo sombrío. Por primera vez esa mañana, el doctor Brenner sintió que podía convertir aquel sitio en su hogar.

—Por aquí —dijo el doctor Moses. Buscó a la única mujer del rebaño que formaba el personal profesional y se dirigió a ella—: Doctora Parks, ¿puede encargar a un celador que traiga comida a la niña?

Sus labios se tensaron al ver que la enviaban a hacer el equivalente a un trabajo de mujeres, pero asintió con la cabeza.

Para alivio del doctor Brenner, Ocho se quedó callada y no tardaron en llegar a una habitación pequeña con unas literas de tamaño infantil y una pequeña mesa de dibujo. Brenner había encargado las literas para convencer a Ocho de que estaba buscándole unos compañeros adecuados.

La niña se fijó en ella al instante.

—¿La otra cama es para una amiga?

—Tarde o temprano lo será, sí —respondió él—. Ahora van a traerte comida. ¿Puedes esperar aquí tú sola?

Ocho asintió. La energía que le había dado la emoción de llegar estaba remitiendo ante la fuerte dosis de sedante que Brenner le había administrado y se dejó caer en el borde de la cama.

El doctor Brenner se volvió para marcharse y chocó con un celador y la única profesional femenina del grupo. El doctor Moses enarcó las cejas.

—¿Estará bien ella sola? —preguntó.

—Por ahora —dijo el doctor Brenner. Miró al celador—: Sé que parece una niña normal y corriente, pero cíñase a sus protocolos de seguridad. Podría sorprenderlo.

El celador se removió, inquieto, pero no abrió la boca.

—Lléveme a la primera habitación —ordenó el doctor Brenner—. Los demás pueden ir a esperar con sus sujetos, pero no hace falta que los preparen.

El resto del equipo esperó a que el doctor Moses confirmara la orden y el hombre hizo un sufrido encogimiento de hombros.

—Lo que diga el doctor Brenner.

Se dispersaron. Iban aprendiendo.

La primera habitación albergaba a un sujeto no apto para el reclutamiento por su pie zambo. Tenía la mirada exhausta permanente de alguien que había escogido como método de escapismo la marihuana. Del montón, en todos los aspectos.

—¿Necesita que administremos la dosis al próximo paciente? —preguntó el doctor Moses. Saltaba a la vista que no comprendía los métodos del doctor Brenner.

—Cuando necesite alguna cosa ya le informaré de ello.

El doctor Moses asintió y fueron entrando en otras cinco habitaciones. Era tal y como Brenner había esperado. Dos mujeres, ninguna excepcional en modo alguno, y otros tres hombres, mediocres del todo. Salvo quizá en su carencia absoluta de brillo.

—Reúnan a todo el mundo en una sala para que podamos hablar —dijo después el doctor Brenner.

Lo dejaron esperando en una sala de conferencias, tras una última mirada inquieta del doctor Moses. Al poco tiempo llegó el mismo grupo de antes, que se sentó en torno a la mesa. Dos hombres trataron de entablar conversación para fingir que ninguno de los acontecimientos de aquella mañana se salía de lo normal. El doctor Moses los hizo callar.

—Ya estamos todos —dijo.

El doctor Brenner examinó con más detenimiento a sus empleados. Habría que trabajar en ellos, pero su silenciosa atención mostraba cierto potencial. El miedo y la autoridad iban siempre cogidos de la mano.

—Pueden dejar marchar a todos los sujetos de pruebas a los que he visto esta mañana. Páguenles lo que se les prometiera en su momento y asegúrense de que tienen presentes sus acuerdos de confidencialidad.

La sala absorbió la orden. Uno de los hombres que habían tratado de conversar a su llegada levantó la mano.

—¿Doctor?

—¿Sí?

—Me llamo Chad y soy nuevo, pero... ¿por qué? ¿Cómo vamos a hacer ahora nuestros experimentos?

—La pregunta de «por qué» siempre es una de las que hacen avanzar la ciencia —respondió el doctor Brenner. Chad el novato asintió, y Brenner añadió—: Aunque debería tener cuidado a la hora de formularla a sus superiores. Aun así, le diré por qué. Es importante que todos comprendamos lo que pretendemos hacer aquí. ¿Alguien quiere hacer alguna conjetura?

La forma en que había tratado a Chad los mantuvo callados. Por un momento, Brenner creyó que quizá la mujer iba a decir algo, pero al final se limitó a juntar las manos encima de la mesa.

—Bien —dijo él—. No me gustan las conjeturas. Aquí pretendemos hacer progresar los límites de la capacidad humana. No me interesan los *Mus musculus* corrientes de nuestra especie. Ninguno de ellos va a proporcionarnos unos resultados extraordinarios. —Paseó la mirada por la sala. Todos estaban concentrados en sus palabras—. Seguro que todos han oído hablar de fracasos en otros centros, y su propia ausencia de resultados es lo que me ha traído hasta aquí. Se han producido fallos vergonzosos, y muchos de ellos proceden de la ausencia de sujetos adecuados. Quienquiera que pensase que los presos y los internos en psiquiátricos iban a revelarnos algo sobre lo que buscamos estaba engañándose a sí mismo. Sucede igual con los desertores y los fumetas. Voy a hacer que trasladen aquí a unos cuantos pacientes jóvenes más para un programa relacionado, pero querría disponer de una cierta gama de edades. Existen muchos motivos para creer que una combinación de sustancias químicas psicodélicas con los incentivos correctos pueden liberar los secretos que buscamos. Piensen solo en la ventaja que obtendríamos en términos de inteligencia militar si pudiéramos convencer a nuestros enemigos de que hablen, si lográramos volverlos sugestionables y ejercer control sobre ellos... Pero será imposible lograr los resultados deseados sin las personas correctas, y punto. Manipular una mente débil es sencillo. Necesitamos a sujetos que muestren potencial.

—Pero... ¿de dónde vamos a sacarlos? —preguntó Chad.

Brenner tomó nota mental de despedir a ese hombre al final de la jornada. Se inclinó hacia delante.

—Estableceré un nuevo protocolo para filtrar a los candidatos e identificar a los mejores que nos ofrezcan nuestras universidades asociadas, y luego seleccionaré en persona a los sujetos que vayamos a emplear de ahora en adelante. Pronto empezará su auténtico trabajo aquí.

Nadie puso objeciones. En efecto, iban aprendiendo.

1

Solo una prueba

JULIO DE 1969
Bloomington, Indiana

1

Terry abrió la mosquitera e hizo una mueca al notar la fragante humareda que había dentro de la casa. Su uniforme de camarera, de color rosa oscuro y delantal blanco, tardaría bien poco en reemplazar el olor de las grasientas salpicaduras y las manchas de café del restaurante por el de la hierba. Añadió hacer la colada a su lista de tareas para el día siguiente. Por lo menos, en la temporada estival había menos trabajos de la universidad que hacer en casa.

—¡Por fin llegas, nena!

Andrew la saludó con la mano mientras le pasaba un porro a la persona que tenía al lado. Su recibimiento entusiasta le valió una sonrisa de Terry. Le había crecido el pelo castaño, que llevaba desgreñado, y le envolvía la mandíbula por ambos lados como unos paréntesis. A ella le gustaba. Le daba un aspecto un poco peligroso.

—¿Me he perdido algo bueno? —preguntó Terry, colándose entre el gentío y recibiendo saludos de sus conocidos.

Su hermana, Becky, estaba sentada en la butaca reclinable, pegada al televisor en blanco y negro de diecinueve pulgadas que Dave, el amigo de Andrew, había recibido como regalo de su padre cuando este se compró un nuevo aparato a color para ver aquel momento tan trascendental. El *Apolo 11* había alunizado esa misma tarde.

—¿Estás de coña? —gritó Dave. También había música sonando: de un tocadiscos emanaba *Bad Moon Rising*, de Creedence Clearwater Revival, que se entremezclaba con la emocionada verborrea de Walter Cronkite en el televisor—. ¡Te lo has perdido todo! ¡Nuestros hombres ya llevan horas en la Luna! ¿Dónde estabas?

—Trabajando —dijo Andrew, y tiró de Terry para sentarla en su regazo. Le alisó el pelo rubio oscuro y le dio un beso en la mejilla—. Siempre está trabajando.

—A algunos, nuestros padres no nos pasan dinero para el alquiler —replicó ella.

Ese era el caso tanto de Andrew como de Dave, motivo por el que tenían una casa tan apañada en vez de una habitación en una residencia de estudiantes.

Becky cruzó la mirada con ella en señal de acuerdo antes de devolver su atención al televisor.

Terry rozó con los labios el cuello de Andrew, que dio un murmullo de aprobación.

Stacey, la compañera de cuarto de Terry, llegó tambaleándose, sin duda con unas cuantas cervezas y porros de más. Su pelo negro rizado estaba recogido en una endeble coleta y llevaba la camisa por fuera con las axilas empapadas de sudor. Había tenido el día libre y, desde luego, lo había disfrutado.

—Hay que ponerte menos sobria —dijo Stacey, clavando un dedo a Terry en el pecho.

—Tiene toda la razón. —Dave hizo ademán de devolver el porro.

Pero Stacey lo interceptó y le dio una larga calada.

—Traedle una cerveza. Terry no fuma.

Antes de que Dave pudiera protestar, Andrew dijo:

—La pone paranoica.

Eso era casi cierto. El primer colocón de Terry había sido la mismísima definición de desagradable. Todos los demás decían que habían sido alucinaciones, pero ella seguía creyendo que había visto un fantasma... o algo parecido.

Sin embargo, no le hacía ninguna gracia que otras personas decidieran por ella.

—Es una ocasión especial, con lo de la Luna y tal. —Extendió el brazo y cogió el porro de entre los dedos de Stacey, le dio una breve calada, consiguió no toser y se lo devolvió—. Ya voy yo a por la cerveza.

Se levantó de un salto y fue a la cocina. En medio del suelo había un baúl para juguetes en el que cada vez quedaban menos hielo y cerveza. Terry sacó una lata de Schlitz y se la frotó contra la mejilla mientras regresaba a la sala de estar. El calor del verano se acrecentaba con todos aquellos cuerpos apelotonados en la casa y poco podía hacer el aparato de aire acondicionado para atenuarlo.

Cuando volvió al sofá, Stacey estaba contando una historia.

Terry volvió a sentarse en el regazo de Andrew para escucharla.

Stacey siguió gesticulando.

—Total, que el empollón de laboratorio me dio quince pavos...

—¿Quince dólares? —La cifra se granjeó toda la atención de Terry—. ¿Por hacer qué?

—El experimento psicológico ese al que me apunté —dijo Stacey mientras se sentaba en el suelo de cara a Terry—. Lo sé, parecía guay, pero luego... —Calló y se estremeció.

—Luego, ¿qué?

Terry se inclinó hacia delante, abrió por fin su lata de cerveza y le dio un sorbo. Andrew le envolvió la cintura con los brazos para que no se cayera.

—Ahora es cuando la cosa se pone rara —dijo Stacey. Echó la mano hacia atrás para alisarse la coleta y, sin querer, terminó de deshacerla. A la luz intermitente del televisor en blanco y negro, su rostro pareció repentinamente turbado mientras seguía hablando, con los rizos apelmazados formando bultos aquí y allá—. Me llevó a una sala oscura donde había una camilla y me hizo tumbarme en ella.

—Oh, oh, creo que ya sé para qué eran los quince pavos —intervino Dave.

Tanto Stacey como Terry le clavaron la mirada, pero Andrew rio. Los chicos, actuando como chicos, se lo tomaron como un comentario descacharrante.

—Sigue —pidió Terry, poniendo los ojos en blanco—. ¿Qué pasó?

—Me tomó las constantes vitales y el pulso, me auscultó y se lo apuntó todo en un cuaderno enorme que tenía. Y entonces... —Stacey negó con la cabeza—. Os va a sonar a locura, pero me puso una inyección y me dio una pastilla de algo que se me disolvió bajo la lengua. Al cabo de un rato, se puso a hacerme un montón de preguntas raras.

—¿Qué clase de preguntas? —Terry estaba fascinada. ¿Por qué iba alguien a dar quince dólares a Stacey a cambio de aquello? ¿Y nada menos que en un laboratorio?

—No me acuerdo. Las contesté, pero lo tengo todo borroso. Supongo que por lo que me dio. Fue como colocarme de golpe con la peor remesa de ácido de la historia. Luego... no me sentí nada bien.

—¿Eso fue el viernes? —preguntó Terry—. ¿Por qué no habías dicho nada hasta ahora?

Stacey volvió la cabeza un momento para mirar a Walter Cronkite, pero enseguida prestó de nuevo atención a Terry.

—Me costó un par de días empezar a entenderlo, supongo. —Se encogió de hombros—. No pienso volver.

—Un momento. —Andrew puso la cabeza junto a la de Terry y se apoyó en su hombro—. ¿Querían que volvieras?

—Son quince pavos por sesión —respondió ella—. Y aun así, no merece la pena.

—¿Para qué te dijeron que era? —preguntó Terry.

—No me contaron nada —dijo Stacey—. Y ahora, nunca lo sabré.

Andrew irradiaba incredulidad.

—Ya voy yo. Por esa pasta no me importa tomarme un tripi chungo. ¡Con eso pagaríamos un mes de alquiler! Suena fácil.

Stacey le hizo una mueca.

—El alquiler ya te lo pagan tus padres, y además, solo buscan mujeres.

—Ya te he dicho para qué eran los quince dólares —dijo Dave.

Stacey cogió un cojín del suelo y se lo arrojó. Dave lo esquivó.

—Lo haré yo —dijo Terry.

—Oh, oh —replicó Andrew—. La «chica con más probabilidades de cambiar el mundo» se presenta al servicio.

—Es solo curiosidad —replicó Terry, y le torció el gesto—. No lo hago por eso.

El pie de foto de aquel anuario del instituto la perseguiría de por vida, al igual que su necesidad de hacer siempre un millón de preguntas sobre cualquier cosa. Su padre le había enseñado a prestar atención siempre y Terry no quería dejar pasar ninguna oportunidad de hacer algo importante. Ya estaba bastante frustrada por vivir tan lejos de San Francisco o Berkeley, donde estaban produciéndose los mayores movimientos sísmicos culturales, donde cuestionar la política gubernamental sobre la guerra era un acto cotidiano y no algo por lo que la mitad de tus vecinos siguieran mirándote raro aunque, en privado, estuvieran de acuerdo contigo.

¿Y qué pasaba si ninguna de sus preguntas había tenido jamás ningún resultado? Quizá esa vez fuese distinto. Y, además, se sacaría quince dólares. Con una paga de ese calibre, Becky no podría oponerse.

—¿Cómo? —Stacey parpadeó.

Terry terminó de decidirse del todo.

—Iré yo en tu lugar y haré el experimento. Eso, si de verdad no quieres volver.

—De verdad que no —dijo Stacey, y se encogió de hombros—. Pero si crees que la hierba te vuelve paranoica...

—Me da igual. El dinero nos vendrá bien. Por eso lo hago.

¿Qué más daba que fuese mentira? Becky asintió en señal de aprobación, como Terry sabía que haría.

Y entonces Dave gritó:

—¡Callaos todos! ¡Apagad la música! ¡Está pasando algo!

Andrew le habló a Terry al oído mientras la música cesaba.

—¿Seguro que quieres ir a ver a ese empollón de laboratorio? Ya sé que te gusta conocer las respuestas de todo, pero...

—Lo que pasa es que tienes mucha envidia por no poder ir tú —dijo ella, llevándose la cerveza a los labios para darle otro sorbo a aquel líquido con sabor a polvo y combustible.

—Cierto, nena, cierto —aceptó él.

Subieron el volumen del televisor y todos miraron mientras Neil Armstrong salía del módulo lunar y descendía por la escalerilla con pasos lentos y vacilantes.

Dave miró un momento hacia atrás.

—Podemos llevar a un hombre a la Luna, pero aún no se les ha ocurrido la forma de salir de Vietnam.

—Exacto —dijo Andrew.

Hubo gruñidos de aprobación a lo largo y ancho de la sala hasta que Dave hizo callar a todo el mundo, a pesar de que él mismo había sido el primero en abrir la boca.

Tras una pausa en la pantalla, Armstrong dijo:

«De acuerdo, voy a bajar del módulo.»

Todos contuvieron el aliento. La sala quedó tan en silencio como en teoría lo estaba el espacio, con una ausencia total de sonido. Pero en esa ausencia había una esperanza cargada de nervios.

Y entonces lo hizo. El astronauta, ataviado con un grueso traje diseñado para protegerlo de la atmósfera y los extraños gérmenes que pudiera encontrar en otro mundo, posó el pie en la árida y hermosa superficie lunar. Armstrong habló de nuevo:

«Es un pequeño paso para un hombre, pero un gran salto para la humanidad.»

Dave se puso a dar saltos y la sala entera empezó a vitorear. Andrew hizo girar a Terry en el aire dando círculos, durante un momento que fue un fulgor de celebración y maravilla. Walter Cronkite estaba al borde de las lágrimas, al igual que Terry. Le picaban los ojos.

Se tranquilizaron y vieron cómo los astronautas clavaban una bandera estadounidense y luego saltaban adelante y atrás en un cuerpo celestial que pendía del cielo fuera del edificio, llevados hasta allá por una máquina asombrosa que había construido la humanidad. Habían cruzado el cielo volando. Habían sobrevivido y ahora estaban caminando por la Luna.

¡Qué espectáculo para presenciar en vida! ¿Qué cosa no sería posible, después de aquello?

Terry se tomó otra cerveza e imaginó cómo sería conocer al empollón de laboratorio de Stacey.

2

Terry no había entrado nunca en el edificio de psicología para ninguna clase. Lo encontró escondido en una esquina, al fondo del campus. Sus tres pisos estaban a la sombra de los árboles, cuyas ramas se reflejaban en las ventanas. Las copas se mecían bajo un cielo encapotado que prometía lluvia.

Había un reluciente Mercedes-Benz y dos grandes furgonetas negras sin ventanillas estacionadas en la acera junto al edificio, a pesar de que quedaba muchísimo espacio libre en el aparcamiento porque había menos alumnos en el campus durante el verano.

«Son como furgonetas para cometer asesinatos —pensó Terry—. Qué ironía. Quizá por fin estoy a punto de descubrir algo.»

A la luz del día, la idea de que en aquel lugar pudiera estar realizándose algún experimento importante le había resultado... improbable. Pero allí estaba de todos modos. Cuando preguntó a Stacey qué necesitaría saber, ella le había dicho que podía presentarse sin más en la sala de arriba. Después se había despedido de Terry con una frase reconfortante: «Que no te siente muy mal el ponche de ácido lisérgico».

Terry tiró de la puerta de cristal para abrirla y encontró esperando dentro a una mujer con bata de laboratorio y una tablilla sujetapapeles en la mano. Tenía el pelo castaño rizado, la frente alta y un aire de eficiencia.

—Hoy el edificio está cerrado —dijo la mujer—, a menos que esté usted en la lista.

¿Sería una doctora o una estudiante de posgrado? Terry nunca había conocido a ninguna doctora, pero sabía que existían.

—¿La lista? —preguntó Terry.

Otra persona llegó por detrás a toda prisa, topó con ella y estuvo a punto de tirarla al suelo. Terry se enderezó y miró hacia atrás para encontrarse con una chica vestida con un mono bastante mugriento, que sonrió al ver que Terry la miraba de arriba abajo.

—Perdona —dijo la chica, encogiéndose de hombros—. Creía que llegaba tarde.

—No pasa nada.

Terry no pudo evitar devolverle la sonrisa. Puestas una al lado de la otra, las dos mujeres no podían ser más diferentes. Terry iba arreglada, con falda y blusa, y la noche anterior se había rizado el cabello con tiras de tela para que le cayera un poco ondulado. La chica del mono tenía grasa bajo las uñas, un pelo que como mucho podría describirse como peinado y pecas por todas las mejillas. Iba vestida un poco a lo chico. Unos años antes, ni siquiera le habrían permitido entrar en el campus con pantalones.

—Díganme sus nombres —pidió la mujer de la tablilla—. Tengo que comprobar que estábamos esperándolas.

—Alice Johnson —dijo la chica, colándose por delante de Terry—. No estudio aquí. Soy de la ciudad.

La mujer asintió.

—La tengo en la lista.

Fue una sorpresa. Desde luego, Terry no figuraba en aquella lista. Y, que ella supiera, Stacey tampoco.

Pero la mujer y Alice se quedaron mirando a Terry y, de pronto, había llegado el momento de demostrar que tenía un motivo para estar allí.

—¿Y usted? —preguntó la mujer.

—Stacey Sullivan —mintió Terry, que empezó a preguntarse si se habría equivocado de sitio.

La mujer bajó la mirada hacia su lista y luego volvió a alzarla. El pulso de Terry se aceleró.

—Ah, aquí está —dijo la mujer, e hizo una anotación rápida—. Perfecto. Ya había estado antes en este edificio, ¿verdad? Suban al segundo piso y preséntense a mis compañeros.

—¿Qué es todo esto? —Terry vaciló—. Eh... No recuerdo que fuera así la última vez.

—Tenemos un nuevo proceso de reclutamiento —respondió la mujer—. Se lo aclararán todo arriba.

Mientras se adentraban en el edificio, Alice le dijo a Terry:

—Me alegro, porque es la primera vez que vengo.

Terry tuvo que contenerse para no preguntarle a Alice si sabía algo más sobre lo que estaba ocurriendo. Lo consiguió, pero a duras penas. Se detuvo junto a la puerta que daba a la escalera.

—¿Quieres que subamos andando? Los ascensores de estos edificios viejos pueden ser muy lentos.

—¡No! —exclamó Alice, rechazando la sugerencia—. Me encanta subir en ascensores.

—Ah, vale —dijo Terry. Porque ¿qué otra cosa iba a decir?

Alice se relajó y sonrió. Recorrieron la poca distancia que las separaba de los ascensores y esperaron hasta que llegó uno y sus puertas se abrieron despacio, centímetro a centímetro.

—Vaya, sí que es viejo —dijo Alice con tono admirado y emocionado, mientras pasaba la mano por un borde de metal y entraba.

Terry no señaló que la avanzada edad de un ascensor solía hacer que la mayoría de la gente estuviera menos entusiasmada por subir en él. Alice era una tía rara. No era de extrañar que se hubiera presentado a un experimento psicológico. Aun así, a Terry le había caído bien.

—¿Dices que eres de la ciudad? —preguntó Terry—. Yo crecí como a una hora de aquí, en Larrabee.

—Vengo de una familia de mineros —dijo Alice—. Trabajo en el taller de mi tío. Está especializado en maquinaria pesada.

—Ojalá yo fuese mecánica —replicó Terry.

Alice se encogió de hombros.

—Todos somos mecánicos. El cuerpo es solo otro tipo de máquina.

«Pues es verdad.»

—Entonces ¿aquí dentro no hay un corazoncito? —preguntó Terry, bromeando un poco.

—Pues claro. El corazón es la bomba que nos mantiene en marcha —dijo Alice.

Las puertas empezaron a abrirse en el segundo piso y se lo tomaron con tanta parsimonia como habían hecho abajo. Alice se quedó quieta.

—Podría arreglarlo si tuviera las piezas adecuadas, ¿sabes? No está roto, solo un poco desgastado desde su esplendor original.

Eso enseñaría a Terry a juzgar a las personas por la grasa de sus monos. El esplendor original de un ascensor de universidad.

—Esperemos que no nos hayan traído para eso —dijo.

Alice le dedicó una sonrisa.

—Esperemos.

—¿Y dices que no habías venido aquí nunca? —preguntó Terry de sopetón.

—No —dijo Alice—. Mi tío vio un anuncio en el periódico la semana pasada, diciendo que buscaban a mujeres de edad universitaria con habilidades excepcionales. Respondí y me llegó una carta pidiéndome que me presentara aquí.

La mujer había dicho que tenían un nuevo proceso de reclutamiento. ¿Cómo iba a conseguir entrar Terry? ¿Qué se consideraba una «habilidad excepcional»?

Salieron del ascensor después de que Alice le diera una última palmadita amable y llegaron a un pasillo insulso, repleto de puertas y folletos que anunciaban experimentos. Solo había una puerta abierta, por lo que Terry supuso que sería a la que debían dirigirse. El hueco era lo bastante grande para que pasaran ambas a la vez, lo cual fue una suerte porque Alice se negó a entrar delante o detrás de Terry. Como todas las rarezas que había visto en ella hasta el momento, le pareció encantadora.

En la sala esperaba otra persona con bata de laboratorio, en ese caso un hombre con pelo de presentador de noticiario y gafas de montura gruesa. Entregó a cada una un taco de papeles y un bolígrafo.

—Autorizaciones —dijo—. Rellenadlas y esperad a que os llamemos.

«Eres todo cortesía, colega.»

El hombre les indicó una parte de la sala que habían convertido en zona de espera poniendo unas sillas. Allí estaban otras seis mujeres de edad universitaria —aunque, a juzgar por la presencia de Alice, no tenían por qué ser todas alumnas— y un hombre de aproximadamente su misma edad, con el pelo castaño largo, barba a lo Jesucristo y pantalones de campana. Terry y Alice tuvieron que separarse porque las dos únicas sillas libres estaban una enfrente de otra.

Alice se sentó al lado de una joven negra que leía un enorme libro de texto y, si Terry parecía desaliñada en comparación, no digamos ya Alice. Llevaba un impecable traje púrpura, modesto pero a la última moda.

—¿Tú también eres de aquí? —le preguntó Alice.

El pelo rizado de la mujer acentuaba una cara pensativa y hermosa, que volvió hacia Alice.

—Crecí aquí —respondió—. Me llamo Gloria Flowers.

—¿De los...? —empezó a preguntar Alice.

—Sí —dijo Gloria—, de esos Flowers.

Alice puso los ojos como platos y lanzó un susurro teatral en dirección a Terry:

—Su familia tiene una tienda enorme y una floristería, Flores Flowers.

—Estoy sentada justo a tu lado —dijo Gloria, y añadió—: Y es Flores y Regalos Flowers.

—¿Tú también viste el anuncio en el periódico? —preguntó Alice.

—No —respondió Gloria—. Yo estudio aquí. Biología.

—No lo preguntaba con ánimo de ofender —dijo Alice, sonrojándose—. En serio. A veces hablo sin pensar.

—Deberías haber oído cómo elogiaba el ascensor —dijo Terry.

Alice le lanzó una mirada agradecida.

Terry se inclinó hacia delante y tendió la mano a Gloria, que titubeó un segundo antes de estrechársela, mientras sostenía el libro de texto contra su pecho. Algo cayó de dentro del libro al suelo. Un tebeo.

Los ojos de Gloria se ensancharon, avergonzados.

Terry se agachó para recogerlo. La portada de vivos colores rezaba: *La Patrulla-X*.

—A mí me gustaba mucho *Betty y Verónica*, de Archie Comics —dijo, devolviéndole el ejemplar.

—Este es distinto —repuso Gloria con una sonrisa.

—Mola —dijo Terry—. Me alegro de conocer a otra

alumna... —Vaciló al caer en la cuenta de que no podía decirle su verdadero nombre. Todavía no.

—Supongo que entonces yo soy basura —dijo Alice—. Comportaos como si no estuviera.

El hombre de la barba ladeó la cabeza e hizo un gesto con la barbilla en dirección a Alice.

—Tú eres la más lista de aquí —afirmó con aplomo—. Me llamo Ken.

—Creía que solo buscaban chicas —dijo Alice, a quien por lo visto no le gustaban mucho los halagos.

—Tengo poderes psíquicos —respondió él, casi susurrando.

—¿Ah, sí? —preguntó Terry.

Ken se reclinó.

—Claro que los tengo. Por eso he sabido que debía venir.

—Claro que los tiene —repitió Alice, y Terry no tuvo la menor idea de si lo decía en serio o en broma.

Las mujeres que había sentadas a ambos lados estaban intentando a todas luces no mostrarse horrorizadas por todo lo que estaba sucediendo a su alrededor. Terry descubrió que se lo estaba pasando en grande y, tras cruzar la mirada con Alice, con el supuesto vidente Ken y luego con Gloria, tuvo la impresión de que ellos también.

Un hombre vestido con bata de laboratorio abrió una puerta al fondo de la sala.

—Gloria Flowers —dijo.

Gloria volvió a esconder su tebeo en el libro de texto, les guiñó un ojo, se levantó y siguió al hombre por un pasillo.

A Terry le habían caído muy bien los tres.

Solo quedaban dos personas en la zona de espera, Terry y Ken, y habían transcurrido horas.

Los formularios de autorización eran densos y estaban tan repletos de jerigonza legal que a Terry le cosquilleaba el estómago al leerlos. Había acertado en que aquel experimento era importante. Los documentos no los había emitido la universidad, sino el gobierno de Estados Unidos. Un departamento llamado Oficina de Inteligencia Científica. Afirmaban que revelar cualquier actividad en la que se participase podía conllevar sanciones graves, que incluso podían llegar a penas de cárcel. Lo cual implicaba que iban a ocurrir cosas que debían mantenerse en secreto.

El padre de Terry y Becky había combatido en la Segunda Guerra Mundial y allí había visto cosas terribles. Nunca hablaba de ellas delante de las chicas, pero una noche Terry lo había oído despertar con un grito y había salido de su cuarto para ver qué pasaba. Al final, se había quedado acuclillada en camisón tras la puerta del dormitorio de sus padres, escuchando a escondidas. Su padre le había hablado a su madre de un campo de prisioneros del que habían ayudado a sacar a gente, hacia el final del conflicto.

—Eran de los suyos, estaban apiñados como sardinas en lata, flacos como palos... y eso, los que aún seguían vivos.

Tenía sueños, decía, en los que trabajaba en el campamento y no hacía nada para impedir lo que sucedía allí.

—Tú no serías capaz de hacer nada parecido —había respondido la madre de Terry, intentando apaciguarlo—. No eres así.

—Quiero pensar que no —había dicho él—, pero seguro que muchos hombres que trabajaban allí debieron de pensar lo mismo antes de la guerra. Y sus esposas también. Podría suceder aquí. Eso es lo que hace que me despierte.

—No podría pasar aquí —había replicado su madre.

—Me gusta que pienses eso, cariño.

—No sé si podría soportar la vida pensando de otra manera. No llego ni siquiera a entender lo duro que tiene que ser para ti, Bill.

En aquel momento, Terry sintió un amor inmenso por ellos. Por su padre, que había presenciado unos horrores tan inmensos que se cuestionaba incluso a sí mismo. Y por su madre, que creía en él cuando dudaba. Su padre veía siempre las noticias, todas las noches, y les explicaba lo importante que era involucrarse. El tremendo don que era el derecho a votar. Que siempre debían permanecer alerta, pues nunca se sabía cuándo le llegaría a uno el turno de garantizar que se preservase la libertad.

Terry se había tomado muy en serio esas lecciones; demasiado, a juicio de Becky y de su madre. Pero su padre estaba orgulloso de ella.

Y, por tanto, allí estaba, hecha un manojo de emoción y nervios, tensa como un muelle por dentro, mientras seguía leyendo. Vaciló un momento cuando llegó al final.

Entonces firmó con su nombre verdadero. Stacey no quería saber nada más de aquello, así que Terry tendría que seguir adelante con su auténtica identidad. De algún modo.

—¿Stacey Sullivan? —llamó el hombre desde la puerta.

Después de esa última vez haciéndose pasar por su amiga, al menos.

Ken la miró.

—¿Esa eres tú?

Era interesante que lo formulara como pregunta.

—Eh... sí —dijo Terry, y se levantó de un salto.

En ese momento reparó en que el hombre que la había llamado no era el mismo de antes. Era delgado y guapo, con una mata de cabello castaño bien peinado y una cara casi sin arrugas. Pero cuando el hombre centró su atención en ella, Terry sintió que la temperatura le descendía varios grados.

El hombre sonrió, arrugando las comisuras de los ojos.

—¿Señorita Sullivan?

«Es solo que estás nerviosa.»

Terry avanzó deprisa hacia él y estuvo a punto de tirar los papeles de autorización, porque, al fin y al cabo, era ella. Se colocó bien el bolso sobre el hombro y apretó los papeles contra el pecho.

—Presente.

Él le indicó con un gesto que le siguiera por el pasillo.

—Estamos al final, en la última puerta a la derecha.

La puerta abierta daba a una sala grande y desordenada. Nada más entrar había una mesa de exploración. Terry se quedó junto a ella mientras contemplaba el resto de la estancia. Había cosas que sin duda se había dejado el departamento de psicología: dos camillas, carteles con diagramas y un extraño material médico con alambres y tubos. Mesas y montones de cuadernos. En un rincón, tirado de cualquier manera, un microscopio que parecía que nadie hubiera usado nunca. Vio un modelo de un cerebro, dividido en partes de color rosa claro que podían separarse y juntarse.

—Siéntese —dijo el hombre, señalando la mesa de exploración. Su tono denotaba autoridad, como si estuviera acostumbrado a dar órdenes.

Terry dudó un momento antes de sentarse en el borde de la mesa. Sus pies quedaron colgando en el aire, como un recordatorio de que no pisaba terreno sólido.

El hombre se quedó de pie, mirándola. Por fin, cuando el silencio empezaba a volverse incómodo, le preguntó:

—¿Quién es usted? —Y antes de que Terry decidiera cómo responder, el hombre añadió—: Sé que no es Stacey Sullivan.

«Mierda.» Sí que la habían pillado deprisa.

—¿Cómo lo sabe? —La pregunta se le escapó antes de poder morderse la lengua.

—Según las notas del empleado de la universidad que nos proporcionó su nombre, Stacey Sullivan tiene el pelo negro y rizado. Mide uno sesenta. Ojos castaños. Coeficiente intelectual mediocre.

Terry se ofendió en nombre de Stacey.

—Usted —prosiguió el hombre— mide uno setenta y poco, tiene el pelo rubio oscuro y los ojos azules. Mi evaluación de su inteligencia dependerá de la razón por la que ha venido hasta aquí haciéndose pasar por la señorita Sullivan, pero me aventuraré a afirmar que está por encima de la media. Por tanto, ¿quién es usted?

Lo dijo con tono relajado. Terry no sabía muy bien cómo había esperado que fuese aquella entrevista, pero desde luego no era así.

—Bueno, pues usted tampoco es el empollón de laboratorio del que habló Stacey —repuso Terry, al darse cuenta de este hecho. No era solo que aquel escenario difiriese mucho del que había descrito Terry en su historia, sino que además nadie podría describir nunca así a aquel hombre—. El tipo que le dio unas drogas que la hicieron sentir rara la semana pasada. Que es la razón por lo que no ha vuelto. Por tanto, ¿quién es usted?

Se preguntó si el hombre respondería.

Él meneó la cabeza con una expresión que tal vez era de diversión.

—Soy el doctor Martin Brenner. Ese otro hombre era un psicólogo de la universidad subcontratado. Tienden a pifiarla con los procedimientos, por lo que nosotros hemos pasado a encargarnos de esto. —Calló un momento—. Le toca a usted.

«Cierto.»

—Soy Terry Ives, la compañera de cuarto de Stacey —dijo ella.

—Y, en consecuencia, no tengo ni idea de si cumple alguno de los criterios de selección establecidos para este experimento —dijo el doctor Brenner.

—He hablado con unas cuantas personas ahí fuera y me han dicho que respondieron a un anuncio del periódico. Tampoco serán unos criterios tan estrictos, me parece a mí.

El hombre se quedó muy quieto y volvió a fijar en ella aquella mirada pensativa.

Terry decidió seguir hablando, animada por el hecho de que todavía no la hubieran echado de allí. Se levantó para ponerse cara a cara con Brenner, no muy por debajo de él, que se alzaba imponente sobre ella.

—Me ofrecí voluntaria a sustituir a Stacey porque... porque tuve la sensación de que esto es importante. Si no, sería algo demasiado raro. Los laboratorios no buscan a mujeres en edad universitaria para administrarles drogas. O no solo para eso, al menos.

—Entonces ¿qué cree que es esto? —preguntó el doctor Brenner.

Terry se encogió de hombros.

—He leído los formularios de autorización. Lo único que puedo decir es que, sea lo que sea, se trata de algo... grande. Quiero formar parte de ello.

—Hum. —El gruñido tenía un matiz de escepticismo.

—¿Qué requisitos tengo que cumplir? —preguntó ella—. Dígamelos.

—¿Es soltera?

El rostro de Andrew apareció en su mente.

—No estoy casada.

—¿Sana? —preguntó él.

—No me he perdido ni un solo turno en el restaurante donde trabajo.

Él asintió en señal de aprobación.

—¿Ha tenido relaciones sexuales alguna vez?

Terry se tensó. Aquella no era la clase de conversación que una mujer mantenía con un hombre desconocido. Y hacerlo con un médico del gobierno desconocido parecía incluso menos apropiado.

—Me temo que necesito que nuestros participantes sean francos —añadió él en tono de disculpa.

—Sí. —Terry no se extendió más.

Otro asentimiento.

—¿Alguna vez ha dado a luz?

—No —respondió ella.

—¿Es usted tenaz?

Terry lo pensó un momento.

—Estoy aquí, ¿verdad?

—Sospecho que sí que cumple los criterios básicos. Sin embargo... —Brenner dejó la frase en el aire, observándola.

No parecía convencido del todo, aún no.

Terry se devanó los sesos intentando recordar lo que le había dicho Alice sobre el anuncio del periódico. No creía que el doctor fuese a estar interesado en las cualidades que Terry podría enumerar como habilidades destacables: la capacidad de servir entre seis y ocho mesas sin olvidar las comandas de nadie (lo que era más difícil de lo que parecía), la de no confundir nunca el café descafeinado con el normal, la de hacer sus trabajos de la universidad en el último momento y aun así sacar notas decentes, la de hacer reír a Andrew incluso cuando él no quería, la de animar a Becky de vez en cuando...

—Y soy excepcional —dijo.

—Bien —respondió él, como si se hubiera decidido. O quizá solo estuviera siguiéndole la corriente—. Supongo que sí que lo es. Y ahora siéntese.

A Terry no le hacía ninguna gracia que le dijeran lo que tenía que hacer, pero se sentó de todos modos.

3

Andrew estaba aparcado detrás de las furgonetas que había fuera del edificio de psicología con su cupé Plymouth Barracuda de color verde esmeralda, que limpiaba con cariño por fuera y por dentro al menos una vez a la semana. Había insistido en que, teniendo en cuenta la experiencia de Stacey, quizá Terry necesitara que la llevasen de vuelta. La jornada se había prolongado más de lo que ella tenía previsto. Andrew debía de llevar un buen rato esperando.

Lo saludó con el brazo mientras trotaba sobre la hierba e intentó decidir cuánto de lo que había ocurrido en el edificio iba a contarle. Andrew no creía que fuese muy buena idea presentarse allí, aunque se lo había tomado bastante bien.

Terry se metió en el coche.

—Me muero de hambre —dijo para ganar tiempo—. ¿Quieres ir a comer algo? Invito yo.

—Supongo que te han pagado esos quince dólares —repuso Andrew, mirándola de arriba abajo como si quisiera asegurarse de que Terry seguía de una pieza—. Claro, vamos adonde tú quieras.

—Pues vayamos al Starlight —propuso Terry. Era viernes por la tarde y no tenía que trabajar hasta las nueve de la mañana del día siguiente. El calor estival convertía el final del día en un horno. En otras palabras, hacía el tiempo perfecto para ir a un autocine. Las películas aún tardarían un par de horas en empezar, pero podían coger un buen sitio y la pequeña cafetería ya estaría abierta—. ¿No querías ir a ver *Grupo salvaje*? Creo que aún la ponen.

—Tus deseos son órdenes. —Arrancó el coche y empezó a cruzar el campus, que se encontraba casi desierto—. Estaba a punto de asaltar el edificio para ver si te habían secuestrado. ¿Cómo ha sido? ¿Tenías razón o no?

—Creo que sí. —Terry juntó las manos en el regazo.

—¿De verdad?

—Sí.

Para alivio de Terry, Andrew no lo puso en duda.

—¿Qué ha pasado?

—Hasta ahora, lo único que ha pasado es que el médico me ha hecho un montón de preguntas. Pero dejará que me quede.

—Sin inyecciones misteriosas —dijo Andrew, mirándola.

—Sin inyecciones misteriosas —repitió ella. Eso era cierto—. Pero creo que era otro tío distinto. La próxima vez, ¿quién sabe? Sí que... me ha dado la sensación de que era algo importante.

El locutor de la radio anunció el último total de víctimas en Vietnam al informar de una batalla. Andrew extendió el brazo y subió el volumen.

—Ha muerto allí otro amigo de Dave del instituto.

Todos conocían a gente que había muerto allí. Terry podía visualizar sus caras con facilidad. Siempre se imaginaba a los chicos a los que mataban como en sus fotos del anuario escolar. Sonrisas forzadas, blanco y negro, atrapados.

Andrew tenía una prórroga por los estudios, pero Terry sabía que lo ponía nervioso graduarse la siguiente primavera. La única vez que habían hablado del tema, Terry se había llevado la impresión de que luego haría un posgrado y seguiría estudiando sin parar mientras fuese necesario.

—Qué espanto —dijo Terry, y al instante odió quedarse tan corta. Algunas cosas eran tan terribles que intentar describirlas con palabras resultaba inútil.

Andrew asintió con la cabeza y siguió escuchando las noticias.

Terry pensó en sus últimos instantes con el doctor Brenner. Al final lo había convencido, de alguna manera que no terminaba de comprender, para que la clasificara como sujeto de «alto potencial». Las demás sesiones tendrían lugar fuera del campus, en un laboratorio gubernamental destinado a tal efecto. Brenner había reconocido que la investigación era importante y puntera. Terry no tenía demasiada idea de lo que significaba eso. Tenía que volver al edificio de psicología tres semanas más tarde y, desde allí, cada semana la llevarían hasta las instalaciones.

Lo único que ella había dicho era: «Siempre que no interfiera en mis estudios». Pero, por dentro, resplandecía como si le titilara una estrella en el pecho. Orgullosa.

Tendría que contenerse y no hablar de aquello delante de Becky. Su hermana no había absorbido las mismas lecciones que ella de su padre. Cuando Terry escribía cartas sobre la guerra para enviárselas a sus congresistas, Becky decía que era mejor saber que las personas como ellas tenían que trabajar mucho para sobrevivir y no darse aires de importancia creyendo que podían cambiar el mundo por lo que costaba un sello. Quizá no hiciera falta que Becky se enterara de lo que estaba haciendo Terry.

—La verdad, no sé cómo podemos seguir confiando en el gobierno —dijo Andrew—. Se supone que trabajan para nosotros.

—A mí me lo cuentas. Lo sé. —Terry bajó el volumen de la radio—. Pero han llegado a la Luna, eso sí.

—Gracias a la ciencia. Y porque JFK les dijo que lo hicieran —replicó él—. Lo único que hacen ahora es enviar a más de los nuestros a morir.

Terry decidió no contarle quién estaba realizando exactamente aquellos experimentos. Científicos del gobierno. Podría darle poderosos argumentos para no apoyar su participación, y Terry no quería discutir con él al respecto. Estaba decidida a hacerlo.

—Voy a pedir palomitas y un perrito caliente —dijo Terry—. Y, a lo mejor, un granizado.

Andrew le guiñó un ojo.

—Así se habla, ricachona.

2

Nada que ver con el País de las Maravillas

AGOSTO DE 1969
Bloomington, Indiana

1

—Me hacen sentir como si no quisiera ir porque soy una especie de niña buena mojigata —dijo Terry—. Y no es por eso.

Andrew tiró de ella hacia atrás para que se sentara en el batiburrillo de mantas de su cama desordenada, en la esquina de su habitación aún más desordenada.

—No levantes la voz, que van a oírte. Podrías venirte... si no fueses demasiado buena para saltarte las clases.

Terry le dio un puñetazo de broma en el hombro.

—También podrías quedarte tú conmigo y ser bueno, como a mí me gusta.

—Pero no me dejan entrar en tu experimento de científicos locos —dijo Andrew, sonriéndole.

—Y luego están las clases —dijo Terry—. Becky ya ha pagado la matrícula. ¿Tú no estás preocupado por saltarte las tuyas?

Estaba a punto de empezar el período de receso académico y los dos se habían apuntado a cursos optativos de dos semanas. El de Terry era algo sobre técnicas pedagógicas y el de Andrew, un seminario de filosofía.

—Lo que me preocupa es que se me esté escapando la vida —respondió él.

—Ajá.

Terry nunca olvidaba que cualquier cagada por su parte afectaría a Becky, que ahora se sentía responsable de ella. Andrew era más espontáneo y también un poco mimado: nunca se había metido en ningún problema del que no acudiera alguien a sacarlo. Pero los dos creían en las mismas cosas, aunque sus enfoques fuesen distintos. Eso pesaba más que sus diferencias.

—Tengo que volver al laboratorio de psicología esta semana —dijo—, así que no puedo ir.

—¿Estás segura de que es buena idea?

—Sí, y por eso tengo que hacerlo.

—Nena —dijo él, cogiéndole las manos—, allí va a tocar todo el mundo. No puedes perdértelo.

—Estuve a punto de no convencer al doctor Brenner para que me dejara participar. No puedo arriesgarme a que me den la patada incluso antes de que empiece.

—Vale. —Andrew le tocó la mejilla—. Pero ojalá vinieras. Voy a echarte de menos.

Desde la otra habitación se oyó una voz de hombre:

—¡Date prisa, salimos en un cuarto de hora!

La voz pertenecía a un tío llamado Rick, que tenía el pelo grasiento y le ponía los pelos de punta a Terry. Era el dueño de la furgoneta en la que iban a irse los cinco a un pueblo del que nadie había oído hablar antes, en el norte del estado de Nueva York. Woodstock. Sonaba inventado.

Terry puso los ojos en blanco.

—Prométeme que irás con cuidado. Vas a pasar días en

una furgoneta con unos desconocidos de California, después de los asesinatos que hubo allí. Seguro que los asesinos también tenían una furgoneta.

Lo dijo en tono ligero, pero seguía despertándose en mitad de la noche, con los detalles frescos en la mente. Había leído todos los artículos sobre los brutales asesinatos. Las palabras CERDO y HEALTER SKELTER escritas con sangre en las paredes, y esa pobre actriz, Sharon Tate, apuñalada hasta la muerte estando embarazada de ocho meses. ¿Qué clase de monstruos harían daño a una mujer encinta?

—Nos vamos a la otra punta del país —dijo él—. No estarás preocupada de verdad por asesinos que van en furgonetas, ¿no?

—No —respondió ella.

«Sí —pensó—, y por todo lo demás que podría pasar. El mundo apenas tiene sentido.»

—Y no son unos desconocidos. Rick y Dave se criaron juntos.

Esto no la tranquilizaba en absoluto sobre los amigos de Rick, otro tío chungo al que apodaban Woog y una chica llamada Rosalee que miraba a Terry como si fuese un chiste con forma humana. Además, la gente cambiaba. En opinión de Terry, solo habían pasado por allí para invitar a Dave en su recorrido de una punta del país a la otra desde Berkeley para poder ducharse en su casa.

—Puede que esté un poco preocupada. Sé que es irracional —dijo Terry, pero era mentira. A ella le parecía racional del todo—. Es solo que tengo la sensación de que viene algo malo. No puedo explicarlo.

—Eso lo doy por hecho... aunque espero que no para mí. Ni para ti. —Andrew sonrió y volvió a tumbarla en la cama para ponerle los labios junto a la oreja—. Pero, por si acaso, a lo mejor tendríamos que despedirnos como es debido.

—No me puedo creer que vayas a ver a Janis Joplin sin mí. Eres un novio horrible.

—Ya te he dicho que te vengas conmigo.

Era tentador. Y se volvió aún más atractivo cuando Andrew le apretó los labios contra el cuello.

Pero quince minutos más tarde, Andrew se marchó a Woodstock y Terry salió hacia su residencia. Era el camino que había escogido y tenía toda la intención de seguirlo.

2

Unos días más tarde, Terry llegó al edificio de psicología y encontró una furgoneta esperando. Le sonaba, era brillante y negra, y Terry estaba casi segura de que era una de las que habían estado aparcadas en la acera la primera vez que había ido allí. Tenía los cristales tintados, aunque solo un poco, y matrículas del gobierno.

«Furgonetas por todas partes.»

Terry ahogó una carcajada. Si Andrew estuviera allí, la chincharía por su repentino prejuicio contra las furgonetas. Pero aquella se parecía más a una furgoneta de iglesia en tonos oscuros que a un centro de reunión de hippies o a un escenario de asesinatos sobre ruedas.

Esperaba que Andrew y compañía hubieran llegado bien a Nueva York. El festival había empezado unos días antes y aparecía en todos los noticiarios. Se estimaba que unas doscientas cincuenta mil personas habían invadido el tranquilo pueblecito de Woodstock. Por todas partes se veían fotos de gente cubierta de barro con unas pupilas enormes, sonrientes como si hubieran llegado a la tierra prometida. Terry no había visto a Andrew en ninguna de ellas, aunque no estaba segura de poder reconocer a nadie aparte de Dave. Según se decía, Janis Joplin había dado uno de los mejores conciertos de su vida. Mientras tanto, la clase de Becky durante el receso era la pura definición del aburrimiento.

«Así que más vale que esto merezca la pena.»

Se quedó rondando por la acera en vez de acercarse a la furgoneta y tuvo que sonreír cuando un destartalado coche de gran cilindrada entró chirriando en el aparcamiento y Alice salió de él. Iba sucia como en su primer encuentro, vestida de nuevo con un mono manchado.

—¿No llego tarde? —dijo Alice, sin molestarse en saludar.

—Justo a tiempo —respondió Terry.

—¿Qué haces ahí plantada? —preguntó Alice.

La puerta de la furgoneta se abrió en ese preciso instante y Ken dijo:

—¿Qué hacéis las dos ahí fuera plantadas?

¿Sería otra vez su numerito de «soy vidente»? Alice y Terry se miraron con sendas cejas enarcadas antes de entrar en la furgoneta. Gloria ya estaba allí, en el asiento de detrás de Ken. Estaba tan elegante como la otra vez que se habían visto, en esa ocasión con una falda de color verde marino hasta las rodillas y una blusa del mismo tono con lunares blancos. Terry se deslizó a su lado y Alice le lanzó una mirada que decía: «Gracias por dejarme con este tipo», mientras ocupaba el asiento libre que quedaba al lado de Ken.

Terry se encogió de hombros.

El hombre fornido que estaba al volante llevaba un uniforme de celador y tenía los brazos muy peludos. Cogió una tablilla sujetapapeles que estaba en el asiento del copiloto.

—Tengo que comprobar vuestros nombres por motivos de seguridad.

Ken lo interrumpió levantando una mano.

—Estamos todos. Ya he leído tu lista.

El celador no pareció muy contento, pero dejó la tablilla y se volvió hacia el volante. La furgoneta arrancó con un suave rugido.

—¿Dices que has tenido que mirar el papel? —preguntó Terry a Ken—. ¿No sabías de antemano lo que había escrito?

El bigote de Ken se abatió mientras miraba hacia atrás con el ceño fruncido.

—No esperaba que aquí se me juzgara. Soy vidente, siempre lo he sido, pero... la cosa no funciona así.

Alice estaba mirando a Terry con una expresión que esta no logró descifrar.

—Eh... lo siento —dijo Terry, y descubrió que era verdad—. No lo decía para insultarte. Estaba de broma.

Ken se quedó callado, pensando.

—Entonces no pasa nada —dijo con un asentimiento.

Gloria por fin rompió su silencio.

—¿De verdad esperas que creamos que eres vidente? —preguntó en voz baja.

—Estoy aquí, ¿no? —replicó Ken, llevándose una mano al pecho y extendiendo los dedos.

Pudiera o no predecir el futuro o hablar con los espíritus, Terry decidió que Ken tenía sentido del espectáculo. Y percibió la oportunidad de averiguar algo que llevaba un tiempo dándole vueltas.

—¿Por qué estáis aquí, participando en el experimento? —preguntó—. Aparte de por haber conseguido entrar, digo.

El conductor llevó la furgoneta con suavidad hasta la carretera de acceso al campus.

Terry se sorprendió al ver que Gloria respondía sin vacilar.

—No era mi primera opción.

—¿A qué te refieres?

Gloria suspiró.

—El decano de mi facultad opina que no debería estar haciendo los mismos proyectos de investigación que los estudiantes varones. Ni siquiera cree que la universidad deba permitir que alguien como yo se titule. Pero mi padre montó un escándalo cuando me echaron del laboratorio y la facultad se inventó que esto serviría para conseguir los créditos que necesito.

—Gloria, lo... —empezó a decir Terry.

—No pasa nada. —Gloria hizo un gesto con la cabeza en dirección a Alice, que había apoyado el brazo en el respaldo para poder volverse hacia las otras dos mujeres—. Y tú, ¿qué?

—Yo quiero comprarme un Firebird. Como cobramos por hacer esto, podré tenerlo antes —dijo, como si fuese algo evidente.

Hubo un silencio expectante y todas miraron a Ken. Al ver que no respondía de inmediato, Terry le dio un empujoncito.

—¿Y qué hay de ti?

—Yo debo estar aquí —dijo él—. Supe que debía presentarme. Este es un momento crucial. Todos nosotros vamos a ser muy importantes para los demás.

Por algún motivo, a Terry no le pareció que fuese una afirmación de la que burlarse, y de todos modos no quería volver a herir los sentimientos de Ken.

—¿Y tú? —le preguntó Ken.

—Te llamabas Stacey, ¿verdad? —añadió Alice, solícita.

—Bueno... —Terry se removió, nerviosa.

Ken acudió en su rescate.

—En realidad creo que se llama Terry.

—Así es. Terry Ives.

—¿Cómo? —Alice arrugó la nariz—. Pero estaba segura de que les habías dicho que te llamabas Stacey. Recuerdo las cosas.

Todos estaban mirando a Terry.

—¿Por qué usaste un nombre distinto? —preguntó Alice. Bajó la voz—. ¿Eres una delincuente? Ah, ¿o una de esas chicas desaparecidas? ¿Te robaron de tu familia?

La joven tenía los ojos como platos y Terry casi vio cómo componía toda una retahíla de historias en su cabeza.

—No, no soy una delincuente ni una chica secuestrada de niña. Ni una espía. Ni una fugitiva.

—Pues vaya —dijo Alice, tan decepcionada que Terry tuvo que sonreír.

—Stacey es el nombre de mi compañera de cuarto. Ella se apuntó, pero luego cambió de opinión. A mí me hace falta el dinero. Y además... —Quería decir que estaba allí porque por fin se le presentaba en bandeja una oportunidad de hacer algo. Que quizá estuviera, que quizá todos ellos estuvieran, a punto de hacer historia. Que esa posibilidad era el motivo de que hubiera acudido. Pero se conformó con una versión más sencilla, la misma que había dado a Brenner. Una versión que confiaba en que fuese menos probable que encontraran ridícula—. Y además, tengo la sensación de que esto es algo importante.

Gloria asintió y dijo en voz más baja:

—Sí que da esa impresión, ¿verdad? Es mucho gasto en llevarnos y traernos.

Terry se inclinó hacia delante y, para que pudiera apoyar los brazos en el respaldo, Alice cambió de postura. Terry se dirigió al conductor, preguntándose si se habría tomado la molestia de escuchar la conversación.

—No sabía que hubiera ningún laboratorio en Hawkins. Es adonde vamos, ¿verdad? —preguntó—. ¿A Hawkins?

—Lleva poco allí —dijo él—. Lo convirtieron en laboratorio el año pasado.

—¿Y a qué se dedican? —preguntó Terry.

—A investigar.

Terry esperó, pero el conductor no les facilitó ninguna otra información. Tenía la atención fija en la carretera, llana y desierta desde que habían salido de la ciudad, rodeada a los lados de extensos campos de maíz muy alto.

—¿A tu compañera de cuarto no le hace falta el dinero? —preguntó Alice, sin venir a cuento.

«Vaya, sí que es observadora.» Terry ya pensaba que esa parte de la conversación estaba concluida.

—No tanto como para buscarse otro empleo —respondió Terry—, y decía que esto se parecía demasiado a uno.

Alice miró a los ojos a Gloria, negó con la cabeza y dijo:

—Las chicas blancas no saben lo que es trabajar.

Terry no podía discutir la idea general, por mucho que ella misma trabajara muy duro. Por mucho que la propia Alice estuviera cubierta de manchas de grasa. La chica no se equivocaba del todo.

—Yo no diría tanto —objetó Gloria.

—Ni falta que hace —repuso Alice, y le guiñó un ojo—. Ya lo he dicho yo por ti.

Gloria sonrió, divertida, meneando la cabeza a los lados.

—Será un trabajo en toda regla —dijo, todavía en voz baja—. En el campus no pagan esto por los experimentos, ni de lejos. Están compensándonos por algo.

Terry quería intervenir, curiosa por hacerse una idea de la cantidad de más que estaban cobrando respecto al típico experimento, pero entonces habló el conductor.

—Creo que no deberíais hablar del experimento fuera del laboratorio —dijo—. Podría alterar los resultados.

Se quedaron todos callados durante cinco minutos de reloj. Que quizá fuesen el límite de la resistencia de Alice.

—¿Sabéis que va a salir un disco nuevo de los Beatles? —preguntó.

Y se pusieron a charlar de música y de otros temas no relacionados con el experimento durante el resto del trayecto.

3

Una larga valla metálica les indicó que habían llegado. Eso y un letrero que señalaba que estaban en la entrada del LABORATORIO NACIONAL DE HAWKINS. El edificio en sí no parecía nuevo, a pesar de lo que había afirmado el guardia. Pero, claro, solo había dicho que el laboratorio propiamente dicho llevaba poco tiempo allí. Podían haber reacondicionado el edificio.

Mientras la furgoneta pasaba por una garita ocupada por soldados y giraba hacia un aparcamiento, Terry empezó a ser consciente de la realidad de su situación. Aquello estaba sucediendo de verdad. Se dirigían a un edificio de cinco plantas lo bastante grande para tener alas y guardias armados.

La resolución se asentó en sus huesos. Becky y su tía Shirley siempre habían dicho que Terry era la persona viva más tozuda del mundo cuando se proponía alguna cosa.

Claro que lo más seguro era que entrasen y terminasen sentados en círculo para meditar o algo parecido. Stacey podía ser muy exagerada.

—¿Terry? —dijo Gloria, y ella se dio cuenta de que habían aparcado y la puerta de la furgoneta estaba abierta. Había llegado el momento de bajar y entrar.

—Perdón —se disculpó Terry.

Los cuatro avanzaron formando un grupito nervioso, con el conductor por delante pero no muy lejos de ellos. El hombre no dejaba de mirar atrás, como si temiera que de repente intentaran escapar corriendo.

El aparcamiento estaba lleno de coches bonitos pero no espectaculares. Bueno, a excepción del reluciente Mercedes que ocupaba el lugar más cercano a la puerta. Era el mismo que estaba en el edificio de psicología el primer día. Debía de ser de él. Del doctor Brenner.

Alice se detuvo de golpe mientras se acercaban a las puertas de cristal del edificio. Alzó la cabeza para mirar pared arriba.

—¿Qué pasa? —preguntó Terry.

Alice movió la cabeza despacio, admirada.

—Tengo unas ganas enormes de ver los ascensores.

En un gesto que los honraba, los demás ignoraron el comentario.

El conductor les sostuvo la puerta abierta para que entraran y Terry esperó a que lo hicieran todos los demás.

—Vas a entrar —dijo él, sin el menor tono interrogativo.

Iba a hacerlo.

Tras respirar hondo, tras una última inspiración del aire exterior, Terry entró.

El vestíbulo subrayaba lo oficial que era aquel lugar. Hasta el último centímetro que la rodeaba decía a gritos: «Edificio gubernamental, asunto importantísimo». Había más soldados apostados en los accesos a las distintas secciones del edificio. Un mostrador de recepción ocupado por una mujer mayor de aspecto serio y un grueso libro de registro de visitas. No se veía ni una mota de polvo por ninguna parte. El suelo estaba limpio como una patena. Inmaculado, sin ni siquiera manchas de tierra de los zapatos.

—A partir del siguiente día llevaréis distintivos, pero, de momento, apuntad vuestros nombres allí, por favor —dijo el conductor, llevándolos hasta el mostrador.

—No te olvides de que ahora eres Terry —le recordó Ken en voz baja.

Su rostro era ilegible.

Gloria se acercó al libro de registro, pero antes de que pudiera apoyar el bolígrafo en el papel, se abrieron unas puertas más elaboradas que había al fondo. Al otro lado había un guardia sosteniendo un fusil en vertical a su costado. El doctor Brenner apareció dando zancadas. Terry percibió su rostro al entrar en el vestíbulo y observó cómo se transformaba componiendo una sonrisa encantadora al verlos.

Ella le devolvió la sonrisa.

—¡Doctor Brenner! —llamó.

—Hola a todos —dijo él. Hizo un gesto en dirección al mostrador, sin molestarse en mirar a los ojos a la mujer que estaba detrás—. No se preocupen por esto. Ya lo arreglaremos para que hoy puedan saltarse los protocolos.

La asistente frunció los labios, como si quisiera señalar que sería ella la que se iba a meter en líos, pero aceptó con un asentimiento. Tampoco era que importase mucho.

Cuando el doctor Brenner les indicó que lo siguieran y dio media vuelta, todos le obedecieron. Aún no habían empezado y ya los estaban tratando como a personas especiales.

Terry vio que Alice se quedaba distraída mirando el fusil del soldado mientras entraban en un pasillo largo y blanco, y la cogió con suavidad del brazo para llevársela hacia delante.

Alice empezó a apartarse y entonces se relajó.

—Oh —dijo, dándose cuenta de lo que había hecho—. Gracias.

—No hay de qué. —Terry apretó el paso para alcanzar al doctor Brenner—. Cuéntenoslo todo sobre este sitio y su trabajo.

El destello de sorpresa en los ojos del doctor reveló a Terry que no estaba acostumbrado a que le pidieran aquello.

—¿Qué hay que contar? —preguntó él—. Están a punto de verlo por sí mismos.

—Vale —dijo Terry—. Muy cierto. Es que estoy emocionada.

La sonrisa encantadora de Brenner reapareció.

—Bien.

Recorrieron una confusa sucesión de pasillos que olían a limpiador y en cuyos suelos de baldosas blancas y paredes seguía sin verse ni rastro de suciedad. Unas brillantes luces blancas colgaban del techo en hileras perfectas. Era un laberinto del que Terry sabía que le costaría encontrar el camino de vuelta ella sola.

Se cruzaron de vez en cuando con alguna persona con bata de laboratorio o de auxiliar de enfermería, que saludaron con la cabeza al doctor Brenner pero ignoraron a los demás, como si fuesen invisibles. El conductor había desaparecido. Al final, el doctor Brenner se detuvo frente a las puertas de un ascensor e introdujo un código en un teclado numérico, que emitió un pitido casi amistoso en respuesta. Pulsó el botón de descender.

Alice tenía los ojos muy abiertos y no dejaba de mirar los botones. Estaba mordiéndose el labio, posiblemente para no ponerse a hacer preguntas sobre la tecnología.

Bajo el teclado numérico había un letrero que rezaba: ZONA RESTRINGIDA. SE REQUIERE ACREDITACIÓN DE SEGURIDAD.

Terry seguía esperando ver algo que demostrara que sus conjeturas eran exageradas, que se equivocaba. Hasta el momento, nada.

Las puertas del ascensor se abrieron deslizándose con suavidad a los lados.

—Todos a bordo —dijo el doctor Brenner.

Entraron.

Alice paseó una mirada curiosa por la limpísima cabina mientras descendían, pero de algún modo logró mantenerse en silencio.

Al parecer, el experimento en el que participaban se realizaría en un nivel bajo tierra. En concreto, en el segundo sótano, constató Terry al ver que el panel de botones se apagaba y el ascensor se detenía.

Allí, por lo menos, había más gente. Dos hombres y una mujer, la misma del campus, estaban esperándolos vestidos con batas de laboratorio en el pasillo subterráneo. Todos llevaban tablillas sujetapapeles y se acercaron para reunirse con el grupo.

Uno tras otro saludaron a Alice, a Gloria y a Ken llamándolos por sus nombres. El doctor Brenner dirigió a Terry aquella sonrisa que tenía tan practicada.

—Yo trabajaré con usted —dijo—, y comprobaré los progresos de los demás a intervalos regulares.

Empezó a andar, volvió la cabeza para hacer un gesto de asentimiento a sus colegas y Terry lo siguió por el largo pasillo. Miró atrás y vio que se llevaban a los demás por distintas puertas. Echó un vistazo a través del panel de cristal de la siguiente puerta junto a la que pasaron y vio una cama estrecha sin hacer, una mesa pequeña y un mostrador con varios objetos encima.

Siguieron adelante.

—Estaremos aquí dentro —dijo el doctor Brenner, deteniéndose para señalarle una sala con la puerta abierta. Dentro estaba el celador que los había llevado en la furgoneta.

La sala era más grande que la habitación que había visto de camino, con un catre cubierto de sábanas blancas sin adornos contra una pared, además de una mesa, varias sillas y diversas máquinas. Sobre la cama había una bata azul y blanca.

—Puede cambiarse y volveremos cuando haya terminado —dijo el doctor Brenner.

—¿Tengo que ponerme una bata de hospital? —preguntó ella, y tragó saliva con inquietud.

—Sí. Estará más cómoda. —Calló un momento y posó su mirada sobre ella—. Sigue queriendo participar, ¿verdad?

A Terry se le había secado demasiado la boca para poder hablar. Asintió con la cabeza.

—No se ponga nerviosa —dijo él—. Asome la cabeza por el pasillo cuando haya terminado.

Hablaba como si todo aquello fuese lo más normal del mundo. El celador salió con él y la puerta se cerró con un claro chasquido. Estuvo a punto de intentar abrirla para comprobar que no la hubieran cerrado con llave, pero entonces sacudió la cabeza. ¿Por qué iban a encerrarla? Se suponía que debía abrirla para avisarlos de que volvieran a entrar, así que...

Giró el pomo de todos modos. La puerta se abrió sin esfuerzo.

—¿Algún problema? —preguntó el doctor Brenner.

El celador y él estaban hablando de algo al otro lado del pasillo, donde esperaban para darle un poco de intimidad.

—No —dijo Terry—. Perdón.

Cerró la puerta.

La bata era como todas las de los hospitales, fina y rasposa como el papel. Terry siempre había tenido buena salud y nunca había estado ingresada, pero su madre tuvo apendicitis cuando las chicas cursaban secundaria. Su padre las dejó con ella durante los dos días que tuvo que quedarse en el hospital. Su madre se había negado a salir de la cama hasta que le dieron el alta, por la enorme abertura que tenía la bata en la parte de atrás.

—Diseñada por hombres, claro —había dicho, un comentario raro en ella.

Terry no le había preguntado a qué se refería. Pero en ese momento, después de quitarse los pantalones de vestir y la blusa y ponerse la bata por la cabeza, lo entendió. No se quitó la ropa interior.

No veía a los hombres a través del pequeño panel de cristal de la puerta, así que dio una vuelta por la sala para echar un vistazo. No tenía ni idea de para qué servían las máquinas. Los papeles de la tablilla que se habían dejado en una mesa tenían muchos espacios en blanco por rellenar con varias medidas y lecturas. Había una hilera de vasos pequeños y una botella sin etiqueta.

Volvió hacia la puerta, la abrió e hizo una seña a los hombres para que entraran. Ya empezaba a tener frío en las piernas y los brazos, y notaba los pies como si fueran dos bloques de hielo contra el suelo. Debería haberse vuelto a poner los zapatos.

—¿Quiere un poco de agua? —ofreció el doctor Brenner.

—Por favor —dijo Terry.

El doctor llenó uno de los vasitos con la botella. Así que eso era lo que contenía.

Terry lo cogió y dio un sorbo.

—Gracias.

El doctor Brenner la acompañó hacia una silla.

—Como le decía, no hay motivo para que esté nerviosa. Estaremos con usted todo el rato. Ahora vamos a sacarle sangre y medir sus constantes vitales. Luego le pediré que se relaje en la cama un rato y la orientaré para que haga un ejercicio.

Parecía bastante sencillo... aunque extraño. Terry se sentó.

El celador le extrajo dos tubos de sangre. El doctor Brenner le iluminó los ojos con una pequeña linterna, tan brillante que Terry se encogió. Le apretó un frío estetoscopio contra el corazón, que le latía tan fuerte en el pecho que Terry imaginó que los dos podían oírlo sin necesidad de ningún aparato. El doctor acercó una máquina y pulsó unos botones antes de ponerle un pulsioxímetro en el dedo.

Terry vio una hipnótica línea roja trazando zigzags en una pantalla. El corazón le latía a toda velocidad.

El doctor Brenner dio un paso atrás y Terry intentó seguirlo con la mirada. Pero entonces la sala que los rodeaba pareció emborronarse. Igual que él. Todo se difuminó, cambió, se movió... ¿o era Terry la que cambiaba y se movía?

—Está haciendo efecto —dijo el celador.

Terry se esforzó por encontrar sentido a aquellas palabras y por fin lo comprendió. Stacey no había exagerado.

—¿Me han drogado?

—No vamos a movernos de aquí —dijo el doctor Brenner—. Le hemos administrado un potente alucinógeno. Tenemos pruebas de que puede abrir la mente a la sugestión. Por favor, túmbese e intente tranquilizarse mientras termina de hacer efecto.

«Para él es fácil decirlo.» Terry se echó a reír. Porque para él no podía ser fácil decirlo, al menos no mientras se le derretía la cara.

El doctor y el celador la ayudaron a levantarse de la silla y andar hasta la cama. ¿Por qué la hacía reír que la cara del doctor se derritiera? No lo sabía. Se dejó sentar sobre las sábanas blancas, sacudiéndose un poco, sin dejar de reír. Los hombres retrocedieron cuando Terry se tumbó en posición horizontal y ella buscó y encontró el monitor con aquella línea roja.

«Estaré bien mientras la línea siga firme.» Ya no reía. Notó el catre mullido y duro. ¿Cómo podía ser las dos cosas a la vez? Le dieron ganas de levantarse.

—Y ahora, Terry, relájese —dijo el doctor Brenner con

una voz tan calmada que Terry quiso aferrarse a ella—. Intente abrirse. Permita que su conciencia se libere.

Ella negó con la cabeza.

—Míreme, Terry. —Brenner sostenía en alto un objeto pequeño y brillante entre el pulgar y el índice—. Ahora quiero que observe el cristal, que se concentre solo en él.

El doctor clavó la mirada en la cara de Terry como si fuese a seguir así hasta que la chica obedeciera. Ella encontró de nuevo la línea roja del monitor y cayó en la cuenta de que, para seguir aquellas instrucciones, tendría que renunciar al latido de su corazón. Vio un pico rojo y entonces desvió su atención hacia el cristal claro que sostenía el doctor. «Adiós, corazón.»

—Ahora cierre los ojos. Deje que esta habitación se desvanezca.

Hubo una erupción de manchitas tras sus párpados. Eran de todos los colores, como si estuviera mirando a través de un chorro de gotitas de una manguera de jardín que el sol convertía en arcoíris.

—Qué bonito —susurró.

—Eso está mejor. Siga relajada —dijo una voz de hombre, y Terry no consiguió recordar a quién pertenecía. ¿Lo conocía? Le parecía que no—. Sumérjase más.

Terry quiso resistirse, pero esto resultó ser mucho más difícil que hacer lo que le decía aquel desconocido.

De modo que Terry siguió adelante.

Se introdujo del todo, a tanta profundidad como pudo.

4

Alice nunca había estado en un lugar donde hubiera tantas máquinas y estuviera tan limpio.

Vivía en una familia que tenía por forma de vida la grasa debajo de las uñas. Por supuesto, en los hombres y los chicos, aquello no le importaba a nadie. Ellos podían ponerse ropa cómoda y vieja sin que nadie les echara la bronca, y había que convencerlos para que se limpiaran al menos el grueso de la suciedad los domingos para ir a la iglesia, cosa que Alice hacía por voluntad propia porque veía el sentido a mostrar respeto. Antes, su madre le daba la paliza continuamente con el tema cuando empezó a trabajar en el taller de su tío, diciéndole que ni siquiera una chica bonita como ella podría encontrar marido teniendo unas medias lunas mugrosas en las puntas de los dedos... Pero, en cierto momento, su madre se había rendido.

Tal vez tener la paciencia necesaria para que a los demás se les pasara la irritación, el deseo de cambiarla a una, no fuese la mejor opción para nadie, ni siquiera para ella, pero lo cierto era que funcionaba bien.

—Debería haberme traído una llave inglesa. O un destornillador —murmuró, y se dio cuenta de que tenía la lengua pastosa y de que lo había dicho en voz alta.

La doctora se apellidaba Parks. Estaba envuelta en un resplandor blanco cuando se volvió hacia Alice. La doctora Parks le había dado a Alice un papelito minúsculo y le había dicho que se lo pusiera en la lengua, hacía... ¿Cuánto tiempo hacía de eso? A Alice no le gustaba perder el tiempo. Lo primero que había desmontado en la vida había sido el reloj de su primo de Toronto. Tenía seis años y había querido averiguar si el tiempo canadiense era distinto al de Indiana.

—¿Qué ve? —preguntó la doctora.

Había dos iguales, dos relucientes ángeles blancos, y Alice no sabía en cuál fijar la mirada. El mundo no encajaba bien. Cerró los ojos, pero aparecieron unas líneas culebreantes que la confundieron aún más.

Abrió los ojos y miró al ángel de la derecha.

—Quiero ver el interior de esas máquinas.

La doctora Parks asimiló la petición. Se comportaba de forma muy controlada, casi como Gloria, aunque no era tan maja como ella. Alice supuso que, si alguien quería dedicarse a la medicina o a la ciencia, tenía que ser de esa manera, sobre todo si era mujer. Igual que ella tenía que preocuparse de tener grasa bajo las uñas y en el mono para que la gente la considerase capaz de arreglar sus máquinas, cuando en realidad una cosa no tenía nada que ver con la otra. Alice entendía cómo funcionaban las cosas mecánicas. Motores, transmisiones, bujías, ejes... Le gustaba arreglarlos y se le daba bien.

Ver el interior de aquellas máquinas restauraría el orden.

Para su sorpresa, la doctora se volvió hacia el celador que merodeaba al fondo.

—Tráiganos un destornillador —le dijo.

Alice se dio cuenta de que debía de habérsele notado el regocijo en la cara, porque la mujer suavizó su tono por primera vez.

—Creo que esto será interesante —afirmó la doctora Parks—. Ah, y dígaselo al doctor Brenner. Quizá quiera pasarse por aquí cuanto antes, mejor.

Alice metió el destornillador en la cabeza de un tornillo que palpitaba y vibraba.

—Deja de moverte —le ordenó.

Pero entonces todo lo que rodeaba al tornillo, los cables y los engranajes que encajaban entre sí, empezó a latir como un corazón. Solo podía hacerse una cosa. Desmontar la máquina por completo. Una vez hecho eso, podría descubrir cómo era que estaba viva. O quizá todo fuese cosa del papelito que le habían puesto en la lengua. Lo más probable era eso, pero el caso era que le parecía muy real. Tenía las pruebas delante mismo de ella.

La puerta de la sala se abrió y Alice ladeó la cabeza para ver quién entraba. Era el médico jefe, Martin Brenner, el del pelo ondeante y la sonrisa que parecía aprendida en una escuela de protocolo.

—¿Qué ocurre? —preguntó, y la doctora Parks señaló con el dedo hacia Alice.

Ella se volvió de nuevo hacia la máquina, que zumbó y siguió palpitando, intentando atraer su atención.

—Vale, vale —dijo—, no te pongas celosa.

Aquel celador tan majo le había traído una bandeja llena de herramientas. Dejó el destornillador y cogió unos alicates. Los notó grandes y aparatosos en sus manos y no le gustó, pero los introdujo en el corazón de la máquina y, con movimientos suaves, desconectó algunos cables.

Una presencia a su lado se arrodilló.

—¿Qué está haciendo con el electrocardiógrafo? —preguntó Brenner.

Debería habérselo preguntado a ella. La tenía justo al lado.

—Estoy desmontándolo para descubrir por qué está vivo.

—Interesante —dijo él, antes de levantarse—. Probemos con un poco de electricidad. Tengo curiosidad por ver cómo reacciona.

La doctora Parks no sonó muy convencida.

—Se suponía que hoy teníamos que establecer los puntos de referencia. No estoy segura del todo.

—Yo sí —replicó el doctor Brenner. Volvió junto a Alice—. Necesitaré que se tumbe unos minutos mientras añadimos un nuevo... tratamiento.

—Quieren convertirme en una máquina —dijo Alice—. Pero ya lo soy. Todos lo somos.

El celador la cogió del brazo y el cuerpo de Alice se estremeció. El hombre le quitó los alicates de la mano y los dejó en la mesa.

—Esto no me gusta —dijo Alice.

—No le dolerá —prometió el doctor Brenner. En esa ocasión, por lo visto, Alice no se había merecido una de sus sonrisas.

Acercó otra máquina sobre ruedas. La resplandeciente doctora Parks había adquirido una sombra en torno a su halo. Le conectó unos cables a Alice a través de unos círculos fríos y pegajosos apretados contra la piel de sus sienes. Alice debería decirles que no quería que se los...

La primera descarga la convirtió en el estallido de un relámpago.

La segunda la envió muy al interior de sí misma. Se vio rodeada de desconcertantes fogonazos de luz y oscuridad y no supo orientarse. Tenía delante una pared que se desmoronaba, llena de grietas y maleza. En el aire flotaban unas esporas parecidas a diminutas plantas rodadoras. Intentó atrapar una, pero sus dedos se cerraron en torno a la nada. ¿Qué era todo aquello?

«Respira, Alice, respira. Esto te lo están haciendo la medicina y la electricidad.»

Las enredaderas que se mecían y el hormigón que se desmoronaba de aquellas ruinas hermosas y oscuras se esfumaron, reemplazados por un cielo repleto de estrellas en movimiento.

Podía quedarse un rato en aquel lugar tranquilo y confuso de su mente donde las imágenes caían unas sobre otras. Paredes convertidas en estrellas convertidas en hierba. Podía esconderse allí, por debajo de la realidad, hasta que el doctor Brenner y su malvada electricidad por fin la dejaran en paz.

El arcoíris permaneció en Terry durante mucho tiempo, pero al final se desvaneció y dejó en su lugar solo la oscuridad. Un pozo. O mejor dicho... no, era como el interior de una nube por la noche y luego más brillante. Todo lo que rodeaba a Terry se encontraba imbuido de posibilidades. Estaba en su interior, estaba fuera de ella, estaba por todas partes. Lo era todo. A su alrededor parecían flotar estrellas invisibles que titilaban de energía. Qué forma más rara de pensar en ello, pero en realidad todos los pensamientos le parecían igual de extraños...

Qué vivos estaban sus sentidos allí, en las profundidades, dondequiera que estuviesen.

«En un viaje de ácido, ahí es donde están.»

Sintió que la empujaban hacia delante unas manos ocultas. Allí no había olor. Ni tampoco sentido del tiempo.

¿Estaba asustada? Quizá.

De vez en cuando oía cosas. Una voz muy lejana. Un fragmento robado de conversación. Nada delante de ella. Nada detrás de ella.

Todo delante de ella. Todo detrás de ella.

Una voz reconfortante de hombre le habló:

—Terry, ¿dónde está ahora?¿Puede oírme?

—Más profundo —dijo ella sin pensarlo—. Sí.

—Quiero que despeje la mente. ¿Qué ve ahora?

—Nada.

—Bien, eso es bueno. Veamos, Terry, es importante que haga lo que voy a decirle. ¿Lo comprende?

—Lo comprendo.

—Quiero que imagine el peor día de su vida. Quiero que me diga lo que ocurrió. Que vuelva allí, al interior de ese momento.

El recuerdo se alzó antes de que Terry pudiera detenerlo, pero se resistió a él.

—No quiero hacerlo.

—Yo estaré allí con usted para protegerla. —La voz del hombre era tan firme como una barca en un lago en calma—. Esto es importante. ¿Puede hablarme de ello?

Algo blanco, neblinoso y brillante apareció delante de ella. Tuvo que imaginarse que caminaba hacia ello hasta casi tocarlo antes de darse cuenta de que lo veía.

Las puertas eran de madera, pintadas de blanco, con cruces talladas en las vetas. Las había visto por última vez el día del funeral de sus padres. Se celebró en la iglesia a la que acudían uno de cada tres o cuatro domingos, uno de cada dos cuando a su padre le entraban remordimientos por no ir más a menudo.

—Dígame lo que ve.

Terry puso la palma de la mano contra la puerta de la iglesia y empujó.

—Me dejé algo en el coche y tuve que volver. Becky ya está dentro.

—¿Dentro de dónde?

—De la iglesia.

—¿Cuándo fue eso?

—Hace tres años.

Terry avanzó un paso por el pasillo central y el suelo crujió bajo sus pies. Fue dejando bancos atrás a ambos lados. La luz entraba a través de las vidrieras para las que la iglesia había estado recaudando fondos durante tanto tiempo. Jesús con los brazos extendidos a los lados. Un cordero y una aureola de luz. Jesús en la cruz, sangrando por las manos y los pies.

Quiso dar media vuelta y echar a correr, igual que lo había deseado aquel día. Pero siguió andando. Tenía la garganta cerrada, los ojos enrojecidos después de haberse pasado días llorando.

Becky dio media vuelta y le dedicó una sonrisa llorosa.

—Se ven bien —dijo—. Han hecho un buen trabajo con mamá.

Habían apartado el altar a un lado. Terry miró los modestos ataúdes de madera pulida, uno al lado del otro. Becky había dado un respingo al enterarse del precio en la funeraria, pero no habían tenido elección. Sus padres tenían un aspecto calmado, con los ojos cerrados como si estuvieran durmiendo.

—Pero no duermen —dijo Terry—. Sufrieron un accidente... con el coche. Fuimos al hospital, pero... ya habían muerto. Al principio, ni siquiera sabíamos si nos dejarían verlos.

—¿Y ese día fue el peor? —preguntó el hombre—. ¿No el día del accidente?

A Terry se le escapó un sollozo del pecho y se dejó caer contra el féretro de su padre.

—Ese... Sí, ese, porque entonces fue real. El funeral. No los había visto... Sabíamos... Entonces lo creí del todo. Ellos... nunca volverían a estar con nosotras.

—Ya veo.

Un momento de tranquilidad en el que ella lloró y Becky le dio palmaditas en la espalda y Terry se sintió egoísta porque a su hermana debía de estar doliéndole tanto como a ella...

El hombre siguió hablando:

—Quiero que coja todo lo que está sintiendo ahora mismo al recordarlo y lo meta en una caja. Escóndalo. Cuando emerja de este estado, recordará la pérdida, pero no el dolor. El dolor habrá desaparecido.

Eso era imposible. Ahora Terry los añoraba menos, pero, aun así, todos los días había algo que se los recordaba.

—Yo...

—Hágalo ya. Imagínese una caja, meta dentro los sentimientos y apártela. La ayudará.

Terry obedeció.

—Vale —dijo, sintiéndose pesada y ligera al mismo tiempo.

—Cuando despierte, recordará solo lo que ha visto, no lo que le he dicho que haga.

—Vale —repitió, pero la abrumó el pánico—. ¿Dónde estoy?

—Está aquí, en el laboratorio. Terry Ives, ahora quiero que despierte. Está a salvo.

Terry corrió hacia la promesa que había en aquella voz, sus pies pisaban la nada mientras daba zancadas en dirección a las palabras, y entonces, sobresaltada, se incorporó de sopetón. Sus dedos asieron unas sábanas blancas y finas. Tenía la piel empapada de sudor.

La sala del laboratorio estaba difuminada, borrosa pero no oscura. La llenaba una luz fría. Su visión se fue aclarando.

Estaba en pleno viaje. Eso era todo, ¿verdad? El gobierno la había enviado en un viaje de ácido.

Localizó la línea roja en el monitor cardíaco y la observó mientras su corazón recuperaba un ritmo constante. El doctor Brenner estaba sentado junto a ella, con una mano sobre su brazo. Trazaba círculos con ella, para tranquilizarla, igual que solía hacer su madre.

—Estoy bien —dijo Terry, sobre todo para convencerse a sí misma.

—Dele un poco de agua —ordenó el doctor Brenner al celador.

—¡No! —exclamó ella.

—Esta vez es solo agua —dijo el doctor Brenner—. Se lo

prometo. Lo ha hecho usted muy bien. Ahora vamos a tranquilizarla y luego le haré unas cuantas preguntas.

Terry también tenía unas cuantas.

6

Al doctor Martin Brenner le gustaría poder ver dentro de la mente de sus sujetos. Prescindir de farragosas conversaciones para extraer de ellas lo que pudieran o no haber visto, la efectividad de las técnicas hipnóticas. Prescindir de testigos poco fiables de sus propias experiencias.

Prescindir de las mentiras, a menos que las contase él.

La joven que tenía delante, Theresa Ives, le había despertado la curiosidad. Era algo poco frecuente en los últimos tiempos, sobre todo en sujetos adultos. La forma en la que había percibido una oportunidad y se había presentado sugería que tenía potencial. Su mente no sería fácil de abrir, pero el desafío otorgaría más peso a los hallazgos que hicieran. La mujer no parecía tenerle miedo. Era una cualidad que Brenner aprobaba... por lo menos, cuando no se daba en una persona muy joven a su cargo que no sabía aceptar un no por respuesta.

—¿Se encuentra mejor? —preguntó mientras ella bebía el agua que le había proporcionado su ayudante.

La joven asintió, le devolvió el vaso y se apartó el pelo empapado de una mejilla brillante por la humedad. Lágrimas y sudor. A todas luces, era muy susceptible al cóctel de drogas.

—En una escala del uno al diez, ¿con qué potencia siente que sigue experimentando los efectos de la medicina?

Tenía la mirada muy clara para la respuesta que dio.

—Ocho.

—¿Puede contarme lo que ha visto? —pidió, manteniendo un tono amable en la voz.

Una vacilación. Pero breve.

—El funeral de mis padres. En la iglesia, antes de que empezara.

—Sí, bien. ¿Recuerda alguna otra cosa importante? ¿Cómo se nota, emocionalmente?

La joven se ajustó la bata de hospital para que le tapara más las piernas.

—Me noto... —Titubeó—. Me noto más ligera. ¿Tiene algún sentido?

Brenner asintió. La había librado de un gran dolor, que había dejado encerrado. Era normal que se sintiera mucho más ligera. El primer paso para crear una mente susceptible a mayores manipulaciones. Y tendría una herramienta que podría usar en el futuro, si en algún momento la necesitaba. La clave estaba en asegurarse de que ella no fuese consciente del cambio hasta entonces.

—¿Y no sabe por qué?

—No. —La joven lo miró nerviosa—. ¿Puedo preguntarle una cosa?

Brenner asintió de nuevo.

—Por supuesto.

—¿Qué propósito tiene esto? ¿Es tan importante como me parece? ¿Qué es lo que quiere que diga?

Antes de que Brenner pudiera formular respuestas a sus tres preguntas, Terry lo sorprendió negando con la cabeza y soltando una carcajada seca.

—Da lo mismo, seguro que iría contra las normas del experimento. Como que hayamos hablado en el camino hacia aquí.

—¿A qué se refiere?

—Él nos ha dicho que no habláramos del experimento.

Brenner miró a su ayudante, que estaba inspeccionando detenidamente el suelo. Brenner no había dictado esa directiva. Mientras el celador tomara buena nota de lo que se decía, los participantes podían decir cualquier cosa que se les ocurriera.

—Son muy libres de hablar de lo que les apetezca en el trayecto —dijo.

El ayudante asintió para indicar que lo había comprendido, pero no miró a Brenner.

—¿Ha experimentado alguna otra cosa digna de mención mientras estaba en trance? —preguntó el doctor Brenner.

Terry suspiró.

—Toda clase de movidas loquísimas. Estoy muy cansada. Nunca había hecho esto antes.

«Ah, eso explica en parte lo intensa que ha sido la reacción.»

—Pero, cuando respondió al cuestionario... —Se quedó esperando.

Esa vez, la chica tuvo la decencia de parecer arrepentida.

—Dije que había tomado ácido varias veces. Creí que podía ser lo que usted andaba buscando.

Potencial. La chica rezumaba potencial.

De los otros tres sujetos, Alice había mostrado una respuesta interesante al electrochoque, aunque luego había tenido bien poco que decir al respecto. Era una cosecha de sujetos muy prometedora. Pero, claro, cómo no iban a serlo. Los había seleccionado él mismo en persona.

Tenían una voluntad fuerte, pero no más que la de Brenner.

—¿Tenía razón? —preguntó Terry—. ¿Era eso lo que quería que contestara?

—Chica lista —dijo él, casi olvidándose de que no hablaba con Ocho.

Terry alzó la cabeza y sonrió, todavía nerviosa.

—¿Puedo vestirme ya?

Fingía arrojo, y podría haber convencido a alguien menos observador que él.

—Adelante. Profundizaremos más en su informe la próxima vez. —Sobre todo, le interesaba ver la reacción que provocaba en la joven la idea de que habría una siguiente vez.

No obtuvo ninguna.

—Gracias —dijo ella, y se puso de pie con movimientos inseguros.

El ayudante de Brenner ya sostenía la puerta abierta. En consecuencia, a Brenner no le quedaba ninguna manera elegante de prolongar la conversación. De modo que salió de la habitación.

—Nunca me metas prisa —dijo cuando el ayudante y él ya estaban en el pasillo.

—Lo siento, señor, es que...

La disculpa siguió a Brenner pasillo arriba en su camino para revisar el progreso de los otros. Todos los demás habían respondido bien y le habían permitido establecer los niveles de referencia para medir sus reacciones a la droga. El progreso sería más lento de lo que él habría querido, pero lo conseguirían. La paciencia, la mayor virtud para la ciencia, le costaba mucho esfuerzo.

No sabía por qué pensó que visitar a la sujeto Ocho tendría un efecto curativo, pero de todos modos abrió la cerradura de su cuarto y entró.

Brenner esperó en el centro de la habitación. Las dos literas estaban hechas. En consecuencia, aún no había descubierto si se había quedado con la de abajo o con la de arriba. Ocho protegía esa información como un secreto y le había hecho prometer que no se lo preguntaría a los celadores. Lo que la niña no sabía era que a él todo aquello le traía bastante sin cuidado.

Estaba sentada a su mesa de juegos, trabajando en el último de una sucesión de dibujos hechos con furia. Ya había gastado casi todo el lápiz de cera de color negro. Habría que darle otro nuevo. El arte, según afirmaba el psicólogo del centro, podía tener una importancia crucial para los niños creativos.

Y Ocho, sin duda, era creativa.

La niña hizo como si Brenner no estuviera allí, cosa que sabía que lo irritaba.

Él se cruzó de brazos.

—Ya casi es hora de cenar, y he pensado que a lo mejor querrías venir conmigo a la cafetería.

Hablaba de la cafetería donde comían él y su equipo, situada en un nivel inferior. Nadie más tenía permitido ver a los niños. Y Ocho no podía saber que allí había más niños. Hasta el momento, todos eran normales y corrientes. Brenner temía que pudieran infectarla.

Ocho siguió sin hacerle caso.

Brenner dio un paso adelante y luego otro. La disciplina era buena para los niños.

Pero... sus colegas seguían vigilándolo de cerca. No le convenía que el personal se rebelara. Tardaría poco en hacerse con su lealtad.

«A grandes males...»

Metió la mano en el bolsillo de su bata y sacó el paquete de golosinas.

—Tengo un regalo especial, *Kali*. SweeTarts. Me han dicho que son las favoritas de todas las chiquillas.

Ocho se levantó de un salto, soltó la cera que estaba usando y agarró el envoltorio cilíndrico antes de que Brenner pudiera apartarlo. Lo abrió con brusquedad y se metió un puñado de caramelos en la boca. Brenner tendría que hacer que alguien comprobara después que se lavaba los dientes a conciencia.

—Me lo prometiste, papá —dijo ella con la boca llena de azúcar. Se limpió la nariz ensangrentada con los nudillos—. Amigos. Me lo prometiste.

—Lo sé —respondió él—. Ya te he dicho que estoy en ello. Tendrás amigos nuevos, en algún momento. ¿Por qué crees que te he puesto literas? Para que termines compartiéndolas con algún compañero de cuarto. Ya te lo expliqué.

Y explicar cosas a los niños de cinco años requería paciencia. Algo que, de nuevo, no era su virtud más destacada.

Pero el trabajo que había desarrollado con Ocho había contribuido a proporcionarle aquella oportunidad. Había sido su primer éxito, con el que se demostraba que quizá los humanos fuesen capaces de desarrollar capacidades extraordinarias con los estímulos adecuados. Los talentos en crudo que tenía Ocho seguían resultándole tan difíciles de controlar como ella lo era para él. Pero no importaba.

Al final, Brenner siempre se salía con la suya.

7

Habían estado ocho horas en el laboratorio cuando regresaron a la furgoneta, y se les notaba. Aun así, Terry se sentía animada, por extraño que pareciera, sobre todo teniendo en cuenta que el doctor la había guiado de vuelta a la peor experiencia de su vida. No sabía cómo explicarlo.

Terry se preguntó si alguno de los demás querría hablar en el trayecto de regreso a casa, y si Alice era capaz siquiera de estar callada. Esperaba que no. Ella quería hablar, averiguar cómo les había ido a los otros.

Pero Alice se fue quedando adormilada y terminó con la cabeza apoyada en el hombro de Ken, que cruzó la mirada con Terry por encima de la chica dormida.

—Esto no lo había previsto —dijo en voz muy baja para no despertarla.

Terry intentó sonreír, pero no le salió. No hablarían, pues. Alice frunció el ceño en sueños.

Gloria estaba mirando por la ventanilla hacia los campos de maíz, con las manos entrelazadas con primor.

¿Cómo les habría ido a ellos el día? Terry se moría de ganas de saberlo, pero se guardó la pregunta. Podría hacérsela la próxima vez.

3

Viajes a alguna parte

SEPTIEMBRE DE 1969
Laboratorio Nacional de Hawkins
Hawkins, Indiana

1

Para su siguiente sesión, llevaron a Terry a una sala enorme del laboratorio, con máquinas más grandes y varios empleados adicionales. Y lo más intimidatorio de todo, había un traje de submarinista que tenía que ponerse y un depósito metálico lleno de agua.

Un técnico señaló a Terry un lugar donde cambiarse y se metió con dificultades en lo que quizá en otro tiempo fuera un minúsculo almacén de material médico o un cuarto de la limpieza. El olor residual a productos químicos apoyaba esa teoría.

Terry se puso el ceñido traje gris por las piernas, se lo subió hasta el torso y agachó los hombros para meterlos en las correas. A juzgar por los lugares en los que le apretaba o le quedaba suelto, sospechó que el traje de submarinista estaba hecho para un hombre. Después de ponérselo, comprobó que no era menos revelador que la bata de hospital. Pero aquello no era lo que más la preocupaba. Casi podía

76

oír el tictac del reloj que medía el tiempo hasta que la drogaran.

Cuadró los hombros, imaginó que llevaba puesta una armadura para sobreponerse al nerviosismo y salió del antiguo cuartucho. Brenner y su reducido equipo la esperaban fuera. Pretendían sumergirla en un contenedor lleno de agua con capacidad para una persona, con una larga abertura en la parte de arriba a la que se accedía mediante una escalerilla de acero.

—Me siento como Harry Houdini —dijo.

El doctor Brenner se dio un golpecito con el dedo en la sien.

—Solo que, de aquí, escapará utilizando esto.

—Siento curiosidad. —Terry se apoyó en una mesa—. ¿Cómo terminó usted siendo médico y haciendo estudios como este?

Brenner miró un monitor y se encogió de hombros.

—Como todo el mundo. Facultad de medicina. Un interés en el servicio público.

—¿De dónde es? —Terry se ajustó una correa del traje.

—¿Qué es esto, el juego de las preguntas? —replicó él con una sonrisa mientras se acercaba y le daba un gorro de baño.

Terry metió el pelo bajo el gorro lo mejor que pudo sin tener espejo. El borde le pellizcaba el cuero cabelludo en toda su circunferencia.

—Estoy nerviosa —dijo, y no era mentira—. Esto es otra cosa que nunca había hecho antes. —Señaló el contenedor con la barbilla.

—Los tanques de privación sensorial pueden ser bastante agradables —dijo el doctor Brenner.

—¿Ah, sí? —Terry no pudo resistirse a bromear un poco—. ¿Se ha metido usted en alguno?

—No, no en persona —concedió él—, pero ya los he usado en otras investigaciones. No tiene que preocuparse por nada. Vigilaremos sus constantes vitales todo el tiempo. La ausencia de estímulos externos ayuda a concentrarse.

—¿Y quiere que me concentre en...?

—Expandir y explorar su conciencia. Yo estaré aquí para guiarla.

—¿Cuándo va a decirme lo que estamos buscando? A lo mejor me ayudaría a hacerlo mejor.

—Acabo de hacerlo.

—Pero, en realidad, no me lo ha explicado. No es un hombre muy hablador.

El doctor le dedicó una mirada de disculpa.

—La naturaleza exacta de nuestro trabajo es confidencial.

Los técnicos y el personal de laboratorio que tenían a su alrededor habían empezado a escuchar la conversación, cautivados.

—¿Quién tiene el cóctel médico? —preguntó Brenner al grupo—. Todos guardamos secretos, señorita Ives —dijo, poniéndole una mano en el hombro a Terry—. Aquí estamos investigando nuevas formas de revelarlos.

Así que el objetivo de los experimentos era descubrir secretos.

Lo cual tampoco le decía mucho. Pero sí que entendía la importancia que podía tener.

En ese momento, el mismo ayudante de la vez anterior estaba trayéndole un vasito de cartón lleno de LSD Extra, que era como ella había bautizado al preparado del laboratorio. Andrew se había reído de ella cuando le describió el viaje, no por ser borde, sino porque él se había metido el triple de ácido en Woodstock y lo de Terry le parecía poca cosa.

—Al centro y *pa'* dentro —dijo Terry, y se lo bebió de un trago.

El líquido le supo amargo y se preguntó cómo podía haberlo confundido con agua la vez anterior. Había investigado un poco sobre el LSD, aunque tampoco había mucho sobre lo que hacerlo. La dietilamida de ácido lisérgico, conocida simplemente como «ácido», fue sintetizada por un científico suizo a finales de la década de los treinta y se había popularizado mucho en los últimos años, primero en San Francisco y Berkeley. Se consideraba una droga psicodélica. Los argumentos a favor y en contra hacían que la sustancia pareciera o bien milagrosa o bien una puerta a la demencia. Pero Brenner había usado la palabra «cóctel». ¿Qué habría exactamente en la mezcla especial de ácido de Hawkins? No era muy probable que el doctor se lo dijera.

—¿Preparada? —El doctor Brenner volvió a acercarse a ella con una expresión tranquilizadora en el rostro. Le fijó una ventosa unida por cable a un monitor médico bajo la correa derecha del traje de submarinista—. Recuerde: estaré aquí mismo.

El ascenso hasta la plataforma le recordó sus visitas a la piscina pública cerca de su casa en los veranos de su infancia. Le recordó a los otros chicos tirándose al agua y retándola a imitarlos, aunque Terry nunca había sido muy buena nadadora. Un día, a los doce años, les hizo caso y acabó tirándose a la parte profunda una y otra vez, porque resultó ser divertido. El socorrista tuvo que sacarla del agua cuando, agotada, entró en un estado de pánico. Luego se puso a gritarle. Becky, que entonces tenía dieciséis años, se había acercado para decirle al socorrista que tendría que haber impedido que una niña como Terry se tirara desde el trampolín alto.

Terry se había escabullido mientras discutían y se había tirado una última vez.

Le prohibieron la entrada a la piscina el resto de ese verano.

Cuando coronó los peldaños que llevaban al contenedor, echó un vistazo a la acuosa oscuridad. «Privación sensorial.» Obviamente, no esperaba poder ver dentro del agua, pero las imágenes que le pasaban por la cabeza no podían ser peores. Ataúdes. Ahogarse. Ahogarse dentro de ataúdes.

Pensó otra vez en sus padres.

—No hay problema —se dijo a sí misma.

—Exacto. Ahí dentro no hay nada que pueda hacerle daño. —El doctor Brenner le alcanzó un casco no muy distinto de los que usaban los astronautas—. Es para que tenga un suministro constante de aire.

Terry se lo puso y solo después de hacerlo se preguntó por qué se habían molestado en darle un gorro de baño. Por lo menos, el oxígeno no sería un problema.

Volvió la cabeza, que había pasado a pesar bastante, para mirar al doctor. Él, a su vez, la estaba mirando expectante. «Adelante», parecía decir con los ojos.

Le ofreció al brazo para ayudarla a sostenerse mientras Terry se metía en el agua. El traje de submarinista la aislaba del frío. Se recostó y el agua se convirtió en una masa húmeda sobre ella. Tal y como había afirmado Brenner, el tanque no era del todo desagradable. Al menos, no hasta que se sumergió por completo. El doctor retiró la mano y la luz se fue haciendo más y más tenue, hasta que desapareció con el golpe seco de la tapa al cerrarse.

Terry no era Houdini.

—Esto... ¿Hola? ¿Hay alguien más aquí dentro? —dijo, con la voz amortiguada por el casco, intentando bromear.

—Solo usted. —La voz calmada de Brenner le llegó a los oídos.

El casco tenía un equipo de sonido.

La oscuridad se hizo más densa. Terry intentó relajarse y fracasó. Se le aceleró la respiración y empezaron a aparecer manchas en los bordes de su campo visual. Intentó moverse, pero era difícil hacerlo en el agua.

—Tiene el corazón a toda pastilla. Respire hondo —dijo Brenner—. Relájese. Cierre los ojos. Deje que la medicina empiece a hacer efecto. Sumérjase más.

«Suena más fácil de lo que parece, en un ataúd de agua.» Pero Terry se esforzó en controlar el ritmo de su respiración. ¿Podía sumergirse otra vez? ¿Era eso lo que había sido la hipnosis?

¿El ácido estaría dejándole ya el cerebro como un queso suizo de gruyer?

Plantearse esas preguntas la ayudó a controlarse. Trató de estabilizar su pulso. Le caía el sudor por la cara y sabía que si se concentraba en eso mientras era incapaz de limpiárselo, perdería el control. O algo peor.

De modo que cerró los ojos.

Como si sirviera de algo. Volvió a abrirlos. Allí reinaba la oscuridad.

Profundizó más.

—Y ahora, Terry, concéntrese en su propio interior. —Era como si la voz de Brenner estuviera dentro de su cabeza—. Quiero que permita a su memoria abrirse y me describa lo que experimenta. Esta vez no quiero que busque el dolor. Busque el consuelo.

Quizá porque su mente no tenía otra cosa a la que seguir que la voz de Brenner o quizá porque las drogas estaban haciéndole efecto, su memoria se activó en el mismo instante en que él se lo sugirió. Su mente conjuró un lugar distinto al tanque donde se encontraba. La sensación de estar más que despierta, más que viva, danzó en los bordes de su conciencia.

—¿Dónde está?

Terry imaginó que los dedos de sus pies se hundían en la gruesa alfombra afelpada de la sala de estar de su casa. Becky y ella sentadas juntas sobre la alfombra mientras veían el programa de Johnny Carson con su padre. El olor a palomitas de maíz, su madre en la cocina meneando una cacerola en el fogón, las dos levantándose de un salto para ir a ver cómo se levantaba la tapa a medida que estallaban los granos de maíz...

—Viendo la tele con mi padre y mi hermana. Solo nos dejan quedarnos despiertas después de cenar para esto. Mi madre está haciendo palomitas; es una ocasión especial. Estamos todos juntos.

Revivir los momentos felices en familia solía entristecerla, pero en aquella ocasión fue como un cálido abrazo.

—Pasemos a otra cosa. ¿Qué otro lugar la reconforta?

El dormitorio de Andrew. Pero no era solo un dónde, sino también un cuándo. La primera vez que había pasado la noche en casa de él. Una vela en la mesita de noche y una varita de incienso encendida. Le había parecido muy de adultos. Eso era la madurez: el aroma del sándalo y el tacto exótico de las sábanas de otra persona. De las sábanas de un hombre. Aunque fuesen de algodón normal y corriente. No alcanzaba a oír lo que habían dicho, no recordaba la conversación, pero sí que reían juntos y una sensación de seguridad que se derritió en su interior, o más bien que la derritió. Aparecieron unas franjas de todos los colores del arcoíris alrededor del rostro de Andrew, y Terry deseó que estuviera allí con ella o que ella estuviera ahí con él...

—Terry, ¿dónde ha ido? Está riéndose.

—Estoy con Andrew.

—¿Andrew?

—Mi novio.

—¿Qué están haciendo? —preguntó él.

Eso, justo eso, no podía describírselo.

—Estar juntos.

—¿Y eso la reconforta?

—Sí.

Su cerebro siguió y siguió trabajando y ella respondió a todas las preguntas hasta que, sin que hubiera transcurrido ningún tiempo, habiendo transcurrido todo el tiempo, la voz del doctor Brenner dijo:

—Vamos a sacarla pronto. Intente profundizar aún más.

Había un sitio al que quería ir. Pero sus sentidos se habían vuelto escurridizos. Había olvidado dónde estaba y el agua fluía a su alrededor mientras ella intentaba recordar.

«Más profundo —pensó—. Más profundo.»

Visualizó aquellas puertas blancas de la iglesia. Quería regresar allí y, por algún motivo, pensar en ello no le hizo daño.

—Muy bien, vamos a abrir la tapa muy despacio —dijo el doctor Brenner.

Terry quiso protestar, pedir más tiempo, pero entonces los tubos fluorescentes del techo la cegaron.

—Quizá quiera cerrar los ojos —le dijo él.

Terry lo hizo y luego volvió a abrirlos, moviéndose despacio, ajena del todo a la luz y el movimiento.

2

—¿No estás preocupada? —preguntó Andrew a Terry, y le cogió la mano mientras cruzaban a pie el campus.

—Pues no mucho —dijo Terry—. Puede que un poco. Por eso me acompañas.

Becky había llamado a Terry para decirle que había llegado una carta a casa en la que se pedía a Terry que se pasara por la oficina de administración de la universidad. Había sonado preocupada, se había ofrecido a acompañarla y le había preguntado a Terry si se había metido en algún lío.

Terry supuso que debía de ser alguna confusión o algún documento que se les había traspapelado. Acababan de empezar las clases. Esas cosas pasaban, ¿verdad? Vale, a ella nunca le habían pasado antes, pero tampoco era nada del otro mundo.

—Cuando me pidieron que acudiera, no fue para darme buenas noticias —dijo Andrew.

Terry le apretó la mano para intentar consolarlo. Andrew se había metido en líos por saltarse clases para ir a Woodstock. Le habían dado un primer aviso y estaba en período académico de prueba. Era un asunto serio, porque la expulsión le supondría perder su prórroga por estudios. Ningún alumno varón tenía ganas de graduarse.

—Tendrás que ir con más cuidado y ya está —le dijo—. Además, ¿no decías que mereció la pena?

Andrew meneó la cabeza, perdido en un recuerdo gozoso.

—Te habría encantado.

—Lo sé.

—¿Has empezado ya el libro?

Terry gimió. Andrew se había enamorado de *El Señor de los Anillos* durante el viaje de ida y vuelta a Nueva York en furgoneta, y al volver le había regalado a Terry su maltrecho ejemplar del primer libro. En la portada salía un mago con una holgada túnica amarilla y una larga barba blanca en la cima de una montaña. Andrew le había asegurado que a ella también le encantaría.

—Pero son tres libros.

—Nena, es una maravilla. —Andrew negó con la cabeza.

—Lo leeré, te lo prometo.

—Perfecto, porque justo eso es lo que quiero para mi cumpleaños, que es la semana que viene.

—Tomo nota.

Llegaron al edificio de administración, con sus tres pisos de ladrillo y cristal. Andrew le abrió la puerta. En la carta se especificaba la sala 151, que encontraron al fondo de la planta baja. Era el departamento de matriculación. Terry ya había estado allí antes.

Andrew se sentó en una silla de plástico de la zona de espera mientras ella se acercaba a un mostrador.

—Hola —dijo—. Soy Terry Ives. Mi hermana ha recibido una carta en la que pedían que viniera.

La oficinista la miró inexpresiva a través de unas gafas picudas.

—¿Qué clase de carta?

—No lo sé. No explicaba muy bien de qué iba la cosa.

—¿Terry Ives, has dicho?

—Theresa —dijo Terry con un asentimiento.

—Sí que me suena. Espera aquí.

La mujer dio media vuelta y se puso a hurgar en un batiburrillo de mesas y archivadores. Terry se volvió, hizo una mueca y sacó la lengua a Andrew. Él le devolvió el gesto y luego señaló con el mentón hacia detrás de Terry.

La mujer había vuelto, por supuesto. Dar una primera impresión excelente era un talento especial de Terry.

La oficinista no reaccionó en modo alguno al jueguecito que se traían Terry y Andrew.

—Tenemos que informarte de que quedas excusada de tus clases de los jueves —dijo.

—¿Cómo? ¿Por qué?

Terry sabía cómo funcionaba la universidad, y uno de sus

85

pilares fundamentales era que los alumnos acudieran a clase. No pudo evitar volver la cabeza hacia Andrew, que se encogió de hombros, tan desconcertado como ella.

—Obtendrás créditos por la investigación psicológica en la que participas —dijo la mujer—. No tendrás que completar ninguna otra tarea esos días. La universidad ya se lo ha comunicado a tus profesores. Deberás presentarte en el edificio de psicología a las nueve de la mañana todos los jueves, a menos que se te indique lo contrario.

—Vale —dijo Terry, y meneó la cabeza—. Pero ¿dónde está la trampa?

—Tu puntuación media de rendimiento académico dependerá de que continúes participando en esa investigación —respondió la mujer—. Aparte de eso... —Se encogió de hombros.

Terry pensaba seguir acudiendo de todas formas, así que aquello tampoco era demasiado problema.

—Hum.

—No es nada habitual, pero... es lo que nos han dicho. —La mujer bajó un poco la voz—. ¿Qué clase de investigación es?

Era una pregunta que Terry era incapaz de responder.

—Privada —dijo—. ¿No tengo que hacer nada más?

La oficinista alzó la nariz, nada satisfecha de que la hubieran desairado.

—De momento, no.

Por tanto, Terry podía irse.

Andrew se levantó y salieron juntos hacia el vestíbulo del edificio.

—¿Qué pasa aquí? —preguntó Andrew.

—Justo eso pensaba yo —dijo Terry.

—¿Quién es esa gente, Terry?

Andrew frunció el ceño, cosa que no acostumbraba a

hacer, excepto mientras escuchaba las noticias. Estaba preocupado por ella. Qué mono.

—Ya te lo dije, es algo importante. Por eso estoy haciéndolo.

—No sé si termina de gustarme. —Su mirada regresó a la sala de la que habían salido.

—Pero ¿te das cuenta de que es importante? —Terry se acercó más a él y los dos bajaron la voz al cruzarse con otros alumnos—. Han llamado a la universidad y les han dicho que me den los jueves libres y me concedan créditos por esto. Nuestras notas dependen de que sigamos acudiendo. Y nadie ha hecho ninguna pregunta. Lo han aceptado y punto. Tengo que seguir yendo.

Andrew apoyó la frente contra la de ella.

—Nena, espero que sepas lo que haces.

—Lo sé y no lo sé —dijo ella, y le dio un suave beso.

Un administrativo trajeado carraspeó y se separaron, pero Terry extendió la mano y Andrew entrelazó los dedos con los suyos.

—Tú eres mi testigo para lo que sea que salga de esto —dijo Terry.

—Lo juro solemnemente.

Estaba preocupado de verdad por ella. Qué castaños tenía los ojos, qué sonrisa tan preciosa... A Terry se le olvidó cualquier preocupación durante un ratito.

3

El restaurante tenía pocos días flojos, y muy espaciados entre sí. Eran como un paraíso en el que se podía tomarse un descanso y cobrar por ello. Un ayudante de camarero se quitó el delantal y le dijo a Terry que salía a fumarse un pitillo. Ella confirmó que la sala seguía desierta y respondió:

—Fúmate otro por mí.

El chico no señaló que ella no fumaba.

Terry decidió recargar el portacubiertos para mantenerse ocupada. Y también para no tener que hacerlo más tarde. Era martes y, por lo visto, su siguiente visita al laboratorio sería al cabo de dos días, solo una semana después de la última. Antes habían tenido lugar solo cada dos o tres semanas. La aceleración del calendario, unida a las noticias que había recibido esa mañana, tenía que significar algo, pero... ¿qué?

Becky le iba a hacer demasiadas preguntas sobre aquella tarjeta de Monopoly de «Salga de la universidad, gratis» que acababa de robar. Terry tenía pensado decirle que lo único que pasaba era que la universidad quería conocer su grado de satisfacción con los estudios que cursaba.

Si seguía sin haber trabajo cuando hubiera terminado con los cubiertos, siempre le quedaba la raída edición de bolsillo de *La Comunidad del Anillo* que llevaba en el bolso. Podía ponerse con el segundo capítulo.

La campanilla de la puerta sonó y Terry sonrió al reconocer a Ken.

—Hola —dijo, y salió de detrás de la barra. Cogió una carta y unos cubiertos—. Qué alegría verte aquí. Siéntate donde te apetezca.

Ken se quedó un momento con aire incómodo junto a la puerta antes de lanzarse de sopetón hacia su derecha. Se metió en el segundo reservado.

—Este es el correcto.

Terry negó con la cabeza, divertida. Dejó en la mesa la carta y los cubiertos.

—Lo que tú digas. ¿Qué te pongo?

—Nada —dijo él.

—¿Nada? —Terry no entendía a Ken—. Entonces ¿qué haces en un restaurante?

La campanilla sonó otra vez y Terry se volvió para ver a Alice irrumpiendo en el salón.

—Es Alice —le dijo a Ken en voz baja, al mismo tiempo que la chica los veía y echaba a andar hacia la mesa—. ¿Habías quedado con ella? ¿Hay algo que debería saber?

Sin embargo, Alice se detuvo junto a Terry y puso las manos en las caderas de su grasiento mono.

—¿Qué hace él aquí? —exigió saber. Luego señaló el asiento de enfrente de Ken—. ¿Está ocupado?

Ken enarcó las cejas mirando a Terry.

—No, todo tuyo —le dijo él a Alice.

La chica se sentó.

—Pues... —dijo, y calló, sumida ahora en sus pensamientos.

Terry quería saber a qué habían venido los dos, ignorando cada uno que fuera a estar el otro. Era demasiada coincidencia. Pero cuando alzó la mirada, vio a otra persona conocida fuera del restaurante, en la acera. Gloria.

—Esperad un momento —dijo Terry, y la campanilla sonó a su espalda cuando salió a la calle. Alzó la voz para que Gloria la oyera—. Ya ha llegado toda la pandilla. ¿Habías quedado aquí con Alice?

Gloria vaciló. Llevaba una vestimenta bastante informal para lo que era habitual en ella. Una blusa color pastel con estampado de flores metida en una falda verde oscuro hasta las rodillas. Eso sí, el bolso iba a juego.

—¿Qué pasa?

—No suelo venir a esta parte de la ciudad —dijo Gloria—. No me había parado a pensarlo antes de salir para acá.

—Aquí no hay problema —respondió Terry, comprendiéndolo—. No te va a molestar nadie.

En Bloomington ya no había segregación oficial, salvo en lugares como los clubes de campo y sus respectivos campos de golf. Sin embargo, extraoficialmente, casi todo el mundo se ceñía a sus barrios y las líneas de división racial. El campus universitario era donde se producían las mayores protestas de estudiantes negros por un trato igualitario.

Con un asentimiento, Gloria recorrió la acera y entró en el restaurante detrás de Terry. Meneó la cabeza al ver a Alice y a Ken.

—Creía que bromeabas con eso de que ya estábamos todos —dijo, frunciendo un poco el ceño.

—Nadie esperaba encontrar a los demás —explicó Terry—. O al menos eso creo.

—Ni a ti —dijo Alice—. ¿Qué estamos haciendo aquí todos?

—Creo que esa pregunta debería hacerla yo —dijo Terry—, ya que soy la única que tiene un motivo real para estar aquí.

Gloria se sentó a la mesa con Ken y Alice, al lado de esta última. Terry echó otro vistazo para confirmar que su jefe seguía en la parte de atrás esperando comandas y se sentó también.

—Enseguida os tomo nota —dijo—. ¿Qué ocurre?

Gloria seguía con el ceño fruncido.

—¿Te ha llegado el aviso de la universidad?

—Sí —dijo Terry, sin saber muy bien por qué aquel asunto preocupaba a Gloria.

—¿Qué aviso? —preguntó Alice—. ¿Nos pones unas patatas fritas? —Calló un momento y se frotó las manos, como si estuviera nerviosa. Aquello era una novedad—. Espera, ¿aquí las hacen bien?

—De rechupete —dijo Terry, y se levantó.

Apuntó el pedido y llevó el papel a la cocina. A los pocos

segundos, se encendió la freidora y el delicioso olor del aceite burbujeante impregnó el aire. Terry volvió a la mesa pero no se molestó en sentarse. La cocina iba rápida.

—Gloria y yo tenemos permiso para saltarnos las clases de los jueves.

—Yo también —intervino Ken.

—No sabía que fueses un estudiante —dijo Gloria, sorprendida.

Ken juntó las manos sobre la mesa de formica.

—Ninguna de vosotras me ha preguntado mucho sobre mí.

Alice puso los ojos en blanco.

—Nos da miedo lo que puedas contestar.

Ken arrugó la nariz en su dirección.

Alice se echó a reír.

Gloria puso las manos sobre la mesa.

—No es solo que nos den los jueves libres. Me han dicho que mi futuro académico ha pasado a depender de este experimento.

—A mí no me lo han planteado así del todo —dijo Terry—. Solo me han dicho que no tengo que ir a clase los jueves y, bueno, que debo seguir acudiendo al laboratorio... por mis notas. —Hizo una pausa—. Oh.

—Sí, por eso decía lo del futuro académico. —Gloria negó con la cabeza—. No me gusta.

—Pero, en fin, tampoco pasa nada, ¿verdad? Íbamos a acudir al experimento de todas formas. Tú ya tenías que hacerlo para graduarte.

—Tantas ataduras tienen que significar algo.

Eso Terry lo entendía.

—Que lo que estamos haciendo es importante.

Gloria se miró las uñas.

—Tal vez.

—¿Por qué has venido tú? —preguntó Terry a Alice.

—Dijiste que trabajas aquí —respondió Alice, como si fuese evidente—. He pensado que, si hiciste este turno la semana pasada, lo más seguro era que esta te tocara el mismo.

—Por eso he venido yo también. —Los labios de Gloria se curvaron por un lado—. Pero creo que Terry se refiere a por qué has venido a verla. La coincidencia está en el momento, al menos para mí.

—Para mí, no —dijo Ken.

Llegó la voz del cocinero.

—¡Comanda lista!

Terry fue correteando para recoger las patatas fritas y regresó con el plato. Alice se metió un puñado en la boca e hizo una mueca por el calor nuclear. Aquella era una mesa de las que daban faena. Terry volvió con vasos de agua para los tres. Se sentó de nuevo, cogió una patata, la sopló y se la comió.

Alice tragó.

—Total, que han llamado a vuestra universidad, igual que a mi tío. Le han dicho que se lo compensarán encantados cuando me necesiten en el laboratorio, si deja que vaya. Mi tío les ha dicho que sí, pero tiene la mosca detrás de la oreja. No le cae muy bien la gente del gobierno. —Comió otra patata y siguió hablando—: ¿A vosotros también os parece raro lo que hacemos allí? Mi tío quería saber qué es y le dije que eran «cosas de chicas» para que dejara de hacer preguntas. No podemos contárselo a nadie más porque pensarían que se nos ha pasado un tornillo de rosca en el cerebro... y, encima, firmamos esos papeles. Así que he pensado que mejor me pasaba por aquí para que lo habláramos.

—No me hace ninguna gracia que nos hayan puenteado —dijo Gloria—. ¿No deberían decírnoslo antes de ponerse a hablar con nadie?

Terry quería saber si los demás habían tenido las mismas experiencias que ella durante sus respectivos viajes. Pero, antes de poder preguntárselo, la puerta tintineó de nuevo y Terry se sorprendió de ver a Andrew.

—Vaya, sí que soy popular hoy —dijo—. Este es mi novio, Andrew.

El chico se detuvo junto a la mesa, dubitativo.

—Andrew, estos son mis amigos del laboratorio —siguió Terry—. Ken, Gloria y Alice.

—Estamos en medio de una conversación privada —dijo Alice.

Terry soltó una risotada.

—Tranquila, puedes confiar en él. Ya lo sabe.

—Pues vaya, no sé para qué firmamos esos papeles. —Alice levantó las cejas.

—¿Puedo? —preguntó Andrew, y esperó a que Alice asintiera antes de coger una patata frita—. ¿De qué estáis hablando?

—Buena pregunta —dijo Terry—. ¿De qué estamos hablando?

—De por qué de repente al laboratorio le interesa tanto asegurarse de que sigamos yendo —dijo Gloria.

Andrew acercó una silla al extremo de la mesa.

—Yo también he estado pensando sobre eso. ¿Sabéis ya quién está a cargo del experimento?

Los ojos de Gloria se desviaron hacia Terry, que no le había contado a Andrew todos los detalles al respecto.

—Es alguna rama de los federales —explicó Terry.

Andrew ladeó la cabeza.

—Eso no me lo habías mencionado.

—Porque sabía cómo ibas a reaccionar.

Terry no quería tener aquella discusión delante de sus nuevos amigos. Y, al parecer, Andrew tampoco.

—¿Y no os parece raro que los federales dediquen tiempo a esto teniendo una guerra en marcha? ¿No deberían estar trabajando en armamento o algo parecido?

Ken bajó la voz, aunque estaban solos.

—Quizá sea eso lo que hacen.

Terry soltó un bufido.

—¿Soy yo el arma o es Alice? ¿O Gloria?

—No me dejes fuera a mí —dijo Ken.

Andrew los miró uno por uno.

—Vale, es probable que no.

Gloria no dijo nada.

Ninguno de ellos se quedó mucho rato más, a excepción de Andrew. Terry pagó las patatas fritas con sus propinas y decidió que aún no era el momento de volver a preocuparse por sí misma. Ya le haría esas preguntas a Brenner el jueves.

4

A Alice le sudaban las corvas, justo en los huecos, mientras recorrían aquel pasillo blanquecino del laboratorio hacia el reluciente ascensor cuya mera visión había pasado a aborrecer. Sabía adónde iba a llevarlos. Tanto las rodillas como las corvas eran malos lugares para tener sudores nerviosos. Y desde que habían empezado a darle descargas eléctricas, imaginaba que las lámparas de aquel lugar se reían y hablaban de ella, decían que, ya puestos, Alice podría ser una de ellas.

Atrapadas allí para siempre. Obligadas a iluminar la oscuridad. Pero «iluminación» era una buena palabra. Alice recordaba que, una vez, el predicador de la iglesia había descrito unos manuscritos iluminados que había visto estando de misiones, y la imagen que ella había conjurado a partir de la expresión tenía que ser más milagrosa que la realidad.

Eran pensamientos parecidos a ese de las luces parlantes los que habían hecho que se presentara en el restaurante de Terry como si hubiera perdido la chaveta. No se había preocupado de verdad por la llamada que habían hecho a su tío hasta oír las inquietudes de Gloria.

—¿Estás bien? —le preguntó Terry, apartándose de Gloria para ponerse a su lado—. Hoy estás muy callada. Y no he tenido que impedirte que trastees con ningún aparato electrónico.

El doctor Brenner movió la cabeza para que Alice pudiera verle de perfil.

—Estoy bien. —Alice asintió mirando a Terry, y luego a Gloria y a Ken, el silencioso coro preocupado que la seguía por el pasillo.

—¿Seguro que te encuentras bien? —preguntó Terry, y puso el dorso de la mano en la frente de Alice.

Esta se encogió y se arrepintió al instante de hacerlo.

—Sí, bien.

—Haré que la doctora Parks te tome la temperatura y se asegure de que te encuentras lo bastante bien para participar —se inmiscuyó el doctor Brenner.

—Gracias —le dijo Terry—. Entonces ¿no tendrá que hacer nada hoy si está enferma?

—Por supuesto que no —respondió al instante Brenner.

Alice estuvo a punto de creerle. ¿Tan distinta había sido la experiencia de Terry de la suya para que confiara en su palabra? Alice decidió que debía de haber sido así.

El doctor Brenner introdujo su código en el teclado. Alice vio moverse cada dedo como a cámara lenta. Las puertas del ascensor se abrieron y ella se imaginó desmontando por completo el mecanismo, cortando los cables para que la cabina no pudiera moverse.

Pronto volvería a esconderse dentro de sí misma, a buscar aquel lugar tranquilo que estaba por debajo de todo, con sus ruinas y sus esporas flotantes. El problema era que ese lugar tranquilo no era un sitio al que quisiera ir.

5

Las batas de hospital que les hacían ponerse durante los experimentos eran una afrenta a la dignidad. Eso era un hecho, no solo la opinión de Gloria. Podría haber realizado un estudio con doble ciego y validado por pares que lo demostrara.

Se preguntó, y no por primera vez, qué protocolos estaría siguiendo el laboratorio. ¿Estaban haciendo que ella, Terry, Ken y la pobre y asustada Alice pasaran por los mismos trances? En aquel laboratorio no había nada que cumpliera con las expectativas de lo que había leído en los manuales sobre estudios científicos, así que lo dudaba mucho.

Para colmo, ni siquiera podía dejar de acudir... No, desde que sus puntuaciones académicas dependían de ello.

«De perdidos al río.» O así rezaba el dicho.

Mantuvo las manos en el regazo y esperó a que llegara el doctor joven. Se apellidaba Green y era muy joven. Se mostraba tímido con ella, y Gloria había elevado una silenciosa plegaria para agradecer que no le hubieran endosado a Brenner. De vez en cuando hacía alguna pregunta a Green que obtenía una respuesta.

El doctor entró con una tablilla en una mano y un trocito de papel, sin duda impregnado de LSD, en la otra.

—¿Qué hay, Gloria? —saludó, como si estuvieran a punto de merendar juntos.

Ella no levantó las manos del regazo.

—Doctor Green, estaba pensando... Usted me dijo que estudió en Stanford, ¿verdad? ¿Dónde lo hizo el doctor Brenner?

Green dejó la tablilla y evitó a conciencia mirarla a los ojos. Se había arremangado una vuelta más arriba de donde terminaba el bronceado de su piel.

—Sinceramente, no estoy seguro —dijo. Sacó un folio de la tablilla y se lo entregó—. Quiero que memorices tan bien como puedas esta información. Luego, cuando la medicación haga efecto, te preguntaré por ella. Tu objetivo será intentar no revelarme nada, ¿entendido?

Gloria cogió el papel. Le recordó un poco a los exámenes tipo test del instituto, pero o bien era una falsificación o bien un informe militar real sobre movimientos de tropas enemigas.

—Entendido.

Cuando terminó, Green le cambió el papel grande por el minúsculo, que tenía un círculo amarillo en el centro, y Gloria se lo puso en la lengua. Entonces el doctor la dejó sola para que «meditara». Ni de milagro.

Gloria se puso cómoda y repasó la información del folio, que Green se había llevado, una y otra vez para que se le quedara en la cabeza.

Los números del reloj de pared tendían a aparentar que sangraban cuando le subía el LSD. Gloria descubrió que, si cerraba un ojo y esperaba cinco segundos, podía anular el efecto. Por tanto, cuando volvió el joven doctor Green, supo que habían transcurrido más o menos tres horas desde que se había tomado el ácido.

Estaría en el punto álgido del viaje, o cerca. Lo cual explicaba las luces de colorines que danzaban a su alrededor. Gloria no veía ningún sentido a ir de tripi y no podía creerse que hubiera gente que lo disfrutara. Quizá, si aquellos experimentos revelaban algún uso útil de la droga, cambiaría de opinión.

Pero lo dudaba.

Green llevaba su tablilla y la saludó con la cabeza. No era uno, sino tres.

—¿Señorita Flowers? —dijo.

Antes la tuteaba, estaba casi segura. Entró también en la sala un celador, alto y corpulento, que se quedó de pie en una esquina.

—Sí —respondió ella.

—¿Podría, por favor, indicarnos la ubicación de las tropas desplegadas en el sector diecinueve?

El ceño fruncido le echaba años encima al doctor. Antes le había dicho que se resistiera y Gloria había entretejido esa instrucción con los datos memorizados. Les interesaría que ella mostrara el control más férreo posible si era un experimento sobre obtener información bajo la influencia de drogas, ¿verdad? El objetivo tenía que ser ese.

—Me temo que no sé a qué se refiere —dijo.

O, por lo menos, eso creyó decir. Las certezas se volvían volátiles cuando el LSD hacía efecto.

El doctor cogió una silla que había en la mesa y se sentó delante de ella, que estaba en el duro borde de la cama. Gloria intentó ajustarse la falda y recordó que llevaba puesta una fina bata de hospital. De pronto, cayó en la cuenta de lo traslúcida que debía de ser.

«Concéntrate.»

—¿Está segura? —preguntó él.

—¿Segura?

—De que no sabe a qué me refiero acerca del sector diecinueve. Sobre el lugar hacia el que se dirigen las tropas.

—Lo estoy —dijo Gloria con un atisbo de sonrisa por lo bien que estaba cumpliendo su tarea.

Green echó una mirada atrás, hacia el celador. El gigantón dio un paso adelante. Parecía demasiado enorme para haber podido entrar en la habitación, pero allí estaba, alzándose muy por encima de ella. Una amenaza.

—¿Seguro que está segura? —preguntó el doctor Green.

Gloria tuvo ganas de atravesar los colores brillantes y la neblina de la droga para darle una lección y explicarle que aquella no era forma de hacer un experimento. Su forma de expresarse era incorrecta. Estaba utilizando mal un conjunto de parámetros que serían difíciles de duplicar sobre el terreno.

—Señorita Flowers —insistió Green—, ¿dónde están?

El inmenso celador no llegó a sonreír, pero desde luego su expresión no era de desagrado.

«Se lo está pasando bien.»

Gloria recordó los rumores sobre casos de los que nunca hablaba ningún profesor suyo. Hombres a los que no se trataba la sífilis. Esclavos vendidos a médicos para experimentar, cadáveres negros en todas las facultades de medicina. No mucho más de una década antes, el ejército y la CIA habían liberado mosquitos transmisores de la fiebre amarilla sobre la población negra de Florida. La piel de Gloria la convertía en candidata a realizar estudios para cierta gente, y en desechable para la mayoría de esas mismas personas.

Gloria había descubierto que, como de costumbre, para seguir en el juego tenía que fingir que no sabía que se estuviera jugando a nada. Nunca se quedarían conformes si le dejaban ganar una ronda. Ni siquiera si así mejoraban sus procedimientos experimentales.

—¡Pues claro! No había entendido a qué se refería. Están desplazándose hacia el norte, a un ritmo aproximado de siete kilómetros al día. —Extendió una mano—. Si me deja un lápiz, puedo hacerle un mapa.

El doctor Green enarcó las cejas y dedicó una mirada engreída al enorme celador, que había pasado a tener una expresión decepcionada.

—Muy bien —dijo el doctor Green.

«Lo siento —pensó Gloria, como si se dirigiera a los dos hombres—, pero no, para nada.»

6

La primera parte del viaje de Alice transcurrió en una tranquila y desdibujada confusión que la hizo relajarse. Quizá ese día no iban a darle electricidad. Quería la bandeja de herramientas para poder desmontar algo en vez de quedarse tumbada en el camastro haciendo el vago. Pero se lo calló, lo mantuvo todo en silencio en su interior, confiando en que se olvidasen que estaba allí hasta que llegara la hora de marcharse.

La doctora Parks le había sacado un tubo de sangre, como hacían cada pocas semanas, y lo había etiquetado con la fecha y el nombre de Alice en una fina tira de cinta. La habían auscultado, le habían comprobado la visión y le habían dado una dosis de medicina mala. A veces, Alice fantaseaba con la imprenta que había hecho llegar el anuncio al taller de su tío y a la atención de ella. Al igual que con el ascensor de antes, se imaginaba desmantelándola poco a poco, extendiendo todas sus piezas en una hilera hasta que no pudiese enviar ningún mensaje en absoluto.

Eso hizo que se preguntara por la experiencia de Ken en el laboratorio. El chico parecía estar igual que al principio. Si de verdad era vidente, a Alice le gustaría darle un buen sopapo en la nariz por decirles que se metieran en la furgoneta aquel primer día.

«Alice —dijo la voz de su madre en su mente—, no está bien pegar a los jovencitos.»

—¿Ni siquiera si se lo merecen? —preguntó ella.

—Perdón, ¿qué? —dijo la doctora Parks, entrando por la puerta.

Por lo menos, Alice tuvo la impresión de que acababa de llegar. Y entonces lo confirmó, porque detrás de ella estaban el doctor Brenner y aquel celador barbudo que iba siempre con él. Este último traía la máquina que Alice tenía más ganas de desmontar y romper. La que utilizaban para darle descargas.

—Nada —dijo, bajando los pies al suelo para sentarse erguida—. Un momento, ¿no iban a tomarme la temperatura? Hoy no me encuentro muy bien.

La doctora Parks frunció el ceño.

—¿Qué síntomas tiene?

«¿Aparte de que mis ojos ven como si fuesen molinetes por culpa de esta basura que me habéis dado?»

El doctor Brenner dio un paso adelante.

—Es psicosomático. El tratamiento ayudará.

Alice soltó un bufido antes de poder contenerlo.

Las cejas del doctor Brenner se alzaron tanto que parecieron levitar sobre su cabeza.

—¿Eh? Porque, como profesional médico, puedo asegurarle que lo más probable es que no se sienta bien porque hace una semana desde su último tratamiento.

«Me encuentro mejor tan pronto como salgo de este sitio.»

—No ha hablado de esto con nadie, ¿correcto?

El doctor Brenner avanzó más, hizo un gesto para que trajeran la máquina y empezó a colocar los electrodos en las sienes de Alice.

—Sé que no debemos hacerlo.

No se lo había dicho a nadie. Estuvo a punto de hacerlo el día que fue al restaurante, pero entonces el novio de Terry dijo aquello de las armas y Alice comprendió que quizá empezaba a sentirse más arma que persona, con aquella ansia suya por desmontarlo todo...

Era una bobada. Sabía que era una bobada.

—Bien. —Brenner le puso una mano en el hombro y, con un movimiento suave, hizo que se tumbara de nuevo—. Esta semana vamos a incrementar el voltaje.

La doctora Parks se llevó una mano al cuello.

—¿Está seguro de que es buena idea? Si no se encuentra bien...

—Eso la espabilará de golpe —dijo él. Y luego, dirigiéndose a Alice—: ¿Verdad que sí?

¿Qué iba a hacer ella sino asentir? Era lo contrario de lo que Brenner había dicho a Terry que haría.

Alice cerró los ojos y esperó. Decidió que no pensaba chillar, ni vociferar ni tampoco hacer ningún ruido, pero entonces el relámpago la atravesó y Alice dio un respingo y empezaron a flotar centellas bajo sus párpados.

No, no eran centellas.

Eran aquellas esporas que nunca podía agarrar con la mano.

Fue al lugar tranquilo de su interior, por debajo de la realidad de la que anhelaba escapar. Alice se sentía fuera de lugar allí, en el Mundo de Por Debajo, como había empezado a llamarlo para sus adentros. Le daba la sensación de que no encajaba en aquella ensoñación decadente y sombría.

Ese día las sombras estaban inmóviles, las paredes y ventanas agrietadas, los zarcillos inmóviles, muertos en el sitio. Alice se desplazó por la rueda de imágenes de su mente para demostrar que había vida allí, que ella seguía viva.

Las drogas que le habían dado esta semana eran muy potentes.

Giró en círculo, cerrando y abriendo los ojos. Con cada parpadeo, las sombras crecían. Se alzaron los girasoles, desprovistos de color. Sintió un mareo.

Alice captó movimiento y se volvió hacia él.

Un monstruo, reluciente y nítido. Un sueño. Una pesadilla.

Algo que parecía salido de los tebeos que leían sus primos. La clase de criatura que resultaría de desmantelar una forma de vida y volver a ensamblarla mal. Brazos demasiado largos. Una cabeza que parecía una flor oscura.

Se preguntó si el monstruo deseaba destrozar cosas igual que ella.

—Alice, ¿puede oírme? —Era la voz de la doctora Parks—. Abra los ojos si quiere.

Los girasoles blancos y negros se mecieron y el monstruo se fundió con ellos. ¿Habría sido un girasol desde el principio? Quizá sí. Emergieron mariposas de los tallos en movimiento mientras las flores recuperaban un tono amarillo dorado.

Cuando abrió los ojos en el mundo real, en la pequeña estancia del laboratorio, lo primero que vio fue a Brenner.

—Monstruos —dijo—. ¿Cómo no iban a estar en mi cerebro?

Mientras se quedaran allí, todo iría bien, ¿verdad?

7

Terry se había perdido en el momento, y luego en el siguiente y en el siguiente a ese, estudiando el suelo, las paredes, el techo. ¡El techo! Mientras lo contemplaba, se movió como el cielo. Todo lo cotidiano se tornaba extraordinario al percibirlo a través de la lente de su cerebro empapado en ácido. Cuando logró recordar que había querido preguntarle al doctor Brenner por las llamadas a la universidad y al tío de Alice, él ya había salido de la habitación.

El celador lo había acompañado adondequiera que hubiese ido. Esa semana estaba en la pequeña sala de reconocimiento, sin más gente alrededor, y habían hablado de las veces en que Terry habría deseado hacer algo distinto, repasando sus arrepentimientos.

Si no le preguntaba a Brenner mientras aún tenía el asunto en mente, podría olvidarlo de nuevo. «La prueba del ácido consiste en poder acordarte de algo.»

Al doctor no le importaría que Terry saliera a buscarlo, ¿verdad? Creía que no. En ningún momento le había dicho que se quedara en la sala.

Terry se levantó, fue a la puerta y comprobó que el pomo giraba. No la habían cerrado con llave. Era una señal: «Continúa».

Cuando salió al pasillo, estaba sola. Empezó a andar.

Enfiló por el primer pasillo, que nunca había recorrido antes. Quizá el despacho de Brenner estuviera por allí. Las baldosas de la pared danzaron a su alrededor.

Oyó una puerta abriéndose y unos pasos y se encogió contra la pared. Un hombre con bata de laboratorio dobló la esquina con paso rápido delante de ella y anduvo pasillo arriba, alejándose de Terry. Ella corrió hacia delante, sintiendo que participaba en un juego.

La puerta por la que había pasado el hombre daba a un ala distinta del edificio. Tenía un teclado de aquellos modernos al lado y... todavía estaba abierta. ¿Sería capaz de llegar a tiempo?

Apretó el paso y se metió justo antes de que la puerta se cerrara.

«¡Sí!»

El pasillo se bifurcaba casi de inmediato, pero Terry siguió hacia delante.

Las salas junto a las que pasó estaban desiertas, aunque contenían una gran variedad de máquinas y catres. Hasta que encontró una ocupada.

En esa habitación había una niña. ¿Se trataría de una de sus alucinaciones?

No, la niña seguía allí. Estaba sentada a una mesa baja, coloreando con tanta fuerza que poco le faltaba para destrozar el papel.

«Pero ¿qué pasa aquí?»

Terry llamó con los nudillos, sin hacer mucho ruido, y abrió la puerta para entrar.

—Hola —dijo, esforzándose en poner una voz amable y tranquilizadora.

¿Qué hacía una niña pequeña en un lugar donde se realizaban experimentos con LSD? Llevaba puesta una bata parecida a la de Terry.

—¿Quién eres? —preguntó la niña, alzando la mirada hacia ella y parpadeando.

Terry fue a sentarse delante de ella. Era demasiado grande y las rodillas le asomaron por encima de la mesa produciendo un efecto cómico. La niña no pareció darse cuenta.

—Soy una paciente. ¿Quién eres tú?

—Kali. —La pequeña se quedó callada un momento—. ¿Qué es una paciente?

—Eh... Alguien que está enfermo.

Las cejas negras de la niña se arrugaron. Terry se fijó en que estaba dibujando a un hombre con el pelo engominado hacia atrás. ¿Sería Brenner? Le dio la impresión de que sí.

—¿Estás enferma? —preguntó Kali.

—No —dijo Terry—. Estoy bien.

—Entonces ¿por qué estás aquí?

—Ah, porque participo en un experimento. ¿Sabes lo que es eso?

—Eres una su-je-to. —La chica dijo muy despacio la palabra—. Yo también. ¿Papá sabe que estás aquí? No me deja hablar con casi nadie.

«Papá.» ¿Sería hija de Brenner?

Una silueta pasó junto a la puerta por el pasillo de fuera. Terry tuvo la repentina sospecha de que nadie iba a alegrarse de encontrarla allí.

Se levantó de la silla y se agachó para seguir a la altura de Kali.

—¿Qué te parece si guardamos mi visita en secreto? Ahora tengo que irme, pero volveré para verte de nuevo.

—Vale. —La niña se encogió de hombros—. Me gustan los secretos.

Terry tenía que irse, pero se quedó para hacerle una última pregunta:

—¿Tú eres un secreto?

Kali titubeó y luego agachó la cabeza, asintiendo.

—Creo que sí.

—Vendré a verte cuando pueda.

Kali asintió de nuevo y se llevó el dedo índice de la mano derecha a los labios, en la seña universal de guardar silencio. ¿Sería capaz una niña tan pequeña de guardar un secreto? Terry pensó que, si ella misma se consideraba un secreto, seguro que ya tendría mucha práctica en ello.

Como también la tendría, comprendió, el doctor Brenner.

4

De hombres y monstruos

1

Andrew se había marchado el fin de semana a visitar a su familia, de modo que Terry tuvo que esperar para revelarle su descubrimiento. Como le había dicho a qué hora esperaba estar de vuelta, ella había ido a su casa para esperarlo. Se levantó de golpe en el momento en que Andrew entró por la puerta y dejó la mochila en el suelo.

—Tiene una niña allí, Andrew. ¡Una niña! Muy pequeña.

—¿Nena? Hola —dijo él, a todas luces contento de verla, pero también confundido—. Explícate. ¿Quién tiene a una niña y dónde?

—Ah. —Terry se pasó una mano por el pelo—. Perdona. En el laboratorio, el doctor Brenner... —Se devanó los sesos pensando en cómo empezar a contárselo.

—Creo que los dos necesitamos una birra. —Le acarició la mejilla, le dio un beso en la frente y fue hacia la cocina.

—Bien pensado —dijo Terry—. Lo siento, es que llevo tiempo con ganas de comentar esto contigo.

—¿No se lo has dicho a tus amigos del laboratorio? Me

cayeron bien. —Andrew abrió la puerta de la nevera, encontró dos latas al fondo del estante de arriba y le pasó una a Terry.

—Es que no sé lo que significa, así que he pensado que de momento mejor me lo callaba. Pero no creo que esté bien.

—Vale, pues cuéntame.

Andrew abrió su lata de cerveza y volvieron a la sala de estar. Él se sentó en el sofá, pero Terry estaba demasiado electrizada para relajarse.

Mientras caminaba de un lado a otro, le describió su vagabundeo mientras estaba de tripi, cómo le había llevado hasta Kali y la conversación que habían mantenido. Cuando concluyó su relato con la promesa de que volvería a visitar a la niña, hizo una pausa para darle un trago a la cerveza.

—Sí que es raro, ya lo creo —dijo Andrew desde el sofá—. ¿Crees que alguien sabe que la viste? No se lo dirías a ese doctor, ¿verdad?

Terry negó con la cabeza.

—Ni hablar. Me... me daba miedo contárselo. Menos mal que no me pilló nadie en el pasillo.

Andrew extendió la mano para darle unas palmaditas en el brazo.

—¿Crees que te habrías metido en líos?

—No lo sé. —Terry por fin se sentó al lado de Andrew—. Debes de estar pensando que esto me lo he buscado yo solita. Por presentarme voluntaria.

—Ni de coña. —Andrew le puso la mano en la rodilla—. De momento, solo has visto a una niña pequeña. Suponiendo que sea hija de él, ¿podría estar enferma?

—No lo parecía, pero vete a saber. Si es hija de Brenner, a lo mejor él está haciendo todo esto para encontrar una especie de cura para ella. —Terry echó la cabeza hacia atrás—. Pero me parece que no es eso. Había cosas que...

no encajaban. Estaba en una habitación pequeña con literas.

—Podría ser para que se sienta cómoda durante el tratamiento que le estén haciendo. Igual podrías preguntar al doctor por ella.

—Quizá.

Terry se lo imaginó. Una semana antes lo habría hecho. Pero recordaba lo mucho que se había disgustado Gloria al enterarse de que el experimento influiría tanto en sus notas. Antes de preguntarlo, necesitaba más información.

—¿Cómo les va a los demás por allí?

Andrew la hizo bajar al suelo para poder masajearle los hombros. Terry ni siquiera se había dado cuenta de lo tensos y agarrotados que los tenía.

—Parece que están a gusto. Alice no se encontraba muy bien el otro día, pero supongo que es solo que debía de estar un poco pachucha.

—Podrías preguntarles qué opinan ellos.

Tenía razón.

—Lo haré, pero antes quiero intentar averiguar algo más sobre para qué sirve este experimento. ¿Por qué es de alto secreto? ¿Tiene algo que ver con esa niña?

—Nena, ¿no podría ser sencillamente porque están administrando LSD a adultos jóvenes y sanos?

Terry suspiró.

—Sí, claro, eso como mínimo. —Le sobrevino un pensamiento escalofriante—. ¿Y si están drogando a esa criatura?

—Me extrañaría mucho —dijo Andrew—. ¿Estaba como ida?

—No, parecía que estaba bien.

Pero en las palabras confiadas de Andrew, Terry escuchó un eco de su madre muchos años atrás cuando le decía a su padre que las cosas que había visto en la guerra no podían ocurrir allí. Terry sabía que sí que era posible. Pero también creía que la gente podía actuar, y lo haría, para impedirlo.

—Tendré que ver qué descubro —dijo—. Sobre todo este asunto. Quiero saber lo que hacía allí la niña. Así me quedaré más tranquila.

—Ya sabes que creo en ti. —Andrew siguió amasándole los hombros—. Si necesitas hacerlo, necesitas hacerlo.

—Lo sé.

¿Quién era Brenner y de dónde había salido? ¿A qué se dedicaba antes de aquello? Terry tenía más preguntas con cada segundo que pasaba, lo cual significaba que debía ir a algún buen lugar para obtener respuestas.

2

La biblioteca estaba abarrotada al día siguiente. El semestre había comenzado hacía poco y la gente aún no había renunciado a sus buenas intenciones de adelantar trabajo, mantenerse al día y entrar en la lista de los mejores alumnos. Terry se puso a hacer cola frente al mostrador donde estaba la bibliotecaria, con cuatro personas delante de ella, junto a una alta estantería repleta de volúmenes de referencia encuadernados en cuero.

Sacó del bolso el ajado ejemplar de bolsillo de *La Comunidad del Anillo* y volvió al capítulo tres. Ya puestos, podía avanzar un poco con Tolkien hasta que pudiera avanzar en sus pesquisas sobre el pasado del doctor Brenner.

—¿Señorita?

Terry parpadeó y levantó la mirada de una escena protagonizada por los hobbits. Andrew estaba en lo cierto. El libro la había enganchado.

La bibliotecaria tenía cara de cansada y un moño muy bien sujeto con varios pasadores.

—Hola —dijo Terry—. Esperaba que pudiera ayudarme con una cosa.

Le explicó que buscaba información sobre un doctor —posiblemente en medicina, como mínimo— que se había mudado hacía poco a la zona, y sobre sus investigaciones.

—¿Y no sabe dónde trabajaba antes ni en qué universidad se doctoró? ¿Ni nada sobre su especialización? —La expresión de la bibliotecaria dejaba claro que había que ser imbécil para no molestarse en averiguar al menos uno de aquellos datos.

—Me temo que no. Pero podría tener algo que ver con la psicología.

—Hum. —La mirada de la bibliotecaria pasó a la espalda de Terry, a la creciente cola que se estaba formando tras ella.

—Me basta con que me dé alguna indicación —dijo en tono de súplica—. No me importa dedicarle tiempo.

Eso le valió un asentimiento de aprobación. La bibliotecaria sacó un cuaderno y apuntó una lista con buena letra.

—Busque su apellido en estos sitios. Si tenemos algo, debería aparecer en alguno de ellos. Buena suerte.

La primera anotación de la lista la llevó a una estantería de gruesos tomos titulados *Libros impresos*, que resultaron ser catálogos de títulos, autores y editoriales. Tras equivocarse unas cuantas veces de volumen, por fin comprobó los autores que empezaban por BR y encontró a tres que se apellidaban Brenner, pero ninguno llamado Martin. Primer fracaso.

«A por lo siguiente.» Volvió a consultar la lista.

Esta la dirigió a *Quién es quién en Estados Unidos*, una lista de breves biografías que parecía incluir a todas las personas que habían sido importantes en la historia y a otras muchas que no tanto. Al hojearlo, vio que en el libro figuraban muchos investigadores, y se hizo ilusiones cuando por fin llegó a la letra B.

Reconoció algunos de los apellidos que vio allí, pero, de nuevo, no halló a ningún Martin Brenner.

La bibliotecaria había garabateado una nota junto al último elemento de la lista: «Difícil que haya algo, pero merece la pena intentarlo». Terry tuvo que volver al mostrador para preguntar dónde estaban los archivos verticales. Luego subió al primer piso y encontró una hilera de altos archivadores que contenían una mezcolanza de folletos y recopilaciones de artículos científicos. La colección era muy extensa, y Terry, animosa, empezó a recorrer los ficheros uno por uno. «Quizá sea este...» Siempre que le entraban tentaciones de saltarse uno, paraba y le echaba un vistazo.

Cuando se aproximaba al final de los archivadores, ya tenía insensibles las yemas de los dedos de tanto pasar papeles. Las luces de la biblioteca se atenuaron un instante y luego los altavoces crepitaron e informaron a los estudiantes de que la biblioteca iba a cerrar en diez minutos.

Terry tuvo que afrontarlo. No había encontrado nada. Un cero bien gordo. Era como si Martin Brenner no hubiera existido antes de mudarse a Indiana y ponerse al mando de un prestigioso laboratorio gubernamental. Era evidente que aquello era imposible, pero ¿qué podía hacer Terry?

La bibliotecaria que le había escrito la lista cruzó la mirada con ella mientras Terry regresaba a la planta baja para marcharse y esta negó con la cabeza poniendo cara triste. La bibliotecaria asintió, como diciendo: «Qué le vamos a hacer».

Pero aquel no era un asunto que pudiera zanjarse con un «Qué le vamos a hacer». Terry fue a pie a casa de Andrew, luchando contra el cansancio.

—Para los hobbits sería mucho más fácil quedarse en la Comarca —dijo Terry a Andrew cuando le abrió la puerta—. Pero no lo hacen, ¿verdad? Frodo termina con el anillo y se marchan con él.

—Sabía que te gustaría —repuso él sonriéndole, y le dio un beso en la mejilla—. Avísame cuando quieras el segundo. ¿Por dónde vas?

—Aún por el principio. Puede que los hobbits no tengan magia, pero ya veo por dónde va a ir la cosa.

—Si quieres, sáltate la parte de Tom Bombadil y Baya de Oro. Es un poco demasiado.

—No voy a saltármela de ninguna manera. —Terry hizo una pausa—. Pero ¿acabas de reconocer que este libro no es perfecto en todos los sentidos?

—Ja, ja, ja, muy graciosa.

Y Andrew se lanzó sobre ella y le hizo cosquillas hasta que Terry se echó a reír, igual de efectivo que cualquier príncipe azul que despertara con un beso a una princesa hechizada.

El contacto con él le devolvió la vida. Existía todo un mundo, no solo el laboratorio con sus psicodélicos sueños febriles y su misteriosa niña. Terry debía recordar eso.

3

Terry estaba tamborileando con los dedos contra el camastro de la pequeña habitación, pero se detuvo al ver que los ojos del doctor Brenner gravitaban hacia ellos. De su mano parecían irradiar unos arcoíris ondulados, incluso después de que la dejara de mover.

—No seguirá nerviosa por la medicina, ¿verdad? —le preguntó el doctor Brenner, con una sonrisa de labios cerrados que parecía señalar lo absurdo que sería esto.

—No mucho. —Lo cual era bastante cierto: no era la medicina lo que la tenía tan tensa.

—Eso es bueno, Terry —dijo el doctor Brenner—. Confía en mí, ¿verdad?

En el interior de ella se desenmarañó un filamento de fría paranoia. ¿Por qué le hacía esa pregunta?

—Claro.

El doctor vaciló, observándola.

—Me alegro, porque nuestro trabajo está yendo de maravilla. ¿Está preparada para sumergirse más?

«¿En qué consiste nuestro trabajo? O siendo más concreta, ¿en qué consiste el suyo? ¿Quién es Kali?»

No sabía cómo formular las preguntas de forma que pudiera retractarse de ellas si hacía falta, porque, si estaba sacando conclusiones precipitadas, quizá perdiera la oportunidad de participar en algo importante. Pero sabía la respuesta que estaba esperando Brenner.

—Sí.

—Bien. —El doctor sacó el cristalito del bolsillo de la chaqueta y lo sostuvo delante de ella—. Fije la mirada en él, concéntrese y, cuando tenga la mente enfocada, cuente hacia atrás despacio desde diez, mentalmente.

A Terry no le apetecía hacerlo y, ya que tenía que contar mentalmente, no había forma de que él supiera si lo hacía o no. Se quedó allí sentada, mirando hacia delante pero sin permitirse fijarse en el cristal.

—Ahora cierre los ojos.

Los párpados se le cayeron, con arcoíris y chispas flotando tras ellos.

—Es el momento de que demos el siguiente paso, Terry —dijo la voz del doctor Brenner, suave como el raso—. Es hora de ver de qué es capaz. Lo que suceda aquí será un secreto. Conservará el conocimiento y realizará una tarea sin que la descubran, pero no recordará que se la he encargado yo. ¿Lo comprende? ¿Puede repetírmelo?

Terry tuvo que esforzarse para mantener los ojos cerrados y que no se le notara que mentía en la respuesta. ¿Qué era todo aquello? ¿Había ocurrido ya alguna otra vez, cuando Brenner la había dormido con éxito? Debería haber permanecido alerta y prestado más atención.

—Lo que ocurra es un secreto —dijo—. Mantendré este conocimiento y llevaré a cabo una tarea, pero no recordaré que nadie me ha pedido que la haga.

—Bien, muy bien. —Hubo un momento de silencio y luego Terry oyó que se abría la puerta de la sala. El celador los había dejado solos, por lo que tal vez acabara de regresar. Algo raspó contra el suelo y entonces la puerta se cerró de nuevo. El corazón le atronaba en los oídos y rezó para poder oír las palabras de Brenner por encima de él—. Terry, ¿está preparada?

—Sí.

—Permanecerá en el estado de trance cuando abra los ojos. —Brenner calló y Terry no supo si debía abrirlos ya o no, por lo que se quedó inmóvil. Entonces él dijo—: Abra los ojos.

Así lo hizo.

Brenner estaba sentado a una mesita que habían colocado delante de ella. Sobre esta había un teléfono negro que no estaba conectado a nada. El doctor cogió el auricular y levantó de la mesa un objeto tan pequeño que Terry no lo había visto al principio. Era una piececita negra de metal, más fina que una moneda.

—¿Ve esto? —preguntó él.

Terry asintió.

Brenner volvió a dejarlo en la mesa antes de desenroscar la tapa del micrófono del teléfono.

—¿Ve lo fácil que es quitar esto? Es tan fácil que podría hacerlo cualquiera, ¿verdad?

—Lo es.

—Incluso usted puede hacerlo —dijo el doctor Brenner, dejando la pieza de plástico a un lado y cogiendo otra vez el trocito de metal. Lo metió en el receptor, entre los cables que había dentro—. Tiene que ir justo aquí, en contacto con este cable, para activarse. —Volvió a enroscar la tapa—. Y usted lo hará, igual que acabo de hacerlo yo. ¿Entendido?

Cuando Brenner dejó el receptor sobre el aparato, Terry extendió el brazo para cogerlo, suponiendo que se refería a aquel mismo instante.

—No, no aquí, ni ahora. —El doctor Brenner metió la mano en el bolsillo de su abrigo y, con gentileza, cogió la mano de Terry y la devolvió a su regazo. Le puso algo dentro y, cuando ella giró la mano, vio una pieza negra de metal idéntica a la que Brenner había metido en el receptor—. Colocará este dispositivo en el teléfono del mostrador de la floristería de Flores y Regalos Flowers, el negocio que regentan los padres de Gloria Flowers. Lo hará antes de su próxima sesión en el laboratorio. ¿Lo ha entendido?

«No. ¿Por qué?»

—Sí, lo he entendido.

—Bien. Cierre los ojos.

Terry los cerró.

4

Terry condujo muy despacio por la Séptima: temía pasar de largo sin ver Flores y Regalos Flowers. No tenía por qué preocuparse.

Del ancho edificio sobresalía un largo toldo bermellón

con el nombre bordado en marfil. Se veía un expositor de caramelos, además de estatuillas, marcos de fotos y muebles, por debajo de las palabras REGALOS FLOWERS. En el lado izquierdo, que tenía su propia entrada, estaba la floristería, con ramos de vivos colores y grandes helechos en los escaparates. La dirección había sido fácil de encontrar en el listín telefónico de la residencia, además de que iba acompañada de un anuncio que ocupaba un cuarto de página con una lista de las decenas de cosas que vendían.

Aparcó en la acera de enfrente de la tienda y bajó del coche. Había unos niños jugando a la rayuela en la acera que la miraron con cara de «¿Qué hace esa aquí?» mientras Terry cruzaba la calle. Se metió la mano en el bolsillo de la chaqueta para comprobar que el pequeño aparato metálico que le había dado Brenner seguía estando allí.

La puerta emitió una melodía al abrirse y un aroma agradable pero potente a flores recién abiertas le invadió las fosas nasales.

Una versión mayor de Gloria pero igual de elegante se levantó de un taburete, detrás del mostrador.

—Bienvenida —dijo—. ¿Puedo ayudarla?

Terry anduvo insegura por el pasillo central y respiró más tranquila al ver a Gloria sentada detrás de su madre en otro taburete. Estaba ensimismada leyendo un tebeo y no había reparado en la presencia de Terry.

—Quería hablar con Gloria —dijo.

—¿Ah? —repuso la madre, volviéndose.

Gloria alzó la vista al oír la voz de Terry y dejó el tebeo en su taburete al levantarse.

—Terry, ¿qué hay? —Gloria salió de detrás del mostrador para saludar a Terry. Luego miró hacia atrás y dijo—: Es una amiga. También está en el experimento del laboratorio.

—Encantada —dijo su madre, en tono más afable—. Cualquier amiga de Gloria es amiga de todos los Flowers.

—Gracias —repuso Terry, notando que se incrementaba el peso del objeto que llevaba en el bolsillo. Mirando a Gloria, añadió—: ¿Podemos hablar en privado?

—¿Mamá? —dijo ella—. ¿Puedes ir a ver cómo le va a papá, para que pueda charlar con Terry? Yo me encargo de la tienda.

—No hay nada de lo que encargarse hasta que la gente salga del trabajo. Vuelvo dentro de un ratito.

La madre se marchó por un pasillo que conectaba los dos negocios.

—Bueno, ¿qué ocurre? —dijo Gloria, alzando las cejas para subrayar la pregunta.

Terry tragó saliva y sacó el dispositivo del bolsillo. Abrió la mano y lo sostuvo con la palma hacia arriba para que Gloria lo viese.

—¿Qué es eso?

—Un micrófono —explicó Terry—. O eso creo, al menos. Brenner me dijo que lo pusiera en tu teléfono de aquí. Creía que estaba hipnotizada.

Gloria negó con la cabeza y se acercó para ver mejor el aparato.

—Qué preciosidad tan malvada —murmuró—. ¿Creía que estabas hipnotizada pero no lo estabas?

Terry asintió, aliviada de que Gloria no la hubiera echado a patadas. Había sido un salto al vacío ir allí, pero, aunque no conociera tanto a Gloria, no tenía ninguna intención de traicionarla. Y mucho menos desde que Brenner había añadido incluso más preguntas a las que ya tenía.

—Lo fingí. Se supone que debo colocarlo antes de volver al laboratorio. Me dijo que era la siguiente fase en mis pruebas.

—Sus pruebas son una basura —dijo Gloria—. Y esto no hace más que demostrarlo. Es el procedimiento menos científico del que he oído hablar en la vida. —Extendió la mano y movió los dedos—. Dámelo. Dime lo que hay que hacer y lo pondré yo misma.

—¡Pero tendrás el teléfono pinchado!

—Lo dejaré solo unos días —dijo Gloria con una sonrisita—. Y, además, esto es una tienda de flores y regalos. Si alguien quiere escuchar nuestras llamadas de teléfono, va a aburrirse mucho. —Titubeó—. No creo que te lo pidiera para escucharnos, sino para ver si lo hacías.

Terry había llegado a la misma conclusión. Que Gloria coincidiera con ella la volvía más verosímil... y más perturbadora.

—¿A ti te han pedido que hagas algo parecido?

—No, aún no —respondió Gloria—. Pero si están experimentando con nuestros recuerdos, con nuestras mentes... tiene sentido que quieran controlarnos. Si pudieran usar a personas normales para hacerles el trabajo sucio... ¿Estás segura de que no sospechó que fingías?

Terry estaba bastante segura, en realidad.

—No creo que tenga ni idea. Y se supone que debo olvidar que me pidió que lo hiciera.

—Bien. —Gloria fue al mostrador—. Mejor démonos prisa, mi madre no tardará en volver.

Terry la acompañó detrás del mostrador y le señaló el receptor del teléfono.

—Hay que desenroscar la tapa de abajo y ponerlo tocando los cables de dentro. Así es como hace que funcione.

Gloria quitó la tapa, concentrada.

Terry visualizó a Kali. La niña que no había podido visitar otra vez porque no había logrado escabullirse. ¿Cómo iba a ingeniárselas para cruzar la puerta con el teclado numérico? Tampoco era que pudiese esperar a que volviera a salir alguien. Ni que tuviera la menor idea de cuándo iba a estar presente Kali. Podía arriesgarse a contarle a Gloria que había visto a la chiquilla. Quizá a ella se le ocurriera alguna teoría sobre qué podía estar haciendo allí una niña tan pequeña.

A Gloria no le hicieron falta más indicaciones: metió la pieza metálica limpiamente y volvió a poner la tapa del receptor.

—Ya está —dijo, y dedicó a Terry una sonrisa conspiratoria.

—¿Por qué no vienes a la fiesta de Halloween que da Andrew? —le soltó Terry de golpe—. Voy a invitar también a Ken y a Alice.

—Vale, parece divertido —dijo Gloria.

A lo mejor, para entonces, Terry incluso podría haber decidido ya qué contarles a todos.

5

Halloween siempre había sido la festividad favorita de Alice. A ella no le importaba destacar, ser distinta. Pero era todo un alivio que hubiera un día en el que nadie se daba cuenta, en el que todo el mundo destacaba, en el que todos querían ser diferentes a lo que eran normalmente. Y, además, en Halloween podía jugar a disfrazarse, a ponerse elegante.

Cuando tu ropa habitual era un mono y tus accesorios eran llaves de tubo, las reacciones que despertabas al cambiarlo todo por un vestido bonito eran un poco humillantes. Alice disfrutaba poniéndose guapa, pero no le gustaban tanto las bromas que le gastaban los demás. Eran cariñosas, pero seguía estando allí la idea subyacente: «No eres la clase de chica que se pone vestidos. Aunque la mona se vista de seda, mona se queda».

La vida exigía hacer concesiones. Una de las que a Alice le gustaría recibir era que la gente le dijera de vez en cuando «Qué guapa estás» sin un guiño y un codazo. Una parte de ella había querido echar el resto y disfrazarse de Cenicienta para la fiesta de Halloween de Terry y su novio, pero, al final, había temido recibir la misma clase de miradas que le echaba la gente de la iglesia cuando se ponía su mejor vestido. Así que se había decidido por otro de sus personajes favoritos. Y el disfraz también tenía bastantes oropeles. Había modificado un traje de Elvis que había comprado ensanchándole el cuello, cosiéndole algunas estrellas grandes en los bordes de la chaqueta y los pantalones de campana blancos, y luego había...

—¡Eres Evel Knievel! —exclamó Terry al abrirle la puerta de la casa. Salía música de detrás de ella y la sala estaba ya llena de gente bailando. Le llegó un humo aromático—. ¡Alice, estás perfecta! ¡Pasa, pasa! Andrew, ven a saludar a Alice.

Alice sonrió de oreja a oreja al ver que Terry identificaba correctamente el disfraz. En efecto, esa noche ella era el valiente que saltaba coches a lomos de una motocicleta. Terry iba descalza y llevaba pelo marrón pegado en los pies, unos pantalones arremangados y una camisa vieja. Tenía el pelo muy rizado por detrás de unas orejas de cera puntiagudas.

—¿De quién vas disfrazada tú? —preguntó Alice, perpleja.

Andrew llegó junto a Terry, solo un poco menos apuesto por culpa de sus propios rizos ridículos y un disfraz parecido al de ella. Tenía pelo pegado al dorso de la mano.

—Ella es Frodo y yo soy Samsagaz Gamyi. Son personajes de mis libros favoritos. Dejé a Terry que eligiera y me ha tocado ser el compinche. Pero no me importa ser su compinche.

Terry se encogió de hombros.

—Me gusta Sam.

—Y a mí me gusta Frodo. Voy a traerte algo de beber.

Alice no bebía, pero no lo dijo. Se limitó a darle las gracias.

Vio a un tío con máscara de monstruo, de plástico fino, con una boca deformada y dientes gigantescos. ¡Ay, si supiera el aspecto que tenían los monstruos de verdad! La alegría de ir disfrazada se disipó un ápice al pensar en el laboratorio, en aquel lugar oscuro y en las cosas aún más oscuras que había visto allí.

Terry la cogió por el brazo, la condujo hasta más adentro de la sala y cerró la puerta a su espalda.

—Ken y Gloria ya están aquí.

Una chica con los labios rojos chillones, una larga peluca negra con raya en medio y un vestido ceñido negro que llegaba hasta el suelo tendió la mano a Alice con el dorso hacia arriba y los dedos colgando.

—Morticia Addams, encantada de conocerte.

—Ah, muy bueno —dijo Alice—. Yo soy Evel Knievel.

—Esta es mi compañera de cuarto, Stacey —la presentó Terry, y entonces vio a alguien que miraba por detrás de Alice—. Vuelvo enseguida y vamos a buscar a los demás. A mí no me gustan nada las fiestas en las que conozco a poca gente.

Alice contempló la sala atestada de gente bailando y se preguntó a cuántas personas conocería Terry y a cuántas fiestas habría ido. Debía de ser una cosa de universitarios. Aquella era la primera fiesta a la que Alice asistía en... bueno, en la vida. Las meriendas campestres y las frituras de pescado de la iglesia no contaban. Claro que, por otra parte, en esas reuniones sí que sabía quién era todo el mundo.

—¿De qué conoces a Terry? —preguntó Stacey, esquivando a un chico disfrazado y maquillado de payaso que derramaba bebida de un vaso—. ¿Del restaurante?

De pronto, Alice recordó cómo había terminado Terry en el laboratorio. Había ocupado el puesto de su compañera de cuarto.

—Del experimento —respondió en voz baja.

—Anda, ¿y qué tal va? —preguntó Stacey, farfullando un poco—. Terry nunca habla del tema.

«Hum. Solo se lo cuenta a Andrew, no a su compañera de habitación.»

—¿A ti no te gustó? —dijo Alice en respuesta.

—Me hacía sentir muy ida, pero en plan mal. —Stacey negó con la cabeza y soltó un bufido.

—Pues sí, viene a ser eso —dijo Alice.

Stacey frunció el ceño, pero entonces volvió Terry.

—Por aquí —dijo, y tiró de Alice para llevársela.

Sonaron los primeros acordes de guitarra de *With a Little Help from My Friends* de los Beatles y la congregación de astronautas, brujas, fantasmas y superhéroes vitoreó. Cuando empezó la letra, todos empezaron a cantar espontáneamente, sobre ingeniárselas y colocarse (esto último, más alto) con la ayuda de los amigos, y sobre necesitar a alguien a quien amar.

Alice vociferó la letra a pleno pulmón y, junto a ella, Terry hizo lo mismo. La dulce melodía y el canto hicieron que Alice sintiera que el corazón le funcionaba mejor, como si el motor de su cuerpo volviese a ponerse en buen estado por primera vez en semanas. Ella se rio cuando la canción acabó y Terry hizo lo mismo. Luego siguió arrastrando a Alice por en medio del gentío. Salieron a un pequeño patio trasero común con una mesa de picnic y una hoguera encendida. El cielo nocturno estaba despejado, estrellas clavadas en terciopelo.

¿Las fiestas serían siempre así? ¿Hacían que la gente se arrepintiera de haber ido y, al segundo siguiente, que se alegrara de estar allí más que de nada en el mundo? Alice se sintió aturdida. «Bueno, al menos llevo el disfraz adecuado para ello.» Knievel era tan famoso por salir herido como por sobrevivir a las locuras que intentaba.

—¡Alice!

Ken se levantó de la mesa de picnic. El pelo le fluía sobre los hombros como siempre. Llevaba días sin molestarse en recortarse la barba. Llevaba puesta una camiseta de Led Zeppelin y unos pantalones vaqueros.

—¿Vas disfrazado de ti mismo? —preguntó ella, ofendida. Pero ¡qué morro! ¡Mira que ir a una fiesta de disfraces y no hacer el menor esfuerzo!

—No pasa nada. —Terry intentó limar asperezas, sabiendo por su voz que Alice hablaba en serio. Era raro y bonito que la entendieran sin tener que explicarse.

—No, no —dijo él—. Voy disfrazado de estupa.

Alice entornó los ojos.

—Entonces ¿eres estupa en la vida real?

—Qué va. —Ken se rio, pero Alice no le veía la gracia.

—Un vago es lo que eres —dijo.

Pero pasó por su lado al ver que Gloria se levantaba de la mesa y separaba los brazos para someterse a la inspección.

—¡Eso sí que es un disfraz! —exclamó Alice, dando una vuelta completa para admirar el disfraz de Catwoman, perfecto hasta el último detalle, que llevaba Gloria. Era la versión de Eartha Kitt, con un reluciente y ajustado mono negro y un collar de grandes círculos dorados con el cinturón a juego. Llevaba puesto el antifaz de ojos de gata, con orejas y todo.

—Lo mismo digo —replicó Gloria, sonriendo a Alice.

Andrew se acercó al grupo.

—Fue espantoso que Lady Bird la usara de chivo expiatorio.

—Cuando lo único que hizo fue decir lo que opinaba de la guerra —convino Gloria.

Alice saludó a Andrew con la cabeza.

—Me caes bien.

Andrew le dio una cerveza que Alice no quería y chocó la suya contra la de ella.

—Tengo la sensación de que vas a ser como la hermana pequeña que nunca quise.

—¡No! —dijo Alice—. ¡Más hermanos, no! Es lo que menos falta me hace del mundo.

—No olvides que tiene un Barracuda —intervino Terry.

Alice sabía darse por vencida.

—Supongo que podría tener otro hermano honorífico.

Se sentó a la mesa de picnic y Ken, con disimulo, estiró el brazo y le quitó la cerveza de delante. Sorprendida, Alice se volvió para ver unas cejas alzadas en gesto interrogativo.

—Gracias —le dijo.

—Ahora te traigo un vaso de agua.

Alice le perdonó que no llevara disfraz.

Terry y Andrew tuvieron que volver adentro a hacer de anfitriones, y Alice prefirió quedarse en el patio con las únicas personas que conocía en la fiesta. Mientras evitara pensar en la razón por la que se conocían, todo estaría bien.

Alice se sorprendió al ver que Gloria aceptaba una bebida servida en un vaso de verdad que Terry le ofreció cuando volvió a salir.

—Jamás te haría beber en vaso de plástico, Catwoman.

—Salud —dijo Gloria, cogiéndolo.

Terry hizo chocar su cerveza contra el vaso y las dos bebieron.

Aparte de una pareja que se besaba en una esquina del patio, su grupito estaba solo allí fuera. Hasta Andrew estaba dentro de la casa. Alice tenía que trabajar al día siguiente, y había pensado pasárselo bien yendo disfrazada pero marcharse temprano. Ahora, en cambio, le habían entrado ganas de quedarse todo el tiempo que pudiera. Sería la inercia de las fiestas.

—Dime qué es lo que más te gusta de la biología —pidió Alice a Gloria—. ¿Por qué decidiste estudiarla?

—Oh, eso también quiero oírlo yo —dijo Terry, sentándose al lado de Ken, que había estado muy callado todo el rato.

—Seguro que esperáis que diga que las células o el milagro de la vida. —Gloria juntó las manos sobre la mesa.

—Esperaba que dijeras que por los tebeos —replicó Terry con una amplia sonrisa.

—En los tebeos salen muchos científicos —dijo Gloria—, pero casi siempre son villanos.

—Y tú no eres una villana —afirmó Alice.

Era algo evidente, pero lo dijo de todos modos.

—Gracias —repuso Gloria—. Bueno, pues la biología es la forma en que funcionamos todos y todo lo que nos rodea. Me decidí a estudiarla por eso, pero ahora ya no es el motivo.

—¿No? ¿Y cuál es? —preguntó Terry.

—Va a sonar un poco tonto —dijo Gloria.

—De eso, ni hablar. —A Alice le salió del alma.

—Puedes confiar en la gente de esta mesa —dijo Ken.

—Vale. —Pero Gloria se quedó mirando el cielo nocturno mientras respondía, como si no terminara de creérselo—: Es por las personas trabajando unidas. El progreso científico solo puede darse cuando la gente emplea los mismos patrones y comparte sus descubrimientos. Las diferencias personales no importan cuando las cosas se hacen bien. Solo importan las diferencias en los hallazgos.

A Alice casi se le caía la baba.

—Qué bonito.

Gloria sonrió.

Andrew volvió a salir al patio, con el paso un poco perdido, y se dejó caer al lado de Alice.

—¿De qué estáis hablando?

—De la magia de la ciencia. —Gloria no lo declaró con la majestuosidad que merecía, pero Alice lo aceptó tal cual—. De la ciencia buena, al menos.

La pareja que estaba besándose había desaparecido en algún momento de los últimos minutos, y Alice cayó en la cuenta de que dentro ya no sonaba la música. Estaba allí sentada con las únicas personas que podrían comprenderla y no había presente ningún conductor que pudiera escuchar la conversación. Ni técnicos de laboratorio, ni doctores con máquinas que ella quería destruir y en ningún caso reparar.

No tenía planeado decir nada aquella noche. Pero allí, en aquel preciso momento, podía arriesgarse.

—¿Alguno de vosotros ve a los monstruos?

Las palabras le salieron de la boca lo bastante tenues para que la noche se las tragara. Durante un instante, le pareció posible que ninguno de los demás la hubiera oído.

Terry se volvió en su asiento para ponerse cara a cara con Alice.

—¿Qué monstruos?

Alice podría haberse echado atrás. Callarse todo lo demás. Pero siguió hablando:

—No me refiero a Brenner, Parks y los demás que trabajan allí. Me refiero a lo que veo durante las sesiones, cuando él entra en la sala y me da las descargas. Tengo como visiones de monstruos, y son voraces y nunca se detienen. Es como mirar la realidad a través de un agujero. Me aterroriza.

Alice apenas había respirado mientras lo soltaba todo, tan solo lo imprescindible para no desmayarse.

—¿Los has visto más de una vez? —preguntó Terry.

—Sí —dijo Alice, sin hacer ningún intento de descifrar sus expresiones, agradecida por la oscuridad. Contenta de que el tono de voz de Terry hubiera sido neutral—. Supongo que serán solo las drogas, pero...

—¿Cómo son esos monstruos? —intervino Ken.

—Si eres vidente, ¿no deberías saberlo? —le espetó Alice, pero al instante le supo mal—. Perdona.

—Estás nerviosa. Conmigo no funciona así —dijo él.

—Son como pesadillas salidas de pelis de terror. Altos y larguiruchos. Musculosos. Cubiertos de piel y escamas, muy distintos de las personas. Bueno, menos uno, que anda como nosotros. Casi. Nunca los veo mucho tiempo. Pero los veo continuamente.

—Cuando dices que te da descargas... ¿te refieres a que te aplica una terapia de electrochoque? —La voz de Gloria no sonaba neutral. Sonaba furiosa.

—Sí. Él lo llama «la electricidad». Creo que es porque me gustan las máquinas. No debí dejar que supieran nada de mí.

—Yo no he visto esos monstruos —dijo Terry.

Alice sintió que el alma se le empezaba a caer a los pies. No debería haber dicho nada.

Terry siguió hablando:

—Pero... Pero conocí a una niña pequeña en el laboratorio. Llama «papá» a Brenner.

—¿Y eso cuándo fue? —preguntó Ken.

—Ya sabía yo que el otro día había algo más —dijo Gloria.

—No sabía cómo contártelo —dijo Andrew—. Sigue, nena.

Alice se inclinó hacia delante. Entonces ¿no era la única que tenía secretos?

—Pues... iba a preguntar a Brenner por las llamadas a la universidad y a tu familia, pero, en vez de encontrarlo a él, vi a esa niña. Se llama Kali y lo llama «papá». Me dijo que es una sujeto, como nosotros. Andrew cree que, a lo mejor, podría estar enferma o algo.

—¿Solo la has visto esa vez? —preguntó Gloria.

—Brenner no ha vuelto a dejarme sola —dijo Terry—. Y la niña estaba en un ala con seguridad, detrás de uno de esos teclados. Si pude entrar la primera vez, fue por pura suerte.

—Y, además, Brenner intentó que colocaras un micro. —Gloria silbó entre dientes.

—¿Que hizo qué? —exigió saber Alice.

Terry les explicó la misión que le habían encargado bajo supuesta hipnosis, y que Gloria y ella habían colaborado para cumplirla sin que Terry tuviera que traicionar su confianza.

—No puedo creer que te pidiera hacer eso —dijo Ken.

—Yo sí. ¿En qué nos hemos metido? —preguntó Gloria—. Esa es la cuestión.

—No lo sé —dijo Terry—. Pero empiezo a pensar... —Puso las palmas de las manos encima de la mesa y pareció la mujer más sobria del universo, como si no hubiera bebido ni una gota de alcohol—. Empiezo a pensar que todo esto es un mal asunto. No he encontrado ni la menor pista sobre Brenner en la biblioteca. Tiene que haber alguna otra forma de obtener información. Deberíamos averiguar todo lo que podamos sobre lo que están haciendo.

Se hizo el silencio, y Alice esperó a ver qué opinaban los demás.

—Lo sabía —dijo Ken.

Alice puso los ojos en blanco.

—Cómo no.

—De verdad.

—No riñáis —intervino Gloria—. Os he contado qué es lo que me encanta de la ciencia, y quería saber más sobre las condiciones con las que se trabaja en un laboratorio. Y ya se lo dije a Terry: nada de lo que sucede allí es como debería. Y menos ahora que sé que te están dando electrochoques, Alice. Estas cosas no deberían pasar. A lo mejor si colaboramos entre todos... podemos encontrar las respuestas que quiere Terry.

Alice estaba de acuerdo con eso, pero no era lo que más la preocupaba.

—Los monstruos que veo... Me parece... ¿Y si de algún modo son reales? Brenner podría... Si lo averigua, podría utilizarlos. Utilizarme a mí.

Terry se movió y cogió las manos de Alice entre las suyas.

—Eso no va a pasar. No lo permitiré.

—No lo hará, hermanita —dijo Andrew—, te lo prometo.

Alice no creía que aquello fuese algo que ni Terry ni Andrew pudiesen prometer, pero lo aceptó de todas formas.

—¿Crees que son reales? —preguntó Ken.

—No lo sé. —Era la verdad. Pero ya significaba algo que Ken hubiera hecho la pregunta siquiera. Alice había empezado a temer que fuesen reales, pero no estaba segura—. Bueno, entonces, si todos nos apuntamos, ¿qué vamos a hacer?

—Es una muy buena pregunta —dijo Terry—. Tengo que pensar.

Brenner tendió la mano y cogió la enorme toalla que le ofrecía un asistente de laboratorio. Era la primera vez que Ocho entraba en el tanque de privación sensorial y Brenner le había asignado un cometido concreto: intentar crear un día soleado fuera, en la sala.

No había ocurrido nada, y Brenner podía sentir el alivio en los movimientos inquietos de su alrededor. Él esperaba que el tanque potenciara sus dones. Seguro que los empleados presentes habían temido esa misma posibilidad.

—Ocho. —Se inclinó hacia delante y habló por un micrófono conectado con el casco de la niña—. Ya puedes dejar de intentarlo. Vamos a sacarte.

Ocho percibiría la decepción en su tono. Brenner le había prometido una recompensa si cumplía. Y había sopesado con cuidado qué podía darle si ella lograba crear una ilusión controlada, para no darle motivos de que siguiera cuestionándolo.

Pero no habría recompensa por la ausencia de resultados.

A una señal suya con la cabeza, un asistente abrió la escotilla del contenedor y ayudó a salir a Ocho. La niña se arrancó el casco de la cabeza y se lo arrojó al técnico.

—¡Papá, eso no me ha gustado nada!

Brenner vio la línea roja oscura de sangre saliéndole de la nariz al mismo tiempo que empezaba la ilusión. Una brillante luz solar lo cegó y Brenner entornó los ojos. Se encogió, igual que hicieron sus ayudantes.

Se obligó a mirar y vio que estaban rodeados por una tempestad de olas que caían desde muy alto. Oyó un grito a su derecha y las pisadas de alguien que echaba a correr. Tendría que averiguar después quién había sido.

—Ocho —dijo, tranquilizador. Impresionado.

No había caído en que la niña jamás había visto un océano, pero en realidad tenía sentido. Ocho había nacido cruzando uno, a fin de cuentas. Brenner se limitó a mirar mientras las olas rompían sobre ellos. El agua no existía, pero tenía un aspecto y un sonido del todo convincentes. Apenas alcanzaba a distinguir los patrones de las paredes y las siluetas por detrás del agua.

Se quedó de pie, esperando dentro del torbellino que Ocho había creado, mientras la niña lloraba, con gemidos ásperos e iracundos.

—Los cupcakes —ladró después de que Ocho mantuviera la ilusión durante unos minutos.

Extendió la otra mano para que le dieran la recompensa. Hubo movimiento a su lado y una técnica regresó resollando para entregarle un paquete de Hostess. Eran los preferidos de Ocho. Eran algo para satisfacerla durante un tiempo, dado que se había vuelto más y más insistente en su petición de amigos. Cualquier respiro que la niña le diera sobre ese tema era más que bienvenido.

La potencia con que había mostrado su don era una excelente revelación con la que terminar la semana. Ya estaba animado por lo rápida que había sido Terry Ives cumpliendo su misión. No parecía sospechar nada de las intenciones que tenía Brenner de reescribirle el cerebro, mediante la sugestión, poco a poco, para demostrar que podía hacerse.

—Ocho. —Brenner se acercó a ella con cautela. La sangre de su nariz le goteaba hasta la boca y se mezclaba con las lágrimas. Brenner le puso una mano en el brazo—. Tengo una cosa para ti.

—No, no —gimoteó ella, y las olas se desataron con fuerza renovada a su alrededor—. No puedo parar. No puedo.

Brenner le puso el paquete de cupcakes en la mano y esperó. Ocho lo asió, casi chafando los cupcakes de dentro, y entonces cayó de rodillas. La ilusión se desvaneció.

Él se arrodilló para darle la toalla. Ocho lo ignoró, temblando mientras rasgaba el envoltorio y hundía los dientes en el chocolate hasta hacer salir el relleno blanco. Debería inculcarle más disciplina, pero aquello era lo que funcionaba. Estaba haciéndose cada vez más fuerte. Y seguía cooperando... más o menos.

Ese era el *statu quo*, por el momento. Algún día, quizá ella aprendería a controlarlo. Brenner debía tener paciencia.

Ocho masticó. Cuando se hubo terminado un cupcake entero, preguntó con voz débil:

—¿Cuándo volverá a visitarme la mujer?

—¿La doctora Parks? —preguntó él, perplejo.

No sabía que hubiera estado visitando a Kali, pero tampoco se sorprendió. Las mujeres y sus debilidades. No podían resistirse a un niño.

—No —dijo Ocho.

—¿Quién? —Brenner frunció el ceño.

—No puedo decirlo. Es un secreto.

Brenner la cogió del brazo y se la llevó a su habitación, donde la mantuvo despierta las siguientes trece horas, negándose a dejarla dormir. Ocho se resistió todo el tiempo que pudo, pero, al final, dijo:

—La mujer con la bata de paciente. Solo vino una vez. Me dijo que volvería.

—¿Cómo era?

—Guapa —dijo ella—. Y simpática. Era un secreto.

—Has hecho bien en contármelo —le aseguró Brenner—. Tú y yo no tenemos secretos el uno para el otro.

Ocho lo miró con unos ojos claros y acusadores. «Sí que los tenemos», estaba pensando. Brenner casi podía oírla. Pero Ocho se lo quedó dentro, de modo que Brenner la dejó allí, por fin, para que pudiera dormir. Cuando llegó a la sala de control, ordenó a los operarios que revisaran hasta el último segundo de metraje de la habitación de Ocho y compusieran un listado de todas las personas que hubieran entrado y salido desde que estaban allí.

Ocho estaba volviéndose cada vez más fuerte. Brenner no podía arriesgarse a que nadie echara a perder aquello.

5

No prestes atención

NOVIEMBRE DE 1969
Bloomington, Indiana

1

Lo más pedido aquella noche en la cafetería habían sido los bocadillos de carne picada y las bolitas de patata. Flotaba en el ambiente el aroma a carne un poco quemada y a patata muy frita, que competía con el olor a colonia, desodorante y sudor de una sala atestada. La universidad había obligado a sus alumnos a ver el discurso a la nación del presidente Nixon sobre Vietnam, como si aquello fuese a tener el más mínimo efecto para acabar con las protestas.

Terry pensaba que estaban engañándose a sí mismos, pero, como esa noche no tenía turno en el restaurante, allí estaba. Apretada contra las personas que se habían sentado a su lado, no tenía sitio para dejar su material de estudio en la mesa. Sin embargo, no podía quejarse, al menos mientras hubiera un buen centenar de alumnos sentados en el suelo con las piernas cruzadas, donde habían tenido que acomodarse después de que todos los asientos se ocuparan. Habían colocado en el fondo de la cafetería un televisor tan pequeño que casi nadie podría distinguir lo que había en la pantalla.

Terry había quedado con Andrew allí, pero él no había aparecido. Cuando lo había llamado antes desde el teléfono de la residencia, Dave estaba en plena diatriba sobre lo injusto que era que la universidad hubiera decretado que todos tuviesen que mostrar respeto hacia Nixon. Quizá a Andrew se le había ocurrido saltarse el discurso en protesta. Terry confiaba en que nadie se diera cuenta.

—¡Terry! —la llamó Stacey, haciéndose oír por encima del murmullo de conversaciones y abriéndose paso casi a codazos. En vez de quedarse al fondo, se escurrió entre Terry y el desconocido que tenía al lado para sentarse sobre la mesa—. Ha llamado Andrew —dijo, inclinándose hacia delante sin hacer caso de las miradas torvas que le estaban lanzando—. Dice que...

—Silencio, por favor —la interrumpió alguien de administración por medio de un micrófono con el volumen al máximo situado delante del televisor.

Nixon apareció en el centro de la pantalla desde el Despacho Oval, con su enorme frente y su nariz bulbosa.

«Buenas noches, compatriotas estadounidenses», dijo, con una voz atronadora y rechinante por la amplificación.

—Van a venir —susurró Stacey al oído de Terry—. Aquí.

—Muy bien —dijo Terry, sin entender a qué venía el apremio en la voz de Stacey.

Un chico que estaba sentado en el suelo delante de ellas volvió la cabeza un momento y las chistó. Stacey hizo un gesto burlón a su nuca, pero se calló.

Nixon pasó a explicar por qué seguían en Vietnam si él mismo había prometido retirar las tropas. El público lo escuchó inquieto.

Las puertas de la cafetería se abrieron de sopetón y tres personas entraron corriendo. El miedo invadió a Terry cuando vio que llevaban máscaras de Halloween. Y entonces reconoció a una de ellas: el monstruo de Frankenstein. Otra era del propio Nixon y la tercera, de Superman, con su rizo negro sobre la frente. Los tres hombres llevaban máscaras que se habían quedado en casa de Andrew después de la fiesta.

Stacey enarcó las cejas en dirección a Terry.

—Lo que te decía.

El orgullo y la preocupación batallaron en el interior de Terry mientras los manifestantes se situaban en hilera delante del televisor con los brazos entrelazados. El hombre de administración fue hacia ellos, les dijo que tenían que marcharse de allí y empezó a llamar a seguridad.

—¡No le escuchéis! —gritó Dave por encima de las palabras de Nixon.

Luego llegó la voz de Andrew:

—¡Basta de mentiras! ¡Que termine la guerra!

Algunos alumnos profirieron gritos de apoyo y corearon: «¡Que termine la guerra!». Otros alzaron la voz para exigirles que dejaran hablar al presidente. Todo el mundo se había puesto de pie, removiéndose, en estado de agitación. Terry intentó avanzar entre el gentío hacia el televisor, pero no hubo manera. Los vigilantes de seguridad llegaron antes.

No, no era la seguridad del campus. Era la policía local. Había policías allí.

El último grito de Andrew antes de que lo esposaran fue una consigna que había enseñado a Terry en una foto de una manifestación en la Bahía de San Francisco:

—¡Frodo vive!

Terry negó con la cabeza. El orgullo la inundó.

Amaba a Andrew como los dos necios héroes que eran.

Terry llegó a comisaría menos de media hora después de que terminara el discurso. El hombre de administración había dicho a los alumnos que todo el que saliera de la cafetería antes de que acabara de hablar el presidente compartiría celda con los detenidos. Y a Becky eso no le gustaría nada.

De modo que Terry se quedó allí, presa de un pánico relativo, mientras Nixon afirmaba que su política representaba a una gran mayoría silenciosa de estadounidenses, y que quienes protestaban contra ella eran una minoría que confiaba en salirse con la suya a base de levantar mucho la voz. Luego Terry había ido a su habitación para coger todo el dinero que tenía, por si era necesario pagarle una fianza a Andrew.

Y después tuvo que esperar aún más tiempo en el vestíbulo de un lugar que le recordaba al laboratorio de Hawkins, aunque no estaba tan impoluto. Entraban y salían personas, algunas de ellas uniformadas.

—¿Por quién dice que había venido? —El agente que había tras el mostrador tenía las cejas tan juntas que parecía constantemente disgustado.

Terry se levantó de un salto, apretando el monedero contra la tripa.

—Andrew Rich.

—Está acusado de perturbar la paz y de allanamiento. La universidad quiere que caiga sobre ellos todo el peso de la ley.

Era lo que se había temido Terry. Andrew ya estaba en período de prueba. «Concéntrate en el problema inmediato.»

—¿Cuánto me costará sacarlo?

—Cien dólares.

Una fianza altísima. La negativa de su banco a abrirle una cuenta a una joven soltera, por una vez, favoreció a Terry. Tenía todo su dinero a mano, guardado en un sobre dentro del cajón de la ropa interior. Le costaría hasta el último centavo que había ganado en Hawkins, pero merecía la pena.

—Pagaré en efectivo.

—Menos mal, porque no pensaba aceptar un talón de una joven sin permiso de sus padres.

—Mis padres fallecieron.

El agente tuvo la decencia de bajar la mirada hacia el mostrador.

—Lo siento, señorita.

Terry contó el dinero y el agente lo aceptó.

—Puede sentarse a esperar.

Terry vaciló.

—Querría un recibo.

Las cejas disgustadas salieron disparadas hacia arriba, pero el hombre le rellenó uno. Luego le señaló la zona de espera.

—Enviaré a alguien a sacarlo ahora mismo.

La afirmación resultó no ser del todo cierta. Terry se quedó sentada otra media hora antes de que una figura familiar saliera acompañada por otro agente. A Terry le dio igual lo que pudieran pensar. Fue corriendo hacia él para abrazarlo.

—Nena —dijo Andrew en voz baja—, tendrías que haberme dejado pasar la noche aquí. La fianza era exagerada.

—De eso ni hablar. —Le dio un beso en la mejilla y le cogió de la mano mientras lo llevaba hacia la salida. El contacto físico con él le resultaba esencial. Igual que marcharse de aquel sitio—. No deberían haberte detenido.

—Sabíamos que era probable que lo hicieran.

Salieron a la calle y Terry aspiró el aire fresco como si fuese ella quien hubiera pasado dos horas en un calabozo.

—Seguro que te preguntas en qué estaba pensando —dijo Andrew—. Intenté llamarte. La gota que colmó el vaso fue la orden de que todos estuviéramos obligados a prestar atención al discurso de Nixon. Que debíamos fingir que tenía algún significado. Yo... Bueno, los tres, en realidad, teníamos que hacer algo.

—Lo sé. —Para Terry, era de cajón. Lo comprendía.

—Pensaba en ti y en el laboratorio, en lo valiente que eres. —Andrew negó con la cabeza—. Esto no terminará aquí.

Había pensado en ella, nada menos. Y Terry sabía que aquello no iba a tener un final sencillo.

—Vámonos a casa. Por esta noche, se acabó este asunto.

Pero no fue así. Las posibles consecuencias se aferraron a sus mentes como percebes a un barco. Fueron en silencio en el destartalado coche de segunda mano de Terry mientras regresaban a casa de Dave y Andrew. Dave y su otro amigo habían decidido pasar la noche en el calabozo. Terry no estaba segura de hasta qué punto era decisión suya o bien se trataba de la negativa de sus padres a pagarles la fianza.

Aparcó, pero dejó el motor en marcha. Andrew se volvió hacia ella y le puso una mano en la mejilla.

—Eh, salvadora mía, ¿puedo convencerte de que entres? Quédate esta noche.

La petición flotó con pesadez entre ellos. Terry veía la necesidad en los ojos de Andrew.

Tan intensa como la suya propia.

—Creía que no ibas a pedírmelo.

El silencio del coche los siguió al interior de la casa, hasta el dormitorio de Andrew, mientras ya se rozaban sus labios, diciéndose cosas que no podían expresarse con palabras. El peligro estaba allá donde sus pieles no se tocaran. El mundo exterior querría separarlos, perturbar lo que tenían juntos. El peligro estaba en lo que haría la universidad para castigar a Andrew, y en Brenner y el poder del laboratorio si Terry tenía que plantarles cara.

De modo que combatieron contra el mundo exterior de la única forma que podían: fingiendo que no existía.

Y durante esa noche fue así.

2

Terry cortó una generosa porción de un cremoso y azucarado pastel y llevó el plato redondo de postre a la última mesa que le quedaba por atender. Volvió con ligereza a la barra e intercambió un gesto de la cabeza con Laurie, la otra camarera del turno de día, que también se ocupaba de preparar todos los pasteles.

—Me cojo el descanso de diez minutos —dijo Terry.

—Perfecto, cielo —repuso la otra mujer, que era mayor que ella—. Ve con tus amigos.

Terry cogió una silla y la llevó al extremo del reservado donde la esperaban Ken, Gloria, Alice y Andrew, que ya habían terminado de comer. Sándwiches de beicon, lechuga y tomate y Coca-Colas para todos. En esa ocasión habían sido más fáciles de atender. Entre otras cosas, porque Terry sabía de antemano que iban a acudir.

—¿De qué querías hablar con nosotros? —preguntó Alice sin más preámbulo—. ¿Se te ha ocurrido alguna idea?

Andrew le dio un codazo.

—Hermanita, ya sabes que sí.

—Es posible, pero solo si todos estáis de acuerdo. —Terry mantuvo baja la voz—. Estaba dándole vueltas a... si podía encontrar alguna manera de volver al ala del edificio donde vi a Kali.

—Creo que en eso puedo ayudarte yo —dijo Alice—. Siempre miro cuando Brenner introduce el código. Es nueve-cinco-seis-tres-nueve-seis. El mismo todas las veces.

Seguro que funciona en todos los teclados del laboratorio, así que debería servirte para entrar.

Hubo un momento de silencio.

—Alice —dijo Terry—, nunca dejarás de sorprenderme. ¿Me lo escribes para que pueda memorizarlo?

—Claro. —Alice se encogió de hombros, algo avergonzada—. Es que me fijo en las cosas, nada más.

—¿Cómo sigue ese plan tuyo? —preguntó Gloria.

—Solucionado ese tema... bueno, si alguno de vosotros creara una distracción, a lo mejor podría encontrar otra vez a la niña y hablar con ella, eso sí, suponiendo que siga allí. Si no está, quizá podría buscar el despacho de Brenner y fisgonear un poco. Sabemos que no podemos dejar de presentarnos allí sin más, así que...

—¿Estás segura de eso? —preguntó Andrew.

La pregunta tocó nervio en Terry.

—Para empezar, hay una niña pequeña participando en algo y no sabemos si está a salvo.

—Y para seguir —añadió Gloria—, no sería tan fácil. A tres de nosotros nos suspenderían en la universidad, y eso si permiten que lo dejemos.

—¿Cómo que si permiten que lo dejéis? —preguntó Andrew, indignado. Terry le cogió la mano para recordarle que no levantara la voz y él siguió hablando más bajito—: Tenéis derechos. Sois ciudadanos estadounidenses.

Gloria puso una sonrisa irónica.

—Si nuestro gobierno tiene algo que ver en todo este asunto, creo que descubrirás que muchas veces nuestros derechos están por determinar.

Andrew se paró un momento a pensarlo.

—Esto no me hace ninguna gracia.

—Bienvenido a mi club —dijo Gloria—. Yo soy la presidenta.

—Escuchad, haré cualquier cosa que necesitéis —intervino Alice—. Tengo unas ganas locas de desmontar ese ascensor. Creo que podría convencerlos para que me dejaran hacerlo.

—Alice no va a la universidad, así que ella sí podría dejarlo —insistió Andrew.

Gloria carraspeó.

—Eso no puedes saberlo con seguridad. Son gente con recursos.

Alice se sentó más erguida.

—No habléis de ello como si yo no pudiera decidirlo por mí misma. No pienso marcharme hasta que nos vayamos todos. Y puedo ser esa distracción que necesitáis.

Ken por fin abrió la boca.

—No. Tú ya tienes bastante de lo que preocuparte. Me encargaré yo.

—¿Tú? —El tono de Alice fue de escepticismo.

—Soy una pasada creando distracciones, colega. —Ken se encogió de hombros—. Y a mí el tripi no me hace nada. Solo me da ganas de echar una cabezadita. El tío que se queda conmigo cuando me lo dan es un novato. Ni siquiera estoy seguro de por qué estoy allí, solo que se supone que debe ser así.

Alice suspiró.

—Bueno, pues si vas a ser la distracción, no te quedes dormido —dijo Terry, que tuvo la sensación de que la reunión empezaba a escapárse de las manos—. Luego veremos en qué momento lo hacemos. Le preguntaré a Kali sobre «papá» y sobre lo que le hacen en el laboratorio. Pero ¿y si, en vez de eso, termino en el despacho de Brenner? Ojalá supiera qué tipo de información nos interesaría más.

Gloria apoyó los codos en la mesa.

—En eso igual puedo ayudarte. Si te cuelas en su despacho, lo mejor sería encontrar documentos que describan los protocolos del experimento. Y también los registros de sujetos. —Frunció el ceño—. Pero a lo mejor los tiene bajo llave. Brenner no es ningún holgazán. Lo más normal en un científico sería proteger bien la información confidencial.

—Yo sé forzar cerraduras —dijo Alice.

«Mierda, pero entonces...»

—Brenner es demasiado arrogante para que vaya a hacernos falta —dijo Terry—. Seguro que da por sentado que en Hawkins está completamente protegido y no se esmera mucho en la seguridad de su despacho.

Gloria levantó dos dedos cruzados.

—Creo... que yo podría llevarme unas muestras del cóctel de drogas. Por si las necesitamos como prueba, para analizarlas o lo que sea.

—Muy bien —dijo Terry.

—Pues entonces tenemos un plan —dijo Gloria, alzando las cejas—, por improbable y arriesgado que sea.

—Así es —convino Terry.

Improbable o no, era mejor que no tener ninguno.

Alice le dio un codazo a Andrew en el brazo.

—He leído sobre tu acción de protesta, hermano mayor. No puedo creer que te detuvieran. ¿Va todo bien?

La evidente preocupación de Alice le llegó a Terry al corazón. Era muy posible que los cinco minutos anteriores hubiesen sido los únicos del día que no había dedicado a preocuparse por él.

—Estoy bien —dijo Andrew, agachando la cabeza.

—Tiene una reunión con su consejero y con el decano el viernes. Esperamos que no quieran ponerse tan duros con los otros dos y se libre —dijo Terry.

Andrew le lanzó una mirada de agradecimiento.

Gloria volvió a levantar los dedos, todavía cruzados.

—Sí —dijo Terry—, ahora mismo necesitamos toda la suerte del mundo.

3

Ken salió el último de la furgoneta y corrió para alcanzar a las chicas y así llegar juntos a la entrada del laboratorio.

El trayecto le resultaba ya tan familiar como su propia letra. Al salir de la ciudad llegaban los maizales, seguidos de bosque, y luego la valla metálica y los badenes, uno, dos, tres, al pasar por los controles de seguridad antes de entrar en el edificio para que les dieran LSD. Le daba la impresión de haberlo visto todo en imágenes sueltas, antes de que los llevaran a Hawkins por primera vez. Sabía que las chicas no creían que fuera vidente. Pero lo que creyera la gente no importaba.

La verdad, sí. Ken no veía monstruos, pero percibía sensaciones. Las certezas se le encajaban en el pecho. Tenía sueños salpicados de fragmentos de realidad. Fogonazos de intuición. No había forma de predecir cuándo llegarían, cosa que siempre le había parecido curiosa, por lo que nunca se sorprendía cuando le llegaba un pálpito. Ni cuando no.

No había mentido cuando les dijo a las chicas que sabía que todos ellos iban a ser importantes para los demás. La pega era que... bueno, que sabía poco más que eso.

Por tanto, sí, comprendía que la gente no creyese que era vidente. Quizá no lo fuera. Quizá solo ocurría que no existía una palabra mejor para describir lo que era.

El protocolo de entrada también seguía un ritmo conocido. Las tres mujeres entraban usando sus tarjetas identificativas y Ken pasaba el último. Solía acompañarlos el conductor, que los llevaba hasta el ascensor donde Brenner o algún miembro de su equipo los recibía. Por supuesto, el conductor también era un lacayo, un celador que casi siempre se iba con Brenner y Terry a la sala donde se la llevaran.

Y así ocurrió también ese día.

Cuando hubieron transcurrido las dos horas que habían acordado a partir del inicio del viaje, Ken se puso a dar chillidos y a bramar que las paredes sangraban, y el tipo asignado para vigilarlo se removió inquieto.

—¡Están sangrando! ¡Sale sangre de las paredes!

—Mantén la calma —dijo el tipo, moviendo las manos con nerviosismo.

—¡Haced sonar la alarma! —rugió Ken—. ¡Hay que decírselo a todos! ¡Nos invaden! ¿Es que no ves la sangre?

—Esto...

El hombre vestido de celador se levantó, y miró a un lado y a otro como si alguien pudiera ayudarlo, aunque los dos estaban solos.

Había llegado el momento de que Ken sacara la artillería pesada: un paquete de caramelos efervescentes. Ken había hecho la compra de Halloween para su madre y, al ver en el supermercado los paquetes de ZotZ, un nuevo tipo de golosina, le habían atraído. Compró tres sobres y los guardó en un cajón del escritorio de su habitación en la residencia. No supo por qué hasta el momento en que Terry dijo que necesitaba una distracción.

Gimió, se llevó las manos a la boca, se metió un puñado de caramelitos con el centro amargo y burbujeante, cerró la mandíbula y echó la cabeza atrás para que el tipo pudiera oír el sonido siseante y ver la espuma. Fingió unos espasmos tan realistas como pudo, imitando a su tío en pleno ataque.

Como preveía, el chavalín flipó en colores.

—¡Creo que tiene la rabia! —exclamó antes de salir a toda prisa por la puerta.

—¡La sangre! ¡La sangre! —vociferó Ken, conteniendo la risa a duras penas.

Salió corriendo al pasillo, tiró de la alarma de incendios que había en la pared, regresó al instante a la sala de reconocimiento y procedió a tragarse los caramelos que le quedaban y a convulsionar en el suelo.

La alarma siguió aullando y, al poco tiempo, el celador regresó acompañado de una doctora alta que miró un instante a Ken y dijo:

—Tenemos que llamar a Brenner.

El celador no se movió y ella le dio un empujón.

—¡Ve a buscar a Brenner! Y dile que traiga sedantes.

Ken volvió la cara hacia el suelo para poder sonreír de oreja a oreja.

«Ánimo, Terry —pensó—. Tú puedes.»

4

Terry descubrió que contar con camaradas y un plan común hacía que sintiera todo de manera distinta.

Tenía al mismo tiempo menos y más peso sobre sus hombros.

Todos los demás también creían que quizá Brenner estuviera jugando con algo que no debía. La existencia de Kali, seguida de la revelación de los monstruos de Alice y el electrochoque de Brenner, daba a Terry más motivos para querer llegar al fondo de todo aquel asunto. La gente de aquella zona era, en términos generales, conservadora. No estaría a favor de viajes de ácido financiados por el gobierno. Quizá con eso bastara para terminar con todo el experimento. Pero incluso Terry sabía que necesitaban pruebas, o sería la palabra de Brenner contra la de ellos. Y seguían sin saber a ciencia cierta lo que estaba ocurriendo de verdad.

Ken le había prometido que ella se daría cuenta de cuándo se produciría la distracción. Habían acordado que tendría lugar relativamente pronto en el viaje de ácido, para que

Terry aún estuviera de subidón y no en la espiral descendente de paranoia y cansancio. Y no había mentido. La alarma de incendios atronó por todo el edificio y un celador joven llamó a la puerta de la sala.

—¿Hay alguna emergencia? ¿Un incendio? —preguntó Brenner, imperioso.

Se había mostrado satisfecho cuando Terry le había informado de que nadie más sabía que había colocado el micrófono, aunque en realidad ya parecía saber que estaba en su sitio. Menos mal que Gloria había pensado rápido y lo había puesto de verdad.

—Eh... hum... Creo que no. Tengo una emergencia con un paciente. —El celador estaba aturullado y balbuceaba—. La doctora Parks me ha enviado a buscarlo. ¡Venga enseguida! Ah, y me ha dicho que traiga sedantes.

—Prepárelos —ladró Brenner al celador que lo acompañaba siempre, el conductor enorme y barbudo. Se acercó a Terry y se acuclilló al lado del catre donde ella estaba recostada—. Quiero que se quede aquí y se relaje. La alarma está solo en su mente.

—Solo en mi mente —repitió ella, tan exultante como logró fingirse—. Como la música bonita.

—Vamos.

Brenner hizo un gesto a los celadores para que lo siguieran. Terry los vio marcharse entre los párpados entornados. Se levantó en el mismo instante en que cruzaron la puerta.

El pasillo estaba lleno de empleados evacuando el edificio o preguntando si debían hacerlo. Un guardia de seguridad pasó al lado de Terry y le dijo a uno de ellos que no era necesario, que el sistema de alarma se había activado manualmente y que no había signos de ningún incendio. Se estaba investigando la amenaza y la alarma se desactivaría pronto.

Terry mantuvo la cabeza gacha y correteó pegada a la pared. Echó un vistazo por el cristal de una puerta y vio a Alice con una gran sonrisa, junto a una máquina enorme que parecía un pulmón de acero portátil.

Creía tener grabada a fuego en el cerebro la ruta hasta el cuarto donde había conocido a Kali, pero hizo un giro en falso. Y luego otro. Ya estaba a punto de rendirse cuando reconoció el pasillo que llevaba a la otra ala del edificio separada por un teclado numérico. Corrió hacia él e introdujo el código que le había dicho Alice.

El teclado pitó y la cerradura de la puerta se abrió con un chasquido.

Terry se apresuró a cruzar al otro lado y corrió dejando atrás las puertas de unas habitaciones vacías hasta llegar a la de las literas y la mesa pequeña con los lápices de cera. Pero Kali no estaba por ninguna parte.

«Por lo menos supongo que eso significa que ya no vive aquí.» Terry no había podido quitarse esa idea terrible de la cabeza, por improbable que pareciera.

Por tanto, su siguiente paso era buscar el despacho de Brenner. Si Kali lo llamaba «papá», tenía que estar cerca de allí, ¿verdad? O bien era su hija, o bien, como mínimo, era importante para él de algún otro modo.

Terry dio media vuelta y probó el otro pasillo del ala restringida. Llegó casi de inmediato a otra puerta doble con un nuevo teclado, en el que también funcionó el código, y se animó al llegar a un pasillo donde había despachos, no salas de reconocimiento. Había placas con nombres junto a las puertas.

Las leyó todas, deseando que las letras dejaran de vibrar y danzar, aunque sabía que el ácido no iba a permitirlo.

DR. MARTIN BRENNER. Pasó los dedos por las letras en relieve.

«Aleluya.» Probó el pomo y la puerta se abrió. No estaba cerrada con llave. La alarma de incendio se detuvo de repente, pero Terry sabía que Ken haría todo lo posible para prolongar el caos. Sin embargo, no tenía todo el tiempo del mundo. No podían permitirse que Brenner averiguara lo que se proponían.

Todavía no.

Probó con el cajón del centro de su escritorio y no pudo abrirlo. «Gloria tenía razón.»

Pero ¿cuántos ficheros podía contener el cajón? Había un archivador alto de madera detrás de la mesa. Terry lanzó una plegaria silenciosa y tiró del segundo cajón empezando por arriba.

Se abrió sin impedimentos. Terry hojeó las carpetas, que tenían las palabras MK Ultra e Índigo escritas a máquina en la parte de arriba, junto con sellos de confidencial. Ni uno ni otro nombre tenían ningún significado para ella. Terry empezó a leerlos por encima, en busca de las palabras que había dicho Gloria, pero no encontró nada. Tendría que pasar al siguiente cajón.

El interés de Terry se disparó al reparar en lo que había encontrado.

Esos ficheros no tenían nombres, sino números. 001. 002. 003. Y así hasta 010, todos ellos seguidos de las palabras Proyecto Índigo. Más sellos de clasificado en la parte de arriba de los folios que contenían. Pero fueron las descripciones físicas las que le revelaron lo que había hallado. Los pesos bajos. Las alturas, que empezaban en los 96 centímetros. Y luego, las edades después de las palabras «Ingresó con».

«4 años.»

«6 años.»

«8 años.»

A juzgar por lo que Terry estaba viendo, Kali no era la única niña involucrada en aquello. Pero ¿involucrada en qué, exactamente? Las notas se centraban sobre todo en el progreso de cada sujeto y, al parecer, no había habido demasiados avances. Excepto en el fichero de 008, que contenía notas de aliento pero también de cautela.

«No tienes tiempo de leer todo esto.»

Cerró el cajón.

El corazón de Terry le aporreó en el pecho mientras salía del despacho, corría por el pasillo y doblaba una esquina, deshaciendo el camino. Se le ocurrió volver a buscar a Kali y la encontró de nuevo en la mesa, dibujando, otra vez en bata de hospital.

«A lo mejor tiene cita los mismos días que vengo yo.»

Antes de que Terry pudiera llamar a la puerta para preguntárselo, una mano la asió por el brazo. Kali no vio cómo un hombre vestido con un traje que le venía grande tiraba de ella y la arrastraba de vuelta por el pasillo.

—¿Qué está haciendo aquí? —preguntó el hombre—. Este es un sector restringido.

Terry se devanó los sesos hasta que cayó en la cuenta de que Ken le había dado la excusa perfecta.

—He oído la alarma e intentaba salir del edificio.

—Pero ¿cómo ha podido entrar aquí atrás? —insistió él.

—No estoy segura. Eh... Seguiría a alguien, supongo, ¿no?

No sabría decir si el hombre se lo creyó.

5

Alice tuvo que reprimirse para no ponerse a aplaudir cuando la alarma saturó el aire y el regocijo la saturó a ella. Al momento apareció en la puerta un celador alarmado con cara de novato y, antes de que la doctora Parks pudiera preguntar siquiera si había un incendio, le suplicó que lo acompañara a ver a otro sujeto.

Ken.

Lo había conseguido. ¡Qué cosas! Alice había estado tramando planes B y C durante todo el trayecto en coche hasta el laboratorio. Al pensar en ello aparecieron unas gigantescas letras B y C flotando en su mente, como si las hubieran escrito en el aire avionetas pilotadas por especialistas. Eran consecuencia de las drogas. Ese día aún no le habían dado electricidad, por lo que tampoco había visto monstruos. Habían transcurrido dos semanas; quizá los monstruos se hubieran marchado.

Cerró los ojos y se sumergió en las alarmas. Qué sonido más deliberado. Difícil de pasar por alto, fuerte y estridente, perfecto para la misión para la que estaba diseñado.

Alice apreció su elegancia.

Y, en consecuencia, percibió al instante el cese del sonido. ¿Cuánto tiempo había pasado? No lo sabía, pero la doctora Parks regresó con un aire de aturdida distracción. ¿Y si Terry necesitaba más tiempo?

—Quiero hablar con el doctor Brenner —exclamó Alice, con las letras B y C bailando en su cabeza—. Tengo que decirle algo.

—No sé si es muy buena idea.

La doctora Parks frunció el ceño y volvió la cabeza hacia la puerta. El celador entró sin llamar.

—Traiga al doctor Brenner —dijo Alice al hombre—. Tengo que hacer algo. Necesito la electricidad.

Se le había olvidado mirar el reloj, pero Terry debía contar con todo el tiempo que necesitara.

Todos los objetos de la sala con diales o indicadores palpitaron acusadores en su dirección.

—Traiga a Brenner —exigió Alice.

—Está bien —concedió la doctora Parks.

El celador se marchó.

Alice señaló la máquina que aparecía en sus pesadillas. Siempre había creído que las máquinas eran buenas, ordenadas, pero en aquel laboratorio había aprendido algo que debería haber sabido desde hacía mucho tiempo. La gente siempre terminaba averiguando cómo infligir dolor con cualquier cosa creada por el ser humano.

—Conécteme —pidió a la doctora Parks.

La doctora hizo un mohín y meneó la cabeza.

—No es normal que alguien pida la terapia de electrochoque —musitó entre dientes.

El doctor Brenner entró, con el rostro arrugado por la irritación.

—¿Qué pasa ahora?

—Deme la electricidad y le describiré los monstruos. Creo... que son reales.

El interés ahuyentó el enfado de sus rasgos. La doctora Parks terminó de fijar los cables a Alice. Había compasión en sus ojos.

«No —pensó Alice—, no me tengas lástima. Hoy os la estoy jugando yo a vosotros.»

Se preparó para la electricidad que recorrió todo su cuerpo, como la carga de una batería, y fue narrando lo que veía. Un atisbo de un bosque neblinoso por el que había paseado con sus primos. Luego, una manada de perros con muchas zarpas. Los perros medio salvajes, medio domesticados que rondaban el taller donde se había criado. Quizá ese día no habría monstruos... Pero entonces los perros dejaron de ser perros normales de cuatro patas. Se convirtieron en monstruos que rugían y mordían, mientras en el aire revoloteaban luces de arcoíris.

Alice abrió los ojos para ver si el doctor Brenner seguía prestándole atención.

—No deja de fascinarme —dijo él. Estaba claro que no creía que los monstruos fuesen reales. Y quizá estuviera en lo cierto. Alice seguía sin estar segura—. Tengo que volver con mi sujeto. Espero un informe completo sobre cualquier otro suceso interesante en el día de hoy.

El esfuerzo de mantenerse concentrada había agotado a Alice. Mientras la doctora Parks la desconectaba de la máquina, Alice dormitó... o confió en que fuera así, porque vio unas imágenes que daban vueltas en las que la electricidad recorría el cuerpo de Terry, no el de ella. De electrodos en las sienes de Terry y una silueta borrosa, que Alice identificó como el doctor Brenner, de pie junto a ella mientras Terry chillaba y chillaba y chillaba.

6

Gloria había pretendido escabullirse de su sala e intentar encontrar un almacén que contuviera buenas cantidades de las drogas usadas en el laboratorio. Pero cuando cogió el pomo de la puerta y lo giró, estaba bloqueado. Gloria había estado encerrada incluso mientras la alarma de incendios se desgañitaba presa del pánico.

«No es un incendio de verdad», se dijo, y empezó a contar los segundos que pasaban hasta que alguien se acordara de ir a sacarla de allí.

Diez minutos.

Diez minutos en los que se había quedado sentada en la sala de exploración, cada vez más tensa y nerviosa. Para cuando llegó el crédulo doctor Green casi esperaba que los hiciesen ponerse a todos en hilera y... no sabía qué más.

El doctor se había limitado a decirle que no había ningún incendio. Gloria ni siquiera se había molestado en protestar por la puerta cerrada con llave.

Y, por lo menos, no había salido del laboratorio con las manos completamente vacías. Tenía decidido de antemano mantener la mente clara, por lo que se había guardado en el bolsillo la dosis que le habían dado y había fingido el colocón. Ya se sentía bastante paranoica de natural. El doctor Green no se había dado cuenta de que pasara nada raro y le había proporcionado información para que la memorizara y no la revelara. El doctor creía de verdad que estaban haciendo grandes progresos para demostrar la efectividad de los interrogatorios bajo los efectos de las drogas.

Por tanto, los esfuerzos de Gloria le habían valido una dosis.

Obviamente, ninguno de ellos podía decir nada en el camino de vuelta. Esa conversación tendría que esperar. Pero, por acuerdo tácito, todos se quedaron un rato dentro de sus coches en el aparcamiento hasta que la furgoneta se perdió de vista, y luego salieron y volvieron a reunirse bajo el tenue resplandor de las farolas.

—Antes que nada, ¿podemos aplaudir todas al héroe del día? —pidió Terry, en tono animado.

Ken hizo un amago de reverencia doblando la cintura y todas aplaudieron, aunque más por cumplir que por otra cosa. Gloria pensó que todos querían saber si el riesgo había merecido la pena.

—¿Y bien? —Alice se balanceaba adelante y atrás cambiando el peso de los dedos de los pies a los talones, vibrando de nerviosismo. Gloria la entendía—. ¿Has encontrado algo?

—Algo —dijo Terry—, pero aún no sé lo que significa.

—¿Qué es? —la apremió Alice.

—Creo que están trabajando con niños. No es solo Kali. Pero no sé qué clase de experimentos hacen con ellos.

Fuera lo que fuese lo que esperaban, no era aquello. Gloria se llevó la mano al estómago al sentir una náusea. Recordó lo que había sido estar encerrada en aquella sala. Nunca en la vida confiaría un niño a nadie de allí.

—¿Qué has encontrado?

—Carpetas, como nos dijiste. De varios niños que participan en un experimento llamado «Índigo». No he tenido tiempo de ver si había anotaciones detalladas. Solo unos pocos apuntes sobre sus progresos. —Terry lo contaba con adusta resolución—. Y también he vuelto a ver a Kali, pero no he podido hablar con ella. Parecía estar bien. Pero... yo diría que está claro que algo está pasando aquí.

—Averiguaremos de qué se trata —afirmó Alice, y su voz vibró emocionada por la promesa.

—¿Qué tal te ha ido a ti? —preguntó Terry a Gloria.

Esta miró a Alice.

—¿Puedes enseñarme a forzar cerraduras?

Alice asintió, frunciendo el ceño.

—Claro. ¿De las que tienen en el laboratorio?

Gloria se notó más relajada al oírlo.

—Me han dejado encerrada cuando Ken ha hecho saltar la alarma.

—¡Hala! —exclamó Ken.

—No ha sido muy bonito descubrirlo —dijo Gloria—. Total, que no he podido buscar el premio gordo, pero sí que me he guardado mi dosis. Volveré a intentarlo la semana que viene.

—Entonces ¿vamos a volver? —preguntó Terry.

—No tenemos elección —respondió Gloria—. No ha cambiado nada.

—Pero al menos ahora sabemos dónde buscar pruebas

—dijo Terry, buscándole el lado positivo—. El código de Alice ha funcionado. No pienso rendirme.

—Ni tampoco ninguno de nosotros —aseguró Gloria.

—Mierda —dijo Ken mientras los iluminaban los faros de un vehículo girando.

Era una furgoneta dando media vuelta. En la penumbra, Gloria no pudo verla bien. ¿Sería la furgoneta de Hawkins, que había vuelto?

—Será mejor que nos vayamos. Id todos con cuidado —dijo Terry.

Alice titubeó.

—¿Estás bien? —preguntó a Terry.

—Tranquila, no te preocupes por mí.

Alice asintió de un modo que despertó la curiosidad en Gloria por el motivo de su pregunta.

7

El doctor Brenner entró en las dependencias de seguridad esa misma tarde a las ocho y media. Las hileras de estaciones de escucha estaban ocupadas por atareados operarios. El empleado que había llamado a su despacho para avisarlo, siguiendo las instrucciones del propio Brenner, se levantó y le ofreció su asiento.

—Llevan hablando unos cinco minutos —dijo el hombre.

Puso los auriculares sobre las orejas de Brenner, cosa que el doctor podría haber hecho por sí mismo.

Oyó la voz de una mujer a la que no conocía preguntar cosas que no le interesaban, pero esperó. Ocho estaba de morros cuando él la visitó en su habitación después de que los demás se marcharan. Había sido un día desconcertante, en el que había tenido que ir de un lado para el otro sin parar. Aún no lo comprendía todo, pero tenía la sensación de que algo no andaba bien.

Habían encontrado a su propia sujeto, Terry Ives, merodeando por los pasillos, lejos de donde él la había dejado. Al parecer había seguido a alguien y se había internado en un sector prohibido, demasiado cerca de Kali para el gusto de Brenner. El hombre, Ken, había sufrido un supuesto ataque, pero sin ningún efecto posterior evidente que confirmara que así había sido. Brenner se había ido acostumbrando a la llamativa mente de la chica mecánica, pero ese día incluso ella había planteado exigencias. La única sujeto que no había dado problemas era la bióloga, pero la tranquila entrega de información que se describía en el informe de su sesión también lo incomodaba.

Brenner había solicitado que se supervisaran con atención esa noche las líneas telefónicas de la residencia de estudiantes de Ives y de la casa de su novio. Había algo en la inocencia de la que había hecho gala la chica al volver con él que no terminaba de creerse. Y acababan de llamarlo para escuchar una conversación de Terry con su hermana, que vivía en Larrabee.

—Terry, casi no has dicho palabra, y eso que me has llamado tú. ¿Qué pasa? ¿Es por Andrew? ¿Cuándo lo sabrá?

—Mañana —dijo Terry.

—Ojalá se lo hubiera pensado dos veces.

Un leve chasquido en la línea.

—Y así fue. Hacer esa protesta era importante para él.

—Pues no lo entiendo. Debería evitar meterse en líos y alegrarse de estar aquí. No va a acabar con la guerra poniéndose una máscara y liándose a gritos en la cafetería.

El disgusto de Terry se notó en su respuesta:

—Puede que no, pero es mejor que no hacer nada.

—¿Ves? Ahí es donde no estamos de acuerdo. —La hermana suspiró—. No os podéis permitir ser egoístas, ninguno de los dos.

Brenner había oído todo lo que necesitaba saber. Se quitó los auriculares y los devolvió mientras se levantaba.

—Gracias. Siga escuchándola. —Se quedó un momento pensando—. ¿Cómo se llama el novio?

—Andrew Rich.

—¿Señor? Creo que por fin lo hemos encontrado. —Otro empleado se había acercado para llamar a Brenner.

En la sala contigua a la estación de escucha telefónica se guardaban las grabaciones de seguridad del edificio. Habían tardado mucho en repasar cada hora de vídeo de la habitación de Ocho desde su llegada a Hawkins y en elaborar un listado de todos sus visitantes, incluso con tres hombres asignados a la tarea.

Brenner se detuvo frente a un monitor en pausa, que mostraba otra pieza del puzle que añadir a la conversación que acababa de escuchar. En la pantalla se veía a Theresa Ives sentada a una mesa con Ocho. Llevaba puesta la bata, por lo que se las había apañado para escabullirse.

—¿Cuándo? —preguntó.

—Hace dos semanas.

Brenner la había subestimado. Tendría que volver a ponerla bajo su control.

La mejor forma de lograrlo sería distraerla, darle problemas más serios en los que pensar. Brenner sabía qué era lo que más importaba a Terry, porque ella misma se lo había dicho. La solución era evidente.

—Han hecho todos muy buen trabajo —dijo, y volvió escaleras arriba hacia su propio despacho.

Al llegar, llamó a su contacto en Washington, el hombre

que podía hacer que sucedieran cosas. Al doctor Brenner le gustaba la gente capaz de hacer que sucedieran cosas.

—Tengo que pedirle un favor. Es sobre un joven llamado Andrew Rich.

8

Terry estaba sentada en el sofá con Dave, esperando a Andrew. Había llegado a toda prisa después de su última clase, en ascuas por saber cuál había sido el veredicto.

—Irá todo bien —dijo Dave por tercera vez—. A mí solo me han dado un tirón de orejas.

Los padres de Dave habían enviado a un abogado amigo de la familia a hablar con la universidad en nombre de los chicos. Habían conseguido hacer desaparecer las posibles sanciones legales, y todos esperaban que también lograran lo mismo con las más severas que pudiera imponerles la universidad. «En los tiempos que vivimos, debe incentivarse a un cuerpo estudiantil comprometido que lleve a cabo actos de desobediencia civil», había sido el argumento.

Terry supuso que los padres de Dave también habrían firmado un buen talón a nombre de la universidad. La familia de Andrew no se había alegrado en lo más mínimo de que volviera a meterse en líos. No apoyaban la desobediencia civil, aunque adoraban tanto a Andrew que se lo perdonaban todo. Tenían dinero, pero ni por asomo tanto como la familia de Dave. El tercer amigo, Michael, también se había librado.

Así que Terry no sabía por qué estaba tan nerviosa. A Andrew no le pasaría nada. Era la opción con más sentido de todas. Pero ¿por qué su estómago revuelto no terminaba de creérselo? Quizá fuese por la discusión que había tenido con Becky la noche anterior.

Andrew abrió la puerta y entró. Fue a la cocina para coger una cerveza. Volvió, se sentó y se reclinó hasta apoyar la cabeza en el regazo de Terry. Alzó la mirada hacia ella.

—Hola —dijo—. Qué buena vista tengo desde aquí.

Terry casi sonrió.

—Gracias. Pero nos tienes en vilo. ¿Qué ha pasado?

Un parpadeo. Andrew se incorporó, abrió el botellín de cerveza y le dio un sorbo.

—Me han expulsado.

Terry se quedó paralizada.

—Espera, ¿qué dices? ¿Expulsado?

—¿Te han echado? —Dave estaba negando con la cabeza, estupefacto.

—Por favor, dime que es una broma. —A Terry le temblaban las manos y se esforzó por controlarlas.

—Ojalá lo fuese. —Andrew se encogió de hombros—. Sabía que esto podía pasar. Aceptaré las consecuencias.

«Las consecuencias...»

—El sorteo de la llamada a filas es dentro de nada. ¡La semana que viene!

Terry sabía que no ayudaba en nada decirlo en voz alta, pero las palabras ya estaban en el aire antes de que pudiera retenerlas. Visualizó a Andrew vestido con uniforme de soldado. Aquello no podía estar pasando.

—Lo sé —dijo Andrew—. Tendremos que esperar que mi mala suerte se haya terminado por ahora. Puedo volver a solicitar el ingreso dentro de seis meses. Solo tengo que aguantar hasta entonces.

Terry nunca había visto a Dave tan callado. Seis meses eran una eternidad para que una persona sana se quedara en casa sabiendo que era posible que lo reclutaran.

—Podrías irte a Canadá —dijo.

—No —replicó Andrew—. Aquí está mi familia. Aquí

tengo mis raíces. Sabía lo que estaba haciendo, y estas son las consecuencias. No voy a ser un traidor a mi patria.

Dave volvió a negar con la cabeza.

—No es justo, tío. A lo mejor nuestro abogado puede hacer unas llamadas. Esto es culpa mía.

—No —dijo Andrew—. Decidí por mí mismo.

Terry sintió un estallido de orgullo. El mismo que había sentido en la cafetería, cuando los tres chicos habían entrado a protestar. Pero aquello era más. Quizá Andrew fuese un niño mimado. Quizá hubiera tenido una vida más fácil que ella. Pero había superado todo ello.

—Te quiero —dijo de sopetón.

Andrew sonrió. Y lo hizo de verdad.

—Yo también te quiero, nena. ¿Lo ves? Al final, el día no ha salido mal del todo.

Pero sí que había salido mal. Las pequeñas victorias apenas tenían importancia en guerras tan enormes.

Había sido un día muy malo.

6

Presentes de ánimo

DICIEMBRE DE 1969
Bloomington, Indiana

1

Desde un reservado, tras terminarse su turno, Terry escrutaba por la ventana esperando ver el primer atisbo del cochazo de Alice. En el momento en que apareció, Terry se levantó de golpe y se despidió con la mano de sus compañeros de trabajo.

—Mañana nos vemos.

—¡Buena suerte para ti y para tu chico! —gritó el cocinero, deseo que repitió la gente del comedor.

—Gracias —dijo Terry, empapándose de todas las buenas intenciones porque daño no podían hacer.

Salió corriendo hacia Alice y se metió en su coche en el mismo instante en que este se detuvo.

—¿Llego tarde? —preguntó Alice.

—Justo a tiempo, como siempre. —Terry tuvo que sonreír.

Alice se había ofrecido a recoger a Terry cuando las dos salieran del trabajo. Iban a casa de Dave y Andrew para ver el sorteo televisado, que determinaría el orden en que el gobierno reclutaba a los hombres a partir de entonces. No era una fiesta con todas las de la ley, sino una reunión íntima de amigos. La ocasión era demasiado tensa para celebrar nada.

—Gloria no ha podido venir —dijo Alice—. Van a verlo todos juntos en su iglesia.

—¿Se lo dijiste a Ken?

—No, pero si es vidente, ¿qué falta le hace verlo? Además, él tiene prórroga por estudios. —Alice condujo de vuelta a la autovía—. ¿Qué tal el trabajo?

Las dos estaban hablando de cosas sin importancia, nada menos. Terry nunca había oído charlar así a Alice, lo que supuso que debía significar que solo se molestaba en hacerlo con quienes le caían bien de verdad o con quienes estaba cómoda. Terry volvió a sonreír.

—Mucha gente. ¿Y tú?

Alice se frotó con la mano una mejilla que aún tenía un poco de grasa.

—Nos ha entrado una reparación complicada esta mañana y he estado pegándome con el cacharro todo el día. Pero al final se ha rendido a mis encantos.

Terry jamás se acostumbraría a la manera en que funcionaba la mente de Alice.

—Le has enseñado lo que es bueno.

—Ya lo creo. —Alice se desvió por una carretera desconocida, al menos para Terry—. Es un atajo —explicó—. Empezaba a las ocho, ¿verdad?

—Eso dice todo el mundo. —Terry llevaba todo el día tan preocupada que se sentía como en plena experiencia extracorpórea.

—Si no sale bien —dijo Alice—, tengo familia en Canadá. Primos con los que me llevo muy bien. No estoy diciendo que Andrew quiera ser un desertor ni nada parecido.

Terry dio un bufido.

—Ojalá lo fuera. Es lo primero que le recomendé, pero creo que aceptará el veredicto que le caiga.

—Ya me lo imaginaba. —Alice negó con la cabeza—. Cómo son los hombres. Hasta los buenos te complican la vida.

Lo dijo tan convencida que a Terry le entró curiosidad por conocer su tamaño muestral. Pero ya estaban entrando en la calle del complejo de apartamentos. Esa conversación tendría que esperar a otro día.

Alice aparcó y bajaron. Se subió una manga de la chaqueta y dijo:

—Aún quedan cinco minutos.

De todos modos se apresuraron sin cruzar palabra. Cuando llegaron a la puerta, Alice fue a llamar con los nudillos al mismo tiempo que Terry giraba el pomo.

—¡Ya estamos aquí! —exclamó Alice.

—¡Nena! —Andrew llegó trotando para dar a Terry un beso en la mejilla. Levantó la mano para chocarla con Alice, que le dio una sonora palmada—. ¡Eh, hermanita! Habéis llegado justo a tiempo.

Estaba poniendo al mal tiempo buena cara. Llevaba haciéndolo desde que lo habían expulsado de la universidad. Había enviado solicitudes de empleo al día siguiente y ya tenía una entrevista para trabajar de recepcionista nocturno en un motel de la zona. Pero Terry distinguía su estado de tensión en las comisuras de los labios, las leves ojeras de despertarse a las tres de la madrugada y quedarse mirando al techo.

—A los hombres aptos y en edad de entrar en las fuerzas armadas les corresponde el sofá. Es la ley —dijo Dave.

Stacey dejó de trastear con el televisor para saludar con la mano a Terry y a Alice.

—Igual que a sus novias —informó Andrew a Dave, y los dos se dejaron caer en el sofá. Alice cogió una silla y se sentó al lado de Terry—. Creo que ya empieza. —Con la última frase, Andrew ya no pudo ocultar su nerviosismo. Terry le cubrió la mano con la suya.

Stacey subió el volumen del aparato mientras se interrumpía la emisión de un episodio de *Mayberry R.F.D.* y entraban las noticias de la CBS, presentadas en directo por Roger Mudd desde las oficinas del Servicio Selectivo en Washington. Había una hilera de oficiales sentados ante escritorios y un gran tablón detrás de él. Mudd anunció que iba a dar comienzo el primer sorteo de reclutamiento que se celebraba en veintisiete años.

—Escuchadme —dijo Stacey, agachándose para sentarse en el suelo—. Roger Mudd está buenísimo.

—Puaj, pero si debe de tener la edad de tu padre —replicó Dave.

Stacey se sopló las uñas.

—No por eso deja de estar bueno. ¿Qué opinas tú, Terry?

—Yo no se lo veo —dijo Terry, casi riendo.

—¿Y tú? —preguntó Stacey a Alice.

—Cada cual tiene sus gustos. —La voz de Alice pareció neutral del todo.

—Vale, pues Roger Mudd es todo mío. ¿Alguien sabe cómo funciona esto? —preguntó Stacey, señalando con la frente hacia el televisor.

Mudd empezó a explicarlo, como si la hubiera oído. Había un enorme contenedor de cristal lleno de cápsulas azules que habían removido en su interior. Cada cápsula contenía un número que correspondía a un determinado día del año. Se irían sacando una por una y, así, la gente cuyo cumpleaños coincidiera con esa fecha sabría en qué orden iban a llamarlos a filas. De los primeros, de los últimos, o ni una cosa ni la otra.

—Van a sacar el primer número. —Andrew apretó la mano de Terry.

Un hombre eligió una cápsula azul y la entregó a un oficial de una mesa, que la abrió. Nadie dijo nada mientras esperaban el primer fallo del sorteo.

«Catorce de septiembre —dijo el hombre que leía el papelito—. El catorce de septiembre es el número cero-cero-ro-uno.»

Otra persona de la oficina fue hasta el tablón y apuntó la fecha mientras sacaban la siguiente cápsula. Terry no podía respirar. No sabía qué decir. Andrew le apretó más la mano y ella le devolvió el gesto.

—¿Catorce de septiembre? ¿Ningún catorce de septiembre? —preguntó Dave—. ¿Qué tal si convertimos esto en un juego de beber? Chupito si no sacan tu cumpleaños.

—Pues esta vez no me toca beber, porque cumplo años el catorce de septiembre —dijo Andrew. Muy despacio, separó la mano de la de Terry—. Parece que estoy en el primer turno de reclutamiento.

El silencio que cayó solo podía describirse como horrorizado.

—Tío —dijo Dave, y estalló en lágrimas.

—Eh, colega, no pasa nada —dijo Andrew, con la voz tensa.

—¡Pues claro que pasa! —exclamó Dave.

Terry se levantó y tiró de Andrew.

—Stacey, Alice, voy a llevarme fuera a Andrew un momento. ¿Ayudáis a Dave a tranquilizarse?

Todo parecía dar vueltas a su alrededor, pero ya era una experta en eso. En esa ocasión no era el ácido. Era su mundo viniéndose abajo.

Andrew cerró la puerta cuando salieron y se quedaron en el rellano, con sus alientos visibles en el aire frío.

—Cuánto lo siento, cariño.

Se abrazaron.

—Lo sé.

—No estamos seguros del todo de lo que significa que... —probó a decir ella.

Andrew negó con la cabeza y soltó una carcajada sin humor.

—Estamos bastante seguros. Con suerte me quedan un par de meses. Estoy fuera de la universidad y en el primer grupo al que van a llamar. Diría que sabemos lo suficiente.

A Terry se le atenazó la garganta. Tenía que hablar con él, que mejorar la situación de algún modo...

Pero no podía decir nada que la mejorara.

—Escucha —dijo él—. Tenemos el presente. Deberíamos concentrarnos en eso.

Ella tragó saliva y asintió.

—¿No debería estar consolándote yo a ti?

—Se me ocurren un par de formas para que lo hagas. —Andrew meneó las cejas.

Ella le dio un empujoncito.

—¿Cómo te pones en plan gracioso en un momento como este?

Él se encogió de hombros.

—¿De qué sirve ponerse de ninguna otra forma?

Tenía razón, aunque nada de todo aquello fuese razonable. Volvieron dentro y Dave solo se echó a llorar una vez más. Terry se quedó a dormir, pero sus pensamientos no dejaban de regresar a la cuestión de cuánto tiempo les quedaba juntos.

2

Alice flotaba en el espacio. Se había preguntado si sus pies tenían que tocar el suelo en el Mundo de Por Debajo, donde vivían los monstruos y su amiga chillaba. Pero no tenían que tocarlo, por supuesto. Los pies no se utilizaban para desplazarse en sueños, y mucho menos en los provocados por el ácido y la electricidad.

Confiaba en conjurar otra visión de Terry, porque no sabía si la primera había sido una alucinación, la verdad o alguna cosa a medio camino entre ambas. Si pudiera verla otra vez, quizá resolvería la duda.

Pero su mente no estaba por la labor.

Flotaban hojas secas por el aire sin viento, que iban a la deriva igual que ella, rodeada de ramas que intentaban agarrarla y frondosas enredaderas enganchadas en paredes derruidas. Todo era suave, nebuloso, como si estuviera atrapada en un sueño...

«O en un viaje», pensó.

Una puerta colgaba de sus goznes, rota, con la madera agrietada partida por la mitad como los dos pedazos de un corazón de dibujos animados. Al otro lado estaba un parque infantil vacío de algún lugar que le resultaba conocido. ¿El colegio? ¿La iglesia? Entonces también eso desapareció. Pasó por su mente una sucesión de imágenes irreconocibles durante lo que le pareció un tiempo infinito. ¿Qué significaban? Nada que Alice comprendiera. Y no vio a Terry.

Pero hubo un rostro que sí reconoció.

El de Brenner.

Se concentró en él hasta que dejó de estar tan emborronado. Arrugas en las comisuras de sus ojos. Crueldad en las comisuras de sus labios.

Delante de él estaba una niña flaca como un palo, con el

pelo castaño rapado a lo chico y una bata de hospital como la que llevaba puesta Alice, pero con un casco metálico en la cabeza del que salían cables.

«¿Qué narices es esto?»

La chica se arrancó el casco con los cables. Alice vio unos números en su antebrazo: «011».

¿Qué era lo que estaba presenciando? Sí, «presenciar» era el verbo correcto. Se sentía como una testigo presencial. Como alguien que debía testificar sobre algo. Era una chica Índigo, como había dicho Terry. Tenía que serlo.

De pronto, Alice estaba en un largo pasillo y, en el otro extremo, la chica levantó una mano flacucha y proyectó con fuerza a un hombre vestido de celador contra una pared. ¿Cómo era posible?

La visión empezó a desvanecerse. Y entonces desapareció del todo.

Alice abrió los ojos en su propia sala del laboratorio, mientras se llevaban la máquina que generaba la electricidad.

—Este lugar es malvado —dijo, antes de poder morderse la lengua.

Pensó en aquella niña junto al peor de los hombres malos. Brenner. ¿Qué le había estado haciendo? ¿Sería real lo que acababa de ver?

La doctora Parks no le discutió la afirmación. Pasó un dedo por la muñeca de Alice, trazando una leve circunferencia que la devolvió al presente.

—Voy a tomarte el pulso.

3

A Terry le repateaba tener que ir al laboratorio esa semana, más que ninguna otra. Odiaba estar lejos de Andrew cuando cada momento le daba la sensación de que iba a ser el último. No lo era, porque aún le quedaba un tiempo hasta que, siendo realistas, lo llamaran para su examen físico y comenzara el proceso de alistamiento, no digamos ya para enviarlo a Vietnam, pero así era como ella se sentía.

Brenner le dio un vasito de un líquido amargo, que Terry se tragó. Extendió la mano para recibir la habitual tableta de LSD y Brenner se la entregó. Terry se la puso en la lengua e hizo caso omiso del leve sabor químico.

—¿Ocurre algo? —preguntó Brenner con voz preocupada, como si le importara.

«Ya, claro.»

Terry le preguntaría pronto por la niña, por los niños. Esa semana tenía el corazón demasiado alterado, el cerebro demasiado fijo en Andrew. No se sentía con fuerzas para otra batalla si las preguntas la llevaban a librar una. Escupió la tableta y la dejó caer en la pequeña papelera que le ofrecieron.

—Nada de lo que quiera hablar.

Nunca había sido demasiado dependiente. En el instituto había tenido sobre todo cuelgues por chicos en los que intuía profundidades ocultas, aunque luego nunca las tuvieran. Lo más sorprendente de Andrew era que no había esperado que fuese una persona interesante. Stacey había comentado de pasada que pensaba que se gustarían. Cuando los presentó, el escepticismo de Terry no hizo sino acrecentarse. Era demasiado guapo, con aquellos párpados tan largos y aquella melena castaña, y con su coche limpio como una patena. Con su casita fuera del campus. Había esperado que el chico tuviera o bien una personalidad espantosa o bien una de lo más aburrida. Que fuese un pulpo, un baboso o un sosaina que solo supiera hablar de sí mismo.

Pero Andrew hablaba de política, de las noticias, de libros. De música. Le preguntaba a Terry cómo estaba. Escuchaba la respuesta. Le importaba el mundo y le importaba ella. Besaba de maravilla. Terry se había sentido cómoda con él desde el primer minuto.

Nunca habían hablado de matrimonio ni de su relación a largo plazo. Pero entre ellos se había ido construyendo un entendimiento tácito. Juntos funcionaban.

Necesitaban mantener una conversación seria sobre lo que implicaba toda aquella situación para ellos como pareja. Terry era consciente de ello. Pero no estaba preparada y no quería forzar a Andrew. De modo que se quedaría allí sentada, en su viaje psicodélico, y se obsesionaría. «Estupendo.»

—Túmbese —dijo Brenner, cortando su pensamiento como un cuchillo.

Terry obedeció. Apenas había dormido nada las noches anteriores: las había pasado todas en casa de Andrew. Cuando él le había preguntado si eso no le causaría problemas en la residencia de estudiantes, ella se había reído y le había dicho que seguro que el laboratorio la sacaba de cualquier aprieto. Ahí era donde tenía la cabeza.

No en un buen sitio. Para nada.

Estaba tan cansada que reclinarse en el camastro le pareció la mejor sugerencia que le habían hecho en todo el día. Se tumbó y cerró los ojos. ¿Se podía dormir de tripi? Pensaba intentarlo.

Un sonido rasposo en el suelo la perturbó. Abrió los ojos y encontró a Brenner sentado en una silla que había arrastrado hasta demasiado cerca de la cama.

—¿Qué está pasando? —preguntó Terry.

—Hoy vamos a intentar algo un poco distinto. —Brenner hizo un gesto para que se acercara el celador—. ¿Quiere sacarle ya las muestras de sangre?

Terry se incorporó.

—¿Sangre?

—Es la primera sesión del mes, ¿recuerda? Tenemos que comprobar sus niveles. Asegurarnos de que esté sana y en forma, de que no esté reaccionando mal a nada.

El doctor Brenner hacía que sonara razonable. Y la verdad era que Terry recordaba que le habían sacado sangre otras veces.

Asintió, con la garganta seca. El celador trajo tres ampollas vacías y Terry observó la aguja penetrando en su piel y cómo el oscuro líquido iba entrando en la primera de ellas. Cuando estuvo llena, el hombre la cambió por otra. El estómago de Terry se revolvió y luego se estabilizó.

«Qué raro.» Nunca le había dado aprensión que le sacaran sangre. Ese problema lo tenía Becky. Terry siempre le cogía la mano y hablaba para distraerla y, aun así, Becky solía estar a punto de desmayarse cuando terminaban. No soportaba las agujas.

Terry tenía la impresión de estar canalizando a su hermana. Lo que fuese que Brenner le había dado esa semana debía de ser mucho más fuerte que de costumbre. Normalmente, las drogas tardaban más en hacerle efecto. Había puntitos rodando en los confines de su visión.

—Tiene algunas preguntas para mí —dijo el doctor Brenner. Terry oyó una puerta abrirse y cerrarse, y supuso que el celador se había marchado—. ¿Le gustaría hacérmelas?

A Terry le gustaría, pero notaba la lengua pastosa.

—¿Esto es un truco?

—No sé, ¿lo es? ¿Qué es lo que quiere saber?

—Quiero saber qué están haciendo aquí... Qué pasa con... —Terry sintió que Brenner le había tendido una trampa.

—Echaría a perder el experimento si se lo explicara. Tendrá que confiar en mi palabra cuando le digo que lo que hacemos aquí es de suma importancia para la seguridad de nuestra nación. No puede alterarse por ningún motivo. Lo entiende, ¿verdad?

—No, no lo entiendo —respondió Terry con sinceridad.

¿Había sido esa su intención? Una parte congelada de ella volvió a las andadas y empezó a pensar en Andrew. De algún modo, hacerlo resultaba menos terrorífico que lo que fuese que estaba ocurriendo en el laboratorio.

—Su propósito no es saberlo, Terry —siguió diciendo Brenner—. ¿Comprende eso, al menos? Sus actos tienen consecuencias, y eso sí que debería recordarlo. —Calló y se inclinó hacia ella, dando a sus rasgos una pátina de comprensión—. Tengo entendido que han dado malas noticias a su joven novio.

Incluso a través de la neblina giratoria que le enmarcaba la visión, le llegaron las palabras del doctor Brenner. Era imposible que lo supiera... a menos que...

—Lo hizo usted. —De nuevo, las palabras se le escaparon sin que ella tuviera intención de pronunciarlas.

Brenner le sostuvo la mirada.

—Seguro que no sabría qué hacer sin él. Dígalo. Diga que no sabría qué hacer.

Parecía que Terry no podía contenerse.

—No sé lo que haría sin Andrew.

—Pues va a averiguarlo. —Brenner le sonrió—. Y ahora cierre los ojos y sumérjase más, como una buena chica. Ya he terminado con usted... por hoy.

Los ojos de Terry se cerraron y la sumieron en una duermevela.

«Sigue adelante —le dijo su cerebro—. Aléjate de él tanto como puedas.»

A su alrededor se extendió un espacio que era todos los

lugares y ninguno a la vez. Un vacío de negrura. Terry tenía los pies en el agua.

Aquello sí que parecía real, no como una visión provocada por las drogas. No como sus recuerdos.

Allí estaba más segura, más que donde se encontraba antes, ¿verdad?

Una mano en el hombro la devolvió a la sala donde estaba en realidad. Esperaba ver a Brenner, pero a quien encontró fue a Kali.

Terry se incorporó como un resorte y buscó a Brenner con los ojos desorbitados. No estaba allí.

Tocó la mano de Kali. La niña era real.

—No has vuelto a venir a verme —dijo Kali.

Terry se esforzó en procesar lo que había ocurrido, lo que estaba sucediendo. Los bordes de su visión rodaban como platos en las puntas de los dedos y se arremolinaban en el aire... «Que no se te caigan... Que no se rompan...»

—¿Qué te pasa? —preguntó Kali—. ¿Estás enferma?

—El hombre al que llamas «papá», ¿quién es? —dijo Terry, buscando en su mente las preguntas que quería hacer—. ¿Tu padre?

—Es papá —dijo Kali, como si la respuesta fuese evidente y la pregunta, estúpida. Bajó la voz—. No sabe que estoy aquí.

«Oh, no.»

—Esto es peligroso —dijo Terry, aunque no lograba recordar por qué—. Te buscaré otra vez, pero él no puede enterarse de que hablas conmigo.

—Él lo descubre todo. —La chica levantó un hombro—. No se pueden tener secretos con papá.

Terry negó con la cabeza.

—Sí se puede. Es solo un hombre. No puede saberlo todo. —Hizo una pausa—. ¿Te hace daño? Me refiero a papá.

Kali frunció el ceño, pero no respondió.

—Si te hace daño... puedo ayudarte. —Terry tenía que conseguir que la chica lo entendiera.

Kali negó con la cabeza.

—Me parece que no. Pero, a lo mejor, yo sí que podría ayudarte a ti.

En torno a ellas creció un campo de girasoles amarillos. Un arcoíris se alzó sobre las flores doradas.

—Qué bonito —dijo Terry. Se levantó y dio una vuelta completa, sonriendo—. ¿Cómo es posible?

Miró a Kali mientras la niña levantaba una mano para limpiarse la sangre que le había salido por la nariz. Kali apretó los párpados con fuerza.

Los girasoles empezaron a mecerse adelante y atrás, con violencia. El arcoíris le produjo dolor a Terry en los ojos.

—Acabaré haciéndote daño —dijo Kali, al borde del llanto—. Tengo que irme.

Terry levantó una mano para protegerse los ojos mientras la luz era cada vez más brillante. El corazón le martilleaba en el pecho. Aquello era irreal, pero sabía que estaba sucediendo de verdad.

—No pasa nada. ¿Qué es esto? ¿Cómo puedes hacerlo?

—Es fácil, lo difícil es hacer que pare —respondió Kali—. De verdad que tengo que irme.

—¡Espera! —Terry intentó cogerla.

Kali se apartó, temblando, mientras las luces brillantes se veían reemplazadas por sombras que reptaron alrededor de Kali y Terry como una oscuridad sin forma.

—No —dijo la niña.

Terry vio en los ojos de Kali que necesitaba salir de allí.

—Puedo ayudarte —repitió Terry, aunque ya no estaba tan segura.

Kali cerró la puerta que daba al pasillo después de salir. Las sombras se marcharon con ella.

4

Brenner estaba de pie al otro lado del cristal oscuro, observando a Ocho con Terry. Los girasoles habían sido un toque sentimental por parte de Ocho. Podía fingir que no sentía ninguna simpatía hacia Terry, pero había revelado el hecho crucial de que le caía bien con ese sencillo gesto. Y luego Kali había perdido el control, como siempre.

No se le ocurría un mejor entretenimiento que aquel para mantener a Ocho ocupada. En cierto modo, Terry le había hecho un favor, de modo que Brenner permitiría que la situación se desarrollara así mientras los beneficios superaran a los riesgos. Los niños que se relacionaban entre sí hacían buena parte del trabajo de entretenerse por sí solos. Sin embargo, Ocho, que estaba aislada, anhelaba más que nada compañeros, una familia. Y él le había prometido que la tendría.

Brenner no comprendía a los niños, porque jamás había tenido la sensación de haberlo sido.

Se había planteado expulsar a Terry del experimento. Pero había invertido demasiado esfuerzo en ella y lo cierto era que ya parecía algo más maleable, con su novio a punto de marcharse a la guerra por cortesía del hombre de Washington. Sería mucho más satisfactorio domesticarla cuando llegara el momento. Por tanto, ese día le había inoculado un nuevo suero de la verdad mezclado en su dosis para acompañar la calmada revelación de que él había estado involucrado en el reclutamiento de Andrew y el empujón mental que le había inculcado de que no iba a llevar nada bien la partida de su amado. Y luego, sorprendiéndose un poco a sí mismo, había permitido que Ocho, después de escaparse de su cuidador, la visitara. Otra vez. Habían avisado a Brenner en el momento en que se habían dado cuenta, por supuesto.

Llamaron a la puerta que había detrás de él y su celador entró en la pequeña sala de observación. El brillo de sus ojos y el papel que llevaba en la mano dejaban bien claro que traía noticias.

—¿Qué ocurre? —preguntó Brenner.

—No se lo va a creer. —El celador le entregó el papel.

Brenner leyó en diagonal los resultados del análisis de sangre de Terry. Todo parecía normal: la tensión un poco alta, como era de esperar...

Y entonces lo vio.

—Está embarazada —dijo con auténtico deleite.

Por razones como esa no había que tomar decisiones precipitadas, como la de expulsar a alguien por mostrar el espíritu que en un principio había hecho de ella una buena candidata para el experimento. Quizá pudiera convertirse en una gallina de los huevos de oro, en más de un sentido.

Se dio la enhorabuena por haberse librado ya del padre. Esa noche llevaría a Ocho un trozo de tarta. Le diría que iba a cumplir su promesa. Por fin estaba trabajando en procurarle un amigo. Un amigo muy especial.

Brenner siempre había defendido la teoría de que las capacidades especiales podían favorecerse en las condiciones adecuadas. Pero siempre había tenido que trabajar con los sujetos disponibles, ninguno de los cuales era un folio en blanco. Aquel niño... Brenner podía empezar a incentivar el desarrollo de sus capacidades desde ya. Dentro del útero. Todos los días de su vida. Iba a asegurarse de que el bebé fuese especial.

—¿Tendrá que marcharse?

El celador era un buen soldado, pero ni por asomo la persona más lista que Brenner había conocido. Potencial: mediocre como mucho. Pero hacía lo que le decían sin cuestionarlo.

Según su equipo de vigilancia, los cuatro sujetos adultos estaban trabando amistad, y eso habría que controlarlo. Alice terminaría quedándose allí, cuando el electrochoque alcanzara el punto de no retorno. Sobre Terry y los demás no estaba tan seguro... pero jamás permitiría que le quitaran al bebé.

—Al contrario —dijo Brenner—. La semana que viene incrementaremos sus protocolos, y haremos lo mismo todas las semanas después de esa. Debemos mantenerla con nosotros. No le digas esto a nadie más.

—Sí, señor.

5

Terry supo que a Alice también le había ocurrido algo traumático en el instante en que la vio. Parecía inquieta, tensa. Jugueteaba con las correas de su mono y entonces paraba de repente y miraba al fondo de cada pasillo que cruzaban en su camino de regreso a la furgoneta. Se había hecho tarde. Sus viajes los habían dejado exhaustos y reservados, a todos excepto a Alice.

—¿Qué pasa? —le preguntó Terry sin levantar la voz.

Ardía en deseos de pisar el exterior del edificio. Incluso rodeada por la verja metálica, respiraría mejor en cuanto saliera de entre aquellas paredes. Le llegó una imagen de girasoles y arcoíris, seguidos de sombras que intentaban agarrarla. ¿Cómo lo había hecho Kali? ¿Y qué era aquel lugar oscuro que, sin saber cómo, había visitado? Esa parte de su viaje le parecía tan imposible como real.

El mundo ya no era el mismo que cuando habían llegado esa mañana.

Un pensamiento sobre Andrew se adentró en su conciencia. Terry se preguntó qué estaría haciendo en esos momentos. Tuvo una punzada en el corazón al recordar lo poco que tardaría en marcharse... y lo que había sugerido Brenner. Si ese hombre había podido enviar a Andrew a la guerra, ¿de qué no sería capaz?

—Luego —respondió Alice.

—Vamos, señoritas —dijo Ken, y Terry se dio cuenta de que se habían quedado atrás.

Entrelazó su brazo con el de Alice y apretó el paso. Cuando llegaron al exterior, aspiró el aire fresco como si se tratara de un perfume.

No dijeron nada más en el camino de vuelta a casa, mientras recorrían el paisaje envuelto en una oscura neblina. Terry pilló al celador mirándola por el retrovisor dos veces y se hizo la dormida. No le resultó difícil, con lo fatigada que estaba. Quizá incluso echara alguna cabezadita de verdad.

Cuando llegaron al aparcamiento del campus, el conductor bajó de la furgoneta y les abrió la puerta. Habían vuelto más tarde de lo normal y ni siquiera quedaban los típicos estudiantes rezagados remoloneando por ahí. Aun así, Terry no quería arriesgarse a que la furgoneta regresara si se quedaban allí a hablar.

—Deberíamos ir a algún otro sitio —dijo Alice cuando la furgoneta salió del aparcamiento—. ¿A casa de Andrew?

Terry negó con la cabeza.

—No quiero darle más quebraderos de cabeza.

—Podríamos ir a casa de mis padres, pero no creo que nos dejaran solos el tiempo suficiente para hablar —dijo Gloria. Miró a Ken—. Y Terry y yo no podemos meter a hombres en la residencia.

—Ni yo puedo llevar a mujeres —dijo Ken.

—Ni a nadie a estas horas. —Terry se devanó los sesos en busca de otro lugar.

—Podemos ir al taller de mi tío —propuso Alice—. Tengo la llave.

Nadie se opuso, de modo que condujeron en caravana: Gloria, Terry y Ken en el sedán de Gloria siguiendo al coche de gran cilindrada de Alice, que los llevó fuera de la ciudad.

—¿Alice estará bien? —preguntó Terry a Ken.

Confiaba con desespero en que él tuviera alguna respuesta, y en que fuera positiva. Para ser sincera, el motivo principal de que fuese en el coche con Gloria y Ken era poder preguntárselo.

—Aún no estoy seguro. Ojalá lo supiera.

—Y yo —terció Gloria—. Ya hemos llegado.

Un gigantesco y abollado letrero metálico al final de un camino de tierra les anunció que habían llegado a REPARACIÓN, MANTENIMIENTO Y DESGUACE DE MAQUINARIA PESADA JOHNSON.

Terry nunca se había molestado en imaginar el taller donde trabajaba Alice, pero había esperado encontrar algo parecido al sitio al que llevaba su coche para las reparaciones. Lo que tenía delante era un almacén gigantesco, rodeado de tractores y excavadoras a medio desmontar. Camiones con unas ruedas capaces de aplastar su coche. Tenebroso, como un cementerio de máquinas en la silenciosa penumbra.

Sacudió la cabeza. «Se te va la olla. Mantén la compostura.» Pero, claro, quizá fuesen los restos de las drogas que le habían administrado ese día. Y el hecho de que había presenciado algo imposible.

Las sombras envolvían la entrada del almacén, alumbrada por una sola farola que no era rival para la caída de la noche. Alice debía de saberse el camino de memoria, porque no vaciló ni una sola vez. Terry la observó mientras se aproximaba al edificio que tenían delante y, pocos momentos después, una puerta ancha se abrió y una luz deslumbrante se encendió en el interior.

—Después de vosotras —dijo Ken.

Terry y Gloria entraron delante, ya que la puerta era lo bastante ancha para las dos, y la primera dio un suave silbido. Dentro había más máquinas monumentales, altísimas, que parecían incluso más grandes con un techo por encima. El cavernoso taller olía a aceite, gravilla y sudor.

Alice arreglaba aquellos trastos. Trabajaba con ellos. De verdad era una especie de genio.

—Alice, esto es... impresionante, de verdad —dijo Terry.

Alice estaba cruzada de brazos, nerviosa.

—Ya sé que no es como la universidad, pero...

—Es increíble —dijo Gloria.

Alice puso los ojos en blanco.

—No hace falta que me hagáis la pelota.

Gloria negó con la cabeza.

—Esto también tiene su ciencia. Mucha ciencia.

Alice asintió y por fin separó los brazos. Seguro que había temido que se rieran de ella. De la dura y frágil Alice. Terry sintió una oleada de afecto por cada uno de aquellos desconocidos que se habían convertido en sus amigos. No había nadie en el mundo como ellos.

«Terry, no desvaríes.»

—Recuérdame que tengo una radio que necesito que me arregles —dijo Ken, guiñando un ojo a Alice.

Esta levantó el pulgar y el índice y los frotó.

—Claro, por diez pavos de vil metal, eso está hecho.

El ambiente se aligeró un poco.

—Me temo que no tengo muchas sillas que ofreceros.

—Alice paseó la mirada por el taller, en el que Terry vio exactamente cero sillas—. Mi tío dice que solo sirven para animar a la gente a quedarse rondando por aquí mientras nos cotillean el negocio.

Alice señaló el hormigón del suelo y se sentó recostada contra la rueda de una máquina parecida a una excavadora.

Los demás también se sentaron. Terry lo hizo con las piernas cruzadas y una mano apoyada a un lado en el frío suelo. Gloria se izó para ocupar el asiento acolchado de un tractor de tamaño medio. Ken cruzó los pies por los tobillos al lado de Terry.

—Bueno —dijo Terry al ver que nadie decía nada—, para algo hemos venido aquí. Brenner sabe algo. Me... me ha amenazado. Por como hablaba, parecía que tuviera algo que ver con lo de Andrew.

—Pero eso es imposible —dijo Alice—. Fue un sorteo aleatorio.

Ken se frotó el labio.

—Los periódicos ya están diciendo que no fue tan aleatorio como debería.

—Como ya os había dicho —intervino Gloria—, son gente con recursos.

Una oleada abrumadora de emoción inundó a Terry.

—Entonces ¿es culpa mía? —preguntó, horrorizada.

Gloria saltó de inmediato:

—No, eso no lo está diciendo nadie. Desde luego que no es culpa tuya.

Un frío consuelo.

—Tengo otra cosa que contaros, pero, Alice, ¿quieres empezar tú?

Alice asintió con la cabeza.

—He visto una cosa que podría ser peor que los monstruos.

—¿El qué? —preguntó Ken, interesado.

—Brenner estaba con una niña pequeña y...

Alice les narró la historia de Brenner y una chica muy joven, en bata, con un casco raro puesto y un tatuaje en el antebrazo que rezaba «011». Les contó que la había visto utilizando unos poderes, lanzando a un hombre por los aires con un simple gesto.

—Parecía un experimento. No estoy segura, pero me ha dado la impresión de ser muy real.

El «011» recordó a Terry los números de los archivos que había encontrado en el despacho de Brenner. ¿Significaba eso que Kali también tenía un número?

—Hoy ha venido a verme Kali. Tiene poderes. No hay otra forma de describirlo.

Terry les explicó a grandes rasgos su encuentro y las capacidades que había mostrado la niña. Luego le dijo a Alice:

—Creo lo que has visto.

—Hum —dijo Gloria, y se tiró del labio inferior—. ¿Qué aspecto tenía tu niña, Alice?

—Pelo castaño corto, muy corto, como el de uno de mis hermanos, o como si se lo hubieran afeitado y acabara de empezar a crecerle. Mi tía tenía cáncer. A lo mejor... Bueno, estaba muy flaca, pero parecía sana. —Alice cerró los ojos y volvió a abrirlos—. Tendría unos doce o trece años. Piel muy pálida. Ojos grandes y penetrantes.

Terry frunció el ceño. Había dado por hecho que Alice había tenido una visión de Kali.

—¿Y tu Kali? —preguntó Gloria.

—No —respondió Terry—. No es ella. No puede ser. Es más pequeña. —Se puso de rodillas y levantó la mano para darles una idea de la altura de Kali—. Unos cinco años, diría yo. Piel oscura. Pelo negro hasta los hombros. Supongo que esto confirma que allí tienen a más de un niño. ¿Por qué lo has preguntado? —añadió, dirigiéndose a Gloria.

—Los poderes que describís las dos... Por supuesto, nunca había oído hablar de que existiera nada parecido en el mundo real, pero si fuera así... no parecen los mismos. No sé, digo yo que una sola persona no tendría esos dos conjuntos de poderes.

—Eso lo sacas de leer tebeos —dijo Ken.

—¿Y? —preguntó Gloria.

—Es raro que vieras el número 011 —dijo Terry, que seguía dándole vueltas a aquello—. Solo recuerdo que hubiera archivos hasta el 010.

Gloria señaló lo evidente:

—A lo mejor, Brenner sigue reclutando sujetos.

—Tenemos que detener todo esto —dijo Alice, encendida—. Está utilizando a esos niños. Lo sé.

—Estoy de acuerdo. —Terry tenía la sensación de que se les escapaba algo crucial—. Alice, ¿te parece que estás teniendo proyecciones astrales?

—Crees que Alice ha visto las cosas tal y como ocurrían —dijo Gloria—. Lo de esa chica y Brenner.

Alice se encogió de hombros, impotente.

—Podría ser. No he pensado lo suficiente en cómo puede funcionar.

—Solo podemos hacer una cosa. —Terry deseó que entendieran cómo funcionaba al menos una parte de todo aquello. Estaban en territorio desconocido—. Tenemos que averiguar a cuántos niños tienen ahí, y lo que Brenner está haciendo con ellos exactamente. Kali dice que él no le hace daño, pero solo tiene cinco años. Quizá tengamos que organizar una misión de rescate.

—Aún no sabemos si Brenner es su «papá» de verdad o no —dijo Ken en voz baja—. En ese caso, sería secuestro.

—De ahí el «quizá» —dijo Terry—. Pero sí, tienes razón. Mientras tanto, Alice, intenta ver más cosas.

—No lo controlo —repuso Alice, evasiva.

—Inténtalo. Él tiene todos los triunfos en la mano. Debemos usar todo lo que tengamos. —Terry logró sonar más confiada de lo que en realidad estaba—. No va a ponernos fácil que encontremos respuestas.

Alice asintió una vez. Se levantó y extendió una mano.

—Si vamos a ser la Compañía, yo me pido Galadriel —declaró.

Terry también se puso de pie.

—Galadriel no está en la Compañía.

—Me da igual —dijo Alice—. No hay tantas mujeres en los libros para elegir. Yo quiero ser Galadriel.

Ken se levantó.

—Y Brenner es el Enemigo.

Gloria negó con la cabeza y bajó del tractor para reunirse con ellos.

—¿Soy la única que no ha leído esos libros, se llamen como se llamen?

—Sí —dijeron al unísono Alice y Ken.

Alice miró a Ken y asintió con aprobación. Por una vez.

—Juntad todos las manos —pidió Alice.

Así lo hicieron.

—Y ahora, ¿qué? —preguntó Ken.

—Ahora, todos a una —dijo Terry, recordando los partidos de fútbol americano del instituto—, ¡por la Compañía del Laboratorio!

Las risas fueron incómodas. La clase de carcajadas que surgen cuando no hay nada gracioso de verdad.

Terry cerró los ojos una semana más tarde y esperó con paciencia a que las drogas hicieran efecto. Había pasado unos días cansada y, luego, una especie de energía renovada la había impulsado durante los dos días anteriores. Casi como una anticipación. ¿Podría encontrar el vacío, como la última vez?

Brenner se había mostrado ufano y atento, y hasta le había dado un complemento vitamínico para que se lo llevara a casa; toda una novedad.

—Algunas drogas que estamos probando podrían tener efectos secundarios, como hinchazón abdominal o náuseas. Dígamelo si aparecen, y no vaya a su médico de siempre, porque no sabrá qué hacer. En todo caso, estas píldoras ayudarán a que su cerebro se recupere del esfuerzo al que lo sometemos aquí.

—Esto... gracias —había respondido ella, conteniéndose para no preguntarle el objeto de tanto esfuerzo o si los niños con extrañas capacidades que tenía en el laboratorio también tomaban vitaminas.

Quizá a ellos les dieran esas nuevas de *Los Picapiedra* que acababan de poner a la venta. Fuera como fuese, Terry pensaba tirar las suyas a la basura tan pronto como llegara a casa.

Quizá Brenner estuviera diciéndole que se sumergiera más, pero Terry se concentró de tal manera que ni se enteró. Puso todo su empeño en no hacer caso a aquella parodia de voz tranquilizadora que emitía Brenner. Respiró, miró en su propio interior y entonces imaginó que ahondaba más... y más...

Viajó por un desierto que se transformó en las baldosas del pasillo del laboratorio y, luego, en un hielo que le enfrió tanto los pies que tiritó. La primera agua a la que llegó era la de una playa, arena entre los dedos de sus pies, el océano de las vacaciones de un verano. Habían compartido habitación en un motel pegado a las olas con un amigo de su padre del ejército y su familia. Terry había escuchado una noche a escondidas una conversación entre las madres, sentadas muy juntas en las mesas exteriores mientras los niños se agotaban tirándose desde el trampolín. Las madres se habían olvidado de que Terry no se tiraba a la piscina, así que pudo remolonear y entreoír fragmentos de la conversación.

—¿Pesadillas?

—Sí, a veces tan horribles que se pasa días sin dormir.

—¿Lo paga contigo? ¿O con las niñas?

Esos fragmentos de conversaciones conformaron en buena medida su idea de lo que era la edad adulta. En ese momento, mientras vagaba en un viaje de ácido, Terry decidió que sí, que había tenido razón, pero que al mismo tiempo ser adulta era algo mucho más raro.

Fue entonces cuando la oscuridad que había estado buscando la envolvió. El ningún-lugar-todas-partes. No sabía cuánto tiempo había tardado en llegar allí. Pero los recuerdos y el anhelo que había en ellos le sugirieron en cierta forma que la memoria y aquel vacío se parecían. Era un espacio que conectaba a las personas.

Sin olor, sin sabor.

Allí no había nada, nada salvo Terry.

Hasta que vio una cara delante de ella.

Gloria. Una luz en la oscuridad.

La otra mujer estaba sentada con los ojos cerrados.

—Gloria, despierta —susurró Terry.

Gloria no dio ninguna señal de haberla visto u oído. Y entonces, entre una inspiración y la siguiente, se esfumó.

Terry siguió andando, chapoteando en el agua. Pero no apareció nada más. Estaba sola.

Al cabo de un tiempo, Terry abrió los ojos y fingió contarle al doctor Brenner los secretos de su pasado por los que este le estaba preguntando. Cuanto menos supiera de la recién descubierta capacidad de Terry, fuera lo que fuese, mejor.

El doctor no se marchó de la sala en ningún momento, de modo que Terry no pudo salir a buscar de nuevo a Kali.

7

El horno calentaba demasiado la pequeña cocina de casa, pero la volvía muy acogedora. Por la radio sonaba una *big band* tocando villancicos y, por una vez, a Terry le pareció bien.

—No lo hagas —bromeó Andrew—. ¡No vuelvas a matar!

Terry cogió de la bandeja del horno un hombrecito de jengibre, todavía caliente, lo sostuvo en alto y le arrancó la cabeza de un mordisco.

—Pobre señor Gibre. —Andrew meneó la cabeza con gesto abatido.

—¿Señor Gibre? —preguntó Terry con la boca llena.

—Nombre de pila, Jen. Apellido, Gibre. Por lo menos, hasta que ha muerto por decapitación súbita.

Terry se partió de risa.

Hasta el laboratorio de Hawkins se tomaba un descanso por Navidades. Tenían dos semanas libres y, aunque Terry se moría de ganas de seguir investigando, le encantaba no tener que ir. Andrew tenía que volver a casa con sus padres al día siguiente, pero estaban pasando juntos la Nochebuena en casa de Becky. Y hablando de la reina de Roma...

—¿Os estáis besando? —preguntó su hermana desde fuera—. ¿O puedo pasar?

—No puedo besar y reírme al mismo tiempo —respondió Terry.

—Con práctica, podrías. —Andrew se inclinó hacia ella y le dio un beso en la nariz.

—Voy a entrar —dijo Becky—. Tengo que empezar con las patatas.

Su hermana también estaba de un humor más festivo de lo normal. Las primeras Navidades que habían pasado sin sus padres habían sido devastadoras. Becky había intentado mostrarse animada por Terry, pero no era lo que querían ninguna de las dos. Tener a Andrew allí, incluso con su inminente llamada a filas, hacía que la casa pareciese menos vacía. Becky y ella habían decidido ir al cine al día siguiente, para estar ocupadas. Habían estrenado *Dos hombres y un destino*, y Becky estaba muy colada por Robert Redford.

—Eh, ven aquí un momento —dijo Andrew, y se llevó a Terry a la sala de estar. Las lucecitas artificiales del árbol se encendían y se apagaban, coronadas por el mismo ángel que había estado siempre en la punta desde que a Terry le alcanzaba la memoria. Por debajo había unas pocas cajas envueltas—. Quiero darte un regalo a solas.

Andrew rebuscó bajo el árbol y sacó una caja de tamaño medio que había llevado ese mismo día.

Terry sabía que, si le daba la vuelta, encontraría un revoltijo apretujado de papel de regalo y cinta adhesiva. Lo había envuelto Andrew en su casa. Pero, desde ese ángulo, parecía bonito.

—Huy —dijo Terry mientras lo cogía.

—Ábrelo.

A Terry le encantaba abrir regalos. Destrozó el papel con entusiasmo y dio un respingo, completamente sorprendida.

—¿Una cámara Polaroid? ¡Cómo te has pasado!

—Pero te vendrá bien para tu misión. —Andrew agachó

la cabeza con un poco de timidez—. Y, en fin, si me escribes cartas, podrías añadir alguna foto de vez en cuando. Así podré verte cuando esté lejos de aquí.

Las lágrimas ardieron en las comisuras de los ojos de Terry y la garganta se le cerró.

—No quiero que te vayas.

—Ni yo.

Era un buen regalo, aunque no el que más habrían deseado los dos.

7

En la boca del lobo

1

Alice esperaba en la penumbra junto a la puerta, dentro del taller. En su interior crecía la ansiedad, aunque no tenía el matiz negativo al que estaba acostumbrada. Había estado rumiando cómo utilizar sus visiones para ayudar, y estaba convencida de tener una idea que merecía la pena. Además, estaba emocionada por ver a sus amigos en grupo. Habían acordado que estaría bien reunirse la noche previa a su primer viaje al laboratorio después de las vacaciones.

De modo que se había escondido a la espera de ver los faros de los coches a la hora acordada, las once de la noche. Cuando por fin oyó los pasos del grupo, encendió las luces y salió de un salto.

—¡Uuuh!

Se oyó un gritito y Gloria entró en el taller con la mano a la altura del corazón sobre su blusa, planchada a la perfección como siempre.

—Enhorabuena —dijo—. Has conseguido provocarme un ataque al corazón.

—Venga ya, si era una broma de nada. —Alice dio un puñetazo juguetón a Gloria en el hombro—. Te he pillado. Y que conste que también te enseñé a desmontar cerraduras.

—Cierto. —Gloria rio, se volvió y gritó hacia la noche—: ¡Alice está de un humor raro! ¡Habrá sorpresas!

—Eso ya lo sabía —respondió Ken desde fuera.

Gloria y Alice se miraron y pusieron los ojos en blanco.

—Creía que tener a un vidente con nosotras nos sería más útil —comentó Gloria en voz baja.

—Yo le he cogido cariño —dijo Alice.

Gloria asintió.

—Como a un tipo de alga especial y simpática.

Terry y Ken entraron juntos. Habían pasado dos semanas y media desde la última vez que se habían visto. Dos semanas y media sin furgoneta, sin laboratorio, sin ácido, sin electricidad. Sin monstruos.

—No deberíais hablar de la gente que no está presente para defenderse —dijo Ken.

—Olvidaos de eso. —Terry sostuvo en alto una bandeja redonda con una maravilla de la repostería—. Declaro inaugurada esta reunión de la Compañía. Y he traído pastel.

—¿Y no a Andrew? —preguntó Alice.

Terry torció el gesto.

—No puedo decirle lo de Brenner y el sorteo. Solo conseguiría que se preocupe demasiado por mí cuando se vaya.

—Estás haciéndole un favor. —Gloria apoyó una mano con amabilidad en el brazo de Terry, que asintió con la cabeza.

—Y yo os estoy haciendo un favor a vosotras. —Ken llevaba unos cuantos platos de papel y cuatro tenedores metálicos—. He traído las herramientas para comernos el pastel.

—Y sin que yo le dijera nada —susurró Terry, como en un aparte teatral.

Alice cogió un tenedor de encima de los platos y lo hundió en el pastel para probar un bocado.

—Picadura de abeja —dijo.

—¿Qué es la picadura de abeja, a todo esto? —preguntó Ken—. Porque el relleno ni siquiera lleva miel.

—Es el paraíso —respondió Alice.

—Mantequilla, azúcar y crema de almendras —dijo Gloria. Cuando todos la miraron, añadió—: La repostería es otra forma de la química aplicada.

Alice no se lo podía creer.

—Eres la persona con más capas que conozco, Gloria Flowers.

—Lo mismo digo, Alice Johnson.

—Compañía, los pies de Terry Ives están agotados por el turno de noche en el restaurante. ¿Podemos sentarnos? —Terry fue derecha hacia la misma zona que habían ocupado la vez anterior.

Qué nerviosa había estado Alice cuando los llevó allí. A ella le encantaba el taller, con su aroma a grasa y aceite y las máquinas en las que trabajaba. Había significado mucho para ella que nadie se riera. Hasta parecía que se habían quedado impresionados.

La excavadora de la ocasión anterior había vuelto a su casa y, en su lugar, había una trituradora de mandíbula. Terry se sentó como pudo en el suelo a su lado y dejó el pastel delante de ella con cuidado. Alice pensó que parecía un poco menos exhausta después de las vacaciones. Esperaba que Terry y Andrew estuvieran pasando mucho tiempo juntos. Había tenido un sueño en el que se casaban y les llevaba los anillos la hija de un primo suyo de Canadá. Qué raro, ¿no? Le había parecido solo un sueño, no algo real, pero se había levantado con una sonrisa en la boca... que había perdido de inmediato al recordar que Andrew tendría que marcharse en cualquier momento. Muy pronto, empezarían a llamar a la primera ronda de reclutas.

Ken dejó los platos y los cubiertos junto al pastel. Todos cogieron un tenedor, incluso Gloria, que esa noche llevaba pantalones, y se sentaron con las piernas cruzadas alrededor del plato para probar el pastel.

—Ojalá no tuviéramos que volver. —Gloria fue la primera en sacar el tema que los había llevado allí.

—Pero tenemos que ir. —Alice tragó—. Así que he estado dándole vueltas a si podría haber una manera de usar las cosas que veo en nuestro beneficio; para usar todo lo que tengamos, como dijo Terry. No creo que ninguno de vosotros pueda llegar al Mundo de Por Debajo igual que yo, y ya os dije que no puedo controlarlo. O, por lo menos, hasta ahora no he podido. —Sin embargo, Alice tenía la teoría de que cada vez se le daba mejor ver y de que un incremento en la electricidad podría mostrarle más cosas—. Pero si pudiera ir contándoos todo lo que veo en ese mismo momento, para que no se pierda nada en el relato... a lo mejor nos proporcionaría pistas reales sobre las que investigar.

—Pero ¿cómo podríamos hacer eso? —preguntó Terry, metiéndose de nuevo el tenedor cargado en la boca.

—Entonces ¿de verdad creéis que veo lo que os digo? —Alice sabía que le habían dicho que sí, pero tendría más sentido para ella que no se lo creyeran—. ¿Lo de la niña pequeña? ¿Los monstruos?

Terry no vaciló ni un instante.

—Sí.

—¿Por qué no me lo iba a creer? —dijo Ken.

Gloria asintió.

Terry dejó su tenedor.

—Se te ha ocurrido cómo hacerlo, ¿verdad?

Habían llegado al escollo que Alice debía salvar. Metió el pulgar en la trabilla para el cinturón de su mono.

—Sí, pero esperaba que este de aquí —dijo, mirando a Ken— tuviera alguna idea mejor. No creo que la mía vaya a gustaros.

Ken negó con la cabeza.

—No tengo nada. Mi don no funciona así.

—¿Y cómo funciona? —preguntó Alice. Quería saber, como mínimo, eso.

Ken respondió con una tranquilidad que hizo que Alice lo admirara más:

—Me llegan sensaciones, a veces hasta pensamientos formados del todo, que en lo más profundo sé que son ciertos. Por ejemplo, me sentí impulsado a comprar el periódico el día en que pusieron el anuncio del experimento. Luego tuve una imagen de cuatro personas y la idea de que seríamos importantes para los demás. No sé explicarlo mejor, lo siento.

—No, lo siento yo.

Alice iba a tener que contarles el plan que había urdido, por muy cogido por los pelos que estuviera. Era algo importante para ella y pensaba defenderlo.

—¿Alguna vez piensas y sientes cosas que no deseas? —preguntó Gloria a Ken.

—Sí.

—¿Sobre alguna de nosotras? —preguntó Terry, clavando su mirada láser en él.

—Aún no.

—Vale. —Terry hizo un gesto en dirección a Alice—. Adelante, cuéntanos tu mala idea para que podamos gritarte que ni de coña vamos a hacerlo.

De verdad no les iba a hacer ninguna gracia, pero era la mejor posibilidad que se le había ocurrido a Alice. La única, de hecho. Alice comprendía las máquinas y sabía descifrar cómo funcionaban las que había en el laboratorio, por lo que quizá pudiera crear el efecto que creía que necesitaban para desbloquear más aún su mente.

Pero, incluso si aquello funcionaba, supondría dar una buena sacudida al sistema. Pero al de ella.

Alice suspiró.

—Tiene que ver con la electricidad.

—Llevabas razón, no me gusta nada —dijo Terry—. Sigue.

—No sé si habrá algún otro factor, pero de lo que estoy segura es de que solo tengo las... bueno, las visiones, que es como pienso en ellas, cuando me dan la medicina y el tratamiento de choque.

Alice contempló el pastel, con su cubierta de almendra picada, del que ya solo quedaba la mitad. Temía que, si miraba a los demás, se darían cuenta de lo ridícula que se sentía. La palabra «visiones» hacía que sonara como si se creyese muy importante, una especie de genio o algo por el estilo. Y no era el caso.

Nadie la interrumpió, de modo que Alice siguió hablando:

—Si me administrarais el choque vosotros, yo podría hacer el resto. Estaríais allí para tomar notas.

—Ni hablar —dijo Terry—. Es demasiado riesgo para ti. No pienso electrocutarte.

—Es algo que puedo hacer —replicó Alice—. No puedo quedarme sin hacer nada sabiendo que esas niñas quizá estén sufriendo, cuando tal vez sería capaz de confirmarlo. No es distinto a lo que me pasa en el laboratorio todas las semanas. Quiero hacerlo.

Gloria levantó una mano cuando Terry empezó a plantear objeciones.

—¿Cómo de segura estás de que esto merece la pena? No tenemos ninguna forma de basar nuestras conclusiones en hechos, así que todo es intuición.

Parte de la tensión de Alice se relajó por la sinceridad de la pregunta de Gloria.

—Diría que en torno a un ochenta y cinco por ciento.

—Puedo investigar un poco —dijo Gloria—. Averiguar qué niveles de corriente son seguros.

Alice hizo caso omiso a eso último. Ya decidiría ella cuánta corriente necesitaba.

—Pone a Alice en peligro —dijo Terry.

—Ya está en peligro —respondió Ken en voz baja—. Igual que todos nosotros.

—Si con esto reducimos el tiempo que tenemos que estar allí, merece la pena —insistió Alice a Terry—. Sabes que tengo razón. Recuerda lo que ese hombre le ha hecho a Andrew.

«Y a ti.»

Terry juntó las manos en el regazo.

—No podemos arriesgarnos a hacerlo en el laboratorio. El doctor Brenner no debe descubrir nunca lo que eres capaz de hacer; ya sabemos cómo trata a sus sujetos. Seguro que cree que tus monstruos son viajes chungos o a lo mejor solo le gusta que los sufras. Si se enterara de que lo has visto a él, o a las niñas, vete a saber lo que haría. Solo el hecho de que tengas esas visiones ya le daría algo a lo que aferrarse y no soltarlo nunca.

—Pero la máquina de electrochoque está en el laboratorio —señaló Gloria.

Terry los miró a todos uno por uno.

—Alice, ¿puedes construir una máquina parecida?

—A ver, un momento... —Alice parpadeó y se puso a pensar. Desearía haber podido desmontar la del laboratorio.

Parte de su plan se basaba en averiguar cómo funcionaba la que tenían—. Puedo construir una mejor. Entonces ¿estás pensando en que lo hagamos aquí? ¿De dónde vamos a sacar las drogas?

—Yo aún tengo la dosis que me llevé —comentó Gloria. Terry se tiró del labio.

—Quizá importe el lugar donde tienes las visiones. Deberíamos hacerlo en Hawkins.

—Pero creía que no querías que fuera allí —dijo Gloria.

—Miré un mapa en la biblioteca cuando no encontré nada sobre Brenner. Alrededor del laboratorio es todo bosque abierto. Si nos acercáramos todo lo posible, fuera de la verja...

—Si vamos a ir al bosque, tendré que añadir una fuente de energía a la máquina para que funcione sin enchufarla —dijo Alice.

—¿Sería un problema? —preguntó Terry.

—Un desafío —respondió Alice—. Mejor dicho, una oportunidad... de lucirme.

Gloria negó con la cabeza.

—Es un plan demencial, tan bueno como cualquiera, pues. Me harán falta unos días para investigar los mejores protocolos. ¿Cuándo queréis hacerlo?

Terry volvió a coger su tenedor.

—Supongo que cuando Alice tenga la máquina preparada, a no ser que alguien tenga una idea mejor antes.

—No la tendremos —dijo Ken.

Un remolino de nervios invadió a Alice, y en esa ocasión volvieron a ser de los malos.

2

Terry estaba sentada en una sala del laboratorio con los ojos cerrados. Brenner la había guiado a través de una larga serie de ejercicios de visualización, que consistió sobre todo en recorrer las distintas partes de su cuerpo e imaginarlas sanas y fuertes. Terry no sabía qué propósito tenía el ejercicio, pero al menos había sido fácil.

Al final, Brenner se había callado para permitir que Terry se sumergiera más.

Volvió a hallarse en aquel ningún-lugar-todas-partes. En el vacío. Sola.

Había probado a buscar a otras personas, igual que había visto a Gloria. Pero allí no había nada. No había luces de ningún tipo.

En todo caso, aunque Alice tenía razón al decir que era decisión suya, a Terry no le hacía ninguna gracia la idea de electrocutarla. Se había devanado los sesos en busca de un plan que no incluyera la electricidad, pero no se le había ocurrido nada.

Cuando apareció Kali, aproximándose hacia ella en la negrura, Terry parpadeó. Estaba segura de que debía de tratarse de una alucinación.

Pero al abrir los ojos, la niña seguía allí con ella, rodeada de oscuridad.

—¿Kali? —preguntó Terry mentalmente, extendiendo la mano.

—Estoy aquí —dijo la niña—. ¿Esto es un sueño?

—Tal vez —repuso Terry. En fin, quizá lo fuese.

En todo caso, estar hablando con Kali mientras Brenner estaba en la sala controlando a Terry y sin percatarse de ello, confirió al momento una emoción especial. Desde fuera, Terry estaba sentada inmóvil en su silla, en un viaje de ácido. Se sentía adormilada y a gusto con los ojos cerrados.

Terry dejó caer la mano. No quería espantar a Kali, así que le hizo una pregunta neutra:

—¿Qué has hecho hoy?

Kali parecía estar de mal humor.

—He hecho dibujos para papá.

—¿Igual que hiciste esos girasoles para mí? —preguntó Terry.

Kali frunció el ceño.

—No. —Alzó la mano, en la que sostenía un lápiz de cera. Terry se fijó en su antebrazo y vio el pequeño tatuaje: 008—. Dibujos. Eso eran *lusones*.

Terry intentó no reaccionar al horror que sintió al ver el número, por el bien de Kali.

—¿*Lusones...*? —preguntó—. Ah, ilusiones.

—Eso he dicho.

Terry no había tratado con muchos niños, pero sabía que no debía discutir contra aquel tono de voz. Mejor ir de puntillas.

—¿Sabe papá que hemos hablado? ¿Sigue siendo nuestro secreto?

—Ya te lo dije. Papá lo sabe todo. No se le pueden guardar secretos.

Un globo de miedo se infló dentro de Terry. Intentó que la niña no se diera cuenta. ¿Le habría contado que se había escabullido para visitar a Terry? O peor aún, ¿habría sido idea de él?

Kali la estaba observando con la atención que solo puede prestar un niño que espera que le revelen algo importantísimo. Si volvía a hacerle una pregunta directa, Kali nunca confiaría en ella. Y ya no era necesario que Kali se escapara de sus cuidadores para hablar con Terry.

—Sé que te parece que es verdad, pero no lo es —dijo Terry, mirando a los ojos a Kali para que la niña viese que era sincera—. No sabe que estamos hablando aquí y ahora. Esto es entre tú y yo. La única forma de que se entere es que tú se lo cuentes.

La niña se quedó callada un momento largo.

—Haré todo lo que pueda —respondió luego, antes de mirar a Terry con interés renovado—. ¿Tú tienes amigos?

—Tú y yo somos amigas, ¿no? —dijo Terry.

Kali sonrió, a todas luces complacida.

—Lo que más quiero en el mundo es tener amigos. ¿Tienes otros amigos?

—Ya lo creo —respondió Terry—. Algunos hasta están en el laboratorio hoy mismo. —Cuando Kali miró a su alrededor en el ningún-lugar-todas-partes del vacío, Terry se explicó—: No aquí mismo, pero sí en el laboratorio. Venimos todos juntos. Y también tengo otros amigos. Andrew...

¿Por qué le costaba tanto pronunciar su nombre? Se le atenazó la garganta. «Maldito ácido. Maldito servicio militar y maldito sorteo. Maldito Brenner.» Últimamente, Terry se notaba demasiado sentimental.

Tragó saliva y se obligó a seguir hablando:

—Andrew es uno de mis mejores amigos.

—No es justo. —Kali dio un pisotón en el agua y un eco de círculos se extendió desde su pie hacia la oscuridad—. ¿Por qué tienes tantos amigos? Y eso que en realidad ni siquiera eres especial. Papá dice que va a traerme un amigo, pero ya me lo ha dicho otras veces.

La niña estaba viniéndose abajo, y con un buen motivo.

—¿Tú no tienes más amigos?

¿Por qué la tendría Brenner separada, si había otros niños como ella? Dios, cada cosa que descubría de él hacía que lo aborreciera más y más.

Kali negó con la cabeza, con la carita arrugada al borde del llanto.

—Pues no, no es justo —dijo Terry—. Me alegro de que seamos amigas. Y esta amiga la has hecho tú sola, sin que te ayude papá para nada.

Kali asintió.

—Tengo que irme.

Terry tenía muchas más preguntas que hacerle.

—¿Vendrás a verme otra vez, cuando puedas?

La barbilla de Kali descendió en un feroz asentimiento y, entonces, la niña se arrojó sobre Terry y la rodeó con sus brazos. Le dio un abrazo fuerte y rápido antes de soltarla y desaparecer en la negrura del vacío.

Qué capacidad de resistencia tenía aquella niña tan pequeña. ¿Cuánto tiempo llevaba en poder de Brenner? Terry tenía una infinidad de preguntas. Notó que le caía una lágrima por la mejilla, emocionada por el repentino abrazo.

Los niños eran agotadores. Pero también... también, en cierto modo, maravillosos.

3

Brenner estaba sentado detrás de una mesa de roble lo bastante grande para dejar las cosas claras. «Esta barrera entre tú y yo no es solo simbólica. Nos diferencian varios grados de poder.»

—Se han reunido dos veces en el taller, señor —dijo el hombre de seguridad, dirigiéndose a un punto justo por encima del hombro derecho de Brenner.

El truco habría convencido a casi cualquier persona de que le estaba mirando a los ojos.

Brenner no era cualquier persona.

—¿Tiene vídeo o audio?

La mirada por encima del hombro se intensificó.

—Me temo que no ha sido posible. Un agente entró a hacer un barrido, con el pretexto de vender al tío de la chica Johnson un sistema de seguridad. El hombre le enseñó lo que ya tenía instalado para fanfarronear un poco y no hay forma de estar seguros de que no nos grabarían si entráramos. Tiene algunas cámaras muy bien ocultadas.

Brenner se tomó su tiempo antes de responder:

—Entonces... ¿lo que ha venido a decirme es que un mecánico ha superado en astucia a la que se supone que es la mejor fuerza de seguridad y espionaje del planeta?

—Yo no lo expresaría así. —El hombre esperó y, al no obtener respuesta de Brenner, prosiguió—: Pero es correcto, si quiere verlo de ese modo. Desde mi punto de vista, hemos concluido que el riesgo de que nos descubran no iguala el beneficio de obtener metraje de unas reuniones secretas entre universitarios a los que usted ha estado hinchando a LSD. Hemos logrado instalar dispositivos de escucha en los domicilios de Ives y Flowers, tanto en sus residencias como en sus casas. Con eso es suficiente.

—Márchese —ordenó Brenner.

El hombre abrió y cerró la boca, y Brenner esperaba que de ella saliera una objeción. Pero, en vez de eso, el hombre negó con la cabeza, se levantó y dijo:

—Es usted tal y como me habían dicho.

—No sabe de la misa la media.

Brenner jamás había comprendido a quienes se preocupaban de crear un buen ambiente laboral. A él le traía sin cuidado caerle bien a aquel hombre; ni siquiera le preocupaba de verdad que lo respetara o no. Pero sí le importaba que mostrara respeto a su autoridad.

—Ah, por cierto, agente —dijo Brenner, y el hombre se

detuvo en la puerta—. Puede esperar un traslado. El trabajo que hacemos aquí es de vital importancia, aunque usted no lo comprenda. La información reservada lo es por un motivo.

—Lo que espero es el día en que alguien le agüe la fiestecita perversa que tiene usted montada aquí. —El hombre dio un portazo sin esperar respuesta.

Daba lo mismo. Tampoco la habría recibido.

Por supuesto, Brenner podía encomendar otra misión a Terry, la de poner un micrófono en el taller. Pero ya no confiaba en que ella no se lo contara a los demás. Y no estaba seguro de poder imbuirle la sugestión hipnótica de que lo olvidara si la chica tenía la guardia alta.

Era hora de ir a ver cómo estaba Ocho, que no dejaba de darle dibujos de ellos dos y una tercera persona con un círculo por cabeza y un signo de interrogación por cara que representaba al amigo que Brenner le había prometido. Debería añadirlos a su fichero, pero había algo en ellos que lo irritaba un poco. Así que lo que hizo fue tirarlos.

4

Terry rodó en la cama y encontró a Andrew mirándola.

—¿Estaba babeando en sueños?

—Ya sabes que a mí me parece adorable.

—Adorablemente asqueroso.

—Eso lo dices tú, no yo.

Se sonrieron.

—¿Qué hora es? —preguntó Terry.

—Temprano.

Terry levantó el brazo y le puso la mano en la mejilla. Prefería que los besos esperaran a que ambos se hubiesen cepillado los dientes. El aliento matutino no la excitaba en absoluto. Y Andrew era muy consciente de ello.

—Entonces ¿qué hacemos despiertos? —preguntó—. ¿Volvemos a dormirnos?

En los últimos tiempos, Terry podía quedarse dormida en cualquier parte sin proponérselo siquiera. ¿Sentada en clase? ¿En un descanso del restaurante? ¿Nadie la molestaba durante unos minutos? Pum. Adiós. Estaba desarrollando la teoría de que se debía a la falta de luz natural.

—¿Cielo? —dijo Terry, porque Andrew estaba mirándola con una expresión de indecisión.

—No es nada. Has vuelto a hablar en sueños.

«¿Qué habré dicho?»

—Siempre me ha pasado. Creo que Stacey te lo advirtió al presentarnos.

Andrew puso media sonrisa. Se acordaba.

—Así es. En sueños, me dices que no me vaya. Que me quede.

—¿Y? —Terry temía haber dicho algo sobre la implicación de Brenner en la partida de Andrew.

—También has hablado de Kali y del doctor Brenner.

No se extendió más, así que no podía ser eso.

—¿Y qué? —preguntó.

—Que tenemos que hablar. Sobre lo primero.

Terry quitó su mano de la mejilla de Andrew, se incorporó en la cama y se subió la sábana, aunque en cualquier otra ocasión habría dejado que cayera.

—Vale.

—No te pongas así —dijo Andrew, incorporándose también y apoyando la espalda en el cabecero de la cama—. A veces, hasta Frodo y Sam deben tener conversaciones difíciles.

Terry sentía cómo las lágrimas asomaban al fondo de sus

ojos, esperando a verterse con solo una palabra de Andrew. Eso no podía ocurrir. Debía ser fuerte por él. Su padre siempre lo había sido por su madre, su madre había hecho lo mismo por el resto de la familia y Terry siempre había tenido la determinación de imitarlos.

«Esta es tu oportunidad, así que no la cagues.»

—Me alegro de que no tengas los pies tan peludos como Sam. —Se sorprendió por lo controlada, lo normal que le salió la voz—. Venga, dime.

Terry memorizó los rasgos de Andrew, sentado de perfil a su lado. Él se volvió hacia ella. Qué serios estaban sus ojos, entre castaños y verdes. Tenía el pelo revuelto de dormir.

—Muy bien. Antes que nada, quiero dejar claro que no quiero esto. No quiero nada de esto. Si pudiera volver atrás...

—Si pudieras volver atrás, ¿harías algo de otra forma?

Andrew tardó un segundo en pensarlo.

—Supongo que no. La verdad es que no quiero ser la clase de persona que no hace cosas porque tiene miedo de las consecuencias.

—Lo sé.

Terry era igual. No hacía falta que él lo explicara.

Andrew alisó la sábana al lado de su pierna. Era un tic nervioso suyo.

—He hablado con mi madre. Quiere que vuelva a casa antes de que me llamen a filas. Que pase un tiempo con mis padres y mis abuelos. Están todos juntos y no entienden que no haya vuelto a casa, ya que no tengo universidad.

—Tienes trabajo. —Andrew había conseguido el puesto en el motel.

—Pero no me hace falta, no en este momento. Si estoy aquí, es por ti. —Calló y respiró hondo—. Y me parece un poco egoísta. Es lo que me ha dicho mi madre, y creo que tiene razón.

Terry se vio invadida por emociones y pensamientos. Había esperado algo parecido en algún momento, quizá no ese mismo día, pero no justo aquello. No que Andrew le dijera que era egoísta comportarse como si no les quedara mucho tiempo. Porque quizá no fuese así.

Ardió de ira hacia la madre de Andrew. ¿Es que no sabía lo enamorados que estaban? ¿Es que no sabía por qué necesitaban estar juntos?

Pero también lo entendía. A un nivel en el que desearía no hacerlo.

Si Becky y ella hubieran sabido que sus padres no volverían jamás a casa siendo tan jóvenes, Terry habría hecho las cosas de otra manera. Habría pasado más noches en casa, en vez de en grupos de estudio o durmiendo en casa de amigos. Habría propuesto interminables partidas de Scrabble y partidas incluso más interminables de Monopoly.

Todos los padres de hijos en edad de reclutamiento debían de estar sintiendo algo parecido. Y, en términos estrictos, Andrew no tenía motivos para seguir allí. Debería volver a casa para estar con su familia.

—Tu madre tiene razón.

—¿Terry?

—La tiene —dijo Terry—. Deberías volver a casa.

—¿Lo dices en serio? —preguntó él.

—Pero, como te marches sin volver aquí para despedirte de mí, me veré obligada ir a Vietnam y matarte yo misma.

—Humor negro —dijo él—. Te quiero.

—Me alegro de que hayamos tenido este tiempo egoísta juntos. —Terry se inclinó hacia él, dejando que cayera la sábana, y al cuerno con el aliento matutino.

—Pues yo me alegro de que aún no haya terminado —dijo Andrew.

5

Gloria se sentó detrás de su madre, que estaba en su puesto habitual del mostrador principal. La floristería por fin estaba tranquila después de la hora punta de la salida del trabajo. El repartidor había salido a entregar un montón de encargos a la funeraria. Tenían la tienda para ellas solas.

Su casa estaba a un corto trecho a pie por la Séptima Oeste, pero los padres de Gloria defendían con firmeza la necesidad de mantener separados el trabajo y el hogar. En consecuencia, la floristería siempre había sido el mejor lugar para que Gloria sacara a colación los temas delicados. Nadie discutía en público. Ni siquiera levantaban la voz.

—Casi se me olvida, mi gloriosa niña —dijo su madre, girando sobre el taburete para quedar un poco más de cara a ella—. Ha llegado ese tebeo que querías. Lo tiene tu padre en la tienda de regalos.

—¿Ha salido el número nuevo de *La Patrulla-X* y me lo dices ahora? —Gloria meneó la cabeza a los lados.

No estaba vendiéndose muy bien, así que su padre había reducido el pedido. *Los Cuatro Fantásticos* y *Spiderman* vendían más ejemplares, al igual que aquellos tebeos de *Katy Keene*. El padre de Gloria no se lo había consultado, y ella le había exigido en tono amable que, como mínimo, pidiera un ejemplar para ella. Su personaje favorito era Jean Grey, la telequinética Chica Maravillosa. Quizá algún día hubiera una Chica Maravillosa que se pareciese más a Gloria, pero de momento se conformaba con Jean.

—Hay que ver cómo te gustan esos tebeos. —Su madre lo dijo con voz afectuosa, no crítica.

Gloria sabía lo afortunada que era en ese aspecto. Sus padres la animaban a seguir sus intereses, a creer que podía hacer o ser cualquier cosa que quisiera. Mientras tuviera esa actitud, sería una buena representante del apellido Flowers. La familia siempre se había implicado mucho en la comunidad. Era algo importante para sus padres. Y siempre lo había sido para ella...

Razón por la cual se quedó sentada donde estaba, en vez de salir corriendo a por su tebeo.

—He estado pensando —empezó diciendo.

Su madre dio un bufido amable.

—Menuda novedad. Siempre estás pensando.

—Mamá —dijo Gloria—, esto es serio.

Entonces su madre se volvió del todo hacia Gloria, con instantánea inquietud.

—¿Qué pasa, cariño?

—No digo que vaya a hacerlo, solo que me lo estoy planteando —dijo ella.

—Vale, ahora sí que me estás preocupando.

Sonó la campanilla de encima de la puerta y entró apresurado el señor Jenkins.

—Alma, ¿por casualidad tienes algún ramo romántico? Se me pasó celebrar nuestra tercera cita.

El señor Jenkins era viudo y había empezado a salir con algunas solteras de la iglesia. Al parecer, no terminaba de cogerle el tranquillo a las exigencias de la vida de soltero.

Gloria se levantó con ánimo.

—Voy yo a por él. Sé lo que necesita.

Escogió unos pocos tulipanes violetas, los envolvió en papel de seda y los ató con una cinta. Su madre cobró al señor Jenkins, que salió por la puerta tan deprisa como había entrado.

—Muy bien —dijo su madre—, continúa.

Gloria casi había decidido no continuar la conversación. Estaba bastante segura de cómo resultaría la jugada, pero quería evaluar de algún modo lo cerca que los estaba vigilando Brenner. La intensidad con la que se opondría si intentaban abandonar el experimento.

Una universidad de California había intentado reclutarla como parte de su programa para hacerse con alumnos de color que tuvieran una excelente nota media en ciencias. Aunque Gloria no tenía la menor intención de irse a ninguna parte, parecía una forma segura de hacerse una idea de hasta dónde llegaba el alcance del poder de Brenner. Ya estaba convencida de que este no era ningún profesor Xavier que pudiera orientar a nadie, pero ¿era el villano sin paliativos que ella sospechaba?

—¿Te acuerdas de esa facultad de la costa oeste que ha estado husmeando por aquí? Estaba pensando en pedir más información a mi universidad sobre cómo trasladar el expediente.

Gloria lo dijo sin más. Tenía que avisar a sus padres porque, como mínimo, alguien de la oficina conocería a su padre, a su madre o a ambos y terminarían recibiendo una llamada telefónica.

Su madre frunció el ceño.

—Pero ¿no volvías a tener esos créditos de laboratorio en Hawkins este semestre? ¿Por qué querrías trasladarte?

—No estoy segura de querer hacerlo, pero ese laboratorio no es lo que yo creía que sería. —Pasó deprisa por ese tema, sin ganas de dar explicaciones—. Solo estoy viendo qué opciones tengo.

—De acuerdo —repuso su madre tras una larga pausa—. Si es lo que decides que tienes que hacer para dejar huella, mi niña, entonces es lo que tienes que hacer. —Asintió mirando a Gloria—. Puedo ayudarte luego a empezar con el papeleo. Si conozco de algo a mi hija, seguro que ya está en casa, ¿verdad?

Gloria asintió. Había llegado al buzón de la residencia de estudiantes el día anterior.

—Y ahora, vete a leer ese tebeo tuyo tan raro.

—Gracias, mamá.

Gloria le tocó la mano y se fue al portal de al lado a ver a su padre. Su madre se lo contaría más tarde y le haría ver la parte positiva de la idea si él tenía alguna queja. Y además, en realidad, Gloria no iba a marcharse a ninguna parte.

No porque no hubiera una pequeña parte de Gloria que encontraba emocionante la idea de mudarse a California y matricularse en una universidad que quisiera romper moldes permitiendo a mujeres, en particular afroamericanas, que estudiaran ciencias a un nivel más igualitario.

Pero...

Pero no quería tener que irse de casa para dejar huella en el mundo. Y no debería tener que hacerlo. Eso también formaba parte de su lucha.

Lo que acababa de hacer era su forma privada de explorar. Los hombres como el doctor Martin Brenner te apresaban en sus garras y no te soltaban, sobre todo si te convertías en su enemiga. Todos juntos podían combatir contra él, y lo harían, pero era posible que perdieran. Gloria quería saber cuánto esfuerzo estaba dispuesto a invertir para mantenerlos bajo control.

Nunca había esperado que sus tebeos le sirvieran de entrenamiento para la vida, pero, claro, tampoco había esperado jamás tener una amiga que quisiera contarles las visiones que tenía gracias a una máquina de electrochoque casera. Resultaba que los tebeos habían acertado en una cosa. Tener poderes ponía en peligro a su poseedor. Y ser descubierto por las personas que querían controlar esos poderes suponía un peligro aun mayor.

De eso sí que estaba segura.

6

Terry pisó el freno para reducir la velocidad. Se había ofrecido a conducir, suponiendo que su coche sería el menos reconocible. Si alguien lo veía aparcado en el límite del bosque, daría por hecho que se había estropeado y su propietario lo había dejado allí para buscar ayuda o llamar a una grúa.

—Este parece un buen sitio. —La agitada Alice señaló por el parabrisas hacia una amplia zona con gravilla en el arcén de la carretera.

Más allá había árboles y oscuridad. Pero ¿y después de eso?

Valla metálica. Farolas.

El Laboratorio Nacional de Hawkins.

Cuando Terry detuvo el coche, bajaron a toda prisa. Ken y Gloria salieron de los asientos traseros y cerraron las puertas con suavidad.

Terry abrió el maletero. Antes de que pudiera preguntar cómo iban a transportar el material, Alice ya lo había cogido. La forma irregular de su máquina estaba cubierta por una colcha de retazos.

La máquina que, literalmente, dejaría a Alice electrificada.

—¿Linternas? —preguntó Alice.

—Todas para cada uno y una para todos —dijo Ken, y las sacó del maletero.

Había una para cada uno excepto para Alice.

—¿Cuaderno? —preguntó Terry.

—Y mi lápiz favorito —dijo Gloria.

Ken encendió su linterna.

—Os guío —dijo, mientras su rayo de luz abría un camino entre los árboles que tenían enfrente—. Alice, ve por delante de mí y te iluminaré.

—Podría llevar una linterna entre los dientes —dijo ella—. Una vez lo vi hacer en una peli.

—Ya te alumbro yo. —Ken fue tajante.

Alice cedió y empezaron a avanzar.

—¿Nerviosa? —preguntó Terry a Gloria mientras los seguían.

Ellas dos solo encendieron las linternas cuando hubieron superado la primera línea de árboles. Las ramas rozaron contra los brazos del chaquetón de Terry. Su aliento se volvió vaho en el aire frío.

—A más no poder —dijo Gloria.

—Yo también.

Terry se sentía como si la electrizada fuese ella, como si le hubiera caído encima un relámpago y ahora estuviera recorriéndole las venas.

Terry escrutó por delante de la zona iluminada por su linterna y distinguió dos siluetas que las esperaban. Llegaron junto a Ken y, tras unos pocos pasos, junto a Alice.

—¿Hasta dónde vamos a llegar? —preguntó Ken.

—¿No lo sabes? —bromeó Terry, pero no le dejó ocasión para que se mosqueara—. Yo diría que tres o cuatro metros más. —Señaló con el mentón las copas de los árboles—. Ya se ve el brillo de las luces del perímetro en el cielo. Estamos cerca.

Anduvieron un poco más, contra toda precaución. Terry tuvo que desengancharse otra rama de la manga de su chaquetón y no pudo evitar pensar en el Bosque Viejo y el malvado sauce que había estado a punto de matar a los hobbits. (Por cierto, Andrew tenía razón con lo de saltarse la parte de Tom Bombadil y Baya de Oro; ojalá Terry le hubiera hecho caso.) Guiar a su compañía hacia el peligro no parecía lo más correcto, pero ¿hacia dónde, si no, debían dirigirse las compañías?

«Y ni siquiera la estás dirigiendo tú.»

Vio un espacio algo más ancho entre los árboles por delante de Ken y Alice, y les susurró:

—Ahí está bien.

Alice dejó su máquina en el suelo y se limpió el sudor de la frente. Debía de pesar mucho.

—Perfecto. O sea, todo menos perfecto, pero ya sabéis en qué sentido lo expresaba.

«En qué sentido lo expresaba.» Terry sonrió a Alice en la oscuridad y apagó su linterna.

—Creo que deberíamos estar tan a oscuras y en silencio como podamos.

—Dejaremos una luz encendida —dijo Ken, mostrando un liderazgo organizativo que Terry no esperaba pero que agradeció.

Ken dejó su linterna en el suelo para que iluminara el bulto cubierto por una colcha. Alice empezó a retirarla por los bordes.

Y allí estaba. Terry vio por primera vez el artilugio al que iban a conectar a Alice.

—¿Debería alegrarme de que haya muy poca luz y no pueda ver bien la máquina? —preguntó Terry.

—Ay, Terry —dijo Gloria, y se le notó la censura en la voz—. Nunca insultes la obra de un inventor.

Alice puso los brazos en jarras.

—La he hecho para que funcione, no para que sea bonita.

Terry se acercó un poco y le pareció que Alice musitaba: «Pero a mí sí que me pareces bonita, no les hagas caso».

Había una gran diversidad de piezas de diferentes máquinas unidas en plan Frankenstein. Con tan poca luz, Terry se vio incapaz de discernir qué piezas eran y cómo funcionaban. Pero sí reconoció el zumbido grave de un motor cuando Alice lo puso en marcha. La amalgama de metales empezó a vibrar un poco.

—Venga, a ello —dijo Alice.

—Frena un poco —objetó Ken—. Antes deberías dejar que el tripi hiciera un poco de efecto, ¿no te parece?

—Ah, sí, es verdad —aceptó Alice.

Gloria metió la mano en su bolso, desenvolvió un pañuelo y entregó el ácido robado a Alice, que lo cogió y se lo metió en la boca. A la luz de la linterna, la mano le temblaba.

Terry cayó en la cuenta de que, a pesar de sus bravuconadas, Alice estaba igual de nerviosa que los demás.

—Estaremos aquí mismo —dijo Terry, y deseó que la frase no le hubiera recordado las palabras que le había dicho Brenner la primera vez que la habían metido en el tanque de privación sensorial.

—No me pongas más nerviosa —le pidió Alice.

Sin embargo, estaban todos juntos para hacer aquello, al contrario que Brenner y... bueno, y nadie. Alice llevaba meses soportando descargas eléctricas y estaba bien. Seguía siendo ella misma. No pasaría nada y, con un poco de suerte, podrían averiguar lo suficiente para que el riesgo mereciera la pena.

O eso esperaba Terry.

Alice se puso a trabajar en la máquina.

—Os enseñaré lo que tenéis que hacer. —Sacó unos electrodos que se desplegaban desde el centro del artilugio—. Estos los robé del laboratorio.

—¿Cómo? —Nunca dejaba de asombrar a Terry.

—Cuando estaba desmontando su máquina para ver cómo funcionaba. —Alice se tocó las sienes con un dedo—. Hay que ponerlos aquí.

Terry cogió los electrodos y notó que el plástico estaba tan frío como sus dedos. Notó una especie de disociación, como si el ácido se lo hubiera tomado ella, como si estuviera flotando por encima de su propio cuerpo y presenciara aquella locura.

Gloria tomó el relevo, le cogió los electrodos de las manos y, con cautela, los situó a ambos lados de la frente de Alice.

Esta le explicó a Gloria los pasos que debía seguir para administrarle la electricidad.

—Te daremos dos descargas como máximo, y de bajo nivel, por seguridad. —Gloria titubeó—. ¿Cuántas te dan en tus sesiones?

—Es una muy buena pregunta —dijo Terry cuando Alice no respondió.

Sacudió la colcha, la extendió, se sentó e hizo un gesto hacia Alice para que la imitara. Ken seguiría las instrucciones de Gloria para manejar la máquina y tomaría las notas. Terry sería la presencia fiable que cogería a Alice de la mano.

—Depende. Esta noche deberíais darme dos. —Alice se dejó caer junto a Terry y levantó la manta para arroparlas a las dos—. Ya noto que me hace efecto. Los árboles me susurran. Yo diría que me dejéis cinco minutos más y entonces me deis caña.

—Bonita terminología —comentó Gloria, pero miró su reloj de pulsera a la luz de la linterna.

—Mientras tanto, que alguien me cuente una historia —dijo Alice—. ¿Qué tal una de fantasmas?

—Ni hablar —replicó Terry—. Nada de historias de fantasmas mientras estamos en el bosque contigo enganchada a un motor de coche. Que alguien cuente una historia bonita.

—¿Y si es las dos cosas a la vez? —propuso Ken, que estaba de pie al lado de la máquina, pero se agachó hasta quedar de rodillas.

—Siempre que no le dé miedo a Terry —dijo Alice—. Y no es un motor de coche. —Una risa gorgoteante escapó de entre sus labios—. ¿Te imaginas lo grande que sería? Sí que he usado una batería de coche, pero la máquina está montada a partir de...

—¡Ahí va esa historia! —exclamó Ken, dando una palmada.

Terry se arrebujó más en la manta que las rodeaba a ella y a Alice. Si se esforzaba en olvidar lo que estaban haciendo y por qué habían ido hasta allí, casi podía imaginarse que estaban de acampada. Solo que, en vez de hacerlo en torno a una hoguera, estaban alrededor de una máquina de electrochoque casera.

—La casa de mis tíos estaba encantada —empezó Ken.

—Más vale que esto no dé miedo —le advirtió Terry, quien sintió cómo se evaporaba la sensación acogedora.

—Si no vas a mudarte allí, no tiene por qué. —Ken se inclinó un poco hacia delante para que la luz de la linterna le diera en la cara.

—Ya estoy asustada. —Pero Terry no pudo mantener la cara seria mientras lo decía.

—Yo no creo en fantasmas —intervino Gloria.

—Yo sí —dijo Alice.

—Mis tíos también creían en ellos —prosiguió Ken—, porque pasaron cincuenta años conviviendo con uno. Mi tío Bill y mi tía Ama se mudaron a la primera casa que compraron en los años treinta, y el fantasma que la encantaba se dejó notar desde el principio. Le gustaba mover los zapatos de la tía Ama: de la planta baja al piso de arriba, de arriba hacia abajo. Escondía los cinturones de mi tío. Se acostaban y el fantasma empezaba a dar golpecitos en las paredes, «pam pam pam», hasta que mi tía le decía: «Déjalo estar ya, hombre».

—¿Cómo sabían que era un hombre? —preguntó Terry.

—Ni idea. —La voz de Ken transmitió un encogimiento

de hombros—. Preguntaron por el barrio, investigaron a los anteriores propietarios y no lograron descubrir quién era. Sobre todo les resultaba molesto. Pero entonces el tío Bill se hizo marine y terminó en Corea. Ama decía siempre que fue un alivio tener a alguien con ella en casa mientras él no estaba.

—Oooh, qué mono —dijo Alice.

—Pero tu tío volvió, ¿verdad?

Terry intentó no fijarse en las sombras que los rodeaban. Le daba la sensación de que cada vez había más.

—Volvió.

—¿Lo ves? Es una historia bonita. —A Alice se le escapó su lado de la manta y tuvo que recogerlo del suelo.

—Aún no he terminado. Total, que mientras mi tío estaba en Corea, su unidad participó en una batalla enorme por el embalse de Chosin. Por aquel entonces, a los proyectiles de mortero los llamaban «Tootsie Roll», ya sabéis, como los caramelos. Estuvieron pidiendo más Tootsie Rolls por radio, sin saber si terminaría llegándoles lo que necesitaban para salir vivos de aquello. Dos días más tarde, el siguiente envío de suministros cayó del cielo con un paracaídas, y todos fueron corriendo a abrir los paquetes y encontraron...

—¿Tootsie Rolls?, ¿de verdad? —Gloria dio un bufido—. Tienes que estar de broma.

—No, en serio —dijo Ken—. Algún operador de radio o piloto no conocía la jerga y debió de creer que querían dulces.

Alice abrió la boca, pero Ken siguió hablando:

—Así que, cuando mi tío volvió a casa, esas barritas de chocolate se convirtieron en su amuleto de la suerte. Había estado una semana alimentándose a base de Tootsie Rolls. Siempre llevaba uno en el bolsillo. Ama le sugirió darle alguno al fantasma, así que mi tío lo dejó en la mesita de noche. Esa noche no hubo golpeteos. Y, por la mañana, el dulce había desaparecido. Fueron dejándole uno cada noche después de eso y el espíritu se convirtió en su ayudante fantasma del hogar. En vez de esconderles los zapatos y los cinturones, a veces le pedían que se los buscara y, ¡puf!, aparecían de repente.

—Un fantasma al que le encantan los Tootsie Rolls —se maravilló Terry—. No te habrás traído alguno, ¿verdad? Un Tootsie Roll, digo, no un fantasma.

—Supongo que ni siquiera mis poderes de vidente pueden predecir los caprichos de Alice. No llevo ninguno encima, no.

Se quedaron callados un momento y Terry pensó que quizá alguien pediría otra historia. A lo mejor podían seguir posponiendo lo inevitable.

Pero eso era lo que habían ido a hacer allí.

—Es hora de darme caña. —Alice volvió a soltar la colcha y, esa vez, cambió de postura para que Terry y ella pudieran cogerse las manos—. Ya sabes qué hacer —le dijo a Gloria.

—Espero que funcione. —Gloria cogió una palanca de la máquina y tiró de ella—. ¿Preparada?

Terry miró a Alice en la penumbra y la vio asentir.

—Preparada —respondió Terry por ella, apretando las manos de Alice.

Gloria vaciló un momento y luego se movió. Terry cerró los ojos y notó que Alice se tensaba. Hizo un ruido y sus dientes chocaron al cerrar la mandíbula.

—Otra vez —dijo Alice, con las manos temblando.

—No —se opuso Terry.

—Una más —dijo Gloria—. Lo siento.

Alice se sacudió y Terry dio un gemido.

—Primero el fuego, luego el esplendor —dijo Alice, tiritando un poco—. Allá vamos.

Gloria apagó el motor, retiró los electrodos y ocupó su puesto junto a la linterna con su lápiz y el cuaderno.

—Estoy lista —dijo.

A Alice se le cerraron los ojos.

—Oh —dijo—, es como si estuviera por todo mi alrededor.

—¿El qué? —preguntó Terry en voz baja.

—El Mundo de Por Debajo. —Alice soltó las manos de Terry e hizo un gesto envolvente hacia el oscuro bosque—. Los árboles están partidos, y hay telarañas y una especie de sustancia gomosa creciendo encima de ellos. Flotan esporas pequeñas por el aire. Es un sueño que aún no se ha convertido en pesadilla.

Terry sintió un escalofrío.

—¿Puedes ir hacia el laboratorio? —preguntó Gloria, y Terry notó que también ella empezaba a ser consciente de lo real que era aquello. En la pregunta subyacía un matiz de miedo.

—No... no lo sé. Lo intento. Nunca había visto tan claro. —Alice soltó algo a medio camino entre un bufido y una carcajada, pero, a fin de cuentas, lo que estaba sucediendo era más normal para ella—. Estoy volando. Acabo de pasar por encima de la verja destrozada. Tanta seguridad, para esto.

Ken y Terry se sonrieron, negando con las cabezas.

—Sigue adelante —dijo Gloria.

En el bosque invernal había pocos ruidos, a excepción del crujido del viento entre las ramas desnudas.

—Sigo volando —informó Alice al cabo de un minuto—. No veo monstruos. Hay algunos coches muy raros en el aparcamiento.

—Raros, ¿por qué?

Alice tardó un poco en responder:

—No reconozco los modelos.

—Vale, tú sigue —dijo Terry.

Esperaron y, al rato, Alice continuó:

—Veo el laboratorio. Es como un laboratorio fantasma, traslúcido pero presente. Estoy en una puerta del nivel más bajo. Acaba de entrar un hombre con uniforme de seguridad.

—Bien —dijo Gloria.

—Por tanto, será la fachada norte —dedujo Ken, y Gloria tomó nota.

—Hay un teclado de acceso en el exterior. No parece que lo use mucha gente —dijo Alice con voz ensoñada—. Vale, ya estoy dentro. Un pasillo largo, con las mismas baldosas que los nuestros. Creo que todo se está desvaneciendo. No sé cuánto tiempo me queda.

—Mira en las habitaciones —la urgió Terry—. Intenta encontrar a los niños.

Alice asintió, con los ojos aún cerrados.

—En esta sala hay hombres. Es como una oficina enorme. Están trabajando con... una especie de máquina rara que no había visto nunca. Es como una máquina de escribir, pero con una pantalla pegada. Da luz, y en ella hay... palabras. —Hizo una pausa—. Veo como unos papelitos amarillos pegados por todas partes. El hombre acaba de meter un cuadrado de plástico negro en la máquina.

Gloria siguió escribiendo.

—¿Puedes leer la pantalla?

—No —respondió Alice—. Es muy tenue. Empiezo a perderlo...

—Sigue adelante —dijo Terry.

Alice dio un respingo.

—¿Qué pasa? —preguntó Terry.

—La chica —dijo Alice, alterada—. Está... en una especie de máquina. Quien la maneja es Brenner.

—¿Qué clase de máquina? ¿Qué chica? —Gloria alzó la mirada de su cuaderno.

—Es más grande que nada que haya visto nunca. —Alice frunció el rostro, concentrada—. Es como un tubo redondo, y ella está en una superficie plana que tiene en el centro. Hay luces que dan vueltas a su alrededor. Brenner acaba de decirle que se quede muy quieta. Salta a la vista que la chica está asustada.

—¿Es Ocho u Once? —preguntó Gloria.

«Qué curioso.» Terry nunca había pensado en Kali y en la chica misteriosa de ese modo.

—Once —dijo Alice—. Se ha movido y Brenner se ha cabreado mucho. Está diciéndole que se largue.

—Síguela —pidió Terry, y Gloria asintió.

Alice se quedó callada un rato.

—No puedo. Lo estoy perdiendo. Han desaparecido.

—¿Hacia dónde va ella? —preguntó Terry—. ¿Ves a algún otro niño?

—Ya no puedo ver. No lo sé. Lo siento. —Alice se meció adelante y atrás, consternada.

Terry hizo ademán de consolarla, pero la interrumpieron unas luces que barrieron el terreno, procedentes de la dirección donde estaba el laboratorio. Llegó el sonido de un hombre preguntando a otro:

—¿Este es el sector que nos han dicho?

—Es donde se supone que han visto luz —respondió otra voz.

—Seguro que solo son un puñado de críos colocándose, nada más.

—Pues vamos a darles un buen susto.

Se aproximaba un brillo entre los árboles.

—Tenemos que irnos. Apagad la luz —susurró Terry, pero Gloria ya lo había hecho. Terry tiró de Alice para ponerla en pie—. ¿Nos llevamos la máquina?

—Yo no puedo cargar con ella —dijo Alice—. ¿Qué está pasando?

—Viene alguien hacia aquí —respondió Terry.

—Dejadla —dijo Alice—. Según por dónde la cojáis, puede que aún queme.

—No me quemará. —Ken cogió la colcha, envolvió con ella la máquina y la levantó con un gruñido—. Gloria, ve delante.

Las voces y las luces estaban ganando intensidad. Terry esperó que empezara a sonar una alarma, pero no lo hizo.

Terry apretó la mano de Alice y las guio a las dos con toda la cautela que pudo entre la oscuridad y los árboles. Los pasos de Ken sonaban pesados a sus espaldas.

—Esperad —dijo él en voz baja.

Se detuvieron.

—Me ha parecido oír algo —dijo una de las voces de hombre, más cerca que antes tras de sí.

Terry apenas podía respirar. ¿Qué pasaría si los atrapaban allí fuera?

Alice se agachó y Terry vio que cerraba la mano alrededor de una piedra. La arrojó con fuerza a la izquierda, entre los árboles. Dio contra algo con un sonoro golpe seco.

Los sonidos de los hombres se alejaron en esa dirección.

Gloria se volvió y se llevó la mano libre a los labios para que todo el mundo siguiera callado, y los guio hasta el coche de Terry lo más rápido que pudo. Terry logró meter la llave en la cerradura del maletero para que Ken pudiera dejar la máquina allí dentro y se alegró de haber dejado abierta la puerta del conductor. Se metieron todos en el coche y Terry salió a la carretera en el preciso instante en que la luz de unos faros asomaba por el camino de acceso al laboratorio.

Nadie dijo nada hasta que estuvieron seguros de que no los seguía nadie.

—Lo hemos conseguido —dijo Terry, jadeante.

—Por los pelos —matizó Gloria desde el asiento de detrás de ella.

—Lo has hecho de maravilla, Alice —dijo Ken, que estaba sentado al lado de Gloria.

Alice suspiró desde el asiento del copiloto.

—No he visto lo suficiente. Ni de lejos.

Lo último que quería Terry era estar de acuerdo con sus palabras, de modo que dijo:

—Lo hemos conseguido. Eso es lo importante.

Confió en que fuese verdad.

Pero todos se quedaron callados y Terry supuso que era porque estaban igual de abatidos que ella por lo que parecía una derrota. ¿Qué habían averiguado que no supieran antes?

Al parecer, nada.

8

Más secretos, más mentiras

FEBRERO DE 1970
Bloomington, Indiana

1

Terry echaba de menos la relativa intimidad de la casa de Andrew como lugar de retiro. Sobre todo en momentos como aquel, en el teléfono de pared del ajetreado vestíbulo de la residencia, donde como mucho podría hablar diez minutos antes de que otra alumna que quisiera llamar empezase a mirarla mal.

—Hola —dijo una mujer.

—Hola, señora Rich.

Terry cambió el peso de un pie al otro. Estaba comiendo demasiado por el estrés y los pantalones le apretaban, por lo que ese día se había puesto falda. Los *Panti-Legs* de nailon que llevaba debajo, por ridículo que fuese el nombre, eran millones de veces mejores que los fajines con liga con los que había crecido, pero su preciado par de medias se le estaba clavando en la cintura. «Así es como el patriarcado oprime a las mujeres —pensó—, con ropa interior incómoda.»

—¿Está Andrew? —preguntó por teléfono.

—Enseguida se pone.

La madre de Andrew se sorbió la nariz como si estuviera resfriada, pero, antes de que Terry pudiera preguntarle si se encontraba bien, atronó en su oído el golpe del receptor contra la mesa. Se apartó el teléfono de la oreja un segundo y luego lo aferró con más fuerza, esperando.

—Nena —dijo Andrew a los pocos momentos, murmurando en voz baja—. Dime algo. Necesito oír esa voz que tienes.

—Algo.

La familiar risa ronca de Andrew: era el mejor sonido que Terry había oído en la vida.

Deseó que pudieran estar a solas para poder contarle la excursión que había hecho la Compañía del Laboratorio, aunque al final no hubiera servido para nada. Pero, sobre todo, lo echaba de menos, sin más.

—¿Empezabas hoy las clases? —preguntó él.

—Ayer.

—¿Y mañana sigues teniendo laboratorio?

—Sí que lo tengo. —Terry vaciló un momento y apoyó la frente contra la pared—. No creo que debamos hablar de esto por teléfono.

—Muy bien, paranoica. —La voz de Andrew cambió y se impregnó de un tono serio, aunque sus palabras sonaran a broma. Por eso Terry casi estaba preparada cuando él añadió—: Tengo una cosa que decirte.

Terry quiso ahuyentar la repentina solemnidad.

—A ver si lo adivino. Naciste un catorce de septiembre, que resulta ser la primera fecha en el sorteo de reclutamiento. Protestar contra la guerra ha terminado llevándote a la guerra.

—Muy graciosa —dijo él—. Sí, es sobre eso. Me ha llegado el aviso para que me presente al examen físico.

Así que se había acabado. Nadie estaba más sano que

Andrew. No había esperanza de que lo rechazaran por ninguna dolencia, sobre todo porque no pensaba fingir ninguna como hacían los niños ricos y privilegiados que se negaban a servir a su país. Aunque dicho país fuese a enviarlo a una misión inútil en la que nunca debió meterse.

—¿Cuándo?

—La semana que viene. No van a movilizarme justo después, pero...

—Pero será pronto. —Terry suspiró sobre el micrófono del aparato—. ¿Recuerdas lo que me prometiste?

—No te preocupes. Ya me está costando pasar estas semanas sin verte.

—De acuerdo, pues. —Terry temía ponerse a llorar si seguía al teléfono. Y aquello no sería bueno para Andrew—. Más vale que cuelgue. Tengo clase en un cuarto de hora y veo a Claire White viniendo hacia aquí con mirada asesina.

Claire siempre estaba gritando por teléfono al novio que había dejado en casa.

—Te quiero, nena.

—Yo también te quiero.

Clic. Andrew colgó.

Terry jamás se había sentido tan lejos de alguien a quien quería tener justo al lado. Colgó despacio el receptor en su soporte, imaginando un eco del sonido de la despedida.

Clic.

Comportarse como una adulta era un rollazo absoluto.

2

Esa noche, Terry fue sola en coche al taller. Quería pensar y, a veces, conducir la ayudaba a hacerlo. Salió una hora antes de tiempo para dar un rodeo por una carretera desierta que era casi toda recta, con solo alguna curva de vez en cuando, puso a tope el volumen de la radio y alternó entre cantar y llorar con la música. Pincharon un éxito de Elvis, *Suspicious Minds*, y aunque Terry no era muy fanática del Rey, lloró más que con otras canciones y sonrió entre lágrimas al recordar lo mucho que les gustaba a sus padres.

Siempre habían soñado con ir a Las Vegas y, si aún vivieran, habrían podido verlo actuar allí. ¿Quién habría dicho que Elvis terminaría en esa ciudad? Terry cantó a voz en grito la letra, que hablaba de haber caído en una trampa y no poder salir de ella.

Fue liberador.

Esperaba haberse quitado de encima lo peor de su bajón mental, pero, cuando entró en el taller y encontró allí a Ken, Gloria y Alice, sentados en su sitio habitual del suelo, comprendió que cantar no había sido tan liberador como para eso. Las emociones se arremolinaron en su interior y una lágrima rebelde cayó por su mejilla.

Gloria fue la primera en darse cuenta y se levantó.

—¿Qué te pasa? ¿Estás bien?

Extendió los brazos, Terry se metió entre ellos y sus lágrimas se convirtieron en sollozos.

—Lo siento —dijo Terry—. No quería...

Alice y Ken aparecieron por encima del hombro de Gloria.

—¿Terry? —dijo Alice.

Esta sacudió la cabeza, lamentándose de su propia ridiculez.

—Perdonad. He intentado soltarlo todo antes de llegar, pero... es que han llamado a Andrew para presentarse al examen físico.

—Voy a traerte un vaso de agua —declaró Alice—. Es lo que hace mi madre cuando alguien llora.

—Suena bien. —Terry asintió con la cabeza y Gloria la soltó.

Alice se fue corriendo y desapareció en la oficina que había en la esquina. Volvió con un vaso de cartón lleno hasta el borde. El contenido se derramaba por los lados, pero Terry lo cogió con ansia. El primer sorbo la tranquilizó. Tragó y volvió a tragar.

—Mejor —dijo.

—Las madres saben tanto como la ciencia —afirmó Gloria.

Alice observó a Terry y aportó su granito de arena:

—A la ciencia todavía le queda tanto por descubrir sobre el cielo y la tierra como sobre las madres.

—Me voy un momento y Alice se pone a citar a Shakespeare. —Ken había entrado en la misma oficina que Alice y volvió cargando con una silla—. Siéntate aquí —dijo, y Terry no protestó.

A las personas necias y frágiles que se venían abajo delante de sus amigos les correspondía una silla. Era la norma.

—Sentimos mucho lo de Andrew —dijo Alice, desviando los ojos hacia Ken y Gloria, que miraban compasivos a Terry—. Da igual que ya lo supierais. Ahora es real.

Terry agachó la barbilla.

—Canadá sigue siendo una opción —añadió Alice en voz baja.

—No lo es. No quiere irse. —Terry buscó dentro de sí misma y se aferró a un trocito minúsculo de calma—. Siento haber descarrilado la Compañía. Vayamos al grano. ¿A alguien se le ha ocurrido algo?

Habían acordado pensar sobre los detalles que les había proporcionado Alice antes de que los interrumpieran en el bosque.

Tras un largo momento en el que pareció que la respuesta de todos sería negativa, Gloria levantó la mano.

—Creo que a lo mejor nos tocó el gordo la otra noche. —Hizo una pausa—. O eso, o he perdido todo contacto con la realidad.

Alice se animó.

—¿A qué te refieres?

—Vamos a ver. —Gloria extendió el brazo a su lado y cogió el cuaderno en el que había tomado notas—. Esto es como mínimo igual de científico que las cosas que están haciendo en el laboratorio, así que escuchadme.

—Nos morimos de ganas, ¿verdad, chicos? —dijo Alice.

—Sí. —Terry no quería hacerse ilusiones, pero descubrió que estas tenían voluntad propia.

—Lo que me hizo pensar fue una de las primeras cosas que dijiste —continuó Gloria—. Que había coches que no reconocías. ¿Sería correcto decir que eso es poco habitual?

Alice dio un bufido.

—Podría decirse, sí. Me crie con chicos que trataban los coches como quien colecciona cromos.

—Por eso me pareció raro que hubiera varios que no reconocieras. ¿Sabes cuántos eran?

Alice negó con la cabeza, frunciendo el ceño.

—Al terminar ya no recuerdo tan bien los detalles. Por eso quería ir narrándolo mientras pasaba. Lo siento. ¿Era completamente necesario?

—Qué va. Era solo un dato de referencia —respondió Gloria.

—Sigue —pidió Ken.

Gloria obedeció.

—¿Recordáis que luego Alice entró en el laboratorio y vio un par de cosas distintas? Nos describió una máquina de escribir con pantalla en la que introducían un rectángulo de plástico y un mecanismo gigantesco en cuyo interior estaba la chica. ¿Me falta algo más?

Terry aún no podía predecir hacia dónde iba aquello, pero estaba cautivada.

—No, creo que lo tienes todo.

—Que yo sepa, no existe nada de eso. Un par de esas cosas suenan parecidas a aquellas con las que se especula en las exposiciones universales, pero aún no están inventadas. —Gloria dejó de hablar, como si hubiera dicho algo tremendamente significativo.

—¿Tan tonto soy que no lo pillo? —preguntó Ken.

Terry intentó atar cabos, pero Alice fue más rápida.

—Cuando veo a Brenner... siempre está mayor que ahora —dijo—. No sé por qué no me he dado cuenta antes. Creo que llevas razón.

Gloria sonrió de oreja a oreja.

—Ponednos al día a los demás —suplicó Terry, pero entonces las piezas encajaron—. ¿En serio? ¿Crees que es...?

—El futuro —dijo Gloria—. Las visiones de Alice no son del presente, sino de algún momento futuro.

—¿En el que los monstruos son reales? —preguntó Ken.

Alice le hizo una mueca.

—Eso parece —dijo Gloria.

—El futuro —repitió Terry—. ¿Tú qué opinas, Alice?

Alice meneó la cabeza, asombrada.

—Ahora voy a mirarlo todo de una forma muy muy distinta. Pero repasando todo lo que he visto... tiene sentido. Para según qué definiciones de «tener sentido».

Terry se recostó contra la silla. Su solidez la reconfortaba. Dio otro sorbo de agua. Tenían una respuesta, una respuesta importantísima. Pero...

El futuro no les serviría de gran cosa a la hora de hacer algo para detener a Brenner. El problema acababa de volverse mucho más enorme.

—La cuestión es cómo podríamos cambiar el futuro. Es imposible, ¿verdad?

Su mirada se fijó en Ken, de quien esperaba que respondiera que las cosas no funcionaban así. Pero este se encogió de hombros.

—Algunas cosas parecen predeterminadas, pero otras no. ¿Quién sabe?

—El caso es que no podemos ir por ahí gritando: «¡El futuro, el futuro!» —dijo Gloria—. Esa parte solo nos interesa a nosotros.

—No —replicó Terry, invadida por una nueva certeza—. También le interesaría a otra persona. Brenner no puede llegar a saber nunca que Alice ve el futuro; que ve parte de su futuro.

Gloria se llevó la mano al cuello. Sin duda, esa era una preocupación nueva para ella.

—¿Podéis imaginaros lo que haría?

Los ojos de Alice se habían abierto como platos.

—No quiero ni pensarlo. Esto... no os lo había dicho, chicos, pero la descarga del bosque fue mucha más electricidad de la que me dan en el laboratorio. Hizo falta esa cantidad solo para empezar a ver claro. No puedo...

—Nunca —dijo Terry para tranquilizarla—. Brenner nunca lo sabrá. Y tú nunca volverás a hacer algo así. —Calló un momento—. Pero... logré encontrar esos archivos una vez. Podría volver a su despacho y conseguir más pruebas. Es lo único que se me ocurre. Con lo que sabemos sobre los monstruos y el experimento de niños con poderes que tiene en marcha, tenemos que seguir intentándolo. Ahora es más importante que nunca que acabemos con esos experimentos.

—O bien... —empezó Gloria.

—¿O bien? —preguntó Terry.

—O bien podríamos probar a no volver allí nunca más.

Yo tengo en marcha un pequeño experimento propio en la universidad para ver con qué fuerza se opondrá Brenner. Estoy fingiendo que quiero trasladarme. Esperaba que se presentara en el mismo instante en que entregué los papeles, pero de momento no ha pasado nada.

Alice tenía una extraña expresión de esperanza mientras su atención se movía rápida como el rayo entre los otros tres. Terry no quería que se hiciera demasiadas ilusiones sobre la posibilidad de retirarse.

—Yo no podría mirarme al espejo si no lo detuviera —dijo Terry.

Gloria procesó ese dato.

—Lo entiendo, créeme. Pero tampoco nos vendría mal tener una vía de escape.

—Pero no la tenemos —dijo Ken en voz baja—. No nos marchamos, aún no. Lo veo poco claro, pero sé que no será tan fácil. —Cerró los ojos un momento y luego los abrió—. Estamos todos asustados. Seríamos unos imbéciles si no fuera así.

—Y no somos imbéciles. ¡Mirad lo que acaba de deducir Gloria! Nos tenemos unos a otros, y no deberíamos olvidar eso. Somos los mejores aliados con los que contamos. —A Terry le flaqueó la voz, y se enfadó por ello. Pero las emociones la apabullaban y no podía contenerlas en su interior. Tenían que salir por alguna parte.

—Brenner no dejará que ninguno de nosotros se marche sin tener un buen motivo —dijo Alice—. Y tampoco va a renunciar a lo que sea que está haciendo con los críos sin tenerlo. Es de cajón. Así que necesitamos crear ese motivo. Y eso significa ayudar a Terry a conseguir sus pruebas.

—Y, luego, ¿qué? —preguntó Gloria.

El corazón de Terry le saltó a la garganta y le ardieron los ojos. Dio otro sorbito al agua que le había traído Alice.

—Eso ya lo pensaremos —logró decir—. A lo mejor podríamos convencer a algún reportero para que lo investigue.

—Por averiguar la forma de ser unos necios nobles, entonces —dijo Gloria, levantando la mano como si quisiera brindar.

Ken suspiró.

—Los más nobles y los más necios —añadió.

A Terry le encantaría poder leer la mente de Ken. Pero no: si algo iba quedando cada vez más claro, era que conocer el futuro no resolvería nada.

—Distraerlo será más difícil esta vez —dijo—. Últimamente, Brenner no se aparta de mí.

Alice se mordió el labio.

—¿Tendría más sentido que fuera otro de nosotros quien intentara colarse en su despacho?

—No. —Terry rechazó la idea de plano—. Conmigo ya está enfadado, así que mejor que no la tome con nadie más. Al fin y al cabo, ahora tengo una cámara Polaroid y creo que a lo mejor podría convencer a Kali para que nos ayudase.

Terry no sabía si aquello era cierto, después de la pataleta que había cogido la niña en su última conversación, pero quizá les conviniera a todos tener algo que hacer. Terry tenía que hacer entender a Kali que su libertad también estaba en juego.

Para poder ayudar a Kali, necesitaba que la niña confiara en ella.

Se puso de pie.

—Tengo que irme a casa a dormir o mañana me pasaré el día llorándole a Brenner. —Calló un momento—. A lo mejor debería quedarme despierta toda la noche. Se lo merece.

—Pero tú no. Yo seguiré buscando cosas que puedan sernos útiles durante mis sesiones. —Alice se levantó y obligó a Terry a darle otro abrazo.

El estrecho círculo de sus brazos y el tenue olor a grasa y sudor de su ropa de trabajo la reconfortó. Entonces Ken llegó hasta ellas y las envolvió a las dos con los suyos, mientras Alice se revolvía. Por último, Gloria añadió sus brazos con elegancia en torno al exterior de todos ellos. Se tambalearon un poco.

—Eres más fuerte de lo que crees —dijo Ken a Terry.

Ella rezó para que de verdad fuera vidente y aquella fuese una de sus certezas. Necesitaba toda la fuerza que pudiera conseguir.

El abrazo de grupo concluyó cuando Alice empezó a tararear una canción de los Beatles y cada cual se marchó por su cuenta hacia la noche.

Terry cayó en su estrecha cama de la residencia, saludó con la mano a Stacey y se durmió al instante. Soñó con el bosque, con que la perseguían a través de él los monstruos de Alice. Despertó antes de saber si lograba escapar o no.

3

Ken no estaba seguro de quién respondería a su llamada a la puerta, ni de cómo iba a explicar su presencia allí. Pero tuvo suerte.

—¿Ken? —Andrew miró con los ojos entornados a través de la mosquitera de la casa de sus padres. Ya le habían cortado el pelo al estilo militar—. ¿Qué estás haciendo aquí? —Se le iluminó la mirada y sus ojos se dirigieron al coche de Ken—. ¿Viene Terry contigo?

—No —respondió Ken—. He venido yo solo. Terry no sabe que estoy aquí, y sería mejor que no se enterara. Dave me dio tu dirección.

Andrew parpadeó. Salió afuera y cerró la puerta a su espalda.

—¿Puedo preguntarte por qué?

—No hace falta —dijo Ken—. Iba a contártelo de todas maneras.

Estar allí era sorprendentemente duro. La casa le recordaba a Ken el hogar de su familia, que no había pisado en tres años. Los Rich tenían el mismo tipo de casa de dos plantas, un amplio porche de tablones con columpio, idénticos parterres cubiertos durante el invierno y atendidos, apostaría bastante dinero en ello, por la matriarca de la familia.

—Pasa si quieres —dijo Andrew—. Seguro que mi madre te preparará algo de comer.

—Te tomo la palabra, pero ¿podemos quedarnos aquí fuera un momento? —pidió Ken—. Me gustaría que habláramos.

—Como quieras. —Andrew señaló el columpio del porche.

Se sentaron en él y el columpio se meció con su peso.

—Se me hace raro dar malas noticias en un columpio de porche —dijo Ken.

—Así que es esa clase de visita. —Andrew suspiró—. No sé si me creo que seas vidente. ¿Has venido a decirme que no sobreviviré?

Ken bajó un pie para que el columpio dejara de balancearse. «Eso es.»

—No, hermano, de eso no sé nada. —Ken hizo una pausa—. He intentado ver qué pasa contigo y con Terry, pero lo único que percibo es una sensación. Ella lo está pasando mal.

—¿Terry lo está pasando mal? —Andrew sonó escéptico, pero luego pareció aceptarlo—. Sí, sería normal que me lo ocultara. ¿Qué puedo hacer?

—Por eso he venido. —Ken seguía sin estar seguro de que aquello fuese lo correcto—. Se supone que no debo interferir, o al menos eso me decía siempre mi madre. —Pero ella no siempre tenía razón, eso lo sabía ahora.

—Si sirve para ayudar a Terry, merecerá la pena.

—Creo que deberíais romper. Mientras estés fuera. No sé por qué, pero tengo la sensación de que quizá la ayudaría en algo.

Andrew se quedó callado un tiempo.

—¿Seguro que no quieres salir tú con ella? —preguntó luego.

—Seguro.

Andrew negó con la cabeza.

—Bueno, si no regreso, tienes mis bendiciones. Muy bien, lo haré.

—¿Y ya está? —Ken había esperado una discusión, una en la que no iba a tener muchos argumentos para insistir.

—Sé que ella te importa. Si va a ayudarla en algo, claro que sí. Me parece lo más justo. Debería ser libre hasta que veamos qué pasa. Ya estaba pensando sobre ello estos días.

Ken observó el perfil de Andrew, intentando con todas sus fuerzas determinar el futuro. Pero el futuro siguió mostrándose esquivo.

4

Un viento inexistente envolvió a Terry y los árboles fantasmales que la rodeaban estallaron en carcajadas, con las hojas castañeteando entre sí como dientes. No mejoraba en nada la situación que Terry pudiera ver a través de ellas la casita, el suelo de baldosas y a sus cuidadores.

Una mano en su hombro.

—¿Señorita Ives? —La voz de un demonio. Sus dientes parecían demasiado grandes en su boca mientras le hablaba—. ¿Terry? ¿Qué ocurre?

—Ya debería saberlo —dijo ella, o eso creyó. Costaba estar segura.

Ese día su mente no dejaba de regresar al bosque y al monstruo. Que el doctor Brenner estuviera haciéndole preguntas delante de ella lo empeoraba todo. ¿Cuánto tiempo llevaba perdida en aquel bosque psicodélico, en aquella capa traslúcida entre ella y el laboratorio? ¿Cuatro horas?, ¿cinco? Le daba miedo cerrar los ojos.

No había sido capaz de regresar al vacío para comprobar si Kali quizá estaba allí de nuevo y así hablar con ella. El ácido le complicaba la tarea de recordar para qué necesitaba a la niña...

Las hojas volvieron a castañetear a su alrededor.

—¿Le damos un sedante? —preguntó el celador.

El doctor Brenner bajó la mano por el brazo de Terry para tomarle el pulso. Ella intentó zafarse, pero Brenner tenía cogida con fuerza su muñeca.

—Suélteme —exigió—. Ya.

El más leve asomo de sonrisa en aquellos gélidos ojos azules.

—¿O qué?

La otra mano de Terry se cerró en forma de puño mientras su boca se abría para chillar...

Y entonces Brenner retiró la mano, solo para ponerse un estetoscopio en unas orejas que parecían puntiagudas, lobunas, y escuchar su corazón. Terry se encogió cuando el frío metal descendió hasta su tripa. Su propio latido le atronaba en los oídos y levantó un brazo para apartar al doctor.

—Relájese —dijo Brenner, retrocediendo un paso. Miró al celador y añadió—: Sus constantes están bien. Tiene el pulso acelerado, pero no es nada que no pueda atribuirse al estrés del alucinógeno.

—Quiere decir que estoy teniendo un mal viaje —dijo Terry al secuaz, por encima del hombro de Brenner, y entonces movió la cabeza con brusquedad de un lado a otro—. Quiero que me dejen sola.

—Nos quedaremos aquí mientras se le pasa —repuso Brenner.

¿Había un matiz de disfrute en su voz o era una mala pasada que le estaba jugando la mente?

En cualquier caso, Terry cerró los ojos y, en su interior, echó a correr. Por fin había encontrado un foco, que consistía en apartarse todo lo posible del doctor Martin Brenner. Y, al cabo de un tiempo, escapó del sombrío bosque y de la sala. El vacío la envolvió. Sus pies chapotearon en el agua que Terry asociaba a aquel ningún-lugar-todas-partes.

Abrió los ojos y contempló la serena oscuridad que se extendía en todas las direcciones. Seguía respirando hondo, aún molesta.

Ya se había calmado un poco cuando Kali apareció delante de ella.

La chiquilla se aproximó dando saltitos, chapoteando en la oscuridad.

Aquella pobre niña había pasado por mucho más de lo que Terry pudiera imaginar. Sí, en teoría las clases de Terry la habían preparado para tratar con niños. Pero en la práctica, por lo menos yendo de tripi, hablar con Kali después de su última conversación era como cruzar un campo plagado de minas llevando los ojos vendados. El estallido de Kali, enfadada porque Terry tuviera tantos amigos, y luego aquel intenso abrazo. Terry anhelaba estar con aquella niña furiosa, dulce, solitaria.

Intentó ocultar el alivio que le provocaba la presencia de Kali. No quería asustarla.

—¡Hola! —exclamó Kali—. ¡He pedido un calendario y ellos me lo han traído! Voy marcando los días, y los jueves son los días en que vienes tú —dijo con timidez.

Terry se agachó para ponerse a su altura. Daba la impresión de que a Kali no le gustaba que la tocaran a menos que ella quisiera, de modo que Terry contuvo el impulso de recogerle un pelo extraviado detrás de la oreja.

—¿Tu calendario tiene imágenes?

Kali dio un saltito.

—¡Tiene un animal distinto para cada mes! Febrero es un tigre.

—Los tigres tienen los dientes grandes —dijo Terry.

—Los tigres rugen. —Kali dio un gruñido y merodeó en torno a Terry. De pronto, dejó de moverse—. ¡Antes mi madre hacía este ruido y me contaba un cuento de un tigre! A mí me puso el nombre de una diosa. Llevaba una piel de tigre y era feroz en la batalla.

Así que la niña tenía una madre en algún sitio.

—¿Dónde está ahora tu madre?

—Muerta. —El deleite de Kali se evaporó. Dio un puntapié al agua—. Muerta, muerta, muerta.

—La mía también —dijo Terry.

Kali se encogió de hombros.

—Kali, ¿cuánto tiempo llevas aquí? —Pero entonces Terry cayó en que esa no era la pregunta importante—. ¿Cuánto tiempo llevas con el doctor Brenner? —Seguía sin ser la buena—. Con papá, quiero decir.

—Antes no tenía ningún calendario. No lo sé.

—Dices que ellos te han dado un calendario. ¿Quiénes?

—Mis cuidadores —respondió Kali—. Los ayudantes de papá.

Terry trató de mantener la voz firme.

—Entonces ¿duermes aquí?

—De momento es mi casa. —Kali se encogió otra vez de hombros.

«Ya, de momento, seguro», quiso decir Terry, pero no lo hizo.

—¿Papá se enfada alguna vez contigo?

Kali asintió.

—A todas horas. ¡Y cómo se enfada! —La niña soltó una risita, encantada—. A veces me da caramelos para que me porte bien. Así es como conseguí el calendario.

Terry no quería pedirle a Kali que hiciera nada que pudiera provocar la ira del doctor Brenner. Se le ocurrió una idea terrible.

—¿Te... te hace daño? ¿Cuando se enfada?

Kali se lo pensó.

—En realidad, no. Solo me miente. Sigo sin tener amigos. —Calló un momento—. Aparte de ti. Pero siempre me jura que pronto tendré uno.

Aquello sonaba como un no. Lo cual era raro, dado lo que Alice había visto que Brenner le hacía a la chica del futuro, su forma de expulsarla como castigo.

Pero Kali no mentía. La chiquilla era sincera. Lo más probable era que Brenner no le hiciera daño, al menos no en ese sentido. «Solo en el sentido de que la obliga a vivir aquí.»

Terry decidió seguir adelante.

—Te hablé de mis otros amigos la última vez que vine aquí, ¿te acuerdas? Son Alice, Ken y Gloria. Y a ellos sí que les hace daño. Y a mí. Nos obliga a tomar unas medicinas que no nos gustan. Ya no queremos seguir viniendo aquí.

—¿Vais a abandonarme? —preguntó Kali.

—Queremos que nos vayamos todos. —Terry se preguntó qué podría simbolizar el exterior para una niña de cinco años—. ¿Te gustaría ir al zoo algún día?, ¿ver un tigre de verdad?

—Sí —respondió Kali—. Y también quiero conocer a tus amigos.

—Algún día podrás hacerlo —le aseguró Terry—. Quiero intentar sacarte de aquí. Sacarnos a todos de aquí.

—Papá no lo permitirá —replicó Kali.

—Quizá podamos obligarlo. —Dijo esto con cautela, porque quería evaluar la reacción de Kali—. Para ayudar a mis amigos, a todos, tú incluida, tengo que ir al despacho de papá la próxima vez que venga aquí. ¿Crees que podrías distraerlo de alguna forma? Nada que lo enfade demasiado. Solo necesito que él y todos los demás me dejen sola unos pocos minutos.

Kali absorbió aquella información. No se apresuró en responder.

Entonces, cuando Terry ya casi había renunciado a toda esperanza, la niña dijo:

—Puedo hacerlo. Papá se merece que le gasten bromas por todas las mentiras que cuenta.

—Sí. —Terry no podría estar más de acuerdo—. Se lo merece.

—¡Vale, tengo que irme! —Kali se alejó antes de que Terry pudiera intentar abrazarla siquiera.

¿Por qué estaba tan poco convencida de que aquello fuese a salir bien? Se había preocupado de no pedir a Kali que usara sus poderes, porque hacerlo pondría a Terry a la altura moral de Brenner.

Le quedaba una semana para preocuparse de si funcionaría o no. De momento, regresó a través del vacío, chapoteando sin sonido. Imaginó que entre las sombras acechaban tigres fantasmagóricos.

5

Llevaban ya muchísimas horas en Hawkins y Alice sabía que no tardarían en tener que irse. Aun así, sería más tarde de lo que quería, pero al menos era algo a lo que podía aferrarse. Ya habían terminado con la electricidad por ese día, de modo que se sentó en el borde del camastro y esperó a que terminara la maratoniana jornada.

Se había mostrado más reservada de lo habitual con la doctora Parks y había respondido a sus preguntas con palabras escogidas una a una con meticulosidad. La doctora Parks no parecía haberse dado cuenta. La idea de que Brenner supiera lo que Alice veía y comprendía... la había asustado hasta la médula.

Pero tenía que ser fuerte por Terry. Y por aquella jovencita del futuro.

Alice había vuelto a entreverla en las visiones de aquel día. La chica había estado repitiendo algo a un complacido Brenner. Nada más que eso, y luego el cerebro de Alice tomó el control y le lanzó una oleada de imágenes aleatorias. La otra noche se había pasado mucho, casi demasiado. Se notaba agotada, de modo que ese día se había preocupado en no esforzarse.

Ojalá hubiera alguna forma de decirle a la chica del futuro que no estaba sola, que Alice la vigilaba y sufría por ella. Que Terry iba a ayudarla. Que todos ellos sabían de su existencia.

Pero, por supuesto, no la había.

La doctora Parks se había marchado, acompañada por el celador, cuando se anunció un «Código Índigo» por el sistema de megafonía, en el presente. «Índigo» era una palabra bonita. Un color bonito. La sugestión, unida al ácido que quedaba en su cuerpo, bañó la sala de un rico tono entre púrpura y azul. Cuando se abrió la puerta, Alice esperaba que apareciera la doctora Parks para decirle que ya era hora de marcharse.

Pero, en vez de ella, allí estaba una niña pequeña. Pero no era su niña pequeña.

No, aquella era la que había descrito Terry. Por algún motivo, Alice no se la había imaginado con una bata de hospital idéntica a la que llevaba ella. La niña era incluso más pequeña, más joven, que la que aparecía en las visiones del futuro que tenía Alice.

Se levantó del camastro y se acercó a la niña. Quizá estuviera alucinando. Por fin.

—¿Kali? —Entornó los ojos—. ¿De verdad estás aquí?

La niña le sonrió.

—¿Cómo lo has sabido? ¿Lo sabes porque sí? —Entonces meneó la cabeza—. Te lo dijo Terry. Esperaba que fueses como yo. ¿Quién eres?

—Me llamo Alice. —Devolvió la sonrisa a la chiquilla, incapaz de resistirse. Aquello no era ningún espejismo ni una visión provocada por el ácido. La niña estaba en la sala de Alice. ¿Cómo era posible?—. ¿Se supone que deberías estar aquí?

—¡Qué va! —respondió Kali con voz cantarina, gozosa—. Me he escapado. Quería conocer a los amigos de Terry. Me ha pedido que distraiga a todo el mundo. ¿Ahora también somos amigas?

—Pues claro que sí —dijo Alice—. Creía que Terry iba a pedirte que lo hicieras la semana que viene.

Por lo menos, ese era el plan. ¿Habría cambiado?

La niña puso los ojos en blanco.

—Pues lo haré otra vez.

Alice había estado preguntándose una cosa.

—Cuando creas ilusiones, ¿te duele?

—Qué va —dijo Kali—. Bueno, a veces me duele un poco la cabeza. —Alice vio a la niña pasarse un dedo bajo la nariz, como si se limpiara algo—. Y me sale un pelín de sangre.

—¿Estás herida?

Alice cayó sobre ella, decidida a solucionarlo si así era. De modo que se abrió paso entre unos bracitos que hacían aspavientos y cogió la mandíbula de Kali para poder ver más de cerca su nariz. Kali sería incapaz de zafarse de una presa practicada con una docena de revoltosos hermanos y primos.

—Ahora no estoy haciéndolo —dijo Kali, sin dejar de resistirse—. Y, de todas formas, es solo el precio de que ocurra.

—¿Qué precio?

Kali se apartó de ella.

—Es lo que dice papá. El precio de las *lusones*.

—El precio. —Alice se quedó boquiabierta antes de recordar que ella era la adulta de las dos—. No deberías pagar ningún precio. Eres una cría.

—¡Tú eres la cría! —contraatacó Kali—. ¡Qué vas a saber, si eres normal!

Alice puso una mano en el brazo de la niña y lo mantuvo allí cuando ella trató de zafarse.

—Kali, mírame. Sí que lo entiendo. Y no soy normal. Aquí me conectan a unas máquinas, y ese dolor es mi precio..., el precio de las cosas que tengo que ver.

—¿Qué cosas? —El interés de Kali se había despertado.

Alice no pensaba hablarle de monstruos ni de niñas pequeñas torturadas.

—Tú creas ilusiones, cosas que no están ahí, ¿verdad? Pues yo veo cosas que no están ocurriendo justo aquí, justo ahora, pero que sí son reales. Tú creas ilusiones, yo tengo visiones.

—Anda. —Kali se la quedó mirando con ojos centelleantes—. Eres como yo. ¡Tengo una amiga que es como yo! ¿Ken y Gloria también son como yo?

—No. —Alice sintió una punzada de remordimiento—. Pero vamos a ayudarte todos. Terry no dejará que te quedes aquí.

—Te quiero, Alice. Podemos ser tigresas. —Kali puso cara de rugir e intentó emitir un sonido que inspirase miedo.

Alice tuvo que reírse, aunque le dolía el corazón al pensar que Brenner pudiera hacer daño a aquella niña. Nunca había sentido verdadera rabia hasta aquel momento.

—Muy bien, seremos tigresas. —Dio un golpecito con el dedo en la barriga de Kali—. Pero, ahora, ¿no deberías volver al sitio donde se supone que debes estar?

La chiquilla le cogió la mano y no la soltó.

—Me iré. Papá no debe encontrarme aquí. Podrías meterte en problemas.

Kali soltó la mano de Alice, se despidió con un gesto de la suya y echó a andar hacia la puerta. Era tan pequeña que Alice la siguió para ayudarla a abrirla.

—Soy fuerte —protestó Kali cuando Alice lo intentó.

De hecho, pudo abrirla ella sola, lo cual tenía sentido, porque ¿cómo, si no, había entrado en su sala?

A Alice le caían bien las chicas tozudas.

—Ya lo veo.

—¡Y nos veremos la semana que viene! —Kali se quedó un segundo más en el hueco de la puerta abierta para afirmar—: Tengo un calendario.

Y, dicho eso, la puerta se cerró y el encantador y confuso remolino llamado Kali desapareció.

—¿Dónde estabas? —preguntó con firmeza el doctor Brenner mientras Ocho se acercaba a la puerta de su habitación por el pasillo. Hizo un gesto a los agentes de seguridad y al resto del personal que se había congregado allí para que se apartaran—. Déjennos un minuto.

—¿A ti qué te importa? —replicó ella, con una tozuda tensión en la mandíbula.

Brenner vio cómo los demás miraban a Ocho, casi patidifusos. Tendría que enseñarles una lección sobre las respuestas profesionales a situaciones extremas. Como que una niña pequeña engañara al personal del laboratorio y escapara del ala segura del edificio donde debía permanecer recluida. Otra vez.

Sabía que la niña no había ido a visitar a Terry, por lo que se había temido lo peor: que Ocho se las hubiera ingeniado de alguna manera para escapar. Sus poderes hacían demasiado probable que algún día lo intentara y, seguramente, lo consiguiera... a menos que Brenner extinguiera su deseo de huida. Por eso se hacía el simpático con ella. Llevaba días sin ir a verla, y le preocupaba que ese hubiera sido el resultado.

Se permitió sentir alivio. Era una emoción poco frecuente en él, que merecía la pena consentir. Ocho había estado allí todo el tiempo. Quería la atención de Brenner, eso era todo.

Aún no habían llegado al punto en que ella utilizara su capacidad contra él. Solo tenía cinco años. Y no estaba lo bastante espabilada como para saber siquiera si quería escapar. Brenner debería haber confiado en que sus protocolos mantendrían vigente esa situación.

—Venga —dijo al ver que ella no seguía hablando—, ¿dónde estabas? Sé que no has ido a visitar a la señorita Ives, porque yo estaba en su sala cuando ha saltado la alarma.

—Escondida —respondió Ocho.

—¿Dónde?

Los ojos de Ocho eran círculos castaños de inocencia; su encogimiento de hombros, una maniobra practicada.

—Cerca. Tenía ganas de verte. Creía que te alegrarías.

—No creerás que me alegraría no encontrarte.

Ella no dejó de mirarlo.

—Ni siquiera lo has intentado.

Brenner oyó un respingo a su espalda, procedente de alguien que no debía estar escuchando aquella conversación. Si descubría de quién se trataba, lo despediría.

—Por supuesto que no —dijo el doctor Brenner. Y, por si acaso, la cogió en brazos. Ocho se ablandó—. Sabía que ibas a volver. ¿Quieres que vayamos a la cafetería a por helado?

En la cafetería siempre había helado a mano para todos los niños. Los críos eran sencillos de sobornar. Sus placeres eran simples; sus recuerdos, volátiles. Ya castigaría a Ocho más tarde, cuando los demás no estuvieran mirando, y de un modo que la niña recordaría.

Ocho vaciló.

—¿Somos amigos?

Brenner no tenía ni idea de qué decir. Al no tratarse de la pregunta que Ocho solía hacerle, respondió a lo que creyó que se estaba refiriendo:

—Estoy trabajando en traerte un amigo. Te lo prometo. Será pronto.

Ocho siguió mirándolo de una forma que no le gustó nada.

—Pero, antes —dijo el doctor Brenner—, deberíamos ir a por tu helado.

—Sí, papá.

Por el lento parpadeo de la niña, Brenner supo que se

quedaría dormida antes incluso de llegar a la cafetería. Tendría que hacer el esfuerzo de pasarse a verla todos los días, aunque en realidad no estuviera trabajando con ella.

Le administraría el castigo en persona. Después de hacerlo, quizá la niña pudiera visitar su despacho. Solo que no había guardado aquellos dibujos. Los siguientes los conservaría. Así podría tener a Ocho tan cerca como le hiciera falta.

7

Habían pasado tres semanas y febrero ya tocaba a su fin. Terry había esperado en vano a Kali en el vacío durante las últimas sesiones. No se había producido ninguna distracción considerable, aparte de la ocasión en la que el doctor Brenner salió de su sala aquella última vez que había visto a la niña. Terry tendría que haber salido entonces hacia su despacho y, así, ahora podrían estar planeando ya su próxima jugada. En lugar de eso, estaban bajo un cielo perfecto en un sábado muy cálido para la época del año, dejándose enredar por Alice en lo que ella llamaba «una actividad divertida».

Terry observó la versión más baja, aerodinámica y rojísima del potente coche que solía conducir Alice. El parabrisas estaba moteado de pintura dorada con forma de alas.

—¿Es tuyo? ¿Cómo vamos a caber todos dentro?

Alice puso los ojos en blanco.

—Sí, princesita, cabremos todos. —Dedicó una mirada indulgente a Ken y a Gloria—. Aunque quienes vayan detrás estarán un poco apretados.

—Es el viaje de Terry —dijo Gloria—. Ella va delante.

—A Terry tampoco le gustan demasiado los coches —recordó ella misma a todo el mundo.

Alice puso los ojos en blanco de nuevo.

—A los únicos a quienes no les gusta un Firebird es a los comunistas. Nos vamos al Ladrillar. Mi tío nos ha conseguido pases para ver las vueltas de entrenamiento.

Al parecer, el Ladrillar era como los forofos llamaban al circuito de carreras donde se celebraban las 500 Millas de Indianápolis. Estaba a una hora de distancia. Maravilloso.

Terry recordaba a su padre viendo la carrera por televisión todos los años. «Vale, a lo mejor estás siendo una antipática de mierda. Para ya.»

—¿Y este coche es suyo? —preguntó Ken.

Terry recordó una de las primeras cosas que les había dicho Alice.

—Creía que ibas a comprarte tú un Firebird. ¿Cuánto dinero te falta?

—Al final he decidido ahorrarlo todo, por si acaso —dijo Alice.

Ken tocó un neumático delantero con la punta de su blanca y sucia zapatilla Converse All Star, en vez de darle un patadita y arriesgarse a la ira de Alice.

—Habrá que conducir un buen rato. Ojalá la hierba me hiciera algún efecto.

—No se fumará marihuana en este coche. —Alice negó con la cabeza—. Está casi nuevo. Y ni siquiera es mío, me lo han prestado. Tengo que lavarlo todas las semanas durante tres meses.

Gloria enarcó las cejas.

—Supongo que te presentaste voluntaria a lavarlo para poder conducirlo.

Alice alzó la mirada hacia el brillante cielo azul, salpicado de nubes esponjosas. Terry lo interpretó como un asentimiento.

Que Alice organizara aquella expedición de sábado era

todo un detalle por su parte, pero a Terry le habría venido bien echarse una siesta. Tenía la teoría de que la revelación de Alice de que Ocho había ido a hablar con ella la última vez era lo que había impedido que Terry volviera a ver a la niña. Brenner debía de haberlo descubierto. Rezó para que a la niña no le hubiera pasado nada.

Y luego, el día anterior, había recibido la llamada telefónica. Andrew tenía que presentarse al entrenamiento básico. Llegaría para despedirse de Terry dos días más tarde. Menos que eso. Faltaban cuarenta horas para que Terry tuviera que decir adiós a la persona que amaba y entonces ponerse a rezar para que volviera con vida de Vietnam.

Estaba asediada en todos los frentes, y lo peor de todo era que se sentía incapaz de evitarlo. Nunca antes se había sentido así. Terry Ives era una luchadora. Era la persona que era. Era la persona que su padre había querido que fuese, la que su madre había aceptado a regañadientes. A Becky no le gustaría nada de todo aquello, pero Terry ya había ido demasiado lejos para detenerse ahora.

—Venga, alegra esa cara. —Alice se lo ordenó señalándola con el dedo—. Sonríe un poco y métete en el coche.

—Vale.

Terry levantó la mano y se señaló los ojos mientras los ponía en blanco. Luego se obligó a componer una sonrisa demencial.

Se embutieron como pudieron en el coche. Terry se removió en el estrecho asiento, intentando sin éxito ponerse cómoda. El cuero crujió.

—Me siento como una payasa —comentó Gloria.

—Ni se te ocurra comparar esta hermosa maquinaria, esta obra de arte de la mecánica, con un coche de payasos. —Alice encendió el motor, que dio un rugido. Levantó la voz para hacerse oír—: ¡Escuchad esta sinfonía!

—Suena muy fuerte —protestó Terry, aunque tuvo que reconocer que el coche olía bien. A nuevo.

—Pues espera y verás. —Alice tiró de la palanca de cambios, dio marcha atrás y salió demasiado deprisa para el gusto de Terry. Estaba claro que le encantaba pisar el acelerador.

Terry se preocupó de que los multaran por exceso de velocidad, ya que, evidentemente, Alice no lo hacía. Empezaron a devorar millas por la carretera y... vale, sí, Terry tuvo que admitir, a los veinte minutos de recorrido, con Alice aún sonriendo de oreja a oreja al volante, mientras las ventanillas chasqueaban al adelantar a un vehículo tras otro, que estaba empezando a pasárselo bien.

Aquella sensación trajo consigo una punzada de culpabilidad, pero Terry la reprimió. Nadie debería tener remordimientos por estar viva. Por ser feliz. Por disfrutar de un momento en el que poder fingir que todas las putadas que le estaba haciendo el mundo no existían.

Siempre que no siguiera fingiéndolo para siempre.

Terry extendió un brazo y dio un golpecito al volante para llamar la atención de Alice. Articuló la palabra «gracias» sin pronunciarla en voz alta.

—¡De nada! —gritó Alice, mientras ensanchaba aún más si cabe su sonrisa.

Las carcajadas de Gloria y Ken detrás de ellas fueron como música para sus oídos. Terry estaba dispuesta a hacer cualquier cosa para proteger a los ocupantes de aquel coche.

Cualquier cosa.

9

Dentro de los muros

MARZO DE 1970
Bloomington, Indiana

1

Gloria supo que pasaba algo en el instante en que entró en el comedor de casa.

Para empezar, su madre había preparado la ensalada favorita de Gloria, con gelatina rosa, malvaviscos y trocitos de arándano, un acompañamiento que solía reservar para Acción de Gracias. No era un plato de diario para la cena. Y, además, su padre había dejado una pila de tebeos nuevos al lado de su plato. Casi nunca se los traía a casa, porque le gustaba que Gloria pasara por la tienda y opinara sobre la selección completa, y así confirmar que no había hecho mal el pedido. El único título que Gloria adoraba era *La Patru-lla-X*, pero no se vendía bien.

—¿Qué ha pasado? ¿La abuelita está bien? —preguntó Gloria.

—Se encuentra de maravilla —respondió su madre desde el final de la mesa—. Ven a sentarte.

—Nos han llamado desde la universidad —dijo su padre— e insisten en que te quedes. Hasta te ofrecen una beca de estudios. El doctor que dirige ese experimento de investigación va a venir a cenar, estará ya al caer. Parece muy impresionado contigo.

¿Brenner iba a cenar con ella y sus padres? ¿Después de haber enviado a Terry a pincharles el teléfono? Gloria había empezado a albergar esperanzas de que quizá abandonar el experimento no resultara tan difícil como había supuesto. Pero, fuera cual fuese la reacción que había esperado, no era tan personal como aquello.

—Vuelvo enseguida —dijo, cogiendo los tebeos—. Debería subirlos a mi cuarto.

Su padre le guiñó un ojo.

—No quieres que el doctor te pregunte por esos tebeos tan raros, ¿eh?

—Exacto.

Gloria esperó a llegar al pasillo y respiró hondo por la nariz. Alguien llamó a la puerta. No tenía ningunas ganas de responder.

—Cariño, ¿abres tú? —dijo su madre, en tono de pregunta pero sin que lo fuera.

Gloria dejó sus apreciados tebeos bajo un periódico, se alisó la falda y compuso una expresión agradable. Solo después de hacerlo abrió la puerta.

Parpadeó al encontrar a Alice al otro lado.

—¿Alice?

—Perdona que venga sin avisar, pero no tenía tu número y, cuando he llamado a la tienda, me han dicho que ya estabas en casa y...

—Tranquila —dijo Gloria, y tiró de Alice para meterla en casa—. Solo que acabo de enterarme de que el doctor Brenner viene a cenar.

Alice pareció quedarse tan de piedra como se sentía Gloria.

—Mi pequeño experimento de hasta dónde llegaría Brenner para retenernos me ha salido por la culata. Deberías marcharte antes de que llegue. —Gloria frunció el ceño—. ¿Para qué has venido?

—Tengo que hablar contigo de una cosa —dijo Alice—. Pero tienes razón, debería irme.

—Demasiado tarde —replicó Gloria. Se veía una sombra acercándose a la puerta de cristal ondulado—. Ya está aquí. —Gloria se volvió y levantó la voz—: Mamá, ¿puedes poner otro plato en la mesa? Mi amiga Alice se queda a cenar.

Su madre asomó la cabeza al pasillo y se fijó en la vestimenta informal de Alice.

—Por supuesto —dijo, como si no viese con malos ojos que las mujeres llevaran pantalones en la mesa.

Gloria adoraba a sus padres y odiaba la idea de que fuesen simpáticos con Brenner.

Volvieron a llamar a la puerta. Gloria no tuvo más remedio que abrirla.

—Hola, doctor Brenner —dijo, componiendo una sonrisa tan firme como pudo—. Bienvenido a nuestro humilde hogar. Ya conoce a Alice, claro. Ha venido a...

Gloria no tenía pensado el final de la frase.

—A cenar —terminó Alice—. He oído que la señora Flowers cocina como los ángeles. Y este hogar no es tan humilde. —Cuando Gloria levantó las cejas, añadió—: Me refiero a que es muy bonito, nada más.

En cualquier otra circunstancia, Gloria se habría echado a reír.

—Qué sorpresa tan agradable —dijo el doctor Brenner—. No solo una prometedora sujeto de laboratorio, sino dos.

—Es por aquí —indicó Gloria, y entrelazó su brazo con el de Alice para no tener que andar al lado de Brenner.

Su padre se levantó para el habitual apretón de manos y los golpecitos amistosos en la espalda entre hombres. La madre de Gloria volvió con cubiertos y platos para Alice.

—Qué alegría tenerlo aquí, doctor Brenner —dijo.

Él asintió, como diciendo: «Por supuesto», y ni siquiera se molestó en preguntarle su nombre. Qué sorpresa.

—Bueno —dijo el padre de Gloria mientras indicaba a todos por gestos que se sentaran y se sirvieran ellos mismos—, cuéntenos lo estupenda que es nuestra Gloria.

—Me alegro mucho de que California no vaya a quitárnosla —dijo el doctor Brenner, mirando solo al padre de Gloria—. He hablado con los catedráticos de allí, que son amigos míos, y les he dicho que la necesitamos aquí.

Gloria oyó que Alice se atragantaba. Se sirvió un montón enorme de ensalada rosa en el plato.

—Ponte también un poco de pollo, mi gloriosa niña —dijo su madre—. Y tú también, Alice.

—Tengo curiosidad, Gloria. ¿Por qué te planteabas marcharte? —preguntó el doctor Brenner, pasando a mirarla solo a ella.

—Solo estaba explorando opciones.

Él asintió.

—Te prometo que mi trabajo es la mejor de ellas.

Brenner siguió hablando, explicando a los padres de Gloria lo importante que era sin decir gran cosa en realidad.

«Quería que todos pudiéramos marcharnos. Supuse que lo mejor era descubrir antes si había alguna manera fácil de hacerlo.» Antes de que Terry volviera a irrumpir en su despacho para buscar pruebas. Esos planes parecían haberse ralentizado. Terry había estado muy callada después de la excursión al Ladrillar, un viaje que había resultado fascinante. Gloria había pedido a Alice que diera un paseo con ella y le explicara los detalles de los coches de carreras, aunque ese día solo hubiera unos pocos a la vista. Al final sí que había sido la «actividad divertida» que Alice les había prometido.

Eso subrayaba lo poco divertido que era el laboratorio. Gloria ya era una profesional a la hora de evitar tomarse su ácido, o, por lo menos, no la dosis completa. Lo apretaba entre el carrillo y la encía y luego se lo escupía en la mano cuando no había nadie mirando. Seguían interrogándola y ella a veces se hacía la olvidadiza para que la cosa no perdiera interés. Era justo lo contrario del método científico.

«Las cosas que hemos hecho para detener el experimento son más científicas.» La máquina de electrochoque casera de Alice. Nada le había dado más miedo en la vida.

Antes de enviar la corriente a través de Alice, Gloria se imaginó todas las posibilidades de que algo saliera mal y la descarga le hiciera daño. Nadie habría creído que Alice lo hacía por voluntad propia. Nadie habría creído que una chica como Alice, sin educación formal, pudiera construir un aparato como aquel. La gente habría estado más que dispuesta a dar alas al escándalo de Gloria Flowers en el bosque, implicada en extrañas actividades que habían terminado por hacer daño a una joven. Y acompañada por un hombre soltero.

Por supuesto, había tenido miedo de que los pillara la gente del laboratorio, pero sus preocupaciones no habían terminado ahí. Algunas vidas eran más fáciles de arruinar que otras.

—Nada será justo jamás, ¿verdad? —Gloria interrumpió el discurso de Brenner sobre el gran trabajo que estaba haciendo.

—No —respondió el doctor—. El mundo no es un lugar justo.

Las arrugas se acentuaron en la frente de su padre, como solía suceder cuando meditaba sobre algo.

—En esta casa siempre se hará todo lo posible. Pero ahí fuera no lo es, tampoco voy a mentirte. El doctor Brenner está en lo cierto.

—Gracias, papi.

Solo la presencia de Brenner en su comedor ya demostraba esto.

Su madre cogió el tenedor de la mesa.

—Me alegro de que el doctor Brenner os aprecie a las dos, chicas.

Gloria comió un bocado de ensalada rosa.

Lo último que quería era enfadar a sus padres, que no habían hecho más que intentar ayudarla.

El doctor Brenner por fin se marchó, después de tentar a la suerte tomando una copa con el padre de Gloria después de cenar. Era como tener una serpiente venenosa en casa.

Alice se quedó, cosa que Gloria agradeció. Le habría resultado espantoso estar sola allí con él. Además, quería saber para qué había ido a visitarla su amiga. Gloria dijo a sus padres que iba a acompañarla hasta el coche.

Caía una leve llovizna de marzo, de modo que se quedaron en el porche mientras Gloria escrutaba la calle para asegurarse de que no hubiera ningún vehículo extraño.

—Se ha ido. ¿Qué pasa? —preguntó Gloria—. ¿Para qué has venido?, quiero decir. Siento que hayas tenido que soportar a ese hombre también fuera del laboratorio.

—No va a dejar que nos marchemos, ¿verdad? —repuso Alice.

—Terry diría que lo obligaremos a hacerlo.

—Justo por Terry he venido a verte —dijo Alice—. Es sobre el futuro. La he visto a ella, y... no es bueno. No sé qué hacer. Tampoco sé si contárselo o no.

Gloria no quería conocer más secretos horribles. Pero a veces eso era lo que significaba tener amigos.

—Cuéntamelo a mí —dijo.

2

Terry volvió a mirarse en el alargado espejo de su cuarto para comprobar que no se había puesto la camisa del revés. El día anterior no había sido hasta la hora de comer cuando un amable desconocido la había llevado aparte y le había tocado por detrás la etiqueta del cuello de su blusa campesina. Había entrado en los servicios más cercanos y se la había quitado, mientras ponía una mueca por las manchas de desodorante que quedarían a la vista al ponérsela del derecho hasta que pudiera volver corriendo a la residencia y cambiarse.

Sí, aquel día llevaba la camisa del derecho. Tenía un bonito estampado de cachemira que, en una ocasión, Andrew le había dicho que la hacía parecer salida de un cuadro. Llevaba una falda que le apretaba un poco. Últimamente estaba siempre con hambre, pero apenas había ganado medio kilo. Sin embargo, por algún motivo, su cuerpo estaba cambiando la distribución del peso.

Daba por sentado que se debía a algún efecto secundario sobre los que le había advertido Brenner. Terry no tenía la menor intención de preguntarle al respecto. Comprobó el maquillaje y, luego, el pelo. Volvió a mirar por la ventana de su habitación de la residencia.

Nunca se había puesto nerviosa por quedar con Andrew. Posiblemente fuese el único chico que le había gustado jamás, y sin duda era el único al que había amado, el único con el que se sintió cómoda al instante. Era una persona muy directa. Andrew decía lo que pensaba. Podía cambiar de opinión, pero eso también lo decía.

El Barracuda verde esmeralda de Andrew llegó al aparcamiento de abajo y Terry se apresuró a terminar de llenar su enorme bolso metiendo la cámara Polaroid, antes de salir a la carrera. Se detuvo en el pasillo. ¿Había cerrado la puerta con llave?

«¿Qué más dará?»

Corrió escaleras abajo, sin ganas de esperar al ascensor, y cuando llegó a las puertas del vestíbulo Andrew ya se acercaba a ellas. Terry apretó el paso, dio a las puertas un empujón que las proyectó hacia fuera y se arrojó sobre él.

Andrew se echó a reír y la atrapó en el aire.

—¡Nena! —La abrazó y se balancearon los dos adelante y atrás—. Veo que no tengo que preocuparme de que no te alegres de verme.

«Vete a Canadá. No nos separemos nunca. Quédate siempre conmigo.»

—No quiero que se te suba a la cabeza, así que a lo mejor debería contenerme —dijo ella sin aflojar su presa.

—Nunca te contengas.

—No creo que eso sea ni siquiera una opción.

Terry se apartó un poco para poder mirarlo. Mirarlo de verdad.

Entonces le llegó a él el turno de mostrarse tímido, cohibido y ansioso. Sostuvo la mirada a Terry, pero con incomodidad. Llevaba el pelo rapado casi al cero. Adiós a los paréntesis. Pero no por ello tenía un aspecto menos peligroso a ojos de Terry.

Era el dueño de su corazón.

—Me gusta. —Terry le pasó los dedos por el cuero cabelludo y notó el pelo suave contra la palma de la mano—. Vaya, me gusta mucho. Es muy relajante y tranquilizador.

—Para ya, me haces sentir como un trozo de carne —protestó Andrew, pero sonriendo y destensándose.

—Ya que sacas el tema, ¿hay algún sitio donde podamos estar solos? —preguntó ella, enarcando las cejas.

—Sí, Dave nos ha dejado la casa para nosotros. Volverá luego para que nos tomemos una cerveza, a eso de las cinco.

Terry le cogió la mano y tiró de él.

—Pues vamos ya. No hay tiempo que perder.

—Me parece una lástima tener que quitarte tu camisa preferida —replicó él.

—Es tu camisa preferida —dijo Terry, y le guiñó el ojo—. Por eso me la he puesto.

—Ah, bueno, en ese caso...

Aún no habían mencionado el hecho de que iban a movilizar a Andrew la semana siguiente. Pero tampoco hacía falta. Era algo que flotaba tácito en el aire, a punto de echarlo todo a perder.

Andrew se pegó a la espalda de Terry y se acurrucaron y todo fue casi casi normal.

Pero las sábanas de la cama no eran aquellas tan suaves de algodón que tenía Andrew. Eran las de Dave, de raso granate, y aunque se notaba por el olor que estaban recién lavadas y que las acababan de poner, no eran las correctas.

La habitación de Andrew había pasado a ocuparla Michael, el chico que había acompañado a Dave y a Andrew con máscaras de Halloween en la protesta por el discurso de Nixon. Al igual que Dave, Michael no llegaría a Vietnam la semana siguiente. Ambos aún disfrutaban de prórrogas por estudios e, incluso después de graduarse, sus fechas de nacimiento habían salido tan tarde en el sorteo que había muy pocas probabilidades de que los llamaran a filas a ninguno de los dos. El mundo era injusto.

Las sábanas eran distintas. La habitación, también. Todo era distinto, salvo ellos dos. Pero ni siquiera se sentían como siempre, y eso incluso antes de marcharse Andrew.

—Terry —dijo él, y ella se tensó.

Casi siempre la llamaba «nena». Solo usaba su nombre de pila cuando hablaba de ella con otras personas.

—Andrew.

Terry no pensaba ponérselo fácil. Rodó para quedar de cara a él.

—Sabes que te quiero.

—Y tú sabes que yo te quiero a ti.

Terry memorizó la forma de sus pestañas. Los distintos ángulos de su rostro con el pelo rapado. «No es bastante tiempo. No es bastante tiempo.»

—Quiero que seas tú misma, sin tenerme a mí como un cepo enganchado al pie.

Las palabras salieron tan seguidas de la boca de Andrew que Terry supo que las había ensayado.

—Andrew Rich —dijo Terry, fingiendo que no le había dolido. Se apoyó en un codo—. No te atrevas a decirme lo que tengo que hacer.

—No es eso —replicó Andrew—, pero...

—¿Pero?

Terry se quedó en el mismo lugar donde estaba. Aquello no iba a ser fácil para ninguno de los dos, en absoluto.

—Pero no sé si podré hacer lo que debo sabiendo sin la menor duda que estás aquí esperándome. No podré pensar en nada que no sea en ti.

Terry no tenía ni idea de adónde quería ir a parar.

—Bien, me alegro. Puedes pensar en volver a casa conmigo, en nuestro futuro juntos.

Andrew suspiró y rodó para apoyar la espalda en el colchón.

—Sabía que ibas a ponerte así.

—¿Y cómo quieres que me ponga? —Terry fijó la mirada en el póster de The Who que Dave tenía en la pared.

Andrew se tapó la cabeza con la sábana.

—No lo sé. No me hagas caso. Intento fingir que no estoy asustado, pero sí que lo estoy.

Ese sí que era el Andrew que Terry conocía. Eso sí que lo entendía. Sinceridad.

—Sam, no pasa nada —dijo ella, tirando de la sábana hacia abajo—. Viajas al Monte del Destino. Nadie sabe lo que va a pasarte cuando llegues.

—Sé que el Enemigo no está allí.

Andrew volvió la cabeza para mirarla.

Terry asintió.

—Es cierto. Eso lo sabemos todos. Eres un hombre muy bueno por querer ir.

—¿Lo soy?

—Eres un hombre bueno. —Terry no iba a llorar. Iba a ser fuerte, más de lo que creía poder ser. Ken lo había predicho—. No permitiré que rompas conmigo. Esto es... es culpa mía. El doctor Brenner lo organizó todo, de alguna manera. No quería decírtelo, pero...

—¿A qué te refieres?

—Pues a eso, a que es culpa mía. Creo que todo esto te lo ha hecho él.

—No tiene importancia. —Andrew se quedó callado un momento. Se inclinó hacia ella y le dio un beso tan suave en los labios que Terry apenas lo notó—. No es culpa tuya. Vete a saber si ese doctor hizo algo o no. También podría haber ocurrido de todas formas.

Terry no logró responder nada. Asintió con la cabeza.

—Y esto no es una ruptura —prosiguió él—. Es tu libertad. No quiero que estés aquí esperándome si te sale alguna otra cosa. No podré hacer lo que debo si pienso que estoy siendo un lastre para ti. No quiero que pase eso. Así que tomémonos un descanso mientras estoy fuera. No voy a dejar de amarte. Y espero regresar a casa y que volvamos a estar juntos.

Terry quiso responder: «Volverás. Estaremos juntos. No hace falta nada de esto».

Pero aquello no era algo que pudiera prometerle. No veía el futuro. Nadie podía conocer el futuro de un soldado. O, si lo sabían, no hablaban sobre él. Demasiado a menudo, era un futuro que nadie quería contemplar. Era evidente que Andrew había practicado aquel pequeño discurso.

Terry suspiró.

—Si es lo que necesitas, es lo que haremos.

Andrew espiró. Se dejó caer sobre el colchón como si sintiera un alivio infinito.

Terry salió de la cama y hurgó en su bolso en busca de la cámara.

Él levantó las cejas.

—Te voy a lavar esa mente con lejía —dijo ella—. Solo quiero un retrato para acordarnos de este momento.

—Oh —repuso él—. Pero ¿no necesitamos a alguien que nos saque la foto?

Terry negó con la cabeza.

—No. Tenemos los brazos largos. Tú la sujetas de un lado, yo del otro, y levantaré el dedo para apretar el botón. Voy a colocarla en posición.

Alice había sido la autora de la genial idea de sacarse fotos a una misma con la cámara. A Terry jamás se le habría ocurrido intentarlo.

Apoyó la rodilla en la cama, miró por el visor —de verdad, qué bien le sentaba el pelo corto— y, cuando se quedó contenta con el ángulo, le hizo un gesto para que levantara la mano. Andrew sostuvo la cámara mientras ella se dejaba caer junto a él, sin soltar el otro lado con la palma de la mano. Se apretó contra él para que las dos caras entraran en el plano.

—Sonríe —dijo, antes de mover el dedo para apretar el botón—. ¡Espera! —exclamó cuando él empezó a bajar la cámara.

La película de Polaroid era cara, pero aquello era importante. Levantó el otro brazo para coger la fotografía cuando salió por la ranura delantera.

—Esto debería formar parte del entrenamiento básico —dijo Andrew, como si tener el brazo en alto supusiese un esfuerzo inhumano.

—Otra para mí —pidió ella, y se tumbó de nuevo.

Volvió la cara para darle un beso en la mejilla y sintió que la sonrisa de Andrew se ensanchaba. Apretó el botón. Otro zumbido, otra foto saliendo.

Andrew dejó caer la cámara al lado de Terry y el aparato rebotó un poco por el colchón. Volvieron a acurrucarse juntos y abanicaron las fotos, esperando a que se revelaran.

Terry deseó que existiera algún truco para sacar una foto de aquel momento y quedarse en él hasta que nada pudiera interponerse en su camino hacia otro millón de momentos como ese.

Andrew la llevó en su Barracuda de vuelta a la residencia de estudiantes, y ni siquiera se molestó en encender la radio. El plan era dejarla en casa y volver para tomarse aquella última cerveza con Dave. Pero cuando aparcó delante del edificio, se quedó un poco más. Cogió su Polaroid del salpicadero y la miró. Los dos sonreían en la foto, Terry un poco más adelantada para poder apretar el botón.

—Gracias —dijo Andrew—. Por esto.

—Gracias a ti, cariño —respondió Terry.

Lloraría más tarde. En ese momento, ni hablar.

«Ojalá te quedaras. No te vayas. Tengo la sensación de que me quedan cosas por decir, pero no quiero decirlas porque sería como reconocer que no volveré a verte nunca.»

Andrew volvió a dejar la foto. Cogió las manos de Terry.

—Quiero que estés bien. Hunde a ese gilipollas del laboratorio. Cuida de mi hermanita pequeña.

Terry tuvo que sonreír al oír aquello, pero estuvieron a punto de saltarle las lágrimas al hacerlo.

—Estoy en ello. Lo juro.

—Podrás con él. A mí ni se me ocurriría enfrentarme a ti.

—Bueno, tú no eres un monstruo.

Andrew aún no sabía toda la verdad sobre los monstruos de Alice y de cuándo procedían. Terry no tenía ninguna intención de hablar del futuro, no en ese momento. Ya sacaría el tema cuando Andrew regresara. Cuando tuvieran un futuro por delante.

—Más vale que me vaya. Evita a los monstruos innecesarios —dijo Andrew—. Y escríbeme de vez en cuando.

—Lo mismo digo.

Y Terry lo besó, sin saber si sería por última vez o no.

3

Ken no era tan tonto como para quedar en el restaurante de Terry, donde alguien podría reconocerlo como amigo suyo y mencionárselo. En vez de eso, había quedado con Andrew en un restaurante barato del campus, donde servían el mejor café de la zona. Los camareros siempre se escandalizaban al ver que Ken le echaba tres terrones de azúcar, pero a cada cual le gustaba el café como le gustaba.

Andrew se sentó delante de él en el reservado y se pasó la mano por la cabeza rapada. Ken reconoció el gesto de la última vez que él se había cortado el pelo, hacía años ya, y también recordaba que se buscaba los rizos perdidos siempre que se sentía estresado.

—Tío, más vale que tengas razón —dijo Andrew—. Ha sido durísimo.

—Terry ya va a pasarlo bastante mal. —Ken no conocía los detalles. De hecho, seguía sintiéndose perdido en todo lo referente a Terry. Le llegaba en oleadas la certeza de que era una mujer fuerte y que cada vez lo sería más, pero el retrato estaba incompleto. Saberlo era frustrante, y Ken no estaba seguro de haber hecho lo correcto al ponerse en contacto con Andrew y aconsejarle que rompiera con Terry mientras estaba fuera—. Como te dije, lo está pasando mal, y seguir con ella podría ponernos en más peligro a todos.

—Ella te odiaría si se enterara de que has actuado a sus espaldas.

—Lo sé. —Ken suspiró—. Se supone que no debo entrometerme en cosas importantes. Creo que ya te dije que me lo enseñó mi madre, de niño.

Andrew llamó a la camarera con la mano.

—¿Qué te pongo, cielo? —preguntó ella, sin dejar de mascar chicle.

Andrew titubeó.

—Un batido de chocolate. —Cuando ella asintió y se marchó, Andrew dijo—: Más vale que disfrute de la vida. —Se inclinó hacia delante y apoyó los codos en la mesa—. Y respecto a lo de entrometerte... bueno, esto son cosas pequeñas, ¿verdad? Nuestras vidas. Justo ahí está el meollo. Todos somos prescindibles.

Ken no estaba de acuerdo. Y además...

—Será mejor que no digas esas cosas cuando estés allí.

—Estoy seguro de que no seré el único.

Ken tuvo un extraño momento de transferencia al mirar a Andrew. Podría haber sido él mismo perfectamente quien tuviera que marcharse al extranjero, y aún podía, si la guerra seguía en marcha cuando se graduara. Su número del sorteo era relativamente alto, por lo que, de momento, estaba a salvo. Se preguntó cómo sería para él la vida militar. Nada buena, supuso. O sí, mientras fuese reservado y no revelara sus secretos. Ya estaba acostumbrado a ello, pero eso no significaba que le gustara.

—Nadie es prescindible —dijo Ken—. Pensar que sí es un error que comete todo el mundo.

—Suenas como si hablaras por experiencia propia. —Andrew repiqueteó los dedos contra la mesa—. ¿Cuál es tu rollo, por cierto? ¿Eso de la videncia es real?

Ken miró por la ventana del restaurante mientras respiraba unas cuantas veces, esperando a que le llegara alguna sensación. ¿Debería responder? ¿Debería ser sincero?

«Puedes confiar en este hombre, igual que confías en Terry.»

«Muy bien, pues.»

—Mi familia siempre ha creído en estas cosas, y para mí son reales. Es lo que puedo decirte. Llevo toda la vida lidiando con estos sentimientos sobre lo que podría llegar a ocurrir. —Ken dio un sorbo a su café y dejó la taza en la mesa. La hizo rodar con nerviosismo—. Y siempre creí que la familia protege a la familia, pero ahora me parece que cada cual decide a quién quiere proteger.

—¿Y qué cambió? —Andrew parecía muy interesado.

—Mi familia empezó a tratarme como si fuese prescindible. —Ken se pasó las manos por los vaqueros. Casi nunca hablaba de aquello. Le sudaban las palmas—. Les parece bien que yo sea diferente, el tipo de diferente que ellos entienden, pero no ningún otro más.

Andrew meneó la cabeza y Ken supo que aún no lo había comprendido del todo.

—Lo siento mucho —dijo Andrew—. Mi familia siempre me ha apoyado, aunque creen que he sido un idiota. Eso tiene que doler.

—Dolía. Ahora, menos —respondió Ken. Puso una sonrisa triste—. Bueno, mientras no piense en ello.

—¿Qué pasó? —preguntó Andrew.

La gente nunca entendía que ser vidente no significaba acertar siempre. No significaba que Ken tuviera todas las respuestas. No significaba que nunca la pifiara. La gente podía decepcionarlo, igual que a cualquier otra persona. Pero, ya puestos, seguiría siendo sincero.

—Les dije que estaba saliendo con un chico. Más tarde cortamos, pero sé que me enamoraré algún día. Y que será de un hombre. Creo que conoceré a la persona de quien me enamore en Hawkins.

—No tenía ni idea. O sea, no me habría dado cuenta en la vida. —Andrew tenía aire de estar entrando en pánico.

—Supongo que debería tomármelo como un cumplido.

—Estoy siendo un mamón —se disculpó Andrew—. Lo que quería decir es que tiene que ser muy jodido perder a la familia por querer a alguien. Lo siento, hermano. —Sonrió—. Así que ¿por eso vas en realidad a Hawkins? ¿Para conocer a tu hombre?

Ken le devolvió la sonrisa. Cuando la confianza salía bien, no había una sensación mejor.

—Por eso y por lo que les dije a Terry y a los demás. De

verdad creo que todos somos importantes para los otros. Era algo que sabía que tenía que hacer. —Hizo una pausa—. Pero tampoco hace daño estar buscando al hombre de mi vida.

—Entonces ¿aún no tienes candidatos?

—No hay mucho donde escoger. Pero lo sabré —dijo Ken—. O, al menos, eso espero.

La camarera regresó con el batido de Andrew, en vaso alto, con espuma y un aspecto delicioso.

—Gracias —le dijo Andrew.

—Oye, ¿alguna vez has mojado patatas fritas en un batido de chocolate? —preguntó Ken.

—No —dijo Andrew—. ¿Qué brujería es esa?

—Pues no has vivido —le aseguró Ken. Volvió a llamar a la camarera y pidió unas patatas fritas. Cuando la mujer se hubo marchado, preguntó—: ¿Cómo se lo ha tomado Terry?

Andrew esbozó una media sonrisa.

—No me lo ha puesto fácil.

—No me extraña nada.

Andrew titubeó.

—No quiero saber nada sobre mí, pero Terry... ¿estará bien?

—No lo sé —respondió Ken—. No lo sé sobre ninguno de los dos. Por eso te he llamado. Es solo que... sentí que las cosas podrían irle mejor si os tomabais un descanso mientras no estás. No puedo explicarlo de otra forma mejor.

Llegaron las patatas fritas. Andrew cogió una y la mueca que hizo reveló lo calientes que estaban. La mojó en el batido y le dio un mordisco.

—¡Es increíble! Caliente y fría, salada y dulce.

Ken extendió el brazo para coger también una patata.

—Te prometo que haré todo lo posible para que esté bien. ¿Te basta?

—No —dijo Andrew, arrastrando el plato al centro de la mesa y empujando también su batido—. Pero no siempre puedes conseguir lo que quieres.

You Can't Always Get What You Want. La sabiduría de los Rolling Stones. Ken parafraseó otro verso de la canción:

—A veces no puedes conseguir ni lo que necesitas.

4

Terry parecía una sonámbula a la que acabaran de despertar. Notaba el mundo raro, pero tampoco tan distante como lo había sentido en las semanas anteriores. Incluso en el laboratorio de Hawkins. Contarle a Andrew que creía que ella era la culpable de su marcha a Vietnam le había quitado de encima un sentimiento de culpa que ni siquiera era consciente de que acarreaba.

El doctor Brenner entró en la sala y dejó un vasito con pastillas en la mesa que había al lado de Terry, junto con otro vaso lleno de líquido.

—Vitaminas —dijo—. Me he dado cuenta de que no se está tomando las que le entregué. Y eso es agua.

Terry sorbió con cuidado hasta que estuvo segura de que en el vaso no había nada más que agua. Luego se tragó las vitaminas, a pesar de que...

—No, no me las he tomado. Pero algo de lo que está dándome afecta a mi metabolismo, a mi peso —dijo.

—¿Acaso su novio se ha quejado? —preguntó él.

Terry ya no tenía novio, al menos no en términos estrictos. Había sobrevivido a la despedida. Aun así, había rezado por Andrew esa mañana y volvería a hacerlo por la noche. Su preocupación por él era constante. Aunque al menos ya no rompía a llorar con cada canción ñoña que oía en la radio. ¿Era eso lo que se sentía al «seguir adelante»? No le gustaba nada, pero era mejor que el suplicio de esperar a que sucediera lo inevitable. Mejor que no haberle contado un gran secreto.

Con todo, decidió no responder la pregunta de Brenner.

—¿Qué lo provoca?

El doctor la observó un momento antes de acercarse con su estetoscopio y Terry no supo muy bien cómo logró evitar encogerse cuando se lo apretó contra el pecho. Sintió el frío metal como un aguijonazo en la piel, incluso a través de la bata. Brenner lo llevó hacia abajo para escuchar su vientre.

—Parece usted despierta. Más que en otras ocasiones recientes.

Terry había advertido a los demás, con una señal silenciosa en la furgoneta que los llevaba al laboratorio, de que intentaría hablar otra vez con Kali. ¿Se presentaría por fin la niña en el vacío? Se estaban quedando sin opciones buenas.

—¿Hoy se siente mejor? —insistió Brenner.

—Hoy me siento bien —reconoció ella a regañadientes.

—Eso es que está haciendo efecto lo que le damos. —Lo dijo de un modo que dejaba claro que no esperaba que Terry le discutiera la afirmación.

—O no.

Brenner mantuvo la mirada en ella.

—Señorita Ives, si no es capaz de hacer lo que es mejor para usted, entonces...

Qué ganas tenía de replicarle. Quería exigirle que terminara la frase, que se parecía muchísimo al principio de una amenaza. Pero...

Pero recordó que Brenner se había presentado en casa de Gloria, y lo alterada que se había mostrado ella cuando le contó la visita a Terry. Brenner había encandilado a sus padres. Tenían que proceder con cautela.

—Me he tomado las vitaminas —dijo—. Usted mismo lo ha visto.

—Bien —aceptó él—. Y ahora, esto.

Entre sus dedos apareció una pequeña tableta de ácido, que Terry cogió.

Se la puso en la lengua e, ignorando por completo la presencia de Brenner, cerró los ojos para esperar. Ni siquiera los abrió cuando oyó que entraba alguien. Sería el celador de siempre, sin duda. Terry recordó su primer día en el laboratorio, cuando miró el monitor cardíaco y conjuró esa línea en su mente: pico, pico, y luego regular, regular.

Antes de que pasara mucho tiempo, o al menos eso le pareció, se sumergió más. El agua ondeó bajo sus pies y el vacío la rodeó.

Esperó. Se sentía fuerte, despierta.

Kali tenía los brazos cruzados cuando salió dando zancadas de la oscuridad.

Terry estuvo a punto de caer de rodillas de puro alivio.

—No he podido venir —dijo Kali—. Tenía demasiado sueño. No estoy segura de que estas cosas sean sueños.

—¿Estabas enferma?

—No me encontraba bien. Papá ha venido a verme todos los días —dijo Kali—. Espero que Alice no esté triste porque no haya ido a visitarla. Prometí a papá que sería una buena chica.

El corazón de Terry se aceleró. Tuvo que obligarlo a calmarse.

—Pero no sabe que hablaste con Alice, ¿verdad?

Kali negó con la cabeza.

—¿Crees que aún podrás arreglártelas para distraerlo? No te causará problemas, ¿verdad?

Kali ladeó la cabeza, pensativa.

—¿Dices que hace falta que venga a verme?

—Lo que sea que hicieses el otro día funcionó genial. Solo necesito poder estar sola un tiempo.

—Se enfadó mucho por eso, pero tengo otra idea —anunció Kali, y entonces desapareció.

De vuelta en el laboratorio, Terry abrió los ojos y fingió desperezarse y bostezar.

—Me gustaría echarme un rato —dijo—. No me encuentro tan bien como creía.

Brenner alzó la mano en dirección al catre. ¿Era posible ser sarcástico sin decir una sola palabra? En caso afirmativo, Brenner dominaba ese arte.

Terry se desplazó, fingiendo estar tan cansada como le fue posible. Se dejó caer sobre el fino colchón, rodó para ponerse de lado y se cubrió la cara con los brazos.

El altavoz que había en lo alto de la pared chasqueó.

—Tenemos un Código Índigo —dijo una voz de hombre—. Doctor Brenner, acuda al ala G para un Código Índigo.

El rostro del doctor Brenner se crispó con lo que parecía ira. Su cuerpo estaba tenso como una cuerda de arco cuando empezó a moverse. Terry bajó los pies de la cama, desconcertada.

—¿Qué ocurre? —preguntó con inocencia.

Le preocupaba Kali, vista la expresión de Brenner.

—Nada que deba inquietarla. —dijo este, e hizo un gesto al celador para que lo siguiera al pasillo mientras el altavoz repetía la llamada.

Terry fue a la ventana de la puerta y miró el pasillo. No podía permitir que los esfuerzos de Kali fuesen en vano. Esperó hasta que los hombres se perdieron de vista, se puso el bolso al hombro y salió corriendo al pasillo. En esa ocasión, no hizo ningún giro en falso.

El nuevo código que Alice había memorizado funcionó

sin problemas y le permitió superar la puerta con teclado que había de camino al despacho de Brenner. Había cierto alboroto en el pasillo que llevaba a la habitación de Kali. Terry oyó gritos y el tono autoritario del doctor. Miró, esperando ver al personal del laboratorio, pero, en vez de eso, se encontró con un muro de llamas que parecía real aunque no pudiera serlo. No había calor.

Kali estaba creando una ilusión para distraer a Brenner.

Terry siguió avanzando deprisa. Seguro que tenían cámaras de seguridad por todas partes. Su única esperanza era que no fuesen tan concienzudos revisando el metraje como deberían. Entró en el despacho de Brenner y se permitió un momento para una victoriosa inspiración profunda.

«Aún no he salido victoriosa.»

—Muy bien —murmuró.

Dejó el bolso en una silla, sacó la cámara gris y negra y la puso en el escritorio de Brenner. «Un momento.»

Las fotografías necesitaban contexto.

Rodeó la mesa para sacar una foto de la placa con el nombre del doctor Martin Brenner. En su mente añadió: «Genio del mal». La cámara ronroneó y escupió la foto por delante.

En aquella estancia silenciosa, el sonido despertó ecos. Terry rezó para que estuvieran solo en su cabeza, para que fuesen cosa del tripi. Dejó la fotografía en la mesa para ir formando un montoncito encima. Solo podía sacar siete más antes de quedarse sin película.

Dejó la cámara en el escritorio y fue hacia el archivador. «Tendría que haber mirado un reloj para saber cuánto tiempo llevo fuera.»

Pensamiento al que, de inmediato, siguió: «Ya es demasiado tarde».

Tiró de un cajón para abrirlo y fue pasando ficheros en

busca de las carpetas de los niños. Las que tenían las palabras «Proyecto Índigo» mecanografiadas en la parte de arriba.

«Bingo.»

Acabó encontrando la carpeta que debía de pertenecer a Kali. «008. Edad: cinco años.» Leyó en diagonal su contenido, que era una narración de experimentos y hallazgos: «La niña muestra unos dones que requieren aislarla de quienes podrían debilitarla... No deja de pedir una familia y que se la llame por su nombre de pila... Ha dejado de preguntar por su madre... Ha mantenido una ilusión creíble de un océano durante cinco minutos, pero sin ejercer ningún control... Su potencial crece con cada día que pasa...».

Terry seleccionó dos páginas y las fotografió una tras otra, con más zumbidos que resonaron contra las paredes. Confirmó que los archivos terminaban en 010, no en 011. Luego sacó otra foto de la hilera de documentos, por si lograba convencer a algún reportero de que investigara el laboratorio.

Pero ¿qué pasaba con el otro experimento, el de Terry y sus amigos?

Probó en otro cajón y encontró carpetas coronadas por las palabras Proyecto MKUltra. ¿Sería eso? Abrió un archivo y comprendió que era el suyo.

«Necesitas el de Alice.»

Volvió a dejar el suyo y buscó entre los demás. Alice Johnson, ahí estaba. Uno de sus folios era solo un registro de dosis y fechas de ácido y electrochoque. Había un informe de la doctora Parks que empezaba diciendo: «Es imposible determinar si el electrochoque da resultado o solo traumatiza a la paciente».

Brenner había añadido una nota manuscrita que rezaba: «Incrementar la potencia debería aclarar...».

Terry fotografió esa página. Leyó la siguiente, que era una circular que planteaba la propuesta de que los sujetos del experimento MKULTRA residieran en el laboratorio. Tenía un sello de PENDIENTE. REQUIERE MÁS ESTUDIO.

«Eso no puede suceder.»

Había pasado demasiado tiempo. Terry tenía que irse.

Guardó las fotografías en el bolso, junto con la cámara. Se pasó la correa por el hombro y practicó la mentira drogada que iba a contar sobre el hecho de haber seguido al doctor Brenner por el pasillo y luego haberse preguntado si estaría en su despacho.

El alboroto del pasillo había terminado, y solo había silencio.

Regresó a su sala sin que nadie la viera. O sin que la interrumpiera nadie, por lo menos.

Ya no se sentía tan fuerte, pero sí se encontraba mejor que antes. ¿Debería ir a la habitación de Kali? Debería. La niña podría tener problemas. El hecho de que Brenner todavía no hubiera vuelto no podía significar nada bueno.

Terry no podía permitir que a la niña le pasara algo por culpa de aquello, así que volvió a salir al pasillo, con sombras creciendo en los bordes de su campo visual a medida que se ponía más paranoica. Pero, de nuevo, nadie la detuvo. No vio a un alma de camino a la habitación de Kali.

Cuando llegó, el doctor Brenner estaba esperando de pie junto a la puerta.

—Esta vez la he visto —dijo—. No servirá de nada que dé media vuelta, señorita Ives. Quiere comprobar si la niña está bien. Estoy seguro de que a ella le encantaría verla a usted.

Terry no entendía lo que estaba ocurriendo, pero de todos modos abrió la puerta de la habitación de Kali. Necesitaba verla.

La niña estaba recostada en la litera superior, llorando con los puños cerrados en torno a las sábanas. Estaba empapada de sudor. Incluso desde la puerta, Terry alcanzó a ver que la bata estaba húmeda.

—Kali, ¿estás bien? —preguntó Terry.

—¿Puedes meterte en la litera de abajo? —pidió la niña, tosiendo y sollozando.

Terry miró nerviosa al doctor Brenner, que la había seguido al interior de la habitación. Este alzó las cejas.

—Por mí no hay problema.

Era justo lo contrario de lo que debería estar haciendo. Tendría que estar huyendo de allí. Ya tenía las pruebas. Pero abandonar a Kali antes de asegurarse de que estuviera bien no era ni siquiera una opción.

Se tumbó en la cama y se quedó mirando el colchón de encima, sujeto por listones de madera. Deseó con desesperación poder ir al vacío para mantener una conversación a escondidas con la pequeña.

—Se lo he contado —dijo Kali—. Que tú y yo hablamos.

«Demasiado tarde para tener intimidad, pues.» Terry quería mirar a Brenner, evaluar su reacción. Sin embargo, no pensaba darle esa satisfacción.

Pero cuando él se movió, Terry volvió la cabeza y salió de la cama. Estaba asustada, pero ¿de qué? No lo sabía.

Lo único que había hecho Brenner era apoyarse contra la pared.

La sonrisa de suficiencia del doctor le hizo ver a Terry que sabía que ese punto lo había ganado él. Terry miró a Kali.

—¿Qué le has contado?

El rostro de Alice flotó en la mente de Terry. Si Brenner descubría que tenía visiones del futuro, no habría forma de detenerlo.

—La verdad —dijo el doctor Brenner—. Que le pediste que me distrajera.

El corazón de Terry martilleó como un redoble de tambores.

—Le ha dicho que yo... yo... —tartamudeó Terry. El miedo la tenía anclada al suelo. Odiaba tener miedo de ese hombre. Brenner no se lo merecía. Pero ¿cómo no iba a estar aterrorizada? ¿Brenner sabía algo acerca del vacío?—. Yo no...

—A papá no se le cuentan mentiras —dijo Kali en voz baja. Volvió la cabeza hacia Terry y, mientras Brenner la imitaba, la niña se llevó un dedo a sus labios temblorosos e hizo la señal de guardar un secreto. Por tanto, Brenner no lo sabía—. Siempre las descubre.

El doctor Brenner dio un paso hacia las literas y devolvió su atención a Kali.

—Exacto. —Dio una palmada. Estaba sonriendo—. Tengo muchas ganas de verte actuar el mes que viene. Ya lo sospechaba, pero el gran incendio de hoy lo confirma. Estás haciéndote cada vez más fuerte. Muy prometedora.

Qué curioso. No era la forma en que Terry describiría aquella sensación.

—¿Qué pasará el mes que viene? —preguntó, orgullosa de lo firme que mantuvo la voz.

—Una sorpresa para Kali —dijo el doctor Brenner—. Y para usted.

Terry cerró los ojos. «Serás hijo de puta.»

5

El doctor Brenner la escoltó de vuelta a su sala. El celador había extendido el contenido de su bolso en una mesa, incluidas la cámara y las fotos del despacho de Brenner. Ah, y la enorme compresa y el cinturón menstrual que Terry siempre llevaba a mano últimamente.

—¿Ha estado menstruando con regularidad? —preguntó Brenner.

—Por Dios, al menos invíteme antes a cenar —espetó Terry.

Le ardían las mejillas. Aquel no era un tema de conversación que fuese precisamente habitual.

—¿Sí o no?

—Sí, aunque no sea asunto suyo.

—Solo pretendo comprobar los efectos secundarios de su medicación. ¿Es una vez al mes?

Brenner esperó con su mirada láser clavada en ella.

—En realidad, no. Va y viene —dijo Terry, todavía sonrojada—. Cada dos por tres, por esa razón lo llevo en el bolso. Quizá no lo sepa, pero muchas mujeres manchan, sobre todo si están estresadas. ¿Quiere que le siga contando más cosas? Tengo mucho que decir sobre los dolores menstruales.

Brenner, sin inmutarse, cogió el montón de fotografías Polaroid, impasible ante los intentos de Terry de avergonzarlo igual que había hecho él con ella. Miró las fotos con lenta deliberación, estudiándolas una por una.

—Esta me la quedo —dijo, enseñándole la de la placa con su nombre en el escritorio. Volvió a dejar el resto del montón—. Las demás puede llevárselas. Es imposible distinguir más que alguna palabra suelta. Siento mucho que su plan no haya salido bien. Que tenga más suerte la próxima vez... solo que mejor que no la haya.

Terry aún sentía los efectos del LSD y le parecía que la sala entera estaba vibrando.

—¿Hemos terminado?

—Casi. —El doctor Brenner la observó—. Terry, usted y sus amigos forman parte de una investigación muy importante. Al igual que Kali. Sé que quizá le parezca cruel, pero en realidad se los trata con mucha humanidad. Hay países que hacen cosas mucho mucho peores en su propósito de expandir los límites del conocimiento humano.

A su alrededor aparecieron sombras. O quizá era que el ácido le permitía verlas. Tal vez el doctor Brenner siempre anduviera envuelto en sombras, como un Jinete Negro que saliera galopando de las páginas de su libro.

Terry se vio incapaz de fingir que no veía lo que era Brenner.

—¿Ah, sí? ¿Mantienen aislada a una cría de cinco años de otros niños para preservar su pureza? ¿Tienen a criaturas viviendo en celdas, en lugares como este? ¿Con batas de hospital? ¿Aislados del mundo y de lo que supone ser un niño?

—Esos niños podrían ser nuestra única ventaja. —Brenner se quedó callado un momento. Cuando volvió a hablar, lo hizo con una leve sonrisa—: En un reciente informe de inteligencia me comunicaron que los rusos han desarrollado la teoría de que las madres y sus hijos tienen un enlace mental. ¿Sabe cómo intentaron comprobar esa teoría? Criaron unos conejos, y luego pusieron a las madres y sus retoños en salas diferentes y mataron a los bebés para ver si la madre lo sentía.

—Dios. —A Terry se le revolvió el estómago. Por su cabeza saltaron imágenes de conejitos muriendo. Pop-pop. Pop—. Creo que debería marcharse. Este viaje se está volviendo demasiado intenso.

Terry cogió las fotografías que había dejado Brenner y se las llevó con ellas al camastro.

Brenner se quedó donde estaba.

—Nos veremos la semana que viene, señorita Ives. No le interesa poner a prueba hasta dónde soy capaz de llegar para encontrarla y traerla de vuelta. —Hizo una pausa—. Pero, claro, quizá sea usted como la madre conejo en esta situación que tenemos. Sé que volverá, porque no va a arriesgarse a que castigue a una niña en su lugar.

Terry se negó a decirle que tenía razón. Aunque era evidente que él ya lo sabía.

—He dicho que se marche —repitió.

Cuando Brenner hubo salido, Terry miró las fotos que había sacado con su preciada película Polaroid. Eran todo nombres y textos borrosos que no tendría ningún sentido para nadie que no hubiera visto el documento completo. Al final, no había conseguido nada...

Excepto que la pillaran.

6

Había hombres que creían estar por encima del doctor Brenner, pero a los que él, en la intimidad de su mente, consideraba sus patrocinadores, sus financiadores, las personas a las que entregaba informes, no a las que rendía cuentas. La distinción era importante.

La única forma de desarrollar un gran trabajo era hacerlo a su propia manera. Cuando se empezaba a obedecer los caprichos y la dirección de otras personas, se asentaba la podredumbre. Por suerte para él, la mayoría de las personas influyentes cuyo apoyo necesitaba se habían podrido hasta la médula hacía mucho tiempo. Manipularlos resultaba bastante sencillo. La gente podía perder la valentía y las convicciones con mucha facilidad.

Sin embargo...

Las quejas de aquel agente de seguridad habían llegado a bastantes oídos después de su traslado, a pesar de que había reconocido que no era capaz de poner escuchas en un taller privado. Había varios hombres que querían un informe de los últimos progresos, dado que Brenner ya llevaba meses desplegado sobre el terreno.

Por tanto, Brenner iba a enviar una invitación a la oficina del director, proponiéndole hacer una demostración. Kali daría un buen espectáculo. La niña haría cualquier cosa para tenerlo contento, después de que Brenner la hubiera sorprendido confabulándose con Terry Ives.

Brenner seguía esperando que la mujer se diera cuenta de la verdad sobre su estado.

Si Terry seguía concibiendo la idea de que podía escapar de sus garras, en fin, sin duda comprendería pronto que eso no iba a ocurrir. No con el cargamento tan valioso que transportaba.

7

Terry no estaba dispuesta a rendirse. El hecho de que Brenner hubiera averiguado que estaba buscando documentos era malo. Pero, en el camino de regreso a casa en la furgoneta, se le ocurrió una idea.

¿Y qué si aún no tenía pruebas? ¿Y qué si las fotos que había sacado no servían de nada? De todas formas, aún podía invitar a alguien para que fuese a investigar. Tenían que sacar a la luz pública las maquinaciones de Brenner para poder liberar a Kali. Y Brenner no era el único capaz de planear sorpresas.

Cuando volvió a la residencia, pidió la guía telefónica en el mostrador y fue a la sección del pueblo más próximo a

Hawkins. Allí encontró el nombre de un periódico de tirada decente y su número de teléfono.

Luego hizo cola detrás de las chicas que había siempre esperando a esas horas para hacer sus llamadas nocturnas a los novios que habían dejado en casa. Le dolían los dedos por la anticipación cuando por fin hizo rodar el dial marcando un número tras otro y, entonces, el teléfono empezó a llamar.

—Redacción —respondió un hombre a medio bostezo, después de tres tonos.

—Quería... Queríamos darle una idea para un artículo —dijo Terry—. Creo que quedaría pero que muy bien. Tenemos un nuevo director aquí, en el Laboratorio Nacional de Hawkins, al que todo el mundo elogia. Está trabajando en unos proyectos muy emocionantes y secretos que...

—¿Desde cuándo hay un laboratorio en Hawkins? —la interrumpió el hombre.

—No se lo creería.

Terry se enrolló el cable del teléfono alrededor de la mano mientras seguía hablando y trató de no exagerar lo estupendo que sería el artículo. El reportero estaba ocupado los siguientes dos jueves. Pero ¿el tercero? Por supuesto, estaría encantado de ir a conocer a ese tal doctor Martin Brenner y ver qué se cocía al lado del pueblo.

Terry colgó con una sonrisa lúgubre en los labios.

10

Los hombres tras la cortina

ABRIL DE 1970
Bloomington, Indiana

1

Una cegadora luz matutina entraba por la ventana de la habitación de la residencia.

—No quiero ir, pero tengo que hacerlo.

Terry tenía los ojos tapados con el brazo y gimoteaba dirigiéndose a Stacey. Llevaba una hora despierta, pero volver a meterse en aquella furgoneta para desplazarse al laboratorio y caer entre las zarpas de Brenner parecía una gesta imposible de afrontar.

Sin embargo, debía hacerlo. Había vuelto a llamar al reportero el día anterior, haciéndose pasar por alguien del laboratorio, y había confirmado que el hombre seguía decidido a acudir. Terry le había dicho que llegara a las diez y media de la mañana, puntual, y que diera el nombre del doctor Martin Brenner al personal de seguridad. Y a Terry le habían entrado los nervios. ¿Había hecho algo inteligente o algo estúpido?

No estaba segura.

—Mándalo a tomar por saco, igual que hice yo.

Stacey estaba atareada completando de una sola sentada los trabajos universitarios que necesitaban en realidad tres días, su método habitual. Terry no comprendía cómo había logrado hacer creer a todo el mundo que solo tenía una inteligencia del montón, porque saltaba a la vista que Stacey era la más lista de todos. Hacía lo que le daba la gana y siempre se salía con la suya.

Terry apartó el brazo de los ojos. El lado de la habitación que ocupaba Stacey era un caos de pósters de grupos y páginas arrancadas de revistas que resumían técnicas de maquillaje. Terry era más ordenada: tenía unas cuantas fotos de familia enmarcadas y el cartel de la película *Sabrina*, protagonizada por Audrey Hepburn, que su tía le había regalado por su cumpleaños cuando era una adolescente.

—Tengo la sensación de que la furgoneta se presentaría aquí y alguien me obligaría a subir en ella —dijo Terry.

—¿Estás volviéndote más paranoica o es cosa mía? —Stacey lanzó la pregunta volviendo la cabeza hacia atrás y siguió escribiendo sus trabajos.

—Tengo motivos para pensarlo.

Y Stacey no conocía ni la mitad de ellos. Brenner se había negado a decir nada más acerca del anuncio sobre la sorpresa que habría ese mes. Hasta el momento, no había ocurrido nada digno de ese nombre, y Terry no había vuelto a ver a Kali. En las dos últimas sesiones, Brenner se había dedicado a interrogarla sobre su pasado, por lo que no había podido ir al vacío. El pavor había sido su compañero inseparable.

—Ya lo creo, todo ese LSD. Ya me extraña que no estés de viaje permanente, o igual sí que es así. A lo mejor por eso te has puesto tan paranoica.

—No me refería a eso.

La paranoia de Terry tenía título, nombre y apellido:

doctor Martin Brenner. No podía dejar de ir al laboratorio sin más. Era posible que Kali sufriera por ello. Gloria, Ken y Alice seguían atrapados, y ella también. No podían dejar que Brenner ganara.

«Y no vamos a permitirlo.»

—No pienso rendirme —dijo Terry, sin moverse.

—Bueno es saberlo —respondió Stacey, que estaba acostumbrada a proclamas como aquella—. Ojalá hubieras podido soltarle a Paul un discurso motivador de esos tuyos para que se quedara en el grupo. No me parece justo culpar a Yoko, pero ¿a quién va a culpar la gente, si no?

Los Beatles habían decidido separarse y lo habían mantenido en secreto hasta esa semana, en la que Paul había hecho el gran anuncio de que iniciaba una carrera en solitario.

—Se supone que John iba a marcharse el primero —señaló Terry—. Podrían echarle la culpa a él.

—¡Ya, claro! —bufó Stacey—. ¡Ah, se me había olvidado! Te ha llegado una postal de Andrew.

Terry salió disparada de la cama.

—¿Cómo no me lo dijiste ayer?

El correo llegaba a media tarde y eso significaba que la postal estaba en la habitación desde el día anterior. Tenía una foto del Arco de San Luis. Terry le dio un golpecito con ella a Stacey en el cogote para que el mensaje calara y se sentó en el borde de la cama a leerla.

Nena:

«Un principio prometedor», pensó Terry. Quizá a Andrew se le hubiera pasado ya aquella chorrada de separarse mientras él estuviera lejos de casa.

Solo quería escribirte unas líneas en mi fin de semana de permiso. Y decirte que me marcho mañana. Te haré llegar una dirección a la que puedas escribirme. Llamaré a casa siempre que pueda y mi madre me ha hecho prometerle que escribiré todas las semanas. Así que puedes llamarla para que te ponga al día. Te echo de menos. Pero sé que tomamos la decisión correcta.

Quiero que vivas tu vida mientras yo no estoy, pero piensa en mí de vez en cuando. Yo soñaré contigo y con irnos a vivir a la Comarca. Para nosotros, nada de Puertos Grises.

Con todo mi amor,

ANDREW

La añoranza la golpeó con tanta fuerza que se sintió débil.

Sin embargo, luego la ayudó a recuperarse. Andrew estaba destinado en Vietnam, donde tendría que luchar por su vida y las de sus compañeros. De modo que sí, Terry podía meterse en una furgoneta con sus amigos y enfrentarse al monstruo que contaba historias sobre matar conejos, como si tener prisioneros a niños para experimentar con ellos fuese, de algún modo, menos perturbador que eso. Terry podía luchar por un futuro mejor que el que veía Alice.

«En primer lugar, por eso empezaste con esto.»

Y, sin duda, podía disfrutar del pasmo en el rostro de Brenner cuando apareciera el reportero. Así que se guardó la postal en el bolso para tenerla cerca y tocó con la yema del dedo la foto en la que salían juntos Andrew y ella, sonriendo en la cama, que había enganchado en la esquina del espejo que había en su lado de la habitación. Lo cierto era que dormía mejor. Aunque aborrecía la idea de no ser la pareja oficial de Andrew por el momento, si a él lo ayudaba a superar el trance en el que se encontraba en estos momentos, quizá había hecho bien en proponerlo. La diferencia era escasa. Andrew seguía presente en cada latido del corazón de Terry.

—Entonces ¿al final vas a ir? —preguntó Stacey.

—Sí que voy a ir.

—A lo mejor te conviene ponerte pantalones.

—Tengo el cerebro hecho fosfatina. —Terry suspiró. Y, para colmo, en los últimos tiempos los pantalones le apretaban demasiado—. Iré con falda. —Fue a su armario ropero y abrió la puerta para contemplar sus opciones. Allí estaba, una falda larga, vaporosa y sufrida; perfecta. Se la subió hasta las caderas—. ¿No vas a preguntarme qué me dice Andrew?

—Qué va —respondió Stacey—. Ya leí la postal cuando llegó.

Terry se arrojó a la cama para coger una almohada y lanzársela a su compañera de cuarto, que había empezado a soltar risitas. Todo daba una sensación de total normalidad, excepto, por supuesto, el lugar al que se dirigía.

2

Los hombres llegaron a Hawkins antes de la hora prevista, en una caravana de tres coches negros que parecían querer ganar una carrera al alba, quizá con la idea de que así cogerían desprevenido al doctor Brenner. Este los saludó en la entrada del edificio. Brenner no esperaba que acudiera el director en persona y tampoco sabía si tomarse su presencia como una señal buena o más bien mala.

—Caballeros, me alegro de que hayan podido venir —dijo, como si no llegaran con tres horas de antelación—. Sobre todo usted, Jim. ¿Qué tal el viaje desde Langley?

—Sin incidentes —respondió este, que ya miraba hacia el edificio que Brenner tenía detrás.

Era una mala señal, entonces.

El traje del director era negro y de buena factura, pero Brenner se había puesto su mejor gris, que dejaba el traje del otro hombre a la altura del betún. Conocía a algunos de los otros asistentes de anteriores reuniones y de haberlos visto en los laboratorios de la base. Eran personas importantes, pero no tanto como el director.

—Bueno, le aseguro que ese no será el caso aquí. —Brenner encabezó la marcha y dejaron atrás el mostrador de seguridad. Los hombres como ellos no se registraban al visitar ninguna de sus inversiones de alto secreto, ya que preferían no dejar constancia de sus movimientos—. Les prometo que esta será la demostración más emocionante que hayan visto en toda la semana.

No quería crearles demasiadas expectativas, aunque había estado a punto de terminar la frase con la palabra «año». Quizá incluso «vida», dado que ahora había pasado a contar con la promesa del bebé de Terry Ives, además de Ocho.

—Sin duda, la más cara —dijo un hombre que llevaba los zapatos tan abrillantados como el pelo.

—Lograr lo extraordinario a menudo requiere un precio extraordinario —dijo el doctor Brenner—. ¿Y usted es...?

—Perdón, Bob Walker —respondió el hombre, pero no le tendió la mano para estrechársela.

Brenner lo saludó con la cabeza. Tomó nota. Debía prestar atención al director y a ese hombre. Los demás le dijeron cómo se llamaban, pero estaba claro que eran meros comparsas, un séquito que servía solo como un indicador del estatus. Por entonces, el director ya nunca viajaba solo. Brenner había oído historias sobre su desenfrenada carrera como agente de campo, sobre líneas rojas emborronadas y luego aniquiladas, y se las había creído. Era una lástima verlo acompañado de chupatintas. Los hombres con visión eran cada vez más infrecuentes.

Pulsó el botón del intercomunicador y explicó que iba a entrar con el grupo de personas importantes del día. Se oyó un zumbido en las puertas y los soldados que estaban apostados como guardias saludaron al director.

—Me preguntaba —dijo Bob Walker— si podremos entrevistar al resto de su personal ejecutivo sobre este... proyecto y sus costes.

Brenner comprendió que no estaban allí solo porque los hubiera invitado él. Habían llegado con la intención de acabar con su trabajo. O, por lo menos, ese era el objetivo de Walker. ¿Cuál podría ser su motivo?

«Ah, claro.»

—¿Sirvió usted con mi anterior agente de seguridad, por un casual? —preguntó.

—Sí, en una vida anterior. Es un buen hombre.

«Misterio resuelto.»

—Estaré encantado de responder a cualquier pregunta que tengan. El personal me rinde cuentas a mí, al fin y al cabo —dijo Brenner.

—Preferiríamos hablar con ellos directamente. Y conocer a algunos de sus sujetos. Si no me equivoco, aquí tienen a niños, ¿verdad? —preguntó Bob—. No suena muy legal, si me disculpa que lo diga.

—Venga, venga —intervino el director—. No nos precipitemos.

—Exacto. —Brenner controló su respiración para que no se le tensaran los rasgos—. Jim conoce la importancia de este trabajo mejor que nadie. Me reclutó en persona para supervisar esta instalación.

El director frunció el ceño: no le gustaba que le recordaran ese hecho. Bob puso cara de sorpresa durante un momento; debía de haberse enterado de ello ahora mismo.

—Las prioridades pueden cambiar —afirmó el director—. Todo depende de la relación entre costes y beneficios.

Brenner sonrió y se imaginó a sí mismo rodeado de tiburones. Pero no había de qué preocuparse. Él también era un tiburón.

—No podría estar más de acuerdo.

3

Terry tamborileó los dedos sobre el asiento de la furgoneta contiguo al suyo. Ken había llegado cinco minutos tarde, por lo que, cuando la furgoneta cogió el desvío hacia Hawkins, llevaban algo de retraso. Pero entonces vislumbró la... escena que estaba teniendo lugar delante de ellos, en la garita de guardia, y a duras penas logró contenerse para no sonreír con malicia. La furgoneta frenó antes de llegar.

Los demás cruzaron miradas. Terry les había contado a todos lo de su llamada telefónica.

El doctor Brenner estaba cruzando el aparcamiento a zancadas en dirección al soldado de guardia, que estaba hablando con el hombre y la mujer que ocupaban un coche viejo y destartalado de modelo misterioso que estaba parado delante de la furgoneta. Terry no tenía muy claro cuánto cobraban los reporteros, pero estaba dispuesta a apostar que aquel era su hombre. El doctor puso los brazos en jarras al llegar junto al guardia, que le dijo algo. Titubeó, atrapado en un momento de indecisión.

Terry jamás había visto mostrar al doctor Brenner ni un ápice de inseguridad. Suponía que no querría arriesgarse al bochorno o a despertar más preguntas si les hacía dar media vuelta. Pero ella tenía que hacer todo lo que estuviera en su mano para asegurarse de ello.

Antes de que nadie pudiera impedírselo, metió los dedos en la manija de la puerta de la furgoneta y la abrió.

—¿Qué está...? —empezó a decir el conductor a su espalda, pero ya era demasiado tarde. Se irguió todo lo larga que era sobre el estribo.

—¿Qué ocurre? —vociferó—. ¿Hay algún problema?

El hombre del coche asomó la cabeza para mirarla, y Terry lo tomó como el momento perfecto para salir del todo de la furgoneta. El conductor empezó a seguirla, pero Brenner alzó una mano para detenerlo. Cuando Terry llegó a la altura del otro coche, la mujer que estaba en el asiento del copiloto levantó una cámara y accionó el obturador. La mano de Brenner seguía en el aire.

—Espere —dijo—. No les hemos dado permiso para sacar fotografías.

—Por mí no hay problema. —Terry estaba pasándose, pero no pudo evitarlo—. Bueno, supongo que aparte de saber quiénes son y para qué quieren las fotos.

Se llevó una mano al cuello de su holgada blusa para fingir timidez. El hombre llevaba una barba desaliñada y una chaqueta deportiva, la clase de aspecto dejado que encajaba con su idea de un reportero. La fotógrafa era más joven, quizá un par de años mayor que Terry, y llevaba camiseta y pantalones de pana.

—Somos de la *Gazette* —dijo el hombre—. Venimos a hacer un artículo sobre el laboratorio.

—¿Van a escribir sobre nuestro experimento? —preguntó Terry en tono sorprendido.

El reportero entornó los ojos.

Brenner apretó los labios, pero enseguida se relajó.

—No exactamente. Dicen que han venido a escribir un perfil sobre mí. Deben de haberse cruzado los cables en mi agenda. Me temo que hoy es imposible.

—Bueno, yo sí que puedo —dijo Terry, con aire desprendido—. Y seguro que a los demás tampoco les importa.

—No se lo he pedido —dijo el doctor Brenner, pero entonces reparó en los ojos especulativos del reportero y acabó transigiendo—. Deles un permiso de aparcamiento —ordenó al guardia de seguridad—. Nos veremos en el vestíbulo.

Y volvió al interior a toda prisa.

Terry dedicó su mejor sonrisa a los periodistas.

—Qué ganas tengo de saber lo que opinan de todo esto. Llevo tiempo muriéndome por saber más cosas sobre el pasado del doctor Brenner. Es un hombre fascinante.

—Fascinante —repitió el reportero, pero con el tono que cualquiera emplearía para decir «capullo». Alargó el brazo por delante de ella para aceptar el pase que le ofrecía el guardia.

Terry regresó a la furgoneta, aunque fuese solo para aparcar.

Recorrieron en grupo el pasillo interior mientras el doctor Brenner les explicaba que, a causa de su apretada agenda, a los periodistas los atendería una compañera suya, la doctora Parks. Y que, debido a la delicada naturaleza de las instalaciones y de la investigación que estaban realizando, necesitarían un permiso previo para sacar fotos.

—Muy bien —dijo la fotógrafa, sin apartar las manos de la cámara que llevaba colgada del cuello—. ¿Qué le parece si hago una de usted con estos sujetos?

—No tengo mucho tiempo para dedicarles.

—Deberíamos ponernos las batas de siempre —terció Terry—, para que la imagen sea fidedigna. Tardaremos solo un momento.

Quería pruebas visuales de la presencia de todos ellos en el laboratorio, y también de Brenner.

—Podemos hacerlo deprisa para acomodarnos a su agenda —insistió la fotógrafa.

Un leve fruncimiento de ceño del doctor Brenner, y entonces:

—Sí, cómo no.

Terry disfrutaba sumiendo en el caos a Brenner. «Ahora sabes lo que se siente.»

Los llevaron a sus salas de siempre, donde había más personal esperando.

—No debe divulgar ningún detalle de lo que hacemos aquí —advirtió la doctora Parks a Terry, a todas luces siguiendo órdenes del doctor Brenner.

Después de decir esto, la doctora se marchó, cabía suponer que a transmitir el mismo mensaje a los demás.

Salieron todos con las batas puestas.

Brenner los esperaba al final del pasillo, con otra mujer en bata a la que Terry no había visto nunca. El reportero tomaba notas en su cuaderno mientras la fotógrafa los hacía formar a todos contra las paredes de hormigón.

—Sonrían —dijo.

Terry no lo hizo y sospechó que nadie más había seguido las consignas. El obturador chasqueó más veces de las que parecían estrictamente necesarias.

—Bueno, ¿qué puede contarnos de lo que hacen aquí? —preguntó el reportero.

—No mucho, como le he comentado —respondió el doctor Brenner—. No querríamos poner en peligro los hallazgos que hemos hecho hasta ahora. Pero es un trabajo crucial en materia de seguridad. Me temo que se requiere mi presencia en reuniones de gran importancia durante el resto del día.

«Vaya, no me digas.»

—¿Cómo surgió su interés por este campo?

Brenner se encogió de hombros.

—Muy bien —dijo el reportero—. Hábleme de su infancia.

Brenner esquivó la pregunta con fingido buen humor:

—Me temo que, desde el punto de vista del interés periodístico, tuve una infancia aburrida.

La satisfacción de Terry perdió parte de su lustre al ver lo deprisa que Brenner se había adaptado a la situación. Pero, para sus adentros, tenía que estar subiéndose por las paredes, ¿verdad? Seguro que sospechaba que todo aquello lo había urdido algún miembro de su personal. Quizá incluso estaba experimentando cierto nivel de paranoia. Se merecía todo eso y más.

Pero el objetivo de aquel movimiento había sido que alguien le hiciera preguntas que Brenner se viera obligado a responder, y eso no estaba sucediendo.

—Terry, por favor, acompáñeme. Los dejo a todos en las capaces manos de la doctora Parks —dijo Brenner a los reporteros, sin perder comba—. Pueden hablar conmigo cuando lo deseen, siempre que avisen con algo más de tiempo.

—Han tenido tres semanas —objetó el reportero.

El doctor Brenner frunció el ceño, luego hizo un gesto a Terry para que lo siguiera y la llevó hasta su sala habitual.

—¿Esto ha sido cosa suya? —preguntó.

Ella se encogió de hombros, fingiendo despreocupación.

—¿Cómo iba a poder serlo?

—Podría haberlo puesto todo en peligro. —El doctor

Brenner se quedó inmóvil—. Más vale que haga exactamente lo que yo le pida. No le gustarán las consecuencias en caso contrario. Enviaré a alguien a buscarla dentro de un rato. Han venido ciertas personas a verlas a usted y a Kali. Espero que su comportamiento sea ejemplar.

Antes de que Terry pudiera preguntar algo, Brenner salió de la sala. Terry probó a abrir la puerta y encontró que estaba cerrada con llave.

Ciertas personas que habían viajado hasta aquí para verlas a ella y a Kali. Al parecer, las sorpresas llegaban de dos en dos. Aquello podía funcionar. Si Terry se las ingeniaba para llevar a Kali hasta donde estaba el reportero, este haría por fin las preguntas adecuadas...

Hurgó en su bolso hasta encontrar la edición de bolsillo de *El retorno del rey*, que tenía el lomo arrugadísimo. El libro era de Andrew, a quien le gustaba abrir mucho los volúmenes para leerlos. Estaba llegando al final y confiaba en averiguar a qué se refería Andrew con las últimas palabras de su postal. Al recordarlo, sacó también esta para usarla como punto de lectura y la releyó antes de abrir el libro.

«Por favor, que tenga buen viaje y esté bien. Que esté rodeado de buenas personas que se cuiden entre sí. Que vuelva conmigo.»

Estaba absorta con un capítulo en el que los orcos capturaban a Sam y a Frodo después de llegar a Mordor cuando la puerta se abrió. Entró el celador de siempre.

Se había cortado por encima de la barba al afeitarse esa mañana y la línea, de un rojo furibundo, recordó a Terry que aquel hombre solo era humano.

—Acompáñeme.

—Agradecería un «por favor».

—No hay tiempo para eso. El doctor Brenner me ha pedido que vuelva a advertirle de que debe comportarse delante de las visitas —dijo él, con demasiada petulancia.

«Visitas.» ¿Qué visitas podría recibir un lugar como aquel? Terry sabía que el celador no se refería a los periodistas.

Volvió a su mente lo que Brenner dijo hacía un mes sobre «ver actuar» a Kali.

¿Existía la posibilidad, por remota que fuese, de que esos visitantes no aprobaran lo que Brenner estaba haciendo en el laboratorio? «No te presentaría ante ellos si la hubiera.»

Pero ¿quién sabía? Terry se sentó y trató de aferrarse al núcleo de calma de su interior.

El celador volvió a la sala.

—Acompáñeme —dijo.

Terry se puso en pie y la visión se le llenó de manchitas.

—Debería tener cuidado y no levantarse tan deprisa. —El celador la cogió del brazo.

Dado que el hombre nunca había mostrado la menor preocupación por ella, Terry lo atribuyó a la presencia de los misteriosos visitantes.

El celador la llevó por los pasillos y fueron dejando atrás salas en las que Terry pudo entrever a sus amigos. Al parecer, los demás no tenían que actuar como ella... ¿O quizá lo habían hecho ya?

El doctor Brenner estaba al final del pasillo, junto a la puerta de una sala en la que Terry recordó que estaba el tanque de privación sensorial. Los recibió con aire impaciente.

—Señorita Ives —dijo—, es consciente de que su cooperación es crucial para el bienestar de la sujeto Ocho, ¿correcto?

«La sujeto Ocho.» Terry recordó los números de las carpetas. No podía referirse a...

—¿La llama así y no por su nombre?

—Eso no importa. ¿Lo ha comprendido?

Terry se cruzó de brazos.

—¿Y por qué a nosotros no nos llama con números?

—Los adultos son más difíciles que los niños. Dígame: ¿lo ha comprendido?

—Ya lo creo que sí. —«Comprendo que eres el hombre más monstruoso de toda la creación»—. ¿Quiénes son esas visitas?

—Personas importantes. No monte ningún escándalo o los dos tendremos mucho que lamentar.

«Lo siento, matasanos, pero los lamentos son para la gente con alma. A ti no te corresponden.»

—Nunca pondría en peligro a Kali ni a ningún otro niño.

Brenner se sorbió la nariz y se vislumbró en sus rasgos una expresión de diversión.

—Por supuesto. ¿Entramos?

Terry esperaría el momento adecuado para agarrar a la niña y salir corriendo. Los reporteros aún debían de estar en el edificio.

Brenner abrió la puerta y dejó que el celador y ella pasaran delante. Kali estaba de pie ante un semicírculo de sillas que habían colocado a modo de anfiteatro alrededor del tanque y de una zona despejada a su alrededor. El público iba a ser un grupo de hombres a los que Terry no había visto nunca. Cuando Kali vio a Terry, le dedicó una sonrisa llena de dientecitos y la saludó con la mano.

—Quédese aquí —dijo Brenner en voz baja antes de dirigirse al grupo de hombres pálidos con trajes oscuros—: Y aquí tenemos a otra sujeto muy prometedora que observará a la sujeto Ocho con ustedes.

Kali sonrió, encantada de tener tanta atención.

Un hombre levantó la mano y señaló a Kali.

—¿Esto va a ser una especie de engañabobos?

300

—¿Qué es un engañabobos? —lo interrumpió Kali.

El hombre, avergonzado, bajó la mirada al suelo.

—Algo que ellos no pueden hacer —dijo Terry, levantando la voz.

—Ah. —Kali asintió con aire de suficiencia.

El doctor Brenner lanzó a Terry una mirada que expresaba que se la viera pero que no se la oyera, como si ella misma también fuese una niña.

—Entonces ¿cómo va a desarrollarse esta demostración? —preguntó el hombre.

Llevaba demasiada gomina en el pelo y las luces del techo la hacían brillar.

—Las luces —ordenó el doctor Brenner al celador.

El hombre fue hasta la pared y accionó un interruptor. La sala quedó a oscuras como un teatro antes de que se alzara el telón, a oscuras como el vacío.

—Kali —dijo el doctor Brenner, indicándole que empezara.

—¿Qué es esto? —rezongó un hombre en la penumbra.

—No veo tres en un burro —dijo luego otro—. Vuelvan a encender la luz.

—Esto es una farsa de mucho cuidado. Ya hemos visto suficiente.

—Kali. —La voz del doctor Brenner sonó a orden.

El fuego cobró vida. La sala, oscura como boca de lobo un momento antes, estalló en llamas. El fuego fantasmal arrasó la estancia extendiéndose desde Kali hacia todos los demás. Los hombres chillaron, no de dolor sino por la conmoción.

El muro de llamas chisporroteó y lamió el aire.

Terry quiso echar a correr.

Pero entonces oyó el llanto de Kali y caminó a través de las llamas hacia ella. Se dijo que no eran reales, por difícil que resultara creerlo mientras las atravesaba poco a poco.

Todas las partes de su cerebro creían que el fuego sí era real y no dejaban de apremiarla: «Sal de aquí. Sálvate».

Se concentró en Kali. Cuando llegó junto a ella, puso la mano con suavidad en el hombro de la niña y se la acercó. Las llamas falsas seguían creciendo y creciendo.

—Kali, puedes pararlo. No tienes por qué hacer esto. Estoy contigo.

Parecía que el incendio no terminaría nunca. La niña se sacudió y sollozó.

—No puedo...

—Sí que puedes —susurró Terry.

Las llamas murieron tan de repente como habían estallado. Terry notó que Kali se quedaba flácida contra ella en la penumbra.

Las luces volvieron a encenderse.

Dos de los hombres trajeados habían sacado unas pistolas y estaban apuntando con ellas hacia Terry y Kali. Terry cambió de postura para proteger con su cuerpo a la niña, que seguía llorando.

—Alto —dijo—, no disparen.

Ese era el momento de huir y buscar a los reporteros, pero no había forma de hacerlo.

Kali estaba a merced de aquellos hombres. Igual que ella. Terry no tenía opciones.

Brenner había dictado las reglas y, ese día, Terry no tenía más remedio que obedecerlas. Aquellos hombres habían visto de lo que era capaz Kali.

El momento de silencio se prolongó.

Lo rompió el doctor Brenner, con su sonrisa encantadora, dirigida al hombre que estaba sentado entre los dos que habían sacado sus armas.

—Impresionante, ¿verdad, director? Incluso diría que milagroso, si creyera en los milagros y no en la ciencia.

—Sí, muy impresionante —respondió el director—. Lamento haber usado la palabra «farsa».

Miró al hombre del pelo demasiado brillante, que enfundó su pistola. El otro hombre armado lo imitó. El director se levantó y miró sobrecogido a Kali y, luego, a Terry.

—Imagine... —Empezó a avanzar hacia Brenner.

—Imagine que tuviéramos más como ella, y más poderosos. —El doctor Brenner se acercó a Terry y le rodeó los hombros con un brazo—. Los tendremos.

—¿Está seguro? —preguntó el director.

—Estamos criando la siguiente generación de maravillas y milagros, como le decía.

—Me alegro de que nos haya hecho venir. Quizá hayamos cometido un error garrafal —intervino el hombre del pelo reluciente, aproximándose también y mirando boquiabierto a Terry de arriba abajo, como si fuese una yegua de valor incalculable—. Háblenos del resto de los sujetos de la edad de ella. ¿Muestran algún potencial?

—Enorme —respondió Brenner—. Una es muy receptiva al electrochoque y...

Había algo en la forma en que aquellos desconocidos estudiaban a Terry que hizo que el estómago le cosquilleara de pánico. Pensó en las palabras de Brenner sobre tener a más sujetos como Kali, sobre la siguiente generación... Y entonces...

Entonces pensó en lo cansada que llevaba sintiéndose desde hacía un tiempo. En el hambre que tenía. En su propensión a las lágrimas.

En los cambios que se habían producido en su cuerpo.

En los síntomas sobre los que la había prevenido Brenner.

¿Por qué no se lo había dicho? ¿Por qué había seguido Brenner con todo aquello si ya lo sabía? ¿Qué propósito podría tener?

«Quizá me equivoque. Quizá esté sacando conclusiones precipitadas.»

Pero... no cabía duda de que Brenner era más que capaz de experimentar con niños.

Empezó a caminar hacia la puerta, casi trastabillando.

—Necesito tumbarme, por favor —dijo, y se llevó la mano a la tripa cuando se giró y estuvo segura de que Brenner no la veía. Tenía la sensación de que su latido estaba allí mismo. La sala daba vueltas a su alrededor.

—Muy bien —dijo el doctor Brenner a su espalda—. Buen trabajo, señorita Ives.

Terry solo había consolado a Kali. Algo que Brenner no se había dignado a hacer.

El celador volvió a cogerla del brazo y Terry se zafó de él para no tener que apartar la mano del vientre. Su corazón palpitaba una y otra vez mientras Terry, aterrorizada, se preguntaba si habría otro corazón más latiendo en su interior.

4

Alice no sabía si sería por el ácido, por la electricidad o por alguna extraña manía que hubiera desarrollado, pero ese día notaba distinta la energía del laboratorio. Como si el edificio entero vibrara con una frecuencia diferente a la habitual. La doctora Parks había entrado bastante tarde en la sala porque había estado atendiendo a los periodistas. La treta no había salido del todo como Terry esperaba, pero quizá bastara para preocupar a Brenner.

Quizá.

En todo caso, la doctora Parks había administrado a Alice una sola descarga fuerte de electricidad y le había dicho que esa semana podía «tomárselo con calma».

No había dejado de pasar gente por los pasillos y Alice había visto cómo escoltaban a Terry hacia algún lugar.

También había captado un atisbo de una pesadilla en una escala distinta. Un monstruoso remolino de fuego, energía y oscuridad, unos tentáculos que se extendían y crecían. Llegaban a hacerse tan grandes que podrían devorar el cielo entero. Dentro de la boca del ente había un refulgente fuego de destrucción... ¿Cómo podía nadie enfrentarse a algo así?

La puerta se abrió y Alice se sorprendió solo un poco al ver a Kali colándose en la sala.

—¡Alice! —La niña corrió y la rodeó con sus bracitos—. ¡Qué divertido ha sido lo de hoy!

—¿Qué ha pasado? —Alice miró detrás de la chiquilla, pero no parecía que nadie la hubiera seguido.

—Han llegado unos hombres y he podido hacer cosas. Terry lo ha visto.

Las cejas de Alice salieron disparadas hacia arriba. Cuántas preguntas tenía. Pero...

—¿Cómo es que has podido venir aquí?

—¡Papá está ocupado! Le he preguntado si podía ir a ver a mi amiga y ha dicho que sí. —Kali sonrió, avergonzada—. Él creía que me refería a Terry, pero a ella ya la he visto hoy. Así que he venido a verte a ti.

Alice llevaba un tiempo inquieta por algo. Sabía que sus visiones no eran del presente, que aún estaban por llegar, pero... aquella niña tan pequeña estaba viviendo allí.

—Kali, ¿alguna vez has visto un monstruo en el laboratorio?

Kali arrugó la frente, concentrada.

—Me parece que no. ¿Qué clase de monstruo?

Alice levantó los brazos y los meneó como tentáculos.

—Enorme, con unos brazos raros y una boca que se le abre en la cabeza.

Kali movió la cabeza a los lados, con los ojos como platos.

—¿Y eso vive aquí?

Su repentino miedo resultaba evidente.

«Muy bien, Alice, así me gusta.»

Había visto una película de miedo con ocho años y luego había pasado meses sin poder dormir con la luz apagada. Su madre le había prohibido terminantemente ver ninguna otra. De vez en cuando, todavía miraba debajo de la cama antes de acostarse. Y nunca, jamás, dejaba que le colgara un pie por el lado. Aquella noche, en el bosque, había pedido a Ken que contara una historia de fantasmas porque una parte de ella disfrutaba estando asustada. Pero de niña, esa parte de ella no lo había disfrutado, sino más bien todo lo contrario.

—Tú no te preocupes, tigresa —dijo.

Pero Kali seguía frunciendo el ceño, con la pequeña frente crispada.

—Has visto al monstruo, ¿verdad?

Alice asintió.

—Pero no ahora. Ahora mismo no está aquí. Es en el futuro.

—¿El futuro? —preguntó Kali.

—Ocurrirá en algún momento, pero no creo que vaya a ser pronto. Olvídate de lo que he dicho.

—¡Yo nunca olvido nada! —Kali gruñó como una tigresa y merodeó por los límites de la sala—. ¿Quieres ver lo que he hecho para esos hombres? ¿Con Terry delante?

—No —dijo Alice. Y, cuando Kali pareció dolida, añadió—: No quiero que pagues el precio.

Kali se encogió de hombros.

—No me importa.

—Eso es porque eres buena chica.

—Papá no piensa lo mismo. —Lo dijo como si fuese lo más normal del mundo.

Alice buscó una respuesta. Tenía que hablar en el mismo idioma que la niña. Al final se conformó con:

—Pues papá es un cagarruta.

Kali se rio tanto que Alice temió que fuese a tropezarse. Por lo menos, la niña se había olvidado de su miedo a los monstruos de bocas hambrientas.

Era una pena que Alice no pudiera hacer lo mismo.

5

En el momento en que la furgoneta se perdió de vista, Terry se volvió hacia los demás en el aparcamiento. No dejaba de tocarse la tripa. Parecía incapaz de parar. Había imaginado un millón de situaciones distintas, entre ellas, algunas de lo más desagradables: la reacción furiosa de Becky, cómo contárselo a Andrew y si se asustaría al saberlo, la posibilidad de que la expulsaran de la universidad...

Y luego estaba el problema de Brenner. ¿Qué iba a hacer Terry?

—Tenemos que hablar. Lo necesito.

—¿Queréis que vayamos al taller? —propuso Ken con gesto preocupado—. Siento que no haya salido bien lo del reportero. Pero, al menos, van a publicar un artículo.

—¿Quiénes eran todos esos trajeados de hoy? —preguntó Gloria.

Terry movió las manos para abrazarse a sí misma.

—Uno de los motivos por los que tenemos que hablar.

—Te llevo yo. —Alice tocó el brazo de Terry—. Sea lo que sea, lo resolveremos.

—Me parece que no. —Terry negó con la cabeza—. Hablemos aquí mismo. Luego tengo que ver a mi compañera de cuarto.

—Vale —dijo Gloria, y escrutó hasta el último recoveco del aparcamiento—. El conductor se ha ido.

Ken señaló con el mentón el edificio más cercano.

—Por ahí hay un banco donde podemos sentarnos. Mientras no nos quedemos mucho rato, no creo que los agentes de seguridad vayan a molestarnos.

La tarde era fresca y silenciosa, el cielo estaba oculto por nubarrones grises y bajos. En los árboles del campus habían empezado a brotar algunas hojas tempranas, pero en la penumbra parecían lágrimas. Cuando llegaron a la zona exterior que había mencionado Ken, este se sentó en la acera y Alice lo imitó. Gloria tomó asiento en el banco metálico, seguida de Terry.

—¿Qué pasa? —preguntó Alice—. ¿Algo va mal?

A Terry no le salían las palabras.

—Creo que... Creo que podría estar embarazada.

Al igual que le había pasado a Terry, nadie supo cómo reaccionar a la noticia.

Ken chasqueó los dedos.

—Sabía que me daba la impresión de que me faltaba algo sobre ti.

Terry quiso echarse a reír. Y a llorar. Y a chillar. Se conformó con acusar a Ken en voz baja:

—¡Eres el peor amigo vidente de toda la historia!

—Eso ha dolido —dijo Ken—. Pero supongo que también es verdad.

Ken era tan majo que nadie podía sentirse bien culpándolo de nada.

—Perdona.

Ken le quitó importancia con un ademán.

—Tranquila.

—¿Estás segura? —intervino Gloria.

—No —dijo Terry—. Pero también sí. Casi segura.

Alice se había quedado mirándola embobada.

—¿Cómo es que no nos hemos dado cuenta?

—Casi no se le nota —dijo Gloria, y bajó la voz—: Hay sitios a los que puedes ir. Nadie tiene por qué saberlo. Algunas chicas de la iglesia lo han hecho.

—Es de Andrew —replicó Terry—. Si estoy embarazada, este bebé es mío y de Andrew. No puedo perderlo.

Alice se levantó y empezó a caminar en una y otra dirección por la acera.

—Deberías llamarlo.

—Ya se ha marchado. Ayer me llegó una postal suya. Lo han desplegado sobre el terreno.

Lo peor de todo era que Terry podía imaginarse cómo reaccionaría Andrew de verdad. No se asustaría. Se alegraría. A Terry no le cabía la menor duda.

—¿Crees que el doctor Brenner lo sabe? —preguntó Gloria—. Nos sacan muestras de sangre.

—Tiene que saberlo. Ha dicho una cosa que me ha ayudado a descubrirlo. —Terry les contó la exhibición de Kali y lo que había sucedido después. Luego añadió—: Ahora es intocable. Tendríais que haber visto cómo cambiaban de opinión esos hombres. Brenner puede sacarles todo lo que quiera.

Alice había dejado de caminar.

—Sabía que te negarías a seguir tomando las drogas si te enterabas. Por eso no te lo contó.

—Ha dicho que este bebé es la siguiente generación de sus personas excepcionales. —Terry negó con la cabeza—. Quemaré ese lugar hasta los cimientos antes de permitirlo.

—Kali aún sigue allí. —Alice suspiró—. Hoy ha venido a verme. Creo que la he asustado.

—¿Cómo?

—Puede que le haya descrito un monstruo.

«Oh, no.»

—¡Alice!

—La parte buena es que ella no los ha visto. —Alice bajó un momento la mirada hacia sus pies y luego la alzó—. ¿Qué quieres que hagamos?

—Nada, solo pensar —respondió Terry—. Tanto como podáis. Todos vosotros. Tiene que haber algo que podamos hacer para liberarnos de ese sitio. Brenner no puede quedarse con mi bebé.

Gloria extendió el brazo y tocó la mano de Terry.

—Eh, no te mortifiques. Acabas de enterarte de esto, mientras ibas colocada, y necesitas pensar. El siguiente paso es descubrir de cuánto estás. Y si hay algo que indique que el bebé no está sano.

—Seguro que ya han estado controlando eso —dijo Terry con amargura.

—Pero tú no. Y hará que te sientas mejor. —Gloria levantó la mano y apartó el pelo de Terry de su mejilla, un gesto que le recordó a su madre, que también acostumbraba a hacerlo—. Vas a superarlo.

Terry puso su mano encima de la de Gloria y le dio un leve apretón.

—Gracias. Muchas gracias a todos.

Debería irse para hablar con Stacey. El siguiente paso hacia el siguiente paso. Luego daría el paso que viniera a continuación. Ken también se levantó y, sin pedir permiso, le puso la mano en la barriga con los dedos extendidos.

—¿Qué estás...? —empezó a protestar Terry.

—Es una niña —dijo él—. No os veo nada claras a las dos juntas, pero es una niña.

«Una niña. Una niña.» Terry iba a dar a luz a una niña.

Por lo menos, en esa ocasión, Ken tenía un cincuenta por

ciento de probabilidades de acertar. Suponiendo que Terry estuviera de verdad embarazada y no en pleno brote de paranoia.

6

Cuando Terry entró en la habitación, Stacey estaba sentada en el centro de su cama deshecha, pintándose las uñas de los pies de un tono rosado.

—Gracias a Dios que estás aquí —dijo Terry.

La Compañía, sus nuevos amigos, entendía por lo que estaba pasando Terry como ninguna otra persona en el mundo. Pero Stacey era la amiga más antigua que tenía aquí. Lo comprendería de otro modo, que era lo que Terry necesitaba en ese preciso instante.

—¿Qué pasa, guapa? —preguntó Stacey, sin mostrar ninguna preocupación por el evidente pánico de su amiga.

Terry se quedó al borde del colchón y cogió el frasquito de pintaúñas de las manos de Stacey, que se quejó con un sonoro: «¡Eh!». Lo dejó encima del escritorio y luego cogió la mano de Stacey y se la puso en el vientre.

—Creo que ya sé por qué llevo un tiempo siendo el ser humano más enfurruñado y hambriento de la creación.

Stacey miró la mano y luego la cara de Terry. Sus ojos reflejaron toda la sorpresa que esta esperaba.

—Terry —susurró—, ¿qué vas a hacer?

Esta casi se echó a reír. Había algo reconfortante en que todos sus amigos reaccionaran con el mismo nivel de «no tengo ni idea» que la había invadido a ella.

—Esperaba que tú me ayudaras a decidirlo. Antes que nada, hay que confirmar que tengo razón. Pero no quiero ir a mi médico. Tengo miedo de que el laboratorio esté vigilándolo.

—Terry, cariño, no puedes preocuparte ahora de ese laboratorio. ¡Tendrás que dejar de ir!

Terry se dejó caer en el borde de su cama.

—Escucha, ¿puedes pedir cita con tu médico? Prefiero ir a ese que al mío.

Stacey asintió.

—Llamaré mañana a primera hora.

—¿Puedes pedirla a tu nombre? —Terry tendría que volver a hacerse pasar por Stacey, aunque fuera poco tiempo.

—Pues claro, ahora que por fin sé a qué viene tanta paranoia. Son las hormonas del embarazo. —Stacey calló un momento—. Pero tienes que saber que mi médico es un asqueroso viejo verde. Estoy bastante segura de que una vez me metió mano.

Teniendo en cuenta las personas asquerosas que Terry había visto en el laboratorio...

—Sobreviviré.

Stacey fue hacia Terry, tiró de ella para incorporarla y la abrazó.

—Andrew va a estar encantado. Si lo hubiera sabido antes de irse, ¡te habría pedido que te casaras con él!

—Lo sé. —Andrew sería la única persona encantada con aquello.

—Así todo habría sido más fácil. Esto no te conviene nada —dijo Stacey, señalando lo evidente—. Va a fastidiarlo todo.

Terry debería haber estado de acuerdo. Pensaba lo mismo, a fin de cuentas. Pero, en vez de eso, todo en su interior rechazaba esa sugerencia. Quizá fuese el anuncio por parte de Ken de que el bebé era una niña. Quizá fuese saber que ahora sí que tenía que ser más fuerte.

—No, mi pequeña no va a fastidiar nada. Va a ser perfecta.

—Lo que te decía: las hormonas del embarazo.

11

Adiós y hola

1

La consulta del médico de Stacey quizá hubiera dado a Terry la impresión de ser fría y clínica si no hubiese podido compararla con las salas del laboratorio. Dado que sí era el caso, la presencia de cuadros de antiguos maletines médicos y láminas de Norman Rockwell en las paredes la hacía parecer casi hogareña. El tejido de la bata era más grueso. Había una caja de pañuelos de papel en un mostrador, junto a frascos de espátulas, bolas de algodón y chupachups marca Dum-Dums. De una pared colgaba un póster con las palabras EL CUERPO HUMANO que mostraba a un hombre con diagramas de los órganos y los huesos.

«No creo que vaya a señalar ahí para mostrarme dónde llevo al bebé», pensó Terry.

Una enfermera menuda la había pesado y la había mirado con aire de desaprobación cuando Terry le explicó por qué estaba allí, y luego le había dicho que se quitara la ropa y se pusiera la bata. Había pedido a Terry que meara en un vaso de plástico y se lo había llevado.

—Aquí usamos la prueba de Wampole —le dijo la mujer—. Es más rápida que las demás. Volveré dentro de dos horas con los resultados.

De modo que, durante dos horas, Terry había esperado con un papel arrugado en la mano a que llegara el veredicto oficial. Deseó haber pedido un periódico para así leer las últimas noticias sobre la masacre de la Universidad Estatal de Kent. Una protesta en ese campus se había torcido muchísimo. Habían muerto cuatro alumnos y otros nueve estaba heridos después de que la Guardia Nacional disparara sesenta y siete balas a la multitud durante trece segundos. No había nada que indicara qué había provocado a los soldados para que abrieran fuego.

Qué rápido podía terminar la vida.

La puerta por fin se abrió y entró el médico, seguido de la enfermera.

—Tengo entendido que es usted amiga de Stacey Sullivan.

El doctor le frunció el ceño. Tenía una nube de pelo crespo entrecano con forma de hongo alrededor de la cabeza, al estilo de Einstein. Levantó las manos para ponerse unos guantes y Terry reparó en que tenía las manos enormes y los nudillos peludos. Deseó con todas sus fuerzas que el doctor no intentara meterle mano.

—Así es.

—Los Sullivan son buena gente. —Dejó de hablar para chasquear la lengua contra los dientes—. Stacey es una chica lista, demasiado para meterse en líos.

De modo que el médico de Stacey era, en realidad, un asqueroso de una clase muy distinta. Bueno era saberlo.

—¿Está diciéndome que estoy... metida en líos?

—Sí. —El doctor le lanzó una mirada amenazadora—. Y yo no debería atenderla sin que esté presente un adulto o el padre. Pero, claro, supongo que, si el padre estuviera presente, usted no habría venido.

—Lo enviaron a Vietnam antes de que yo sospechara nada. Mantenemos una relación seria.

—A menos que mantengan una relación de matrimonio, no debería hallarse usted en el estado en el que se encuentra. —Hizo un gesto con la cabeza para indicarle a Terry que se tumbara—. Veamos lo mala que es la situación.

«Qué encanto.»

Durante un segundo, Terry lamentó haber ido a esa consulta, al recordar a su médico de cabecera y lo comprensivo que siempre había sido. Incluso unas décimas de fiebre se consideraban motivo suficiente para un helado tan pronto como las niñas se sintieran capaces de devorarlo. El hombre incluso había asistido al funeral de sus padres.

Nerviosa, Terry se echó hacia atrás y se recostó en la camilla. Tendría que estar acostumbrada a que la palparan y la apretaran, a encontrarse a merced de doctores, pero... aquello era distinto. Había hecho cuentas a partir de las fechas de distintas citas con Andrew, y o bien su embarazo se encontraba muy avanzado o bien lo estaba muy poco. Andrew y ella solían usar protección, pero en unas pocas ocasiones Terry había estado bastante segura de su ciclo y se habían mostrado descuidados.

La enfermera le alzó los tobillos y le apoyó los pies en sendos estribos metálicos que había al final de la camilla. Le pusieron una sábana en el regazo. Y entonces Terry cerró los ojos e intentó estar en otro lugar mientras el médico le practicaba aquel examen extremadamente desagradable.

—¿Por qué están tan frías todas las herramientas? —preguntó.

—Mm-mmm —dijo el doctor a modo de respuesta, y volvió a chasquear la lengua—. Puede incorporarse, señorita.

«Dios mío, qué forma de tratar a los pacientes.»

—¿Y bien? —preguntó Terry.

—Está usted en el tercer trimestre, bien avanzado.

La enfermera la miró con cara de decepción, como si todo aquello lo hubiera maquinado Terry desde el principio.

Pero ella estaba anonadada. No se lo esperaba. Hizo el cálculo de cabeza y le salió noviembre. Concibieron a la niña en noviembre. Cuando Andrew había aparecido en el comedor con su máscara. Esa había sido una de las noches de descuido, después de que Terry le pagara la fianza.

—¿De tanto estoy? —Quería asegurarse de haberlo entendido bien.

—Mi estimación son unos siete meses, y es extraordinario lo poco que se le nota. —El médico le dedicó una mirada de censura que reflejó la de la enfermera—. Por eso me creo que de verdad podía no saberlo. Sin embargo, ha sido demasiado descuidada como para que su problema tenga una solución más aceptable. Hay lugares a los que puede ir para terminar el embarazo sin que nadie se entere nunca. Es lo que debería hacer.

El empleo de la palabra «descuidada», tan poco tiempo después de que ella misma la pensara, le escoció.

—No —dijo Terry—. No pienso renunciar a la niña.

—Aún no sabemos el sexo del bebé. Lo único que ocurre es que está desarrollando un apego irracional. Es cosa de las hormonas.

«Madre mía, ¿de aquí sacó Stacey su frasecita sobre las "hormonas del embarazo"?»

El médico siguió hablando, como si quisiera inculcarle su sabiduría:

—Ha cometido un error de juicio, y sería mejor para todo el mundo que permitiese a ese bebé ir a un hogar donde pudiera cuidarlo una pareja que lo quisiera.

Terry no tenía la menor intención de aceptar sugerencias de aquel tipo sobre qué hacer con su bebé, pero sabía que discutir no la llevaría a ninguna parte. Necesitaba información real.

—Dígame lo que debería saber sobre lo que me queda de embarazo. ¿Sabe si la... si el bebé está sano?

—Todo parece normal. —El médico juntó las yemas de los dedos y la miró con una expresión que rayaba el desprecio. Sus cejas eran como matojos descuidados—. Puedo recomendarle a algún profesional para que la vea, pero hable con su familia. Ellos le dirán lo mismo que yo.

Cuando Terry lo miró iracunda, él siguió hablando:

—Tendrá que incrementar su ingesta calórica. El bebé debería empezar a ganar más peso, y usted también. Quizá tenga que orinar con más frecuencia. Y deberá dejar la universidad, porque...

—El semestre termina la semana que viene.

«Y menos mal.» Quizá pudiera acabar todo esto sin que la universidad se enterara y la expulsara por atentar contra la moral.

Las chicas decentes no se quedaban embarazadas sin casarse. Pero resultaba casi cómico lo poco que preocupaba a Terry la vergüenza. No le importaba en absoluto. Tenía demasiada fijación por el monstruo que la había inflado a sustancias químicas y por sus objetivos al hacerlo. Si Brenner creía que el bebé de Terry era la siguiente generación de algo que tuviera que ver con él, no sabía lo mucho que se equivocaba.

Estuvo a punto de recordar al doctor que se debía a la confidencialidad médico-paciente, ya que no confiaba en que Brenner no averiguase su visita. Solo que...

Siete meses. «Siete. Meses.» Brenner debía de saberlo desde... ¿cuándo? Y, aun así, la obligaba a seguir acudiendo

317

al laboratorio. Se lo había callado a propósito, como decía Alice. Para poder seguir drogándola.

No, la vergüenza podía esperar, quizá durante toda la eternidad. Su preocupación principal se reducía a una sola palabra: «escapar».

Tenía que haber alguna forma de huir de aquella situación sin que nadie saliera herido. Pero lo primero era lo primero: hacer saber a Andrew que iban a tener un bebé.

—Ya sé dónde está la puerta —dijo.

2

El vestíbulo de la residencia debía de rivalizar con el de la estación neoyorquina de Grand Central. Terry no podía saberlo con seguridad, porque nunca había estado en ella. Pero así era como se la imaginaba a partir de las películas que había visto, un batiburrillo de gente corriendo por todas partes porque tenían que llegar a algún sitio. Faltaba solo una semana para los exámenes finales. Era una época frenética en la que todo el mundo intentaba embutirse en el cerebro todos los datos necesarios para superar los exámenes y los trabajos, además de la suficiente diversión para compensar el verano que pasarían en casa de sus padres.

Tuvo que esperar para usar el teléfono, por supuesto. Había cuatro personas haciendo cola delante de ella. Sacó su libro, pero recorrió las líneas sin enterarse de gran cosa. Los orcos seguían teniendo en su poder a Sam y a Frodo. Al cabo de un rato, dejó de intentarlo.

Llamar a la madre de Andrew era lo mejor que podía hacer de momento. Confiaba en que la señora Rich pudiera organizarlo para que Andrew llamara a la residencia a alguna hora determinada. Terry ya había ensayado lo que iba a decirle: «Bueno, ¿qué te parecería olvidarnos de eso de no ser novios oficiales y, en vez de eso, prometernos? Porque vamos a tener un bebé este verano».

Cuando le llegó el turno, marcó el número de memoria y cambió el peso de un pie al otro mientras sonaba el teléfono. Ya estaba a punto de rendirse cuando la señora Rich descolgó. Terry oyó que se sorbía la nariz, igual que la otra vez.

Terry se lanzó.

—¿Señora Rich? Soy Terry. Ives. Me hace mucha falta hablar con Andrew cuanto antes. ¿Podría pedirle que le diga una hora para llamarme a la residencia y así estar atenta al teléfono?

—Me temo... Me temo...

El teléfono cayó al suelo. A los pocos segundos se oyó una voz masculina. El padre de Andrew.

—¿Quién es?

—Soy Terry, la novia de Andrew. Quería hacerle llegar un mensaje.

—Lo siento, Terry. Siento mucho tener que decirte...

Terry apenas oyó el resto.

3

Ken estaba en su habitación estudiando para un examen de física cuando le llegó la sensación. Una certeza fría y oscura. Una luz que menguaba y luego terminaba extinguiéndose. Una abrumadora noción de pérdida en su mundo.

Había pedido aquella respuesta una y otra vez, pero, ahora que por fin la tenía, descubrió que no la quería.

Pero supo hasta en la última fibra de su ser que era verdad: Andrew había muerto.

Alice llamó a la puerta de la habitación de Terry en la residencia. Nunca terminaba de sentirse cómoda en el campus. Al principio quería echar un vistazo por todos los rincones —y por todos los ascensores— para discernir cómo encajaba todo, cómo funcionaba aquel mundo que siempre había notado tan cercano y, sin embargo, tan secreto a la vez. Pero desde que conocía a gente de ese mundo, le parecía al mismo tiempo más y menos ajeno.

De camino hacia allí había recibido miradas de esnobs cotillas que no comprendían qué hacía en el campus alguien vestida como ella. Estaba allí por su amiga.

La puerta se abrió.

—Hola, Alice —dijo Stacey—. Gracias. Vas a relevar a Gloria.

—Eh, Al —saludó Gloria. Estaba sentada al lado de Terry frente a un escritorio, donde era evidente que habían estado trabajando mucho. Había libros y papeles dispersos a su alrededor—. Tiene que ir a su examen de literatura y después debe entregar este trabajo para un seminario. Te he apuntado los edificios que son.

—¿Cómo lo llevas? —preguntó Alice.

—No me hagas esa pregunta —le pidió Terry, sin duda batallando por poner buena cara—. Te han apuntado los edificios a los que tengo que ir.

Alice asintió.

—Hecho. Nada de preguntas sobre tu estado emocional. ¿Preparada para clavar esos exámenes finales?

Stacey se había puesto en contacto con Gloria y con Alice después de que Terry recibiera la noticia sobre Andrew, para que entre las tres pudieran presionarla por toda la pista y que superara los exámenes finales. Como Stacey también tenía que hacer los suyos, había decidido que aquello funcionaría mejor si se iban turnando.

—A mi chica no van a expulsarla de esta universidad por una gilipollez prehistórica. Va a hacer los exámenes —les había dicho.

Ninguna de las dos se lo había discutido. Habían estado de acuerdo. Tirarían de Terry hasta final de curso aunque murieran en el intento.

Gloria cogió su abrigo y su bolso. Se detuvo al lado de Alice.

—¿Cómo estás? —le preguntó en voz baja—. ¿Preparada para mañana?

El día siguiente era jueves.

—Yo no voy a ir —dijo Terry, que las había oído—. Mañana paso del laboratorio. Aún no se me ha ocurrido qué hacer. Para detener a Brenner.

Gloria y Alice se miraron. Stacey dio un bufido.

—Pues claro que no vas a volver a ese sitio. ¿Por qué ibas a hacerlo? Ya tienes bastantes preocupaciones.

—Nosotras sí que deberíamos ir, creo —dijo Gloria—. Aunque sea para ver cómo se lo toma él.

—Tendríais que dejar de ir todas y punto —opinó Stacey—. Que vaya ese tal Ken, si quiere.

Alice miró a Gloria. Stacey apenas podía comprender que era mucho peor que lo que había experimentado ella.

—Nos vemos mañana —dijo Alice a Gloria, que asintió y se marchó.

Terry averiguaría lo que debían hacer, o quizá se espabilaría y sentiría más ella misma y menos la protagonista de una tragedia, y cuando llegara ese momento, querría saber que Kali estaba bien. Alice podía descubrir si así era. Y también podía seguir buscando en el futuro cualquier cosa que pudiera ayudarlos en el presente.

—Vamos a ponerle los zapatos —dijo Stacey.

—¿Queréis dejar de hablar de mí como si no estuviera delante? —replicó Terry.

—Bien. —Stacey señaló el armario ropero—. Pues elige unos zapatos y póntelos.

Alice dejó que Terry se peleara con los cordones de sus zapatillas deportivas durante sesenta segundos y luego tomó el dominio de la situación para atárselos ella misma.

—Nunca nos paramos a apreciar la maravilla tecnológica que debió de ser que alguien atara dos telas juntas por primera vez —dijo.

Terry bajó la mirada hacia Alice y luego echó la cabeza hacia atrás de la risa.

—Mis zapatillas son maravillas y... No, la maravilla eres tú.

Siguió riendo y Alice se alegró de ver la chispa en sus ojos. Terry se recuperaría. Se iban a asegurar de ello entre todas.

—Prodigios y maravillas —dijo Terry, frotándose la barriga con una mano. Llevaba una blusa larga y suelta, sin duda escogida teniendo justo eso en mente por Stacey o por Gloria—. Menuda farsa es todo este asunto.

Alice no sabía de qué hablaba Terry.

—Por las cosas que dices, seguro que vas a aprobar este examen con nota. Así es como siempre he imaginado que hablan los profesores de universidad. —Terry le sonrió y Alice terminó de atarle la segunda zapatilla con un tirón suave—. Solo han pasado unos días. Lo superarás.

—Lo sé —respondió Terry, con un aire casi soñador. Tenía los ojos rojos, pero no tan hinchados como el día anterior—. Me acuerdo de cuando mis padres tuvieron el accidente. Crees que nunca va a mejorar, pero luego pasan los días y creas un espacio para llevarlo contigo.

Alice señaló la barriga de Terry con la barbilla.

—A lo mejor es que aún no tienes espacio. Estás llena.

—Siempre hay espacio para llevar a tu familia.

—Por muy reconfortante que suene todo eso —las interrumpió Stacey—, mejor que vayas tirando o llegarás tarde.

Alice cumplió con su misión de escoltar a Terry hasta el edificio de filología, tal como indicaba la nota de Gloria. Había una pequeña biblioteca de clásicos en el vestíbulo, de modo que, mientras Terry hacía el examen, Alice esperó leyendo secciones de libros que decidía pasando a un número de página aleatorio que escogía de antemano.

Andrew había sido un buen hombre. Cuando Gloria la había llamado para contárselo, Alice se lo tomó fatal. Pero, al parecer, el más afectado había sido Ken. Bueno, aparte de Terry. Alice no era consciente de que Andrew y Ken se conocieran mucho. Era bonito, pero Ken no podía ayudar en nada más que no fuese hacer los turnos de Terry en el restaurante, ya que no podía entrar en el piso de la residencia donde vivían Stacey y ella. Además, solo serían un par de días más; luego ayudarían a Terry a mudarse a la casa de sus padres con su hermana.

Alice lamentaba no haber podido despedirse de Andrew. Pero no tanto como odiaba el hecho de que el pobre no hubiera sabido que iba a tener una hija. Terry había decidido no contárselo a la familia de Andrew, por lo menos de momento; su razonamiento era que si se lo decía podría ponerlos en el punto de mira de Brenner. Alice suponía que su decisión de saltarse el laboratorio esa semana se debía en parte a que Terry quería comprobar qué haría él.

Se estremeció al pensarlo.

—¿Tienes frío? —preguntó Terry a su espalda.

—¿Ya has terminado? —Alice devolvió al estante el libro que tenía en la mano, *Los tres mosqueteros*—. Vamos a entregar el trabajo ese y luego podrás descansar.

—No me hace falta descansar. —Terry hizo una pausa—.

Tengo que hacer un recado. Yo sola. Volveré por mi cuenta a la residencia, te lo juro.

Alice meditó sobre ello. La mirada de Terry era mucho más clara que en los días anteriores.

—Stacey nos asesinará a las dos si te pasa algo —dijo.

—No va a sucederme nada. Solo quiero pasarme por la biblioteca.

¿En qué líos podía meterse Terry en la biblioteca?

—¿Qué tal si te acompaño hasta la puerta y luego me marcho?

—Trato hecho.

—Pero antes vamos a entregar el trabajo, siguiendo las órdenes de Gloria.

Terry titubeó.

—¿Mañana le echarás un vistazo a Kali, si puedes? ¿Hago bien en no ir?

Alice no tenía ni idea.

—Te lo diré cuando crea que te estás equivocando.

—Gracias. Supongo que es la mejor promesa que es capaz de hacer nadie.

Alice deseó poder hacer mucho más.

—Por la Compañía del Laboratorio.

—Por la Compañía del Laboratorio —repitió Terry. Volvía a tener la mano en la tripa—. Además, somos familia.

—Sí —convino Alice—. Así es.

—Vamos, hermanita.

5

Terry llevaba tres días con sus noches sin estar sola. Siempre tenía a alguien a su lado. Stacey no se andaba con medias tintas cuando se molestaba en hacer algo.

Y Terry no iba a tener mucho tiempo para estar sola allí. Vagó por el recibidor hasta que vio a la bibliotecaria que le caía bien. Ese día no había tanta cola, así que Terry se puso al final y esperó. No había nadie más por allí y la gente que había en la biblioteca estaba atareada con un montón de libros extendidos por las mesas mientras terminaban sus trabajos.

A Terry le daba la impresión de llevar consigo un mundo distinto adondequiera que fuese. Aquellas preocupaciones cotidianas —los exámenes finales, la educación, atarse las zapatillas, no llorar en público— parecían insignificantes al lado de sus problemas y del dolor de haber perdido a Andrew. Deseó haber llegado a decirle que iba a ser padre. Deseó que él hubiera llegado a ser padre.

Pero tenía que pensar en el futuro.

Al principio, la bibliotecaria no la reconoció.

—¿Sí? ¿En qué puedo ayudarla?

—Eh... hola —dijo Terry—. Ya me echó una mano hace un tiempo y me preguntaba si podría hacerlo otra vez. Tengo una... bueno, es una solicitud un poco rara. No sé por dónde empezar.

—Esas son mis solicitudes favoritas. —La mujer movió los dedos en gesto de «trae para acá»—. Adelante.

Terry tragó saliva.

—Pongamos que hay una joven en apuros que necesita desaparecer. ¿Cómo podría hacerlo? ¿Tiene algo sobre ese tema?

La bibliotecaria la observó y reparó en su ropa suelta, su rostro hinchado y sus ojeras.

—No tenemos libros al respecto, pero mi especialidad es la información. —Hizo una pausa—. ¿Esa joven corre un peligro inmediato?

Una de las muchas preguntas sin respuesta del momento.

—No está claro.

—¿Y necesita desaparecer para siempre o solo un tiempo?

Terry no había pensado en aquello a tan largo plazo.

—Supongamos que para siempre.

—El dinero es lo importante, cuanto más, mejor; además, necesitará alguna forma de obtenerlo cuando se haya esfumado. —La bibliotecaria siguió sin levantar la voz—. Si es probable que haya gente buscando a esa persona, lo mejor sería que creyeran que está... bueno, muerta.

Terry ya había llegado a esa conclusión ella sola. La gente no perseguía a los muertos. Sin embargo, no se le ocurría ninguna forma de fingir su propia muerte. Y, además, ¿en quién se convertiría si lo hacía?

—Pero ¿cómo iba a funcionar eso? Hace falta tener un nombre para vivir.

—Es un dilema interesante, ¿verdad? —La bibliotecaria adoptó un tono conspiratorio—. Una vez leí una novela en la que un hombre adoptaba el nombre de un chico nacido más o menos cuando él pero que había muerto en la infancia. Nadie lo descubrió hasta después de su muerte. Eso sí, habría que alejarse de la zona en la que es probable que alguien reconozca el apellido.

Terry rumió un momento sobre eso.

—¿Dónde podría buscar esquelas de principios de los sesenta para ver si hay muertes de niños?

—Es por aquí. La ayudaré a encontrar los periódicos de un par de años. Accidentes infantiles... Quizá quiera buscar también en las noticias. Puede conseguir allí algún nombre. Para su solicitud puramente hipotética, claro.

A Terry se le ocurrió que tal vez a la bibliotecaria le habría ocurrido alguna cosa horrible que la predispusiera tanto a ayudar. Sin embargo, no iba a preguntárselo.

Ken llegó unos minutos después de la hora que le había

dicho Terry. Acercó una silla a la mesa en la que ella se había instalado y miró los periódicos que tenía delante.

—Qué tétrica te has puesto —dijo, contemplando las hileras de esquelas—. ¿O es algo en lo que estás trabajando?

Terry ni siquiera había pensado en ello. Supuso que los padres de Andrew habrían publicado su esquela en el periódico de su pueblo. Se le inundaron los ojos de lágrimas.

La bibliotecaria pasó cerca de la mesa.

—Señorita —los interrumpió—, ¿va todo bien?

Terry levantó la cabeza de golpe al comprender a qué se refería. La bibliotecaria estaba preguntándole si era necesario expulsar a Ken.

—Ah, sí, todo va bien. Él es un amigo, no el... problema.

Ken esbozó una sonrisa triste.

—Pero el problema es una persona, sí.

La bibliotecaria asintió y siguió su camino.

—Terry... —dijo Ken.

No se habían visto desde la noticia de la muerte de Andrew, pero Stacey se lo había contado a todos los nuevos amigos de Terry y a todos los viejos de Andrew. Por lo visto, a Ken le había afectado mucho.

—No sabía que Andrew y tú os conocieseis tanto —dijo.

—Y no era así —respondió Ken—. Pero hablamos de ti antes de que se marchara.

Terry no tenía ni idea de aquello.

—¿Ah, sí?

—Me entrometí. Fue idea mía que rompieseis de forma oficial. Sentí que iba a pasar algo que os separaría, y que si quizá lo hacíais así, os resultaría más fácil. Tendría que haberme olvidado del tema. Mi madre me decía que nunca me entrometiera en cosas importantes.

—Ken, no tuvo importancia. Fue solo de cara a la galería. Y sí que ayudó. Pero Andrew siempre estará conmigo.

—En más de un sentido.

Terry soltó una carcajada. Supuso que la bibliotecaria lo pasaría por alto, pero, aun así, dejó de reír.

—¿Qué es todo esto? —preguntó Ken—. ¿Por qué querías hablar conmigo?

—Estoy pensando en cómo desaparecer. Pero no puedo dejarlo todo a medias, así que estoy trabajando en cómo hacerlo, en cómo conseguir huir de Brenner para siempre. Y acabar con lo que está haciendo allí. Solo quería que supieras que puedes contarme si te llega alguna... certeza que yo debería saber. No puedo perder a nadie más.

—Lo intentaré —dijo Ken—, pero recuerda: hay mucha gente que no quiere perderte a ti.

—Tal vez deban hacerlo —replicó ella—. Quizá tenga que irme. Y si así los demás estáis a salvo, me parecerá bien. ¿Entendido?

Se notaba que Ken no lo entendía. Pero Terry ya había empezado a reunir todo el dinero que podía. Lo que había acumulado del laboratorio desde el pago de la fianza y el sueldo del restaurante. Informaría de ello a la Compañía cuando tuviera todos los detalles claros. Quizá hasta aportaran unos cuantos pavos.

El bebé dio una patada y Terry se tocó la barriga.

—¿Puedo? —preguntó Ken.

Terry miró a su alrededor, pero estaban solos en aquel rincón de la biblioteca.

—Adelante.

Puso la mano de Ken en el centro de su barriga, un poco hinchada, y el bebé dio otra patada.

—Se me ha ocurrido un nombre —dijo Terry—. Leí un artículo de *National Geographic* en la sala de espera del médico. Hablaba de una mujer, Jane Goodall, que estudia a los chimpancés en Tanzania.

—Otro experimento científico no, por favor —dijo Ken con un gemido.

—Ella es distinta. No pone números a sus sujetos, sino nombres. Voy a llamar Jane a la niña. —Terry hizo una pausa mientras la pequeña Jane daba otra patada. Parecía que hubiera estado escondiéndose y, desde que se había revelado su presencia, estuviera decidida a hacerse notar. Constantemente. A Terry no le importaba—. Además, el nombre de Jane me gusta, así que más vale que no te equivocaras con el sexo.

—¿No notas eso? —dijo Ken, y entonces quitó la mano—. Ahí dentro hay una chica valiente y explosiva, igual que su madre. No puede esperar a salir al mundo. ¿Cómo iba a equivocarme?

6

El doctor Brenner había tenido un día frustrante. Y visitar a Ocho no estaba mejorándolo en nada.

Le había llevado un paquete de pastelitos Hostess y ni siquiera la había obligado a que se los ganara antes de dárselos. Y, aun así, ella estaba de morros.

Los niños eran irritantes.

Y, a fin de cuentas, también los adultos. Solo que de formas por completo distintas.

—Quiero ver a mi amiga —dijo ella.

—Terry no ha venido hoy.

Aunque no se le notara, Brenner estaba que echaba humo por el descaro que había mostrado Terry al no presentarse. Tendría que meterla en vereda. Después de recibir una llamada en la que se le informaba de su visita al médico, Brenner había supuesto que Terry estaría aterrorizada, por lo que tampoco lo había cogido con la guardia del todo baja aquel débil intento de socavar su autoridad. Hasta él se había sorprendido al enterarse de lo del novio.

Pero, en fin, era una complicación menos de la que preocuparse en el futuro. Brenner supuso que debería habérselo esperado cuando organizó la solución de la llamada a filas. Pero sabía qué teclas apretar con ella desde ese momento en adelante.

—¡No digo Terry! —exclamó Ocho—. ¡La que es como yo!

¿De quién estaba hablando?

—No hay nadie como tú —dijo el doctor Brenner—. Todavía no. Estoy trabajando en un amiguito que lo será. Con la ayuda de Terry.

—¡Que no digo ella! No he visto a los monstruos, pero seguro que están aquí. Tengo que hablar con ella. —Ocho estaba de un humor raro. De los que la ponían testaruda.

«¿Los monstruos?» Brenner pensó que le sonaba de algo. Ah, sí, la sujeto mecánica que respondía con un salero tan interesante a los tratamientos de electrochoque. Alice... Johnson, sí. Era mucho más fácil recordar números que nombres.

—Ocho, ¿has hablado con alguien aquí aparte de Terry?

La niña estudió el techo mientras se chupaba el glaseado de chocolate del dedo.

—Con la doctora Parks, con Benjamin, con... —Recitó los nombres de los demás celadores y el personal médico—. Y contigo, papá.

Brenner ocultó su verdadera reacción.

—¿Y con nadie más?

—No voy a decirlo. Lo prometí.

Ocho susurró las palabras y Brenner notó el miedo en su interior. Bien. Podía trabajar con eso.

—Ya hemos hablado de eso. Las únicas promesas que importan son las que me haces a mí.

Ocho sacudió la cabeza, haciendo que su pelo negro latigueara a izquierda y a derecha.

—No está bien.

—Eso lo decidiré yo.

—¡Papá, no!

La niña salió corriendo por la puerta al pasillo.

Brenner la siguió, caminando deprisa. En aquel lugar no tenía escapatoria. No había necesidad de preocuparse.

Los zapatos de Brenner taconearon contra las baldosas mientras la perseguía sin detenerse. Dejaron atrás la sala vacía donde debería haber estado Terry Ives, incubando el que iba a ser su mayor logro. Luego pasaron frente a la estancia donde estaba aquel excéntrico, Ken, y por la de la sujeto más prometedora en investigación sobre interrogatorios, Gloria. Y, por fin, Alice. Ocho estaba de pie delante de Alice, hablando rápido y haciendo aspavientos.

Así que se refería a ella.

Brenner puso la mano en el pomo y lo giró.

Alice se quedó boquiabierta cuando Kali desapareció de nuevo.

—Sé que estás aquí dentro, Ocho —dijo después de entrar en la sala—. Ya estás saliendo.

—¿Ocho? —preguntó Alice.

Brenner enarcó las cejas. Qué irónico era lo mucho que se preocupaban por los nombres aquellas mujeres.

—Kali, no estoy enfadado.

¿Qué era lo que había dicho Ocho? Que su otra amiga era como ella. ¿Le estaría ocultando Alice algún secreto? ¿Serían sus monstruos... reales?

—Es usted amiga de Terry Ives, ¿verdad? —dijo el doctor Brenner, en lugar de las preguntas que de verdad quería hacer.

—Sí —respondió ella, y sus siguientes palabras salieron en tropel—: Está pasando una mala racha y no debería preocuparse de que no haya venido. Debería... dejarla tranquila. Dejarla que viva en paz.

«Qué dulce.»

Brenner se adentró otro paso en la sala.

—Ocho, sal ahora mismo.

—Cielo, será mejor que obedezcas —dijo Alice, asustada.

—¿Hay monstruos aquí ahora? —preguntó Brenner a Alice.

La joven solo asintió con la cabeza. «Se refiere a mí.» Brenner se echó a reír. Era normal que a Ocho le cayera tan bien Alice. Seguro que le había dicho a la niña que Brenner era un monstruo.

—No soy un monstruo —dijo él—. Pero si quiere usted considerarme como tal, por mí no hay problema. Kali, sal de una vez, que nos vamos.

—¡Adiós, Alice! —exclamó Ocho con voz cantarina mientras la puerta volvía a abrirse. Pero reapareció y se volvió en el umbral, vacilante—. ¿Estás segura de que los monstruos no están aquí ahora?

Alice no parecía querer responder. Pero cuando Ocho se negó a marcharse, dijo por fin:

—Estoy segura.

—¿Cuánto tiempo lleva viniendo a verla? —preguntó el doctor Brenner a Alice.

La joven alzó la barbilla.

—No mucho. No diré nada... sobre lo que puede hacer.

—Ah, eso ya lo sé. Y lo habríamos sabido en el mismo instante en el que usted lo dijera. Nos marchamos. Adiós, señorita Johnson. —El doctor Brenner atrapó a Ocho y la cogió por el hombro, para que no pudiera volver a escabullirse de él. Ya en el pasillo, le preguntó—: Entonces ¿esa es tu amiga?

—Es como yo. Ve cosas. Pero dice que no son de ahora. Sino del futuro.

«¿Monstruos del futuro?» Brenner no estaba seguro de si creérselo, pero de pronto fue consciente de la forma exacta de obligar a Terry Ives a regresar adonde debía estar.

Y mantendría a la mecánica lo bastante cerca para descubrir si alguno de los secretos que había estado ocultando tenían algún valor.

7

Terry levantó una última caja de ropa para subirla al piso de arriba de su hogar, pero Becky se apresuró a quitársela de las manos.

—Tienes que dejar de levantar cosas tan pesadas —le dijo su hermana.

No era que Terry tuviera muchísimas ganas de cargar con la caja. Lo hacía por principios.

—Y tú tienes que dejar de revolotear a mi alrededor. Estoy embarazada, no herida de muerte.

Becky le frunció el ceño.

—Venga, te toca echarte una siesta. Pero antes quiero que hablemos.

—¡Oh, no, una charla! ¡Socorro, que alguien me ayude!

El humor de Terry había mejorado un pelín. Había logrado aprobar los exámenes finales y Stacey había supervisado su mudanza con tanta eficiencia que Terry apenas había movido un dedo. Se había limitado a llenar un par de cajas con material selecto, aquellas que en su mente llamaba las Cajas de Desaparecer.

¿Por qué debía hacer el equipaje dos veces tan seguidas? Terry se sentía más tranquila por tener un plan de emergencia en el peor de los casos. Sin embargo, aún no tenía resuelta la parte de ganar dinero. Había escogido un nombre falso por si lo necesitaba: Delia Monroe, que había muerto de tuberculosis a los seis años. Pero quizá tuviera que bastar con salir corriendo.

Becky cargó la segunda Caja de Desaparecer por la robusta escalera de madera sin saber lo que llevaba. Terry subió tras ella, tomándose su tiempo en cada peldaño. Desde que sabía que estaba embarazada y no podía achacar el cansancio, los dolores ni el mal humor a las vicisitudes de la vida, parecía ser más consciente de todos esos molestos dolores.

—Hermanita —dijo Terry—, nunca te he dicho lo agradecida que estoy de que no me hayas soltado ningún sermón. Y que conste que no lo digo solo para evitármelo, en caso de que vayas a hacerlo.

Llegaron al rellano de arriba. Becky siguió andando y dejó la caja con las demás en el suelo del cuarto de Terry. Todas las reconfortantes fotos de infancia, los retratos de su familia, la colcha de retales que había hecho su tía cuando su madre estaba embarazada de ella. Ya había colocado la Polaroid en la que salían Andrew y ella en el tocador, justo encima de su joyero con la diminuta bailarina. Becky había empezado a decorar el cuarto del bebé, que estaría enfrente del de Terry.

«Eso, si estamos aquí y no nos hemos marchado.»

Cuando llevaran fuera el tiempo suficiente, podría arriesgarse a volver para buscar a Kali.

Becky se volvió y puso las manos en los hombros de Terry para poder mirarla a la cara.

—Terry, eres mi hermana. ¿Qué quieres que haga?, ¿dejarte en la calle? No voy a soltarte ningún sermón. Andrew era un buen hombre. Sabía que no esperarías al matrimonio, y... —titubeó.

—¿Y?

Becky apartó un pelo sudado de la frente de Terry, que le devolvió el favor.

—Y necesitamos té helado —dijo Becky.

—No es lo que ibas a decir. Venga, suéltalo.

—Y supongo que es bueno que no esperaras. Estabais enamorados. Sé que querrás a ese bebé con toda tu alma. Serás una buena madre. Y yo te ayudaré. No tendrás que hacerlo todo tú sola.

Terry lo visualizó y no le pareció el peor de todos los futuros posibles. Las dos criando juntas a una niña en casa de sus padres. Daría vida a la casa, al igual que lo había hecho la presencia de Andrew en Navidad. Era curioso que, ocho meses antes, a Terry le habría parecido un destino peor que la muerte acabar de solterona junto a Becky. Pero allí fuera había cosas mucho mucho peores. Vivir a la fuga con su hija, por ejemplo, una posibilidad igual de real que aquella...

Existían peores personas que las hermanas mayores razonables para tenerlas de su parte.

El teléfono sonó en el pasillo, agudo y fuerte, y las arrancó del momento que estaban compartiendo.

—Yo lo cojo —dijo Becky—. Tú acuéstate y descansa. Es una orden.

—A la orden, sargento. —Pero Terry se quedó allí plantada para enterarse de quién era.

—Residencia Ives —respondió Becky—. Becky al habla.

Una pausa mientras su hermana escuchaba a quienquiera que hubiese llamado.

—Doctor Brenner, no, no me suena su nombre. ¿De qué conoce a Terry?

Sí que había tardado poco. Terry se deslizó con sigilo al pasillo y se llevó un dedo a los labios para pedirle silencio a Becky mientras se acercaba a ella. Con suavidad, apartó los rizos de su hermana por encima de su hombro para que ella pudiera sostener el receptor entre ambas cabezas y así oír las dos.

—¿Cómo se encuentra la señorita Ives? Tengo entendido que ha recibido una muy mala noticia, pero esperaba que volviera pronto para hacerle unas pruebas.

Solo la voz de Brenner ya equivalía a una amenaza directa. A Terry se le aceleró el pulso.

—Se encuentra mejor —dijo Becky, sin revelar más.

—Me alegro mucho. ¿Cuándo podremos verla?

Terry se tensó y Becky debió de darse cuenta.

—Dudo que vaya a poder de aquí a poco.

Becky no mencionó el embarazo porque opinaba que no era asunto de nadie. No había manera de cambiar el hecho de que Terry iba a ser una madre soltera, pero la filosofía de Becky consistía en que, si se ponía énfasis en que el padre había muerto en la guerra, esto podría limitar las preguntas. No tenía por qué ser una letra escarlata que Terry llevara tatuada. Esta no se había molestado en explicarle que en realidad la letra escarlata no simbolizaba el adulterio.

—Lamento oírlo. —Brenner hizo una pausa—. ¿Podría hablar con ella?

Terry quiso negar con la cabeza, pero no era justo obligar a Becky a hacerle de intermediaria. Había llegado el momento de dejar de esconderse. Terry podía descubrir tantas cosas de aquella conversación como él. Cogió el teléfono.

—Soy yo.

—Terry, lamento mucho lo que le ha sucedido a su joven novio —dijo Brenner, con suavidad, como si tuvieran público—. Y tengo entendido que hay que darle la enhorabuena.

Terry esperaba sentir un terror gélido, pero, en vez de eso, una rabia ardiente bulló en su interior.

—Como si no lo supiera cuando usted se dedicaba a...

Becky la miraba con cara de sobresalto, por lo que Terry no dijo: «Atiborrarme de drogas mientras estaba embarazada».

—Ese bebé será excepcional. Nuestro bebé será excepcional, el que hemos creado entre los dos. ¿Acaso no es lo que desea todo padre?

A Terry le costaba respirar. «No tienes ningún derecho sobre mi bebé. Mío y de Andrew.»

—Al final, esto ha sido por su propio bien, por el bien de todos —añadió Brenner.

Terry tuvo ganas de estampar el receptor contra la pared. Pero mantuvo la voz firme al hablar y pronunció las pocas palabras que pudo:

—No, no lo ha sido.

«Esto ha sido lo que tú querías para tus espantosos experimentos, que es algo muy distinto.»

—Terry, ¿de verdad está planteándose no volver? Sé que el bienestar de Ocho, de Kali, se resentirá si toma esa decisión. Ha forzado usted mi mano. Y piense en sus amigos. Por cierto, acabo de descubrir algo muy interesante sobre una de ellos.

Y sí, ahí estaba. El terror por debajo de la rabia.

—¿De qué está hablando?

—Sé lo de su amiga Alice. Hoy mismo he presentado una solicitud urgente para su internamiento.

«No, no, no.» ¿A qué se refería con que sabía lo de Alice? Terry siempre había tenido la intención de acabar del todo con el laboratorio, pero si Brenner conocía el poder de Alice... Y ya había presentado los papeles. Nunca la dejaría marchar. Lo que más podía anhelar en el mundo un hombre

337

como él sería poder ver el futuro, para controlarlo de la mejor manera posible.

—Déjela en paz.

—Terry —siguió diciendo Brenner—, yo solo quiero ayudarlos a todos a alcanzar su pleno potencial. Incluso puedo eliminar el dolor que siente por la muerte de Andrew. ¿Eso no le facilitaría la vida?

Terry no podía hablar. Estaba rebosante de ira.

—Comprobará que tengo razón. ¿Recuerda el día del funeral de sus padres? ¿El primer recuerdo suyo que exploramos? Revívalo en su mente. Ya no hay dolor, ¿a que no? Yo conseguí eso. Déjeme ayudarla.

Terry pensó en la iglesia, en sus padres dentro de sus respectivos ataúdes. Solían aparecer en sus pesadillas, demasiado dolorosas para que su mente consciente viviera sumida en tanta tristeza.

Pero en ese momento solo notó un dolor apagado.

—Es usted malvado. Déjenos en paz.

—Me temo que no puedo —insistió Brenner—. No permitiré que se marche.

«Respira. Encontrarás una escapatoria para todos. De algún modo.»

La desesperación estuvo a punto de aplastarla. ¿Y si no era capaz?

Colgó el teléfono y se lo quedó mirando.

Becky había puesto los brazos en jarras.

—Pero ¿qué ha sido...? Se te notaba que tenías ganas de meterte en el teléfono y darle una buena tunda a ese hombre. Ahora mismo no estás para experimentos.

¿Qué podía hacer? La verdad preocuparía a su hermana, pero Terry estaba harta de mentir.

—Creo que tengo que hablarte del laboratorio de Hawkins —dijo—. De lo que me han estado haciendo allí. De lo

338

que nos han hecho a todos nosotros. Y Becky, ese hombre sabía que estaba embarazada del bebé de Andrew, no sé desde hace cuánto, pero sí que el tiempo suficiente. Eso sí, antes tengo que hacer una llamada.

—¿Qué quieres decirme?

—Espera solo un momento. —Terry buscó el papel que Stacey había escrito con los números de las casas y residencias de todo el mundo, cogió el teléfono y llamó a Gloria—. Hola, Gloria. ¿Puedes ir a recoger a Alice y traerla aquí? Voy a llamar también a Ken. Tenemos que hablar.

—Claro —dijo Gloria.

Terry le dio su dirección y luego llamó a Ken, que ni siquiera bromeó diciendo que ya estaba de camino.

Luego regresó a su dormitorio, donde la esperaba Becky.

La presencia de las Cajas de Desaparecer ya no la tranquilizaba tanto, pero la de su hermana aún sí. Y eso le sugirió la semilla de una idea, del remedio para la desesperación que había hecho presa en ella después de hablar con Brenner. Tenían una Compañía. Tenían aliados. Tenían poderes.

Brenner tenía ambición y crueldad, sí, y una instalación gubernamental a sus órdenes. Pero Terry jamás dejaría que se quedara con su hija. Y, desde luego, tampoco iba a permitirle que se quedara con Alice. Ni tampoco abandonaría a Kali allí. Quería dejar a Brenner con solo lo que se merecía...

Es decir, nada ni nadie.

Aquello era una guerra por el futuro y Terry no tenía intención de perder a nadie más.

8

Antes de que hubiera transcurrido una hora, ya estaban todos reunidos en casa de Terry y Becky.

—¿Te importa si subimos para hablar en privado? —le pidió Terry a Becky cuando Ken entró por la puerta. Alice y Gloria habían llegado poco antes.

—Prepararé unos brownies —dijo Becky.

A Terry no le hacía ninguna gracia ocultar secretos a su hermana, dado que ahora ya sabía casi toda la verdad, pero así era más seguro. Becky era una escéptica innata. La idea de que existiera gente con capacidades especiales o que el gobierno estuviera desarrollándolas la llevaría al límite de lo que era capaz de creer. La pobre ya lo había pasado bastante mal con la revelación de que el doctor Brenner había pasado meses inflando a Terry de ácido mientras sabía que estaba embarazada. Becky creía que Terry solo pretendía volver al laboratorio para exigir una compensación por el trauma. Criar niños era caro.

De modo que subieron la escalera. Terry había estado devanándose los sesos y se le habían ocurrido algunas ideas.

Iba a llevarlos a su habitación, pero Alice se metió en la que iba a ser para el bebé. Tampoco pasaba nada.

Terry la siguió y encendió la luz.

—Becky ha estado montándola —dijo.

Había una cuna de segunda mano, que había sido de una compañera de Becky del instituto, y un móvil de un payaso azul y rojo colgando encima de esta.

—No he conocido a ningún niño al que le gusten los payasos, pero es mono —comentó Gloria, dando un toquecito al móvil y haciendo que rotaran varias de sus piezas—. Seguro que a la pequeña Jane le encantará.

—A todo el mundo le encantan los payasos —dijo Ken.

—A mí me aterran —replicó Alice.

—Me temo que tengo malas noticias —dijo Terry—. El doctor Brenner ha llamado aquí.

Quizá, solo quizá, si lograba convencer a los demás de

poner en práctica su descabellado plan y este funcionaba, aquella visión idílica de criar a su hija en paz llegaría a ser realidad. Sin embargo, una cosa sí era segura: que allí no podían hablar del tema abiertamente.

Era imposible que Brenner no estuviera escuchándola a hurtadillas. Terry contaba con ello.

Cogió el cuaderno en el que Becky había estado tomando medidas para las cortinas y pasó a una página en blanco del centro. Levantó un dedo y sus amigos la rodearon mientras ella les escribía una nota: «Seguidme la corriente con lo que voy a deciros. Nos escuchan. El plan real, después».

—Me ha... amenazado —dijo—. Me ha ordenado volver.

—¿Ah, sí? —repuso Gloria, con la frialdad de una espía—. ¿Pronto?

—Volveré esta semana, pero necesito que me ayudéis con una cosa. Todos vosotros. Alice, te ha descubierto.

Alice se removió y sus ojos se desviaron hacia el cuaderno mientras Terry escribía en él: «¿Te quedarías un tiempo en Canadá con tus primos? ¿El tiempo que haga falta?».

Alice asintió, con las cejas muy juntas.

—Estamos todos en peligro. —Terry respiró hondo—. Quiero obtener pruebas que demuestren sin lugar a dudas lo que está pasando allí. Ha llegado el momento de hundir a Brenner y su proyecto. Si puedo llevarme archivos de su despacho, podría filtrárselos a alguien, no solo a la *Gazette*, sino al *New York Times* o, a lo mejor, al *Washington Post*. A alguien que pueda hacer algo para sacar de ahí a esos niños y cerrar el laboratorio. Y así no tendremos que volver nunca más.

—¿Qué papel tenemos los demás? —preguntó Gloria.

Terry miró a Ken.

—¿Crees que podemos hacerlo?

—Tengo una buena sensación —respondió Ken.

—Pues no necesito oír más —zanjó Terry—. Lo siento mucho por ti, Brenner.

«Por favor, que se lo trague.» Terry se lanzó a describir su plan de pega.

—Gloria, ¿crees que podrás hacer saltar una alarma de incendios?

—Sí —dijo ella—, no hay problema.

Terry enumeró varios elementos falsos: Gloria le proporcionaría una distracción, Ken la ayudaría si era necesario y entonces Terry se colaría en el despacho de Brenner y robaría los ficheros. Fácil. Sencillo.

No se parecía en nada al verdadero plan.

—Y yo, ¿qué? —preguntó Alice.

Terry escribió otra nota: «Hablaremos del plan real fuera, más tarde. Tú inutilizarás la máquina de electrochoque de forma que nadie se dé cuenta. Confío en que Kali haga el resto».

Alice asintió.

Sonaron unos fuertes golpes en la puerta principal, abajo. Terry salió de la habitación y se detuvo en lo alto de la escalera, seguida de los demás.

Becky fue a abrir la puerta, secándose las manos con un trapo.

—¿Hola? ¿Quiénes son ustedes?

En el umbral había un grupo de hombres uniformados. Terry lanzó a Ken el cuaderno que tenía en las manos y le dijo:

—Escóndelo.

Ken desapareció.

—Venimos a buscar a Alice Johnson —dijo el hombre que estaba en la puerta—. Traigo documentos que nos autorizan a entregarla a la custodia del Laboratorio Nacional de Hawkins.

Antes de que Terry pudiera interiorizar lo que estaba pasando, los uniformados irrumpieron en la casa y subieron la escalera.

—¡Eh, un momento! —protestó Becky abajo, pero los hombres eran rápidos.

El líder avanzó hacia Terry y otro hombre le advirtió:

—Cuidado con la preñada.

—Tenemos un mensaje para usted —dijo el hombre—. Esta semana, vaya adonde debe ir.

La apartó de su camino y agarró a Alice.

—No quiero ir —dijo esta.

—Los papeles de internamiento —dijo Terry, comprendiendo por fin lo que pasaba—. Me ha dicho que los había presentado. Alice, no te preocupes. Nos veremos pronto, te lo prometo.

—No quiero ir —repitió Alice mientras regresaba Ken.

Los tres miraron impotentes cómo se llevaban a Alice en volandas escaleras abajo, con los ojos enormes como soles, y la metían en una furgoneta que se perdió en la noche.

Terry rezó para que el verdadero plan que había urdido pudiera salvarla.

12

Todo se derrumba

JUNIO DE 1970
Bloomington, Indiana

1

Terry estaba sentada en su cama. Era jueves por la mañana y sus planes se encontraban todo lo listos que podían estar. Tenía que salir en unos minutos para reunirse con Gloria y Ken.

Pero antes quería saber una cosa sobre sí misma, sobre su propia capacidad. Cerró los ojos, se puso las manos en la barriga y se obligó a relajarse y a respirar hondo. Sin drogas, sin nadie vigilándola, solo ella.

«Sumérgete más», se persuadió a sí misma y su entorno se fue disipando. Entró a pie en el negro vacío y notó el agua bajo los pies. Casi se había rendido cuando Alice apareció ante ella.

Su amiga yacía en un camastro y no vio acercarse a Terry. Llevaba puesta la bata de hospital. Tenía ojeras. Parecía afligida.

¿Alice? Terry envió el pensamiento con toda la fuerza que pudo reunir. *Vamos para allá. Prepárate.*

Alice no dijo nada. No había forma de saber si la había visto u oído.

Cuando Terry abrió los ojos, la lámpara de su mesita de noche se encendió un instante y volvió a apagarse. Alice estaba preparada.

2

Brenner había pasado el día en su despacho, embargado por la emoción. Terry Ives tenía tantas esperanzas depositadas en su plan que frustrarlas quizá bastara para volverla cooperativa a largo plazo. Ya había demostrado ser una mujer más tozuda de lo que Brenner esperaba. Casi se había ganado su respeto.

Pero no podía respetar de verdad a nadie que fuera a emprender unas acciones tan vanas. Como si él fuese a permitir que todo lo que pretendía construir allí se destruyera. Todo por lo que había trabajado hasta ese momento. Quizá otras personas no comprendieran su compromiso con el proyecto, pero eso no importaba. No necesitaba su comprensión; solo le hacía falta tiempo para demostrar que tenía razón. Lo único que iba a acabar aniquilado ese día era una rebelión.

Llamaron a la puerta de su despacho.

—¿Señor? —dijo el oficial de seguridad.

—Sí. Informe.

—Ives y Flowers han llegado —siguió diciendo el oficial—. El hombre no se ha presentado hoy.

Ken. Quizá no volvería a acudir al laboratorio. Sus resultados habían sido decepcionantes.

—Gracias.

Brenner no salió de inmediato para recibir a Terry, sino que se desvió hacia uno de los laboratorios farmacéuticos que ocupaban el segundo nivel del complejo. Había dado instrucciones específicas al subdirector que estaba al mando.

345

El laboratorio era siempre un silencioso y estéril remolino de actividad. Hombres y mujeres yendo de un lado para otro, máquinas complejas que producían una gran variedad de sustancias químicas para alterar el cerebro o el cuerpo. Ese día, Brenner había ido a recoger una de la segunda variedad.

—¿Lo tengo preparado? —preguntó Brenner.

El hombre, vestido con una bata de laboratorio, asintió. Estaba pálido, como si llevara siglos sin ver el sol, tal como correspondía a un empleado comprometido.

—Tardará más o menos un par de horas en hacer efecto —explicó, y tendió a Brenner una gruesa jeringuilla con capuchón.

—Perfecto —dijo Brenner, que cogió la jeringuilla y se la guardó en el bolsillo.

Se sorprendió a sí mismo tarareando una melodía desafinada de camino a la sala de Terry Ives, serpenteando por el laberinto de pasillos que componían sus dominios. Se quedó un momento junto al panel de cristal de la puerta y la observó. Estaba sentada con la espalda erguida, esperando.

Brenner no tardaría en quebrar su espíritu.

Pero, antes, se divertiría un poco.

—Veo que ha cumplido su palabra —dijo después de entrar—. Estoy un poco sorprendido. Su amiga está bien aquí. Detecté un notable grado de hostilidad la última vez que hablamos.

La joven le dedicó una sonrisa falsa.

—No todos podemos permitirnos ser buenos mentirosos.

«Cuánto espíritu.» ¿El bebé resultaría igual?

Brenner tenía la intención de tomárselo con calma, pero, al cruzar la puerta, había descubierto que no podía esperar. Sacó la jeringuilla.

—Extienda el brazo, por favor.

—¿Qué es eso? —Terry frunció el ceño—. No pienso tomar más ácido.

—Ya me lo imaginaba. —Brenner meneó la cabeza a los lados—. Es uno de los motivos por los que no le revelé su condición. Esto es una inyección que ayudará con el embarazo. No les hará daño ni a usted ni a nuestro bebé.

Vio cómo la mujer se tensaba al oír que había empleado ese posesivo. Pero de verdad era el bebé de los dos, tanto de Brenner como de ella.

—¿Por qué debería confiar en nada que me dé usted?

Brenner hizo un gesto y el celador entró en la habitación.

—Sujétela —ordenó Brenner.

Terry se resistió, pero el hombre la obligó a levantarse y le sostuvo los brazos contra los costados.

Brenner insertó la aguja en la piel del codo y apretó el émbolo. Resolver los problemas era sencillo cuando se tenía acceso a las herramientas adecuadas.

—¿Qué más quiere de mí? —preguntó ella, apartándose del celador.

—Esto es todo por hoy. Solo quería ponerle la inyección y sacarle una muestra de sangre. —Brenner le devolvió su sonrisa falsa—. Puede esperar aquí a que sus amigos terminen.

—¿Y ya está? —preguntó ella—. ¿Va a dejar que nos marchemos?

—Caramba, ¿no confía en mí, Terry?

La chica sonrió divertida al oírlo.

—¿Sigo teniendo un cerebro en el cráneo? Vaya, sí. Pues no, no confío en usted.

—Descanse —dijo él—. No se agote.

—Eso haré. —Terry se recostó en la cama, interpretando su papel como si fuera una niña—. Pero no porque usted lo diga.

—Volveré más tarde.

—Me muero de ganas.

A Brenner no le gustó concederle la última palabra, pero en realidad Terry no la tenía. Regresó a su despacho para esperar a que ella pusiera en marcha su pequeño y estúpido plan.

3

Terry quería arriesgarse a ir a ver en persona a Kali si era necesario, pero en ese caso Brenner podría descubrir el pastel demasiado pronto. Ahora estaba segura de que podía llegar al vacío sin la ayuda de él, sin nada más que sí misma.

Quería saber lo que Brenner le había inyectado en el brazo, pero también la aliviaba ignorarlo. Tendría que conformarse con ser consciente de que Brenner jamás haría daño a un bebé que consideraba suyo... O, al menos, no en ese sentido. Solo en el de encarcelarlo y convertirlo en un conejillo de Indias para sus propios objetivos enfermizos.

Terry se sentó y pensó en todos los pasos del plan, y en lo fácil que sería que no funcionara, y en la perfección con la que debían llevarlo a la práctica. Pensó en Andrew, y en cómo debían de haber sido sus últimos minutos, y en si alguna vez llegaría a saberlo con seguridad. Se juró que terminaría de leer el libro cuando saliera de allí y descubriría qué pasaba con el Anillo, Frodo y Sam.

Se preguntó si Gloria estaría preparada. Si lo estaría Ken. Y Alice. Tenían que hacerlo bien.

Pero necesitaban a Kali para tener la más mínima posibilidad de éxito. «Por favor, que esté ahí esta última vez.»

Llegar al ningún-lugar-todas-partes le costó solo un instante. Terry cerró los ojos, dio un paso hacia el interior de su mente y se vio rodeada por la negrura mientras sus pies chapoteaban sin hacer ruido.

Kali apareció de inmediato.

—¡Terry, qué alegría verte!

Terry rio por el tono de sorpresa de la niña.

—Yo también me alegro de verte. Tengo que hablar contigo de una cosa muy importante. Necesito tu ayuda y Alice también. Y las dos queremos ayudarte a ti.

Kali estaba suspicaz.

—¿Papá lo sabe?

—No puede saberlo nunca. Ya te había dicho esto antes, pero esta vez es en serio.

Kali hizo un mohín.

—Papá quiere hacernos daño a mí y a mi bebé. —Terry se dio unas palmaditas en la tripa.

—¿Vas a tener un bebé? —La expresión de Kali era de asombro.

—Una niña, y él quiere hacerle daño. También va a hacérselo a Alice, y podría ser mucho. Por enredarse con cosas que no debería.

Kali alzó la mirada hacia Terry y le tembló el labio inferior.

—Por mi culpa —susurró—. Porque se lo conté.

—Pero no querías, eso lo sé. —Terry se agachó y rodeó a la niña con un brazo—. Pero esta vez no puede saberlo nadie. Tiene que ser un secreto. Para siempre. Tenemos que poner a salvo a Alice. Y también al futuro. ¿Estamos de acuerdo?

Kali asintió.

—Bien. Necesito que crees una ilusión, pero solo si te parece que podrás controlarla. Será una cosa pequeña.

—Puedo intentarlo —respondió Kali con un hilo de voz.

—Vale, eso es bueno. —Era una apuesta, pero ¿qué no lo

era?—. ¿Crees que puedes ir a la sala donde está Alice? Tienes que hacer que parezca que duerme profundamente, tanto que ni siquiera respira. Suceda lo que suceda, ¿podrás mantener la ilusión?

Kali dudó un momento y luego dio un pisotón al agua.

—¡Pero no quiero que Alice se vaya!

—Puedes venirte con nosotras. Abandonar a tu papá y ser libre. —Terry no tenía ni idea de cómo iba a reaccionar Kali ante tal sugerencia, pero nada le gustaría más que llevarse a Kali con ellos, si existía alguna forma de hacerlo.

—No puedo. —Kali se había puesto solemne—. Hay unos monstruos que vendrán aquí. No puedo abandonar a mi amigo.

Su amigo, el que Brenner le había prometido. Terry se llevó la mano al vientre. El doctor le había prometido a su bebé para que fuese su amigo. «¿Cómo no me he dado cuenta hasta ahora?» Era la jovencita de las visiones de Alice, la que llevaba el 011 tatuado en el brazo.

«No, eso no puede suceder.»

—Por favor, Kali. Somos tus amigas.

La niña parecía a punto de echarse a llorar.

—No puedo irme. Papá no me dejará.

Terry se había temido esa respuesta. Tendría que seguir adelante con el plan y luego volver a por Kali, por mucho que le doliera en el corazón dejar atrás a la niña. Aunque fuese por poco tiempo. Jane dio una patada dentro de ella.

—Volveré a rescatarte. ¿Vale? Lo más rápido que pueda. Dime: ¿crees que podrás hacer esto?

—Pero Alice no volverá, ¿verdad?

Terry fijó la mirada en la carita de la niña.

—No, no puede. Alice tendrá que marcharse para siempre.

—¡Pues yo quiero que se quede! —Kali dio otro pisotón al agua.

—Kali —dijo Terry—, lo entiendo. A mí también me gustaría que se quedase. Pero no quieres que le hagan daño, y yo tampoco, ¿a que no?

—No —concedió la niña a regañadientes.

¿Cómo podía Terry hacer que lo entendiera?

—¿Sabes cómo recuerdas a tu mamá? ¿Cómo la llevas aquí dentro? —Terry se tocó la cabeza y luego el pecho, a la altura del corazón.

—Sí.

—Es porque es de tu familia. Los amigos son como una familia que te haces tú y, por eso, los llevas contigo hasta cuando ya no estáis juntos. Aunque olvides partes de ellos porque te haces mayor. A los amigos-familia siempre los queremos mucho. Pero no hace falta estar con ellos para que formen parte de nosotros. Los llevamos con nosotros todo el tiempo. —Como hacía ella con Andrew.

—Entonces ¿Alice siempre estará conmigo? —preguntó Kali después de pensárselo un poco.

—Y yo también.

—Te ayudaré. Y no se lo diré a nadie. Os protegeré. —Kali sonrió—. Somos familia.

Terry se agachó para darle un beso en la frente. Para su sorpresa, Kali se lo permitió.

—No me olvidaré de ti —dijo Terry—. Nunca. Lo prometo. Y ahora vete. Recuerda: tienes que hacer que parezca que Alice duerme profundamente. Que no respira. Pero que no se note que lo estás haciendo tú, pase lo que pase.

—¡Pase lo que pase! —Kali se perdió dando saltitos en la oscuridad.

Y justo a tiempo. Terry siguió un sonido para salir de la negrura y volver a la sala de reconocimiento. El sonido de una alarma.

«Gloria.»
Había llegado el momento.

4

Gloria había querido al menos engañar al doctor Green, pero el hombre se había tomado la sesión con menos ganas incluso que de costumbre. Después de darle una tableta de ácido, que Gloria se había guardado en el bolsillo en vez de tomársela, y una hoja llena de coordenadas para que las memorizara, se había marchado. No había dejado ni a un celador con ella. Nada.

Era su gran oportunidad de vivir una aventura. Iba a interpretar su momento de tebeo de superhéroes a la perfección. Hasta tuvo ocasión de forzar la cerradura, empleando las técnicas que le había enseñado Alice.

Salió al pasillo y encontró la alarma de incendios. Tiró de ella.

No pasó nada.

¿Estaría desactivada la alarma? En ese caso, Terry tenía razón sobre la presencia de micrófonos en su cuarto.

Pero no podían haberlas desactivado todas. Ni siquiera un científico loco se arriesgaría a algo tan estúpido en unas instalaciones como aquellas. Un incendio podría destruirlo todo.

Así que el corazón de Gloria le atronó en el pecho y la sangre palpitó en sus oídos cuando vio concedido su deseo de una tarea más difícil. Correteó pasillo arriba a la caza de otra alarma que accionar. La búsqueda le llevó unos minutos preciosos, tantos que se preocupó de estar fastidiando toda la cronología del plan, pero por fin, menos mal, vio una más adelante.

Más allá de un ordenanza que empujaba un carrito de la limpieza.

«Si hay que hacerlo, hay que hacerlo.»

Apartó al hombre de un empujón con un «¡Disculpe!» y tiró de la alarma. Hubo medio segundo de silencio durante el cual Gloria creyó haber fracasado de nuevo, pero entonces el encantador sonido de aquellas molestas sirenas llenó el aire.

«Lo he hecho. Igualita que Jean Grey.»

El celador se había recuperado e intentó agarrarla, pero Gloria era demasiado rápida. Pasó por debajo del brazo del hombre y volvió corriendo hacia la dirección de la que procedía. Su trabajo no había terminado.

Resultó que Alice les había proporcionado el acceso encubierto que necesitaban en sus vagabundeos de electrochoque. Así que Gloria se dirigió al punto de encuentro en la cara norte del edificio para reunirse con Ken. Esperó que la alarma que había activado funcionara como esperaban, que la confusión impidiera que los guardias reaccionaran bien a la gran entrada que iba a hacer Ken.

La cual debería ocurrir en cualquier momento. Ya mismito.

Gloria rio un poco mientras corría. No se había parado a pensarlo nunca hasta ese momento, pero era cierto: los superhéroes estaban locos de atar.

5

Ken nunca se había considerado un forofo de los coches. Había crecido rodeado de ellos. A su padre sí que le gustaban, y siempre quería ir a ferias de automóviles y hablar de precios, alerones y pinturas. Pero no era el rollo de Ken.

Eso sí, se lo había pasado bastante bien en la excursión al Ladrillar. El interés de Alice y Gloria por los coches había sido casi tan intenso como para contagiarse de él, igual que si se rayaba un lápiz sobre un objeto para crear una impresión.

Aunque a Ken le hubieran gustado los coches, dudaba mucho que hubiera sentido siquiera la menor punzada de remordimiento por la pobre tartana de Terry, a medida que se acercaba cada vez más a Hawkins. Como coche no era gran cosa, motivo que, en no poca medida, lo había convertido en el chivo expiatorio del plan.

Pero como Ken era Ken y seguía sin ser un fanático de los coches, dijo al viejo Ford lo mucho que lamentaba que tuviera que acabar de esa manera:

—Eres un buen coche que ha servido bien a Terry. No vas por ahí fardando. No corres demasiado. Pero has hecho tu trabajo con dignidad. Y ahora serás una cuadriga de guerra.

Porque Ken lo estaba llevando a la batalla.

La valla metálica, con focos detrás de ella, apareció a su izquierda y Ken sonrió de oreja a oreja. No conducía demasiado bien, dada su nula afición a los coches, por lo que elevó una muda plegaria de agradecimiento por la certeza de que aquel no iba a ser el día de su muerte.

La puerta de la verja estaba cada vez más cerca y Ken giró en su dirección con un chirrido, pisó a fondo y tocó el claxon. Los soldados tardaron en moverse, pero ya se habían apartado cuando Ken llegó a la puerta y la derribó.

El coche se sacudió de encima los restos de esta y siguió adelante.

—Bien hecho, Nellie.

¿Y qué si había bautizado el coche de Terry? Era un buen coche. Ken siguió avanzando por el camino de acceso al laboratorio y atravesó la barrera de madera de la segunda garita de guardia sin dejar de tocar el claxon como un demente.

Habían empezado a sonar sirenas casi al instante y la gente se había puesto en acción, pero estaban congregándose detrás de Ken, no delante.

Rodeó el edificio hasta encontrar la entrada a un nivel subterráneo que Alice había visto en sus expediciones visionarias y frenó derrapando. Gloria irrumpió abriendo la puerta y se quedó sosteniéndola entreabierta.

—¿Dónde está ella? —preguntó Ken.

—Ya llega —dijo Gloria, apoyando algo contra la puerta para que no se cerrara—. ¡Poco por detrás de mí, espero! Voy para abajo. No debería tardar.

Cuando aparecieron los primeros hombres con pistolas, Ken deseó que así fuera.

6

Brenner se espabiló al ver que la sombra de alguien se acercaba a la puerta de su despacho. Una alarma resonaba por todo el edificio a un volumen capaz de acabar con la cordura de cualquiera. Ya casi había llegado el momento de que la mujer llegara hasta allí.

—Vaya, señorita Ives, menuda sor... —empezó a decir, pero dejó la frase en el aire al ver que quien llegaba era el nuevo oficial de seguridad—. ¿Qué pasa?

—Esto... Tenemos un problema, señor —dijo el hombre, gritando para hacerse oír por encima de la alarma.

—Que es... —Brenner se levantó, cogió la chaqueta del brazo de su silla y se la puso.

—Tenemos una alarma de incendios y una amenaza fuera del edificio.

De modo que, al final, Ken sí que había acudido.

—Detenga la alarma y neutralice la amenaza.

—Se trata de un civil, señor —repuso el guardia—. Pero lo más preocupante es la señorita Ives. Venía hacia su despacho, como usted dijo que haría, pero entonces... ha visto algo. Ha visto algo y se ha parado. Está en la sala de Alice Johnson. Eh... será mejor que venga. Está muy alterada. Y, hum... la doctora Parks también, señor. Y la sujeto Ocho.

Brenner estaba preparado para regodearse de cómo habían descubierto y frustrado los planes de Terry. La quería alterada, pero no en la habitación de Alice Johnson. Algo tenía que haber salido muy mal para que Terry abandonara su plan.

Siguió al oficial de seguridad.

No había nada que Brenner odiara más que las sorpresas.

Nada excepto la derrota.

7

Terry avanzó otro paso hacia Alice, apartando a la doctora Parks. Alice se había desplomado en el suelo al lado de la máquina de electrochoque, en su sala de reconocimiento. No se movía. Ni respiraba.

Kali lloraba su lado, como hacía siempre que Terry la había visto crear una ilusión.

—¡No se mueve! —berreó la niña, y Terry la vio limpiarse un hilillo de sangre de un lado de la nariz.

Su amargura era real, pero, de momento, su ilusión era simple y se mantenía. «Buena chica.»

—Alice —dijo Terry—. ¡No, Alice no!

Los electrodos seguían sujetos a las sienes de Alice en el suelo y el dial de la máquina estaba altísimo. Terry se había vuelto a poner su ropa de calle, lo que le había permitido llevar escondido en el bolsillo un cuchillo de cocina que había cogido a escondidas de casa. Esperaría hasta que lo necesitara.

Terry había calculado que la ilusión debía ser apreciable, pero no tanto como para poner a Brenner sobre aviso. Ni tan grande como para que se diera cuenta de que pretendían engañarlo. No creía que Kali fuese capaz de controlarla, pero Terry sabía que nadie comprendía del todo sus poderes hasta que no le quedaba más remedio. Y mucho menos una niña. Para ella era algo pequeño, mucho más que las llamas, pero tampoco duraría para siempre.

Alice tenía que desaparecer. Y si aquello funcionaba, así lo haría. Porque Brenner la creería muerta... hasta que ya no hiciera falta mantener el embuste.

Aquello debía funcionar. Terry sabía que, de lo contrario, Brenner jamás dejaría que ninguno de ellos se marchara.

—Tiene que dejar que nos ocupemos de ella —dijo la doctora Parks.

—¡He dicho que la deje en paz! —ordenó Terry. Se agachó al lado de Alice y, con suavidad, le pasó el pelo por detrás de la oreja. La ilusión se mantuvo—. Está muerta.

Cuando cruzó la mirada con Kali, la niña sollozó con más fuerza. Parecía del todo genuina. «Oh, Kali, volveré para rescatarte.»

Si Terry no hubiera sabido que estaba contemplando algo falso, habría perdido los estribos. Cuando había pasado frente a la sala de Alice y había retrocedido, el panorama era trágico. La doctora Parks también estaba llorando mientras trataba de apartar a Kali del cadáver de Alice.

—¿Qué es esto? —preguntó el doctor Brenner mientras entraba, pero incluso él se quedó de piedra.

—Ha cambiado los ajustes de la máquina —dijo la doctora Parks sin levantar la voz—. Ha sido demasiado para ella.

—¡Esto lo ha hecho usted! —Terry se levantó, apuntó con un dedo al doctor Brenner e hizo que su voz transmitiera todas las acusaciones que tenía contra él—. ¡Usted es el responsable de que Alice esté muerta! Usted la ha matado.

—Tranquilícese —dijo Brenner—. Quizá podamos revivirla.

No se lo creía ni él. Saltaba a la vista.

—¡Está muerta! No va a volver, y... y nosotros no vamos a quedarnos aquí. No vamos a seguir haciendo esto.

Alice se quedó donde estaba, haciéndose la muerta, inmóvil.

—¿Por qué? —preguntó el doctor Brenner—. ¿Por qué no se toma un sedante? Le sentará bien.

—Tenía planeado llevarme ficheros de su despacho, pero ahora creo que Alice... —Se atragantó con un sollozo—. Alice es lo único que necesito para garantizar que nunca volverá a hacer daño a mi bebé ni a mis amigos. Hablaré con su familia. No dirán nada, al menos mientras usted nos deje a todos en paz. Puede intentar retenernos aquí, pero sabremos la verdad. No descansaré hasta que escape de este sitio y me aseguraré de que el mundo sepa que usted la mató y que conozca todo lo que ha hecho aquí. Todos nos aseguraremos de ello.

—Terry, vaya con cuidado. Piense en su bebé.

—Eso hago. —Terry sacó el cuchillo del bolsillo y se lo mostró a Brenner, reluciente y plateado—. Voy a salir de aquí con Gloria y Ken, y usted no va a seguirnos. Ha matado a Alice. Y si no quiere que todo el mundo se entere de ello, se quedará aquí y nos dejará marchar. Sabe que soy tozuda. Y también que no puede arriesgarse a hacer daño a mi bebé. Como alguien me ponga la mano encima, usaré esto. —Movió el cuchillo—. Contra mí misma, si hace falta.

Brenner se quedó indeciso y la sangre rugió en la cabeza de Terry. ¿Qué harían si no los dejaba marchar? ¿Qué pasaría entonces?

—Yo quería a Alice. Deja que se vayan, papá —dijo Kali entre llantos.

Terry no se había esperado aquella intervención, pero la aceptó encantada.

—Fuera de mi camino —ordenó.

Brenner siguió sin moverse.

—Qué pena lo que le ha pasado —dijo, señalando a Alice con la cabeza—. Tanto potencial perdido siempre es motivo de tristeza, con lo poco que hay en el mundo. Pero aún podemos aprender de ella.

Estaban en una situación de empate. Terry cara a cara con Brenner. Este negándose a ceder terreno.

¿Qué iba a hacer si Brenner se negaba?

—Nos vamos —dijo Terry.

Las palabras de Brenner le daban náuseas, pero lo que implicaban era justo lo que tenían planeado.

—Bien —dijo él, y se apartó a un lado—. No haga daño al bebé.

Terry no esperó a que Brenner cambiara de opinión. Pasó a trompicones junto a él sin soltar el cuchillo ni un instante, esperando que en cualquier momento el doctor intentara agarrarla.

Pero no lo hizo.

—¡Dejen que se vaya! —gritó Brenner a los agentes del pasillo, que retrocedieron al instante—. Díganle a todo el mundo que los dejen marchar.

Gloria se reunió con ella a mitad de pasillo, disfrazada de ordenanza y con el pelo más largo que de costumbre.

—¿Ha funcionado? —preguntó Gloria.

—Está funcionando —dijo Terry—. Kali lo ha hecho muy bien. ¿Ken está preparado?

—Como la caballería —respondió Gloria—. Enseguida vuelvo.

Terry no se giró para ver cómo Gloria avanzaba para ejecutar la última fase del plan.

8

Gloria había escondido una camilla en el pasillo, más allá de la sala de Alice, y fue a buscarla. Hasta se había traído una peluca del armario para las ocasiones especiales de su madre a fin de mejorar su disfraz. No habría tenido que molestarse.

La doctora Parks estaba hecha un mar de lágrimas y el doctor Brenner se había marchado ya. Kali también. Gloria no tenía mucho tiempo.

Inmóvil en el suelo, Alice parecía... muerta.

—Señora —dijo Gloria, bajando la tesitura de su voz—, vengo a llevarme el cuerpo al depósito para su disección.

La palabra «disección» le dio ganas de vomitar.

La doctora Parks movió una mano para indicarle que hiciera lo que tuviera que hacer.

Gloria tuvo problemas para levantar a Alice en volandas, por lo que fue una suerte que Parks estuviera distraída. Los cadáveres no solían ayudar a que los subieran a las camillas. Gloria puso una sábana encima de Alice y empujó la camilla al pasillo...

... donde inmediatamente aceleró.

—Aguanta —dijo.

Vio que los dedos de Alice agarraban los lados de la camilla bajo la sábana.

—¿Adónde vamos? —preguntó.

—Fuera de este sitio.

—Qué bien suena —dijo Alice.

Tal y como habían planeado, Ken había situado el culo del Ford contra la entrada. Terry había dejado la puerta abierta de par en par.

—Quédate tumbada —dijo Gloria, empujando la camilla hacia la puerta—. Vale, ya puedes levantarte. Te tapa el capó del coche. Métete en el maletero.

—¿El maletero? —se sorprendió Alice, que se dejó caer de la camilla y se quedó agachada.

—Será poco tiempo.

Alice obedeció con un suspiro. Gloria cerró el maletero y subió al asiento de atrás. Ken y Terry estaban interpretando sus reacciones desconsoladas a la supuesta muerte de Alice.

Los agentes de seguridad habían establecido un perímetro a su alrededor, pero no se acercaban a ellos. Ken hizo sonar el motor y Gloria oyó que alguien gritaba:

—¡Ha dicho que los dejéis marchar! ¡Que nadie dispare!

—¿Estamos preparados? —preguntó Ken al volante.

—Estamos preparados —dijo Terry. Y mientras Ken aceleraba, añadió—: Adiós, Hawkins. ¡Con un poco de suerte, hasta nunca!

«Excepto cuando vuelva para sacar a Kali.»

Terry no tenía la menor intención de permitir que Brenner siguiera haciendo su monstruoso trabajo, pero antes debía poner a salvo a Alice. Y traer al mundo a la pequeña Jane.

El plan «Fingir la muerte de Alice y marcarse un farol para escaparnos» había funcionado.

9

No redujeron la velocidad hasta que Hawkins quedó muy atrás en el espejo retrovisor. Se detuvieron en la estación de autobuses de Unionville, en las afueras de Bloomington, no muy lejos de Larrabee. Después de sacar a Alice del maletero, Ken le dio el billete de autobús que había comprado antes de salir hacia Hawkins.

—No puedo creer que me hayáis sacado de ahí. —Alice meneó la cabeza con los ojos como platos, maravillada.

—Yo tampoco. —Gloria hizo el gesto de secarse la frente.

A Alice se le empañaron los ojos.

—Voy a echaros de menos.

Terry no podía mantener esa conversación en ese momento o también se echaría a llorar.

—Nada de lágrimas. Lo hemos conseguido. Esto será solo hasta que pueda revelar al mundo lo que Brenner está haciendo en el laboratorio. Mientras tanto, estarás a salvo. ¿Hace falta que hablemos con tu familia?

—Mis primos llamarán cuando llegue. Me he inventado un código para que lo usen —dijo Alice.

Habría sido una espía estupenda.

—Bien. —Terry hizo una señal a Ken con el mentón—. Maleta.

Ken fue a la parte trasera del coche y sacó a rastras la enorme maleta de Terry del asiento de atrás. Gloria había viajado embutida a su lado. Terry la había llenado con el contenido de las Cajas de Desaparecer y había dejado fuera un vestido para que Alice pudiera cambiarse. Tenían más o menos la misma talla, por lo que la ropa debería estarle bien. Sacó el vestido, que llevaba en una bolsa traslúcida de lavandería.

—Ve a ponerte esto. Nadie te reconocerá.

—Ojalá hubiera sabido que íbamos a actualizarle el vestuario —dijo Gloria.

Alice le sacó la lengua, pero entró en la estación.

—¿De verdad creemos que va a dejarnos en paz? —preguntó Gloria.

—Alice estará a salvo —dijo Ken.

—Pues con eso basta por esta noche —afirmó Terry. Pero vio que Ken fruncía el ceño—. ¿Qué pasa?

—No estoy seguro.

—Pues resérvatelo. —Las afirmaciones de videncia poco concretas no ayudarían en nada al estado mental de Terry. Al enfrentarse a Brenner, había sido muy consciente de que aquello podría haber terminado de otro modo.

—Supongo que será lo mejor. —Ken se encogió de hombros.

Alice salió de la estación con su mono doblado sobre el brazo y agachó la cabeza, casi con timidez. Llevaba un vestido floreado, uno de los favoritos de Terry (y de Andrew) que terminaba unos centímetros por encima de la rodilla.

Y sus botas de trabajo.

—¡Los zapatos! —exclamó Terry, y metió la mano en el maletero para sacar unos zapatos negros con poco tacón—. Casi se me olvidan. Puedes llevar las botas en la bolsa donde iba el vestido.

—Te queda estupendo —dijo Gloria.

Alice tenía las mejillas ruborizadas.

—De muerta a hecha un pincel —comentó Terry.

Alice cogió los zapatos que le ofrecía Terry y fue hasta el coche para sentarse en el asiento del copiloto y ponérselos.

—¿No os parece que voy ridícula? ¿Como una niñita jugando a vestirse de mayor, o algo así?

—Qué va —dijo Terry con un bufido—. Estás preciosa.

—Me siento como Cenicienta.

—Pues menos mal que aún falta para la medianoche —dijo Ken.

Terry esperó que a Alice le fuese bien en Canadá. «No es para siempre. O eso espero.»

Hubo abrazos, y luego despedidas lacrimógenas. El autobús entró en la estación y llegó el momento del verdadero adiós. Terry acompañó a Alice al autobús con un nudo en la garganta. Llevaba la bolsa con las botas de trabajo.

Alice cargaba con su maleta, que entregó al chófer para que la metiera en el maletero inferior del autobús. La chica lo observó con suspicacia y, cuando el hombre hubo terminado de colocarla, le sugirió ajustar la presión de los tornillos en la portezuela para que no terminara cayéndose en algún momento.

Terry esperó a escasos metros de la puerta del autobús.

—Supongo que eso es todo de momento —dijo.

Alice vaciló y Terry se dio cuenta de que estaba librando una batalla interior.

—Desembucha, Alice.

—Hay una cosa que tengo que decirte. Algo que he visto que te ocurre. En el futuro. Gloria opina que debería dejarte elegir si quieres saberlo o no. —Alice cambió el peso de un pie al otro. Tenía una expresión absolutamente adusta. Fuera lo que fuese que había visto, no era bueno.

—Dime solo una cosa: ¿sigo luchando? —preguntó Terry—. ¿Todavía intento hacer lo correcto?

—Sí —respondió Alice de inmediato.

«Bien.»

—Entonces no me hace falta saberlo.

Alice empezó a protestar, pero Terry la interrumpió:

—Te lo haré saber si cambio de opinión, ¿vale?

Alice aceptó aquello.

—Me lo harás saber sin esperar ni un minuto.

—Muy bien.

Y Terry la envolvió en un abrazo y vio a su amiga subir al autobús. Nunca pediría a alguien que volviera a revelarle el futuro. Tal vez.

—¡Todas a bordo! —llamó Ken a Gloria y a Terry después de que el autobús partiera y Alice emprendiera su camino hacia Canadá.

Regresaron al coche. Terry permitió de mil amores que Ken siguiera conduciendo.

—Voy a echarla de menos —dijo Gloria.

—Y yo —dijeron Ken y Terry al unísono.

10

Brenner no se creía que la chica Johnson hubiera muerto antes de que pudiera descubrir sus secretos. Y, con el asunto del electrochoque, había entregado en bandeja a Terry Ives una forma de hacerlo parecer débil. Kali, disgustada, se había ido derecha a la cama, ayudada por el sedante que le había dado Brenner. Pero, aun así, pensaba acabar el día victorioso.

La doctora Parks superaría su arrebato de conciencia. Brenner le había dicho que se tomara la noche libre después de recordarle sus protocolos de confidencialidad. Al parecer, alguien había bajado el cadáver al depósito, por lo que Brenner supuso que terminaría haciéndose con los secretos de Johnson.

Llamó a Langley para adelantarse a las noticias.

—Director, quería ser el primero en informarle de una situación que se ha producido aquí esta tarde —dijo Brenner.

—He oído algo de unas alarmas —respondió el director.

Las noticias volaban.

—Eran falsas, hasta cierto punto —dijo Brenner.

Le expuso los detalles de la muerte de Alice Johnson: la chica había subido por su cuenta los niveles de la máquina y se había provocado un ataque al corazón. Brenner también le explicó que algunos otros sujetos problemáticos habían visto el cuerpo, además de hacer saltar la alarma de incendios y atacar la puerta. Estaban informando a los miembros del personal y proporcionándoles una historia falsa sobre un conductor borracho que se había estrellado contra la valla y la había atravesado. Para el día siguiente, casi nadie sabría la verdad y, muy pronto, quienes la conocían acabarían olvidándola.

Disponían de medicamentos para ayudar con ese tema, si a alguien le costaba demasiado.

—Teniéndolo todo en cuenta, diría que nos hemos librado de una buena —dijo el doctor Brenner—. Esos sujetos nos lavarán la cara a cambio de la ilusión de que vamos a dejarlos en paz. Permitamos a la familia de la chica llorar su pérdida. No vamos a molestarlos. Sacaremos lo que podamos del cadáver, aunque el cerebro estará frito por la electricidad.

Que Terry Ives creyera que se había salido con la suya por un breve instante.

—Pero ¿no necesitamos al bebé de esa mujer? —preguntó el director.

—Ya estoy ocupándome de ello.

—Eso espero.

Era toda la aprobación que necesitaba para la siguiente fase de la noche. Habría sido más fácil llevarla a cabo en Hawkins, pero Brenner apreciaba una cierta novedad en rehacer sus planes para acomodarlos a un contratiempo, en ponerse delante de los focos mientras mantenía su invisibilidad. Recogió sus credenciales, una bata de médico de hospital y un distintivo falsificado antes de meterse en su coche. Negó con la cabeza cuando vio la puerta combada de la verja al marcharse, aunque un equipo de limpieza ya estaba encargándose de arreglar aquel estropicio. Solo había un hospital cerca de Larrabee, y costaba poco adivinar que allí era adonde acudiría Terry antes de que acabara la noche. La inyección debería tardar poco en empezar a hacer efecto, si no lo estaba haciendo ya.

De modo que Brenner condujo deprisa.

11

Ken aparcó el coche de Terry en el patio y ella bostezó, somnolienta tras los acontecimientos de la tarde. El coche de Ken estaba aparcado en el camino de acceso a casa de las hermanas Ives. Gloria y él habían llegado en el mismo coche.

—Estoy acelerado —dijo Ken—. No sé cómo puedes estar tan cansada.

—Yo estoy como ella. —Gloria levantó la mano en el asiento trasero—. Ya no me queda ni la menor fantasía sobre lo glamurosa, emocionante y fácil que es la vida de los héroes de tebeo.

Terry se echó a reír.

—¿Queréis pasar? —Fue una invitación tibia que esperó que rechazasen, aunque tampoco pasaría nada si aceptaran. En otras palabras, una muestra de amistad real—. Me parece que aún queda algún bizcocho.

—Ha sido una tarde larga —dijo Gloria—. Y tú necesitas tu sueño *bebeador*.

—¿Sueño *bebeador*? —preguntó Terry.

—Es como el sueño reparador, pero para tener bebés sanos.

—Ah.

—¿Me llevas, Ken?

Este estaba mirando hacia la nada.

—Tierra llamando a Ken —dijo Terry—. ¿Hay algo que tengas que decirme o lo dejamos estar por esta noche?

—Hay una cosa, pero no sé qué es. —Levantó las manos—. Sí, ya sé que es irritante, no hace falta que me lo digáis vosotras solo porque Alice se ha ido.

—Vale, pues me voy para dentro.

Terry cogió las llaves que le dio Ken, que dio una palmadita en el capó del coche y dijo:

—Bien hecho, Nellie.

Terry no se molestó en preguntar lo que significaba.

Se despidió con la mano y entró por la puerta delantera. Fue a la cocina para coger un vaso de agua. O quizá de leche. ¿Quedaría de verdad algún brownie?

Se merecía uno. La noche había salido según lo planeado. Alice estaba a salvo. Todos lo estaban. Si Brenner era listo, los dejaría tranquilos, y ella encontraría la manera de que se supiera lo que estaba haciendo en el laboratorio.

Entonces ¿por qué notaba cómo la oscuridad se congregaba en los bordes de su visión?

El dolor le recorrió todo el cuerpo, centrado especialmente en su cintura. Le cayó líquido por los muslos.

Se apoyó en la encimera.

—Oh —dijo. Era el bebé. Chilló—: ¡Becky, ya viene!

Oyó un portazo arriba y su hermana bajó corriendo la escalera.

—¿Qué...? ¡Has roto aguas! —Calló un momento—. Es prematura.

—Tenemos que irnos. Hospital. —Terry estaba mareada—. Ya.

Becky preguntó por los daños en el capó del coche de Terry, que no pudo explicárselos.

—Tú conduce —dijo.

—Todo irá bien —le aseguró Becky—. En ese sitio saben lo que se hacen.

Pero las dos eran muy conscientes de que era el mismo hospital en el que habían muerto sus padres.

—Más deprisa —dijo Terry. Cada contracción le sacudía los huesos como un relámpago. Dolor. Cuánto dolor—. Tenemos que llegar ya.

Hubo que reconocerle a Becky que aceleró. Pisó el freno a fondo cuando llegaron a la puerta de Urgencias, puso las luces de emergencia y ayudó a salir a Terry, quien apenas sabía dónde estaba por culpa del dolor.

—¡Va a dar a luz! —gritó Becky.

—Ayúdenme —suplicó Terry—. Salven a mi bebé.

«La pequeña Jane tiene que estar bien. Aguanta, pequeña Jane.»

Terry se vio rodeada de enfermeros y médicos, que la subieron a una camilla. La metieron a toda prisa en el edificio, con Becky trotando a su lado antes de desaparecer. Le insertaron una vía intravenosa en el brazo y dijeron algo sobre analgésicos. La visión del monitor con la línea de su corazón haciendo picos y cayendo, picos y cayendo, le resultaba tan familiar que por un momento creyó estar de vuelta en el laboratorio de Hawkins.

—¡Ya llega el bebé! —gritó alguien.

Había todo un equipo médico a su alrededor, y la escena se convirtió en un borrón de batas y mascarillas, pitidos y el repiqueteo de herramientas quirúrgicas en una bandeja de acero, el olor a desinfectante... Terry se aferró a la consciencia como si le fuese la vida en ello. Cada contracción era una puñalada en la tripa y Terry rezó por la pequeña Jane y aceptó el dolor...

—Un empujón más —dijo una voz cerca de ella, con el rostro cubierto por una mascarilla, y Terry obedeció. Empujó con todas sus fuerzas. Hubo un fogonazo de luz en su visión y entonces lo oyó: el sonido más hermoso de todo el cielo y la tierra.

Jane lloró como un grito de batalla, dispuesta a decirle al mundo lo que pensaba de él. Jane estaba allí. «Está aquí.»

Alguien estaba entregando el bebé de Terry a un hombre con bata de hospital. Terry conocía esos ojos, esos ojos azules. Tenía que impedirlo.

«Esa niña es mía.» La consciencia se le escapaba entre los dedos. «Esa niña es mía.»

Becky estaba sentada al lado de su cama de hospital cuando su hermana volvió en sí.

—¿Dónde está? —exigió saber Terry, mientras se incorporaba con un esfuerzo atroz—. ¿Dónde está Jane?

La inmovilidad de Becky antes de responder le indicó todo lo que necesitaba saber.

—Lo siento muchísimo, Terry. Ha habido complicaciones y no han podido salvarla.

—No, yo la he oído. —Terry se arrancó la vía intravenosa del brazo y forcejeó con Becky para ponerse de pie—. No lo entiendes. Lo he visto a él. Se la ha llevado. ¡Se ha llevado a Jane!

—Terry, no. No hay bebé. Tienes que escucharme.

Pero nadie quería escuchar a Terry.

Su niñita estaba viva. «Viva.»

Y encontraría la manera de demostrarlo.

Epílogo

—Métala ahí y punto —dijo el doctor Brenner a la enfermera que supervisaba el cuidado de la niña.

—Podría usted... podría llevarla yo en brazos —se corrigió la enfermera, sosteniendo a la niña como si Brenner fuese un peligro para ella.

—Es mejor que esto lo haga solo. ¿Puede esperarme fuera mientras estoy con ellas?

No era una petición decorosa, pero tampoco lo sería llevar en brazos a la niña si le daba por devolver o defecarse encima. Los bebés hacían esas cosas, por mucho que uno deseara que no lo hiciesen.

La enfermera, con toda la parsimonia del mundo, bajó al bebé al cochecito. Su cabeza casi calva, con su pelusilla y sus ojos algo desenfocados, se movió de un lado a otro. ¿Cuándo empezaría a parecerse a una persona?

«Paciencia —pensó Brenner—. Te va a tocar desarrollarla, de un modo u otro. La niña te está obligando.»

Si alguien podía lograrlo, sería esa sujeto.

Para subrayar quién estaba al mando, Brenner empujó el carrito e indicó por gestos a la enfermera que le abriera la puerta. La mujer la sostuvo, meneando los dedos para despedirse de la criatura. Como si una niña tan pequeña pudiera entender algo aparte de sus propios imperativos biológicos. Dormir. Comer. Defecar. Dormir más. Comer más. Repetir.

Pero algún día... algún día, esa niña sería su mayor logro.

Ocho no estaba al tanto, pero tenían a la pequeña a solo dos puertas cerradas de distancia de su habitación. Una con un sofisticado teclado de acceso, la otra con una simple cerradura que daba a una sala habilitada para albergar a un bebé.

Ocho llevaba meses inestable y con rabietas, y Brenner había vuelto a dejar de visitarla a menos que fuese absolutamente preciso. Tenía lo necesario para hacerla cambiar de actitud y, por fin, había llegado el momento de que las niñas se conocieran. Todo quedaría perdonado.

Según la enfermera, el bebé empezaría a jugar bien pronto. Sería bueno para las dos niñas. Ya había dado órdenes para que pintaran la habitación del bebé con unos colores vivos que gustarían a Ocho.

—Hemos llegado —anunció el doctor Brenner, guiando el cochecito sobre las baldosas. La enfermera abrió la puerta de la habitación de Ocho. Cuando empezó a seguir a Brenner al otro lado, él le dijo—: Espéreme fuera, por favor.

La mujer miró con aprensión el carrito, pero se quedó donde había dicho él.

Ocho estaba tumbada en la litera de arriba, con la mirada fija en el techo. Brenner reparó en que había dibujado algo allí con sus lápices de colores, un arcoíris. Quizá sugeriría utilizarlo para decorar la sala de juegos.

Por fin había dibujado algo; ya era hora. Últimamente pasaba demasiado tiempo mirando el techo. O eso le habían dicho a él.

—Mira lo que te traigo —anunció Brenner—. Es tu nueva hermanita pequeña.

La niña sabía moverse, eso había que concedérselo. Ocho

se lanzó desde la litera, cayó de pie y fue corriendo hacia el carrito, hasta que se detuvo en seco justo al lado. Miró en su interior. Casi tímida. Nerviosa.

—Esta es Once —dijo el doctor Brenner.

—Once. —Ocho se quedó pensativa, mirándose las manos—. Me van a hacer falta los dedos de los pies para contar. Entonces ¿eso quiere decir que Nueve y Diez también están aquí? ¿Y Cinco y Seis? ¿Hay más?

—Esta es tu amiga Once. —Brenner frunció el ceño a Ocho—. Es lo único que necesitas saber.

—Es demasiado pequeña para ser una amiga.

—Algún día crecerá y se hará como tú.

Mientras absorbía esa información, Ocho se inclinó por encima de la cesta para observar al bebé que se retorcía y, por fin, Brenner la oyó susurrar:

—Yo te cuidaré, pequeña Once. —Alzó la mirada hacia él con una sonrisa—. ¿Puedo ayudar a cuidarla?

—La enfermera te enseñará a jugar con ella sin hacerle daño. ¿Eso te gustaría?

—Seremos amigas-familia —canturreó Ocho—. ¡Ocho y Once! ¡Hermanas!

«O algo así —pensó él—. Mientras sirva a mis propósitos.»

Se preguntó si Terry Ives seguiría balbuceando, a su hermana y a cualquier reportero dispuesto a escucharla, que Brenner le había robado a su hija.

La niña pertenecía a Brenner. Terry debería haberle prestado atención cuando se lo dijo.

Terry estaba sentada en un banco del parque, esperando. Hacía buen día, y Gloria había propuesto que se encontraran allí. Terry sabía que era porque Gloria pensaba que el aire fresco le sentaría bien. Había pasado mucho tiempo sola después de salir del hospital, intentando convencer a Becky de lo que sabía. Había estado llamando a periodistas, buscando más pistas sobre quién había sido Brenner antes de llegar allí.

Él le había robado a su hija. Terry lo sabía, pero no lograba que nadie le hiciera caso.

Se le hacía difícil salir a la calle y, en ese momento, recordó por qué. Sentada allí fuera, le resultaría sencillo olvidar la oscuridad que acechaba cerca. No iba a caminar en la luz, o al menos no con regularidad, hasta que tuviera a su hija junto a ella para acompañarla.

Brenner había sido fiel a su promesa de aquella noche —aparte de en lo relativo a robar el bebé de Terry— y no había vuelto a obligar a nadie a ir a Hawkins para sus experimentos con el ácido. Terry supuso que, dado que Brenner había ganado, ¿para qué iba a tentar a la suerte? Ella no había podido acceder al vacío desde aquella noche, por mucho que lo había intentado. Sus poderes, fueran los que fuesen, parecían haber desaparecido con su hija.

En teoría, Ken también iba a quedar con ellas aquel día para merendar en el parque, pero según la llamada que había recibido Gloria por la mañana, estaba enamorado y no podrían verse. Estaba saliendo con un exoficial militar. ¿Quién lo habría dicho? Terry se alegraba por él. Y Ken seguía reuniendo información. Había confirmado que Kali continuaba en el laboratorio y que parecía sana.

Seguían todos comprometidos con el objetivo de hundir a Brenner, pero Terry se empeñaba en ser ella el rostro del esfuerzo. No había pasado por todo aquello para perder a nadie más.

Resultó que a Alice le encantaba Canadá. Estaba trabajando para sus primos y no tenía ningún interés en volver a casa todavía.

—Tienes buen aspecto —dijo Gloria, rodeando el banco desde detrás de Terry.

—Embustera. Pero tú sí que lo tienes.

Terry vio que a Gloria le había crecido un poco el pelo y lo llevaba suelto y rizado. Le quedaba muy bien.

—Yo no soy la que llevaba tres meses pareciendo un fantasma.

Gloria se sentó a su lado. Llevaba un bolso más grande de lo habitual, que tenía agarrado con fuerza en el regazo. Terry la conocía lo bastante bien para interpretar su lenguaje corporal.

—Gloria, ¿qué te inquieta?

—Tengo una cosa para ti. La ha conseguido Ken. —Gloria miró en todas las direcciones y, cuando se hubo cerciorado de que estaban solas, abrió el bolso y sacó una carpeta de papel manila—. Su nuevo novio trabaja en el laboratorio.

—Ay, Ken. —Terry negó con la cabeza.

—Es buen tío —dijo Gloria—. Sacó esto para Ken.

—¿Qué es?

—Tú míralo. —Gloria llevó las manos de Terry a su propio regazo y la observó.

Terry no sabía qué esperar, pero cogió la carpeta que le ofrecía Gloria y dejó que cayera abierta sobre sus piernas.

De ella se salió una fotografía. En blanco y negro. Terry la recogió del suelo.

Era un bebé incorporándose o quizá a punto de desplomarse. Mofletes redondos y... ¿esas eran las orejas de Andrew? Tenía una especie de motas de pelusilla en vez de pelo.

En la carpeta también había un folio y Terry lo leyó por encima: «PROYECTO ÍNDIGO. Sujeto 011... Ingreso: Infante... Cuidador: Doctor Martin Brenner... Potencial: Extremo».

Terry volvió a sacar la foto y se quedó mirando a su hija. Esa era su cara. ¿Estaba sonriendo? Iba a sonreír. Algún día.

Una lágrima resbaló por la mejilla de Terry.

—Es ella. Está viva. Jane está viva.

Volvería a ver a su hija. Nada ni nadie podrían detenerla.

Agradecimientos

Todos los libros están creados por una multitud de gente, no por una sola que escribe recluida en una habitación. Querría dar las gracias a varias de esas personas por haberme ayudado a que este volumen que tenéis en las manos cobre existencia. La primera es mi maravillosa editora en Del Rey, Elizabeth Schaefer, por creer que era la persona adecuada para escribir este libro y porque trabajar con ella es una absoluta delicia. También quiero reconocer el trabajo de todo el equipo de la editorial, que se esforzó en convertir esta novela en realidad y llevarla a los lectores. Y, por supuesto, este libro no podría existir sin la visión de los hermanos Duffer y de Netflix. Gracias por concederme el honor de explorar un rincón tan importante de vuestro universo. Y me gustaría agradecer en especial a Paul Dichter sus notas y sus consejos.

También quiero dar las gracias a Carrie Ryan y a Megan Miranda por compartir conmigo emoción, vino y conversaciones sobre las primeras novelas de Stephen King. Y por quejarse junto a mí de las fechas de entrega en algunos momentos cruciales del camino. También a R. D. Hall, por una gran obra de arte que miraba mientras escribía. Muchísimas gracias a Tim Hanley por investigar para mí los tebeos de la época con solo pedírselo por e-mail.

Por último, los habituales. Mi agente, Jenn Laughran.

Mis padres. Mi marido, Christopher, que me ayuda a cruzar todas las líneas de meta, y los perros y la gata, que favorecen en igual medida el pensamiento y la postergación. Y, por supuesto, mi agradecimiento más sincero y sentido a quienes habéis leído este libro. No dejéis de ser extraños.

Descubre tu próxima lectura

Si quieres formar parte de nuestra comunidad,
regístrate en **libros.megustaleer.club**
y recibirás recomendaciones personalizadas

Penguin
Random House
Grupo Editorial

.megustaleer